ALEX KNIGHT

NUR EINE CHANCE

THRILLER

Aus dem Englischen von
Jan F. Wielpütz

W0340309

lübbe

Die Bastei Lübbe AG verfolgt eine nachhaltige Buchproduktion. Wir verwenden Papiere aus nachhaltiger Forstwirtschaft und verzichten darauf, Bücher einzeln in Folie zu verpacken. Wir stellen unsere Bücher in Deutschland und Europa (EU) her und arbeiten mit den Druckereien kontinuierlich an einer positiven Ökobilanz.

MIX
Papier aus verantwortungsvollen Quellen
FSC® C014496
www.fsc.org

Dieser Titel ist auch als E-Book erschienen

Vollständige Taschenbuchausgabe

Deutsche Erstausgabe

Für die Originalausgabe:
Copyright © Alex Knight 2020
Titel der englischen Originalausgabe: »Hunted«
Originalverlag: Orion Fiction, an imprint of
The Orion Publishing Group Ltd., London

Für die deutschsprachige Ausgabe:
Copyright © 2022 by Bastei Lübbe AG, Köln
Textredaktion: Anne Fröhlich, Bremen
Titelillustration: © Drunaa / Trevillion Images
Umschlaggestaltung: U1berlin / Patrizia Di Stefano
Satz: hanseatenSatz-bremen, Bremen
Gesetzt aus der Minion Pro
Druck und Verarbeitung: GGP Media GmbH, Pößneck
Printed in Germany
ISBN 978-3-404-18495-8

2 4 5 3 1

Sie finden uns im Internet unter:
luebbe.de
Bitte beachten Sie auch: lesejury.de

ALEX KNIGHT

Nur eine Chance

Über den Autor:

Alex Knight ist ein britischer Schriftsteller. Er lebt mit seiner Frau und seinen drei Kindern in der Nähe von Glasgow.

Für Karen und Gerry

»Gott macht manche Menschen zu Poeten.
Manche macht Er zu Königen, manche zu Bettlern.
Mich machte Er zu einem Jäger.«

Das grausamste Spiel, Richard Connell

1

Heute

Das energische Klopfen an der Tür war das zweite Zeichen an diesem Morgen, dass Jake Ellis' Leben kurz davorstand, sich in seine Bestandteile aufzulösen.

Jake stellte den Laptop auf die Couch und ging mit raschen Schritten in den schmalen Flur seiner Wohnung im dritten Stock. Das Klopfen wurde drängender.

»Ich komme«, rief er.

Jake trug lediglich eine Jeans, also streifte er sich schnell das T-Shirt über, das noch vom Vortag auf dem Boden lag. Das Klopfen wurde nun von einer Stimme überlagert. Sie klang angstvoll, fast panisch.

»Jake, ich bin's, Molly. Ich glaube, Mom ist tot.«

Die Worte trafen ihn wie ein Schlag.

Er schloss die Tür auf und öffnete sie. Sollte er Zweifel an dem gehabt haben, was er soeben gehört hatte, so wurde dieser von dem Anblick ausgeräumt, der sich ihm bot.

Molly war dreizehn Jahre alt und groß für ihr Alter. Ihr Gesicht war gerötet und ihr langes rotes Haar zerzaust, einige Strähnen klebten ihr an der verschwitzten Stirn.

Sie trug schwarze Leggings und ein graues Langarm-Shirt mit einem Anime-Charakter auf der Vorderseite. Obwohl der April dieses Jahr in San Francisco ungewöhnlich kalt war, hatte sie keine Jacke an.

Das Shirt und Mollys Unterarme waren voller Blut. Viel Blut.

Rachels Blut.

Jake packte Molly an beiden Oberarmen, um sie zu stützen. Dann zog er sie in die Wohnung und schloss die Tür.

»Was …«, begann er, ohne zu wissen, was genau er fragen sollte. »Gab es einen Unfall?«

Er verwarf den Gedanken, kaum dass er die Worte ausgesprochen hatte. Molly stand unter Schock. Nein, mehr als das, sie war völlig verängstigt. Jake dachte daran, was er gerade auf dem Bildschirm seines Laptops gelesen hatte. Jetzt wusste er, dass es kein kranker Scherz war.

»Wer hat das getan? Wo ist deine Mutter?«

Molly schüttelte den Kopf. »Ich weiß nicht, wer es war. Mom wollte mich nur zum Fitnessstudio bringen. Wir haben geparkt, und … und das Fenster …«

»Was ist mit dem Fenster?«

»Es ist einfach explodiert.«

»Was soll das heißen? Hat jemand auf euch geschossen? Wurde auf deine Mom geschossen?«

Während er sprach, suchte er mit geübtem Blick Mollys Oberkörper und Arme nach Verletzungen ab, doch es schien keine zu geben. Es war definitiv nicht ihr Blut, das an ihr klebte.

»Wo ist deine Mom?« Die Dringlichkeit in seiner Stimme ließ die Frage wie ein Bellen klingen.

Molly zuckte zusammen.

»Sie … sie …«

Jake registrierte, dass Molly zitterte und ihre Pupillen geweitet waren. Er hatte in seiner Laufbahn immer wieder mit Menschen zu tun gehabt, die unter Schock standen. Dutzende, wenn nicht sogar Hunderte mussten es gewesen sein. Blutüberströmt, desorientiert, so wie Molly. Paralysiert von der erschreckenden Tatsache, dass ihre bislang heile Welt sich wie aus dem Nichts dazu entschieden hatte, ihre hässliche Seite zu präsentieren. Doch etwas war diesmal anders, denn diesmal stand auch Jake unter Schock.

Er legte die Hände sanft auf Mollys Schultern. Ihr Shirt war feucht von Schweiß. Sie musste gerannt sein. Er zwang sich, mit ruhiger Professionalität zu sprechen. »Es ist alles in Ordnung. Molly? Du bist in Sicherheit. Aber ich muss wissen, wo deine Mutter ist. Wenn sie verletzt ist …«

Molly schluckte, blinzelte ein paarmal und holte tief Luft, um sich zu beruhigen und schließlich jene Worte herauszubringen, die für sie unaussprechlich sein mussten: »Ich glaube, Mom ist tot. Der Typ hat auch auf mich geschossen. Ich bin einfach losgerannt. Ich wusste, wo du wohnst, und …«

Ein ungutes Gefühl breitete sich in Jakes Magen aus. Er führte Molly zur Couch und drückte sanft auf ihre Schultern, damit sie sich hinsetzte.

Er wusste, dass es keinen Sinn hatte, sie in diesem Zustand nach Details zu befragen. Das alles musste mit dem zu tun haben, was er vorhin auf seinem Laptop gelesen hatte. Und das bedeutete, dass es vielleicht seine Schuld war.

»Warte hier, ich werde Hilfe holen«, sagte er und lief hinüber ins Schlafzimmer. Sein Smartphone lag dort auf dem Nachttisch. Er wollte es gerade in die Hand nehmen, als es einen schrillen Ton von sich gab und eine Nachricht auf dem Display erschien.

Es handelte sich weder um eine gewöhnliche Textnachricht noch um eine E-Mail. Es war eine besondere Form der Benachrichtigung. Noch bevor er ein Wort gelesen hatte, erkannte Jake die besonderen Merkmale: ein Rechteck mit abgerundeten Ecken, darin ein Dreieck mit einem Ausrufezeichen – so, wie man es von dem Verkehrsschild kennt, das vor Gefahr warnt.

Die Nachricht war ein Amber-Alarm.

Bei Amber handelte es sich um ein spezielles System zur Verbreitung von Vermisstenmeldungen. Wie jeder Bewohner der Bay Area – und viele andere Menschen im ganzen Land – hatte Jake in den vergangenen Jahren zahlreiche Vermisstenmeldungen über Amber erhalten. Er war sogar einige Male an den Ermittlungen in einem solchen Fall beteiligt gewesen, schließlich gehörte das zu seinem Job.

Doch diesmal war alles anders.

Jake überflog die Nachricht, und natürlich ahnte er, worauf es hinauslaufen würde, noch bevor er alle Details gelesen hatte.

Ein vermisstes Kind.

Molly Donaldson, dreizehn Jahre alt.

Der Verdächtige war männlich, mit weißer Hautfarbe, einundvierzig Jahre alt. Vermutlich bewaffnet und gefährlich.

Sein Name: Jake Ellis.

2

Achtundfünfzig Minuten zuvor

»Weißt du«, sagte Molly zu ihrer Mutter, »es gibt Studien, die belegen, dass manche Menschen genetisch prädisponiert sind, Nachteulen zu sein.«

»*Prädisponiert*«, murmelte ihre Mutter, während sie den Wagen abbremste, auf die Linksabbiegespur wechselte und auf eine Lücke im Verkehr wartete. »Ein wirklich tolles Wort.«

»Genau. Es ist also diskriminierend, wenn du mich zwingst, so früh aufzustehen.«

»Das ganze Leben ist diskriminierend, Molly.« Rachel Donaldson betrachtete ihre Tochter von der Seite und hob eine Augenbraue. Sie trank einen Schluck Kaffee aus ihrem wiederverwendbaren Becher, während auf der Gegenspur in langsamem Tempo ein Bus vorbeizog. Als der Fahrer anhielt und sie vorbeiwinkte, stellte Rachel den Becher hastig in den Getränkehalter.

Sie bedankte sich mit einem knappen Winken und bog ab.

»Siehst du?«, fuhr Molly fort und sah demonstrativ auf die Uhr am Armaturenbrett. »Wir haben noch genug Zeit. Wie ich dir gesagt habe.«

»Wir hatten Glück mit dem Verkehr.«

Molly verdrehte die Augen und blickte aus dem Fenster. Schlimm genug, dass Mom an jedem Schultag ein solches Theater machte. Wenigstens am Wochenende sollte man ausschlafen dürfen.

Dummerweise konnte Molly den Kurs nur am Samstagmorgen besuchen. Sonst gab es nur noch eine andere Möglichkeit am späten

Dienstagnachmittag, was noch ungünstiger war, da Mom dann arbeiten musste. Molly wäre dieser Termin natürlich lieber gewesen, und sie hatte vorgeschlagen, dass sie einfach den Bus nehmen und alleine zum Studio fahren konnte. Schließlich war sie schon dreizehn und kein Baby mehr. Doch Mom hatte dieses Ansinnen rundheraus abgelehnt.

»Vielleicht, wenn die Abende wieder heller werden«, hatte sie geantwortet, in einem so lapidaren Tonfall, als spräche sie von 2028 oder einer noch ferneren Zukunft.

Plötzlich schnappte ihre Mutter nach Luft und trat mit aller Kraft auf die Bremse. Molly wurde nach vorne geschleudert, sodass sich der Sicherheitsgurt stramm vor ihrer Brust spannte. Der Wagen blieb nur wenige Zentimeter vor dem Mann stehen, der vor ihnen auf die Straße getreten war. Die Stoßstange berührte beinahe seine Beine. Er trug einen fleckigen grauen Kapuzenpullover und hatte sich einen zusammengerollten Schlafsack unter den Arm geklemmt.

Er warf einen abwesenden Blick auf den Wagen und hob zum Dank eine schmutzige Hand. Dann setzte er seinen Weg fort und überquerte die Straße.

Rachel fluchte leise. Nachdem sie sich bei Molly erkundigt hatte, ob es ihr gut ginge, fuhr sie langsam weiter. Nach zwei Blocks bogen sie in die Sullivan Street ab und mussten hinter einem Transporter anhalten, der die enge Straße blockierte. Ein Lieferant lud gerade die Ladung aus.

»Ich kann den Rest zu Fuß gehen.«

»Hab einfach einen Moment Geduld«, erwiderte Rachel, und ihr Tonfall machte deutlich, dass dies kein Vorschlag war, sondern ein Befehl.

Mom war in Gedanken bei ihrer Arbeit. Molly spürte das. Rachel hatte heute Morgen einen Termin, was auch der Grund war, warum sie früher als nötig unterwegs waren.

Das Klingeln eines Handys übertönte den Song von Ariana Grande im Radio. Ein mulmiges Gefühl beschlich Molly, als sie nach ihrem Telefon griff. Sie betete insgeheim, dass Kaitlyn Logan nicht schon wieder einen ihrer Instagram-Posts kommentiert hatte und sie als Karottenkopf bezeichnete oder Schlimmeres. Doch dann bemerkte sie, dass es das Smartphone ihrer Mutter war, das aufleuchtete.

»Kannst du mal nachsehen, wer das ist?«, fragte Rachel, ohne den Blick von der Straße zu nehmen.

Molly legte ihr Handy auf dem Armaturenbrett ab und schnappte sich das ihrer Mutter. Es war ein Anruf von Jake, Moms neuem Freund – wobei, so neu war er nun auch wieder nicht.

»Es ist Jake, soll ich rangehen?«

Rachel schüttelte den Kopf. »Ich rufe zurück.«

Molly hörte, wie sich ihnen ein Motorrad von hinten näherte. Ein Biker in Lederkluft versuchte, zwischen ihnen und dem Lieferwagen hindurchzufahren. Vielleicht merkte der Mann, wie Molly ihn beobachtete, denn just in dem Moment, als sie auf gleicher Höhe waren, drehte er den Kopf und blickte zu ihnen ins Wageninnere. Er fuhr so langsam, dass Molly ihr verzerrtes Spiegelbild in seinem Helmvisier sehen konnte.

Natürlich war es nur eine Vermutung, dass die Person auf dem Motorrad ein Mann war. In der Lederkluft und unter dem geschlossenen Helm konnte sich genauso gut eine Frau verbergen. Mollys Freundin Nicole hätte sie dafür gerügt, dass sie das männliche Geschlecht als Standard voraussetzte – und damit unbewusst gängige Geschlechterstereotype bediente.

Wie auch immer, dachte Molly. *Der* oder *die Motorradfahrer:in* richtete *seinen/ihren* Blick wieder auf die Straße, nachdem *er/sie* sich an der Motorhaube von Moms rotem Ford Escape vorbeigequetscht hatte.

Molly fiel der Aufdruck auf der Rückseite des Motorrads ins Auge – Flammen und Teufel.

Sie blickte zu ihrer Mutter, die entnervt seufzte, als der übergewichtige Lieferbote gemächlich zur Fahrertür des Transporters schlenderte und ihr halbherzig mit einem Wink dankte. Er stieg ein und fuhr davon.

»Endlich«, murmelte Rachel und folgte dem Transporter noch, bis sie an der nächsten Kreuzung links auf den Parkplatz des Gemeindezentrums abbog.

Das *Elite Center* war ein einstöckiges Backsteingebäude. Zu beiden Seiten der Eingangstür befanden sich Fenster, eines davon dauerhaft mit Holzlatten vernagelt. Auf dem Schild über dem Nebeneingang des Studios stand zwar in großen Lettern *Elite Fitnesscenter*, doch das Gebäude erinnerte Molly immer an jene heruntergekommenen Häuser, die von Crack-Junkies bewohnt wurden. Das Innere war zum Glück wesentlich ansprechender. Man sollte sich nicht von Äußerlichkeiten zu voreiligen Schlüssen verleiten lassen, dachte Molly.

Der Parkplatz war um diese Uhrzeit leer, doch Mom steuerte automatisch die Parkfläche an, auf der sie immer standen. Molly schnallte sich ab und packte den Türgriff, bereit, die Tür zu öffnen, sobald der Wagen zum Stehen kam. Der Hausmeister schloss das Gebäude immer pünktlich um sieben Uhr auf, und es machte ihm nichts aus, wenn Molly drinnen wartete, bis ihr Kurs begann.

»Hast du deine Wasserflasche?«, fragte Rachel.

Molly antwortete nicht, weil sie von einem Geräusch abgelenkt wurde. Es war das Kreischen des Motorrads, das sich ihnen wieder näherte. Diesmal schien der Motor unter Volllast zu arbeiten. Molly blickte sich um. Der Motorradfahrer hatte gewendet, schoss aus der Richtung heran, in die er gefahren war, und bog in einer scharfen Kurve auf den Parkplatz ein.

»Was ist los, Molly?«

Molly beobachtete, wie der Motorradfahrer in einem weiten Bogen über den Parkplatz raste und auf Moms Seite des Wagens zuhielt. Er schien langsamer zu werden.

Rachel wandte sich um, als das Motorrad neben ihrem Fenster zum Stehen kam. »Oh, Mist«, murmelte sie, »ich hoffe, ich bin nicht …«

Molly wunderte sich, warum ihre Mutter plötzlich stockte. Doch dann sah sie die Waffe in der rechten Hand des Motorradfahrers. Er zielte damit direkt auf sie.

»Molly …«, sagte Rachel. Sie hatte keine Zeit, den Satz zu Ende zu bringen. Das Fenster auf der Fahrerseite explodierte, und Molly spürte, wie etwas Nasses auf ihr Gesicht spritzte.

Es dauerte eine gefühlte Ewigkeit, bis das Donnern des Schusses zu ihr durchdrang. Der Motorradfahrer richtete die Waffe neu aus und beugte sich in den Wagen, um einen besseren Winkel für seinen nächsten Schuss zu bekommen. Molly blickte in die Mündung der Waffe und wich instinktiv zurück. Im nächsten Moment zuckte ein weißer Blitz auf, und im Fallen hörte Molly den zweiten Schuss, der gedämpfter in ihren Ohren klang als der erste.

Sie fühlte sich wie in Trance. Nur langsam wurde ihr bewusst, dass sie rückwärts aus der Beifahrertür gestürzt war. Sie musste die Tür geöffnet haben, als sie, eine Hand noch immer am Türgriff, vor der Waffe zurückgewichen war.

Molly rappelte sich auf und rannte geduckt zum Heck des Wagens. Unwillkürlich schrie sie auf, als ein weiterer Schuss das Seitenfenster über ihrem Kopf zerbersten ließ. Sie erreichte die Heckklappe und kauerte sich an die hintere Stoßstange. Das Motorrad heulte wieder auf.

Oh Gott, fuhr es Molly durch den Kopf, was war mit Mom, war sie …?

Sie versuchte, nicht daran zu denken, und konzentrierte sich stattdessen. Wenn der Mann sie erwischen wollte, musste er entweder die Maschine wenden oder – wesentlich einfacher – absteigen und um das Auto herumkommen. Sie hörte, wie er unter seinem Helm einen gedämpften Fluch ausstieß. Ein weiterer Schuss ertönte. Diesmal zersplitterte die Heckscheibe.

Molly blickte sich verzweifelt um. Etwa zehn Meter entfernt ging es in eine schmale Gasse zwischen dem Fitnesscenter und der Häuserreihe an der Straße. Sie erstarrte.

Es war zu riskant. Doch hier zu bleiben war noch riskanter.

Plötzlich hörte sie das alles durchdringende Dröhnen einer Hupe. Ein blauer Pick-up hatte auf der Straße vor dem Parkplatz angehalten. Der Fahrer, ein großer bärtiger Mann mit einer schwarzroten Kappe der Giants auf dem Kopf, starrte mit ungläubigem Gesicht auf die Szene, die sich vor seinen Augen abspielte.

»Verschwinde da!«, schrie er. Seine Stimme klang befehlsmäßig, doch in seinen Augen sah Molly den Schrecken.

Sie rannte los, ohne sich noch einmal umzusehen. Als hinter ihr ein weiterer Schuss krachte, hatte sie bereits die Gasse erreicht.

3

Zweiundvierzig Minuten zuvor

Am Anfang sind die Dinge immer chaotisch.

Erst später, wenn sich ein vollständiges Bild der Lage herauskristallisiert, kommt Ordnung in die Sache. Dann können Ressourcen, Technologien und erprobte Strategien effektiv eingesetzt werden und ihre volle Wirkung entfalten. Manchmal gibt es ein Happy End, manchmal nicht. Doch in der ersten Stunde eines Vermisstenfalls ist es immer so, als befände man sich mitten in einem Sturm. Schon während die ersten kostbaren Minuten verrinnen, kann entweder alles gut laufen oder komplett den Bach runtergehen.

Special Agent Catherine Lark saß in einem Café in der Van Ness Avenue und blätterte durch ihren Monatsbericht, als ihr Smartphone klingelte. Es war ihr Vorgesetzter, Special Agent Anthony Finn. Catherine Lark blätterte die Seite um, die sie gerade gelesen hatte, und kritzelte einige Notizen auf die Rückseite, während sie sich mit der anderen Hand das Telefon ans Ohr hielt.

Es hatte einen Schusswechsel gegeben, und Finn wollte, dass sie sich unverzüglich zum Tatort begab. Die Uhr tickte. Die Kollegen vom SFPD, dem San Francisco Police Department, waren bereits vor Ort und hatten die Unterstützung des FBI angefordert. Es gab zwei Opfer, auf die geschossen worden war, und ein vermisstes Kind.

Während ihr Vorgesetzter sprach, startete Catherine auf dem Tablet, das vor ihr auf dem Tisch lag, die Karten-App und sah sich den Ort des Geschehens an. »Ich bin in der Nähe und kann in fünf Minuten dort sein«, sagte sie dann.

Sie ließ den Espresso unangetastet auf dem Tisch stehen und warf dem Barista einen entschuldigenden Blick zu, als sie zur Tür hinausging. Es war nicht das erste Mal, dass sie ihr Frühstück so abrupt beenden musste. Deshalb hatte sie es sich zur Gewohnheit gemacht, immer im Voraus zu bezahlen, egal, wo sie war und ob sie gerade Dienst hatte.

Auf den Straßen war an diesem Samstagmorgen nicht viel Verkehr. Anthony Finn hatte ihr berichtet, dass es am Tatort einen toten Mann gab. Das andere Opfer, eine Frau, befand sich auf dem Weg ins Krankenhaus. Wahrscheinlich brachte man sie ins Zuckerberg General Hospital, benannt nach dem Facebook-Typen, der fünfundsiebzig Millionen Dollar für den Bau gespendet hatte.

Catherine sah das Flackern des Blaulichts schon von Weitem, als sie sich dem Parkplatz in der Sullivan Street näherte. Zwei Streifenwagen parkten vor einem flachen Backsteinbau, bei dem es sich um eine Art Gemeindezentrum zu handeln schien.

Auf der Straße vor dem Parkplatz stand ein blauer Pick-up. Der Fahrer, ein großer, kräftiger Mann, hing leblos über dem Lenkrad. Sein Blut war von innen über die gesamte Windschutzscheibe verteilt.

Das Areal war beinahe leer, neben den beiden Polizeiwagen gab es lediglich vier weitere Fahrzeuge: Zwei Limousinen und ein silberfarbener SUV standen korrekt eingeparkt in den Parktaschen direkt neben der Eingangstür des Gemeindezentrums. Der vierte Wagen, ein roter Ford Escape, war schief zum Stehen gekommen, ganz so, als hätte der Fahrer rückwärts in eine der freien Stellflächen stoßen wollen, wäre dann aber von seinem Vorhaben abgehalten worden.

Catherine konnte sich ziemlich genau vorstellen, was den Fahrer – oder die Fahrerin – daran gehindert hatte. Sie stellte ihren Wagen auf dem Seitenstreifen ab und stieg aus. Der Polizeibeamte, der das Absperrband bewachte, mit dem man die gesamte Fläche abgeriegelt hatte, wartete geduldig, bis Catherine ihren Ausweis vorgezeigt hatte.

»Special Agent Catherine Lark, FBI«, sagte sie und spähte an dem

Kollegen vorbei zu dem roten Ford Escape. »Es gibt ein vermisstes Kind?«

Er nickte und wandte sich zu den Kollegen um, die neben dem Fahrzeug standen. »Greg!«, rief er.

Einer der Polizisten sah zu ihnen herüber, ein Afroamerikaner, schätzungsweise Ende dreißig, groß und schlank. Er setzte sich in Bewegung und kam im Laufschritt angerannt.

»Die Feds sind da«, sagte der Streifenbeamte zu ihm und deutete mit einem Nicken auf Catherine. In seiner Stimme schwang nicht die übliche Animosität gegenüber Bundesbehörden mit, die Catherine von gewöhnlichen Polizeibeamten gewohnt war, vielmehr klang es wie eine sachliche Feststellung.

Der herbeigeeilte Kollege hob zum Gruß zwei Finger an die Schläfe. »Officer Wilkins, guten Morgen, Agent.«

»Catherine Lark«, stellte sie sich vor und schaute an Wilkins vorbei zu dem Ford. »Waren Sie als Erster am Tatort?«

Er schüttelte den Kopf. »Davis und McCormack waren um sieben Uhr vierzig hier. Ich bin ein paar Minuten nach ihnen eingetroffen.«

»Dann waren Sie sehr schnell«, meinte Catherine. »Der Notruf ging um sieben Uhr sechsunddreißig ein.« Finn hatte ihr diese Information gegeben.

»Mein Partner und ich waren in der Nähe. Wie geht's dem anderen Opfer?«

»Ist anscheinend noch am Leben, wie ich gehört habe«, sagte Catherine. »Darf ich?« Sie deutete auf das Absperrband.

Wilkins hob es an, sodass sie darunter durchschlüpfen konnte. Er redete weiter, während sie sich dem roten Ford Escape von der Beifahrerseite her näherten. Die Tür auf dieser Seite stand offen, die Heckscheibe war zersplittert.

»Die Frau war in einem ziemlich schlechten Zustand«, berichtete Wilkins. »Davis und McCormack dachten zuerst, sie wäre tot. Hätten sie sich nicht um sie kümmern müssen, hätten sie das hier vielleicht schneller bemerkt ...«

Jetzt sah Catherine, dass auch die Fahrertür keine Fensterscheibe mehr hatte, die Scherben lagen wie kleine Kristalle auf den dunkelgrauen Polstern der Vordersitze verteilt. Überall war Blut, das meiste auf der Sitzfläche und der Kopfstütze des Fahrersitzes. Doch Catherine konnte auch Spritzer auf der Dachverkleidung und am Fenster der Beifahrertür erkennen. Das Blut war allerdings nicht gleichmäßig über das Glas verteilt, sondern konzentrierte sich vor allem an den Rändern der Scheibe. Etwas musste ihm im Weg gewesen sein. Etwas oder jemand.

»*Was* hätten sie schneller bemerken sollen?«, fragte Catherine, während sie sich weiter im Inneren des Wagens umsah. Doch noch bevor Wilkins antworten konnte, sah sie es. Auf der Rückbank lag ein rosafarbener Rucksack aus Segeltuch. Er war klein, und auf der Vorderseite war eine Cartoon-Figur aufgedruckt. Es war der Rucksack eines Teenager-Mädchens, nicht der neununddreißig Jahre alten Frau, die gerade ins Krankenhaus transportiert wurde.

»Ganz genau, der Rucksack«, bestätigte Wilkins, der Catherines Blick folgte.

»Der Name des Opfers war Rachel Donaldson, korrekt?« Sie hatte die Frage kaum ausgesprochen, als ihr bewusst wurde, dass sie aus Versehen bereits in der Vergangenheitsform über die Frau sprach. »Wer wird vermisst? Ihre Tochter?«

Wilkins nickte. »Im Rucksack befanden sich die Sportsachen eines Mädchens und Turnschuhe in Größe vierunddreißig. Wir haben das überprüft ... Das Opfer hat eine dreizehnjährige Tochter. Ihr Name ist Molly.«

»Vater?«

»Verstorben.«

Damit schied bereits einer der üblichen Hauptverdächtigen aus, dachte Catherine. Bemerkenswert, wie schnell man heute an Informationen kam. Das Blut auf dem Fahrersitz war noch nicht einmal getrocknet.

»Hat die Mutter einen Freund?«

»Wir gehen dem nach.«

Catherine lehnte sich vorsichtig durch die Fensteröffnung, darauf bedacht, keines der Glasfragmente zu berühren, die noch im Rahmen steckten. Im Fußraum unter dem Fahrersitz lag eine lederne Brieftasche. Ein Dieb hätte sie mit Sicherheit an sich genommen. Ein Überfall in der Absicht, das Fahrzeug zu stehlen, schied ebenfalls als Motiv aus, denn der Wagen war ja noch da.

»Es ist vielleicht ein wenig voreilig … aber es könnte sich um ein gezieltes Attentat gehandelt haben«, überlegte Catherine laut. »So oder so, wir haben es auf jeden Fall mit einer Kindesentführung zu tun.«

»Agent Lark!«

Catherine blickte auf und sah den Beamten, der das Absperrband bewachte, mit einem Telefon in der Hand auf sie zukommen.

»Wir haben einen Verdächtigen.«

4

Sechs Minuten zuvor

Manchmal sind es die kleinen Dinge, auf die es ankommt.

Der Haarriss im Deckenputz, der sich als ein schwerer struktureller Schaden entpuppt. Die etwas zu spitze Bemerkung, die das nahende Ende einer Ehe erahnen lässt. Das Muttermal, das sich innerhalb weniger Wochen in ein Melanom verwandelt.

In diesem Fall handelte es sich bei dem entscheidenden Detail um den Abdruck einer Kaffeetasse – oder, um präzise zu sein, das Fehlen eines solchen.

Jakes Laptop war ein robustes Arbeitstier von Hewlett Packard. Nichts allzu Extravagantes, aber für seine Bedürfnisse völlig ausreichend. Jake hatte das Gerät vor drei Jahren bei Amazon gekauft, und seitdem hatte es ihm gute Dienste geleistet. Lediglich in der oberen rechten Ecke des Displays war ein feiner Riss, und auf der Tastatur klemmte die linke Steuerungstaste. Auf der Rückseite der Bildschirmklappe hatte Jake das Herstellerlogo mit einem Aufkleber verdeckt. Der Sticker zeigte Elmo aus der Sesamstraße im roten durchgestrichenen Kreis eines Verbotsschilds, ähnlich dem Logo der Ghostbusters. Ein Insiderwitz, der sich darauf bezog, dass Jake im vergangenen Jahr einen überambitionierten Elmo-Darsteller hochgenommen hatte, der Touristen auf dem Union Square belästigt hatte. Viele Menschen klebten Sticker auf ihre Laptops. Manche, dachte Jake, taten es vielleicht, weil sie ihrem Gerät einen persönlichen Anstrich geben wollten. Er selbst hatte es nur getan, weil ein anderer Stammgast des Starbucks-Cafés, das Jake regelmäßig aufsuchte, einen Laptop desselben Modells besaß und sie die Geräte einmal beinahe vertauscht hätten.

Jake konnte nicht mit Sicherheit sagen, was genau ihn dazu veranlasste, ausgerechnet jetzt den Elmo-Sticker zu betrachten. Er wusste nur, dass etwas damit nicht stimmte.

Beinahe seit er den Aufkleber angebracht hatte, war darauf der ringförmige Abdruck einer Kaffeetasse zu sehen gewesen, ungefähr ein Viertel eines Kreises. Natürlich hätte er den Sticker längst austauschen können, doch Jake gefiel der durchgestrichene Elmo, und der Kranz der Kaffeetasse hatte dem Ganzen eine persönliche Note verliehen. Im Laufe der Zeit war der Kaffeeabdruck zu einem hellen Braun verblasst, allerdings nie vollständig verschwunden, dazu war er zu tief in die Fasern des Papiers eingezogen.

Und trotzdem war der Abdruck jetzt nicht mehr zu sehen. Jake öffnete den Laptop und nahm ihn in Augenschein. Der feine Riss in der oberen rechten Ecke des Displays war noch da. Jake betätigte auf der Tastatur die linke Steuerungstaste. Sie klemmte nicht mehr.

Während er über dieses neue Rätsel nachdachte, strich Jake mit einer Hand über seine Bartstoppeln. Dann loggte er sich ein und öffnete ein Browserfenster.

Zunächst sah alles ganz normal aus. Die Liste mit seinen Lesezeichen war da, wo sie hingehörte. Und er war noch immer in seine Accounts bei Amazon und Google eingeloggt. Auch am E-Mail-Eingang hatte sich nichts verändert. Der Browserverlauf enthielt zudem alle Webseiten, die Jake in letzter Zeit aufgerufen hatte.

Bis auf eine.

Wo war die Seite, die er vergangene Nacht besucht hatte, die, auf der man seltene Vinyl-Platten kaufen konnte? Sie tauchte nicht im Browserverlauf auf – ebenso wenig die Google-Suche nach einem Laden in der Umgebung, der Plattenspieler führte.

Jake rief erneut sein E-Mail-Postfach auf. Die Kaufbestätigung über die Schallplatte war eingegangen, eine alte Single von R.E.M., signiert von Michael Stipe und Peter Buck. Jake hatte sie als Geschenk für Rachel gekauft, die in ein paar Wochen Geburtstag hatte.

Doch warum fehlte die entsprechende Suchanfrage im Browserverlauf?

Bei der letzten Webseite, die vor dem heutigen Morgen aufgerufen worden war, handelte es sich um einen Kommentar im *Chronicle*. Es ging darin um die Situation der Obdachlosen in der Stadt, ein Problem, das völlig aus dem Ruder zu laufen drohte. Jake erinnerte sich daran, dass er den Text gestern um die Mittagszeit gelesen hatte, kurz vor dem Beginn seiner Schicht. Das bedeutete, der Browserverlauf reichte nur bis vierzehn Uhr am gestrigen Tag.

Vielleicht lediglich ein kleiner Programmfehler.

Doch Jake musste sofort an einen Fall denken, in den er vergangenes Jahr involviert gewesen war und bei dem sie es mit einem Cyberkriminellen zu tun gehabt hatten. Der Täter hatte sich in die Geräte seiner Opfer gehackt, wenn diese sich in einem sicheren öffentlichen Netz wähnten, und sich so Zugriff auf deren Online-Banking-Konten verschafft.

Natürlich war das hier nicht dasselbe.

Jetzt, wo Jake darauf achtete, fühlte sich der Laptop auch anders an. Die klemmende Steuerungstaste konnte sich von selbst gelöst haben, dachte er. Doch das Gerät selbst erschien ihm plötzlich viel neuer, weniger gebraucht. Und dann der fehlende Abdruck der Kaffeetasse.

Das hier war nicht sein Laptop.

Dennoch befand sich das Gerät in seiner Wohnung.

Jake schloss das Browserfenster und betrachtete nochmals seine E-Mails. Alles so, wie er es in Erinnerung hatte. Allerdings musste das nichts bedeuten, schließlich ließen sich E-Mail-Accounts heutzutage problemlos auf mehreren Geräten synchronisieren.

Moment. Da war ein Detail, an das er sich nicht erinnerte.

Neben dem Ordner mit Entwürfen stand in Klammern eine Eins. Dabei hatte Jake dort gar keinen Entwurf gespeichert! Er öffnete die entsprechende E-Mail.

Die Betreffzeile lautete: *Es tut mir leid.*

Der Adressat der Mail war Jakes Freundin Rachel. Im Absender stand Jakes Mailadresse. Die Mail begann mit den Worten: *Ich hatte keine Wahl. Ich musste Molly und dich töten.*

In diesem Moment begann jemand gegen Jakes Wohnungstür zu hämmern.

5

Zwei Minuten zuvor

Die Außenstelle des FBI in San Francisco befand sich im dreizehnten Stock des Philip Burton Federal Building, Hausnummer 450 der Golden Gate Avenue. Aus dieser Höhe hatte man einen grandiosen Blick über die gesamte Stadt, zumindest, wenn der Himmel nicht wie heute von tiefhängenden Wolken bedeckt war. An Tagen wie diesem hatte man hier eher das Gefühl, hinter einer undurchsichtigen Milchglasscheibe zu stehen.

Catherine Lark begann ihren Dienst jeden Morgen mit demselben Ritual. Sie machte sich in aller Frühe auf den Weg ins Büro, besorgte sich unten bei Peet's einen Kaffee und nahm dann nicht den Aufzug, sondern stieg die Treppe hinauf in den dreizehnten Stock, um den Kreislauf in Schwung zu bringen. Diese kleine Sporteinheit bereitete sie in Verbindung mit dem Koffein physisch und mental auf den Tag vor, was auch immer er bringen mochte. Oben angekommen, gönnte sie sich eine kurze Pause, blickte aus dem Fenster und genoss entweder die Aussicht oder betrachtete nur die Umrisse von Hochhäusern, die Grau in Grau in den dichten Wolken zu erahnen waren. Dabei trank sie den Kaffee und ordnete ihre Gedanken.

Heute Morgen hatte sie keine Zeit für ihr Ritual.

Sie verzichtete auf den Kaffee und nahm den Aufzug. Im Büro herrschte bereits Betriebsamkeit, eine gut geölte Maschinerie, die zum Leben erwacht war.

Special Agent Kelly Paxon erwartete Catherine am Aufzug. Sie war Anfang dreißig, nur einen Meter vierundfünfzig groß, hatte strohblonde Haare und trug eine Brille mit einem dünnen dunkelroten Gestell. Die Agentin war erst Ende vergangener Woche von der Dienststelle in Chicago hierher versetzt worden, doch Catherine fragte sich bereits jetzt, wie sie jemals ohne sie hatte auskommen können.

»Das SFPD ist auf dem Weg zu Ellis' Wohnung«, berichtete Paxon. »Finn will, dass wir die Vermisstenmeldung sofort über Amber rausgeben.«

Catherine nickte resigniert. Ihr Instinkt sagte ihr, dass es vermutlich klüger wäre, die Meldung noch eine Weile zurückzuhalten. Andererseits konnte sie nachvollziehen, dass sich ihr Vorgesetzter für den Fall absichern wollte, dass die Sache schiefging. Sicher wollte er sich später nicht vorwerfen lassen, zu lange gezögert zu haben.

»Also, wer ist der Typ?«, fragte Catherine. »Ist er wirklich Polizist?« Ein Augenzeuge hatte sich kurz nach dem Schusswechsel gemeldet, und seine Beschreibung hatte sie rasch auf Ellis' Spur geführt.

Paxon trug einen Packen Papier unter dem Arm. Sie nickte, ohne die Akten zu konsultieren. »Officer Jake Ellis. Seit fünfzehn Jahren beim SFPD.«

»Seine Akte?«

»Ist sauber. Jedenfalls bis zum vergangenen Jahr. Da ist er bei einer Verkehrskontrolle wohl etwas handgreiflich geworden, und es gab eine Dienstaufsichtsbeschwerde gegen ihn. Er wurde suspendiert. Letztendlich ist die Sache dann aber im Sand verlaufen.«

»Okay«, meinte Catherine. »Die Fahndung nach Ellis ist raus. Wir suchen nach seinem Auto, und das SFPD kümmert sich um seine Wohnung. Unwahrscheinlich, dass er dort Zuflucht sucht …«

Catherine wurde vom Klingeln ihres Handys unterbrochen. Es war Grier von der Authentisierungszentrale. Er hatte sicherzustellen, dass die Vermisstenmeldung die notwendigen Kriterien erfüllte, um über das Amber-System verbreitet zu werden.

Die Kriterien für die Auslösung eines Amber-Alarms waren sehr streng, allerdings stand außer Frage, dass in diesem Fall alle erfüllt waren: Erstens war die Vermisste noch keine achtzehn Jahre alt, also minderjährig. Zweitens befand sich das Kind mit ziemlicher Sicherheit in Lebensgefahr, immerhin hatte der Attentäter bereits auf die Mutter und eine andere Person geschossen und Letztere sogar getötet. Und schließlich gab es einen Verdächtigen, bei dem es sich um den Freund der Mutter handelte.

Paxon hielt Catherine die Akte von Ellis hin, sodass sie die Personenbeschreibung ablesen konnte, während sie sich das Telefon ans Ohr hielt. »Jake Ellis, männlich, weiß, einundvierzig Jahre alt.« Sie buchstabierte Vor- und Nachnamen, las Ellis' Wohnadresse ab und gab das Kennzeichen seines Wagens durch, eines Subaru Baujahr 2015. Grier bestätigte die Angaben am anderen Ende der Leitung, indem er sie wiederholte. Als Nächstes gab Catherine ihm die Daten des vermissten Kindes durch.

»Alles klar«, sagte Grier. »Soll die Meldung sofort raus?«

Catherine nahm das Handy kurz vom Ohr, um die Uhrzeit auf dem Display abzulesen. Acht Uhr siebenundzwanzig.

»Ja«, antwortete sie. »Raus damit.«

Sie legte auf, verschränkte die Arme vor der Brust und blickte zum Fenster hinaus. Die Silhouetten der Wolkenkratzer schälten sich langsam aus dem sich lichtenden Nebel. Sie stellte sich vor, wie sich die Vermisstenmeldung in Windeseile zwischen den Gebäuden verbreitete und sich wie eine Sturzflut über die Stadt ergoss.

Catherine war sich durchaus darüber im Klaren, dass sie sich auf ein gewagtes Spiel einließen, indem sie die Vermisstenmeldung über das Amber-System herausgaben: Einerseits würde sich die Nachricht auf diesem Weg in einer Geschwindigkeit verbreiten, die selbst vor zehn Jahren noch undenkbar gewesen wäre. Andererseits warnten sie auf diese Weise aber auch den Verdächtigen. Er wusste nun, dass sie ihm auf den Fersen waren.

Paxon wirkte ebenfalls beunruhigt. Sie stieß einen Seufzer aus und zog ihr Smartphone hervor.

Catherine wandte sich um. »Hört mal her!«, sagte sie laut, damit alle im Büro sie verstehen konnten. »Die Vermisstenmeldung ist gerade über Amber raus. Macht euch also darauf gefasst, dass gleich die Hölle losbricht.«

Sie hatte den Satz kaum beendet, als es begann.

Die Vermisstenmeldung ging zunächst bei Rick Telfer ein, einem altgedienten Kollegen mit silbergrauem Haar zwei Tische weiter. Sein Smartphone, das vor ihm lag, gab einen schrillen Piepton von sich. Dann leuchtete Paxons Handy auf. Und dann Catherines. Während sie den Blick auf das Display richtete, klingelten immer mehr Telefone im Büro, alle mit demselben schrillen Nachrichtenton. Und auf allen erschien dieselbe Mitteilung. Nicht nur hier im Büro, sondern in der ganzen Stadt und im ganzen Land.

AMBER-ALARM: San Francisco, CA
KIND: 13 J., w, 1,52 m, 49 kg, weiß. Donaldson, Molly
1VERD: 41 J., m, 1,78 m, 83 kg, weiß. Ellis, Jake
PKW: Blau 4tr Subaru
Verdächtiger bewaffnet, Abstand halten
415-553-0123

6

Mit einem einzigen Klick ging die Vermisstenmeldung als E-Mail oder Textnachricht an alle Medienorganisationen, Strafverfolgungsbehörden und Nachrichtendienste, die in der Datenbank verzeichnet waren. Außerdem wurde sie automatisch so formatiert, dass sie über die wichtigsten Social-Media-Kanäle verbreitet werden konnte. Auch die örtlichen Radio- und Fernsehsender würden innerhalb der nächsten Stunde dafür sorgen, dass alle relevanten Informationen die Bevölkerung erreichten. Ungefähr zur selben Zeit würden die Beschreibungen von Molly Donaldson und ihrem Entführer auf Nachrichtenwebseiten erscheinen – und am nächsten Morgen dann auch die Titelseiten des *Chronicle* und des *Examiner* schmücken.

Dennoch konnte es keiner dieser Kanäle mit der Verbreitung der Vermisstenmeldung über Smartphones aufnehmen, – und wenn man ehrlich war, kam man nicht um die Feststellung herum, dass alles andere durch die massenhafte Nutzung von Mobiltelefonen schlichtweg überflüssig geworden war.

Das Amber-System verwendete das *Integrated Public Alert and Warning System*, kurz IPAWS. Innerhalb von dreißig Sekunden, nachdem jemand in der Zentrale auf Senden geklickt hatte, tauchten die Angaben zu der vermissten Molly Donaldson allein in der Bay Area auf den Bildschirmen von knapp vier Millionen Smartphones auf. Wenn man sein Gerät nicht ausgeschaltet hatte, sich in einem Funkloch befand oder zu der Minderheit von Leuten gehörte, die sich gegen die Teilnahme an dem Programm entschieden hatten, erhielt man die Vermisstenmeldung um acht Uhr siebenundzwanzig pazifischer Standardzeit.

Die Statistiken des Justizministeriums waren sehr eindeutig, was die frühzeitige Information der Öffentlichkeit im Falle einer Kindesentführung betraf. Die meisten Kinder, die in den Vereinigten Staaten als vermisst gemeldet wurden, konnten am Ende zwar gesund und wohlbehalten wiedergefunden werden. In den wenigen Fällen allerdings, in denen ein Kind entführt und getötet wurde, beging der Täter den Mord innerhalb der ersten drei Stunden nach dem Zeitpunkt der Entführung. Zeit war also ein entscheidender Faktor. Und präzise Informationen unerlässlich. Vier Millionen Paar Augen konnten den Unterschied zwischen einem lebenden und einem toten Kind ausmachen.

Die Vermisstenmeldung leuchtete auf den Handydisplays von Joggern auf, die der Kälte trotzten und ihre Morgenrunde im Golden Gate Park drehten. Sie unterbrach Menschen, die in den Cafés der Stadt beim ersten Kaffee durch ihre Facebook-Profile scrollten. Und sie traf still und heimlich bei Langschläfern ein, die ihr Gerät in den Schlafmodus versetzt hatten, und würde somit das Erste sein, was diese sahen, wenn sie später am Morgen aus dem Bett krochen.

Chrissie Chung wäre um acht Uhr siebenundzwanzig an einem Samstagmorgen gerne an einem dieser drei Orte gewesen – Golden Gate Park, Café, Bett –, wesentlich lieber jedenfalls als da, wo sie sich gerade befand.

Chrissie arbeitete zeitlich befristet für eine Firma, die sich selbst als »agile Marketing- und Kommunikationsagentur« bezeichnete. Das Büro befand sich in einem Hochhaus am südlichen Ende der Montgomery Street. Chrissie hatte sich gerade an ihren Computer gesetzt. Eigentlich sollte sie pünktlich um acht Uhr mit der Arbeit beginnen, doch an Samstagen tauchte Marc, ihr Boss, selten im Büro auf.

Sie loggte sich ein und warf kurz einen Blick auf die Regionalnachrichten, in denen eine Gewalttat die wichtigste Meldung des

Morgens war. Bei einem versuchten Carjacking im Mission District waren zwei Menschen erschossen worden. Es konnte noch nicht lange her sein, da die Meldung nur aus wenigen Zeilen bestand. Abgesehen davon schien es in der Stadt ruhig zu sein.

Chrissie schloss das Browserfenster und öffnete ihre Projektliste. Eine ganze Reihe von neuen Kunden erwartete sie. Doch bevor sie sich die Details ansah und die Projekte nach Dringlichkeit sortierte, tat sie, was sie jeden Morgen tat: Sie überprüfte noch schnell, welche Fortschritte ihre neueste Episode machte.

Sean, ihr Produzent, hatte einen etwas unübersichtlichen Zeitplan für jede einzelne Folge von *Untraceable* erstellt, dem Podcast, den sie wöchentlich veröffentlichten. In Spalten waren die einzelnen Bestandteile des Podcasts aufgeführt: Interviewauszüge, Erzählerstimme, Musikuntermalung, Credits, Werbeanzeigen. Von Letzteren gab es natürlich nur sehr wenige.

Alles schien nach Plan zu laufen. Die Episode, die sie am Montag veröffentlichen würden, die Fortsetzung zu einem Fall, über den sie vor zwei Monaten berichtet hatten, war so gut wie fertig. Gerade als Chrissie sich beruhigt ihrer Arbeit widmen wollte, meldete ihr Handy mit einem ungewöhnlich schrillen Ton eine eingehende Nachricht. Chrissie griff nach dem Telefon und fragte sich, von wem die Mitteilung wohl stammen mochte.

Nur, dass es keine gewöhnliche Mitteilung war. Schon während Chrissie ihr Smartphone in die Hand nahm, hörte sie, wie um sie herum weitere Geräte denselben Nachrichtenton von sich gaben. Sie wusste sofort, was das bedeutete.

Rasch überflog sie den kurzen Text und legte das Gerät wieder beiseite. Dann rief sie auf ihrem Computer Google auf und gab die Namen ein, die sie in der Vermisstenmeldung gelesen hatte. Ihre Finger flogen über die Tastatur. Donaldson. Ellis.

Die Seite des *Chronicle* erschien in den Suchergebnissen an erster Stelle. Der Artikel über die Schießerei, den sie gerade gelesen hatte, war aktualisiert worden. Von einem Carjacking war nun nicht mehr die Rede. Ein Mann war tot, eine Frau schwer verwundet, ein Mädchen wurde vermisst. Die Meldung hatte es noch nicht auf die anderen regionalen Nachrichtenseiten oder gar die Homepage des San Francisco Police Department geschafft. Doch der Bericht im *Chronicle* versorgte Chrissie bereits mit den wesentlichen Informationen. Sie nahm wieder ihr Smartphone zur Hand und scrollte durch die Liste der letzten Anrufe, die sie getätigt hatte. Als sie auf Wahlwiederholung tippte, duckte sie sich instinktiv hinter die Trennwand ihres Abteils, damit niemand im Großraumbüro bemerkte, dass sie einen privaten Anruf tätigte.

Während das Freizeichen erklang, überflog sie noch einmal den Artikel. Die Informationslage war wirklich noch sehr dünn, andererseits hatte sich die Tat vor nicht mal einer Stunde ereignet. Ofenfrisch, sozusagen. Sehr bald würde mehr bekannt werden. Es würde Fotos geben. Zeugenberichte.

»Hallo?« Seans mürrische Stimme ließ keinen Zweifel daran, dass Chrissie ihn geweckt hatte und er nicht sonderlich erfreut darüber war.

»Sean, hast du auch den Amber-Alarm bekommen?«

»Was … wovon zum Teufel sprichst du? Wie spät ist es überhaupt?«

»Wie viel hast du gestern Abend getrunken? Wirf verdammt noch mal einen Blick auf dein Handy!«

»Das halte ich mir gerade ans Ohr.«

Sie senkte die Stimme und sprach überdeutlich. »Dann nimmt dein verdammtes Telefon von deinem verdammten Ohr und schau auf das verdammte Display.«

Es entstand eine kurze Pause. »Oh.«

»Oh? Das ist alles, was du zu sagen hast? Die Sache scheint mit der Schießerei im Mission District zusammenzuhängen. Du musst so schnell wie möglich dorthin.«

»Ja, natürlich. Ich muss nur kurz …«

»Nein. Setz dich sofort in Bewegung. Fahr im Schlafanzug hin, wenn's sein muss. Das hier ist genau das, worauf wir gewartet haben.«

Chrissie beendete den Anruf und richtete ihre Aufmerksamkeit wieder auf den Artikel im *Chronicle*. Die aktualisierte Fassung enthielt nun sogar Fotos. Das Bild der Vermissten entsprach dem, was Chrissie erwartet hatte: Das Mädchen trug eine Baseballkappe der Warriors und ein hellblaues T-Shirt. Unter einem strahlend blauen Himmel lächelte sie in die Kamera. Die Aufnahme stammte wohl aus dem Disneyland, denn im Hintergrund war das typische Märchenschloss zu sehen.

Wesentlich interessanter war das Foto des Mannes, den man verdächtigte, das Mädchen entführt zu haben. Es handelte sich um einen Weißen mit sandfarbenem Haar und Schnurrbart. Er schaute mit ernstem Blick in die Kamera.

Allerdings waren es nicht diese Details, die Chrissie als Erstes ins Auge fielen. Da war etwas anderes an dem Bild, das wirklich ungewöhnlich war.

Der Mann trug eine Uniform.

Eine Uniform des San Francisco Police Department.

7

»Was ist los?«

Jake Ellis blickte von seinem Smartphone auf. »Ich muss …«, begann er, hielt aber dann inne.

Molly sah ihn noch immer mit schockiertem Gesichtsausdruck an, wartete darauf, dass er etwas tat. Eine feine Linie getrockneten Bluts verlief wie eine purpurfarbene Träne über ihre Wange.

Ein Hagelschauer widerstreitender Gedanken ging auf Jake nieder. Beruhige dich, befahl er sich im Stillen. Konzentriere dich auf das, was im Moment am wichtigsten ist.

Er musste verschwinden. Molly konnte hier in der Wohnung bleiben. Die zuständigen Kollegen, die mit Sicherheit bald hier eintreffen würden, würden sich um sie kümmern.

Doch konnte er sich darauf verlassen?

Das Einzige, was er derzeit mit Sicherheit wusste, war, dass jemand all dies geplant hatte, bis hin zu dem gefälschten Geständnis, das Jake auf seinem Laptop entdeckt hatte. Ein gefälschtes Geständnis, das Mollys Tod einschloss. Das bedeutete, dass sie beide in Lebensgefahr schwebten.

Jake traf eine Entscheidung: Verschwende nicht noch mehr Zeit mit Nachdenken, sondern tu was und setz sich in Bewegung.

»Wir müssen hier weg. Jetzt!«

Es hätte ihn nicht gewundert, wenn Molly widersprochen und sich geweigert hätte, die falsche Sicherheit der Wohnung zu verlassen. Doch sie nickte nur stumm.

Wie viel Zeit hatte er? Höchstens Minuten, vielleicht aber auch nur Sekunden.

Sein Dienstausweis und seine Dienstwaffe, eine SIG Sauer, lagen auf dem Küchentisch. Jake schnappte sich beides und trat ans Fenster, gerade rechtzeitig, um zu sehen, wie ein Streifenwagen mit hoher Geschwindigkeit in die Straße einbog und in Richtung seiner Wohnung raste. Wussten sie, dass er hier war? Und falls dem so war, warum hatten sie dann den Amber-Alarm so frühzeitig ausgelöst?

Jake hielt sich nicht damit auf, Socken anzuziehen, sondern schlüpfte barfuß in seine Sneakers. Dann schnappte er sich die Jacke, die am Haken neben der Wohnungstür hing. Er öffnete die Tür einen Spalt breit. Auf dem Flur war niemand zu sehen, doch er hörte, wie unten im Erdgeschoss die Eingangstür geöffnet wurde. Auf diesem Weg konnten sie das Haus also nicht verlassen, was ihre Optionen beträchtlich einschränkte. Molly folgte ihm, als er aus der Wohnung trat, und beobachtete schweigend, wie er ans Geländer schlich und einen Blick hinunter ins Treppenhaus warf.

Ein Einsatzteam der Polizei kam mit mehreren Männern zielstrebig die Treppe herauf. Jake sah zu Molly, deutete zu der Treppe, die nach oben führte, und sie machten sich auf den Weg. Als sie das nächste Stockwerk erreicht hatten, fiel Jake ein, dass er seinen Laptop auf dem Sofa liegengelassen hatte. Das gefälschte Geständnis und wer weiß was noch alles befand sich darauf. Nicht, dass das jetzt eine große Rolle spielte. Wer auch immer hinter dieser Sache steckte, er arbeitete professionell und hatte sich alle Mühe gegeben, Jake etwas anzuhängen. Der Laptop war mit Sicherheit nur die Spitze des Eisbergs.

»Bleib dicht an der Wand«, ermahnte er Molly, während sie die Treppe weiter nach oben eilten. Er versuchte, sich ganz auf die Situation zu konzentrieren, doch immer wieder musste er an Rachel denken, sah ihr Gesicht vor Augen.

Rachel war tot. Wer hatte ihr das angetan? Und warum?

Sie befanden sich zwischen dem vierten und dem fünften Stock, als Jake hörte, wie die Polizisten unten an seine Wohnungstür hämmerten und eine schroffe Männerstimme seinen Namen rief.

»Polizei. Öffnen Sie die Tür und Hände hoch!«

Jake hatte diese Warnung unzählige Male selbst ausgesprochen. Er wusste, wie der Kollege dort unten sich in diesem Moment fühlte, kannte dieses mulmige Gefühl im Magen, das immer da war, egal, wie oft man schon an die Tür einer verdächtigen Person geklopft hatte – weil es jedes Mal anders lief.

Sie erreichten das nächste Stockwerk und folgten der Treppe weiter nach oben. Wieder hörte er den Beamten seinen Namen rufen, diesmal leiser, was bedeutete, dass sie die unverschlossene Tür geöffnet hatten und sich nun in der Wohnung befanden – einer Wohnung, die sie in kürzester Zeit durchsucht haben würden, da sie neben Küche und Bad lediglich zwei Zimmer hatte.

Sie waren im obersten Stockwerk angekommen, wo es zu beiden Seiten der Treppe jeweils eine Tür gab. Die eine führte auf das Dach, die andere gehörte zu einer Wohnung. Jakes Hoffnungen schwanden, als er sah, dass die Wohnungstür offen stand. Ein älterer Mann lugte durch den Spalt und musterte Molly und ihn über den Rand seiner Hornbrille hinweg. Er war klein, hatte graues Haar und eine fahle Gesichtsfarbe. Jake hatte den Mann im Vorbeigehen ein paarmal gegrüßt, kannte ihn aber nicht weiter. Er wusste nicht einmal seinen Namen und wünschte sich unwillkürlich, er hätte sich mehr für seine Nachbarn interessiert. Doch es war sinnlos, sich jetzt deshalb Vorwürfe zu machen.

Der Mann blickte Jake fragend an.

»Mein Freund, tu mir einen Gefallen«, sagte Jake. »Du hast uns nicht gesehen, einverstanden?«

Der alte Mann betrachtete Jake und Molly abwechselnd, dann wanderte sein Blick zu der Waffe, die Jake in der Hand hielt. Sein Gesicht wurde noch blasser. Er nickte, zu schnell für Jakes Geschmack, und schloss eilig die Tür.

»Warum … laufen wir vor der Polizei davon?«, fragte Molly, als

Jake versuchte, die andere Tür zu öffnen. Aus dem Treppenhaus hörte er die Schritte der Polizisten, die auf dem Weg nach oben waren. Jake hoffte, dass sie gründlich vorgingen und auch die restlichen Wohnungen überprüften, doch selbst dann würden sie nicht lange brauchen, bis sie das Dachgeschoss erreicht hatten.

Jake drückte die Klinke runter. Wie üblich war die Tür verschlossen, und wie üblich befand sich der Schlüssel unter der Topfpflanze in der Ecke gegenüber.

Das Einsatzteam hatte nun das Stockwerk unter ihnen erreicht. Ihnen blieben nur noch Sekunden. Jake steckte den Schlüssel ins Schloss und stellte zu seinem Entsetzen fest, dass er sich nicht drehen ließ. Er biss vor Verzweiflung die Zähne zusammen. Dann erinnerte er sich daran, dass es einen Kniff gab. Er lehnte sich mit seinem ganzen Körpergewicht gegen die Tür und versuchte es erneut. Diesmal ließ sich der Schlüssel im Schloss drehen, und die Tür öffnete sich.

Jake trat zur Seite und ließ Molly den Vortritt.

Er machte gerade die Tür hinter sich zu, als er den alten Mann rufen hörte. Das änderte nun auch nichts mehr, die Polizisten hatten vermutlich bereits herausgefunden, welchen Fluchtweg sie gewählt hatten. Jake hoffte nur, dass sie nicht durch die Tür feuern würden. Er verschloss sie wieder und ließ den Schlüssel stecken, um sich und Molly ein wenig Zeit zu verschaffen.

Dann eilte er die kurze Metallleiter hinauf, die auf das Flachdach führte. Molly erwartete ihn dort.

Die Gebäude hier waren über hundert Jahre alt und standen dicht an dicht. Der Abstand zum Dach gegenüber betrug kaum mehr als einen Meter. Sie konnten ohne Mühe hinübersteigen und danach über einen noch schmaleren Spalt auf das Dach des President Hotel gelangen.

Jake wandte sich zu Molly um. Sie stand direkt hinter ihm und schätzte bereits den Sprung ab. Sie zitterte nicht mehr, offenbar hatte sie den ersten Schock überwunden. Es ging eben nichts über eine körperliche Herausforderung, um auf andere Gedanken zu kommen.

Jake deutete über das Dach des benachbarten Gebäudes hinweg auf das President Hotel. »Dort gibt es auch eine Feuerleiter«, sagte er. »Sie führt runter zur Straße. Meinst du …«

Statt ihm zu antworten, drehte sich Molly um, nahm Anlauf und legte in erstaunlicher Schnelligkeit die sechs Meter bis zur Brüstung zurück, wo sie sich mit dem linken Fuß abstieß. Sie flog über den Spalt zwischen den Gebäuden und landete sicher auf dem gegenüberliegenden Dach. Bei ihr sah es wirklich ganz einfach aus.

Jake trat ein paar Schritte zurück, dann rannte er los.

8

Kelly Paxon steuerte den Wagen, während Catherine mit Sergeant Fleck vom San Francisco Police Department telefonierte. Fleck war einer der Streifenbeamten, die in diesem Augenblick das Gelände rund um das Wohngebäude absperrten, in dem sich Jake Ellis' Apartment befand. Außerdem hielt Fleck alle Beteiligten auf dem Laufenden, indem er die Meldungen des Einsatzteams weitergab, das in dem Gebäude nach dem Verdächtigen suchte.

Irgendjemand hatte es vermasselt, so viel stand fest.

Bereits wenige Minuten, nachdem die Vermisstenmeldung über das Amber-System rausgegangen war, hatte das Einsatzteam des SFPD Ellis' Wohnung gestürmt und ihn offenbar nur um einige Sekunden verpasst.

Paxon lenkte den Wagen um die Kurve. Catherine sah einen Polizeibeamten, der die Straße mit Absperrband abriegelte und gleichzeitig versuchte, die Schaulustigen auf Abstand zu halten. Zwei Einsatzfahrzeuge standen quer vor dem Gebäude, ein zusätzlicher Streifenwagen kam ihnen aus entgegengesetzter Richtung entgegen.

Vor dem Eingang des Wohnhauses entdeckte Catherine einen weiteren Uniformierten. In der rechten Hand hielt er seine Waffe, mit der linken drückte er sich ein Handy ans Ohr. Seine Lippen bewegten sich synchron zu der Stimme, die Catherine aus dem Lautsprecher ihres Smartphones hörte.

»Bleiben Sie dran«, sagte Fleck, »wir bekommen hier gerade Besuch.«

»Alles klar«, erwiderte Catherine und legte auf.

Paxon parkte den Wagen wenige Meter von Sergeant Fleck entfernt. »Special Agent Lark?«, fragte er, als Catherine ausstieg.

Sie verschwendete keine Zeit damit, das Offensichtliche zu bestätigen. »Wie viele Leute haben wir?«

»Vier. Verstärkung ist auf dem Weg.«

Catherine hörte das Geheul näher kommender Sirenen, mit jeder Sekunde schienen es mehr zu werden. Ein weiterer Polizeibeamter kam aus der Eingangstür des Wohngebäudes und näherte sich ihnen mit raschen Schritten. Er war jung, schätzungsweise Anfang zwanzig, hatte schwarzes Haar und blaue Augen. Er hielt eine Waffe in der Hand und schüttelte den Kopf. »Er kann noch nicht lange weg sein, Sergeant. Glauben Sie, er hat einen Tipp bekommen?«

»Ausschließen können wir das nicht, Officer«, antwortete Catherine an Flecks Stelle, während sie sich fragte, wer oder was Ellis aufgescheucht hatte.

Ein Knacken drang aus Flecks Funkgerät, und er drückte die Empfangstaste. »Wir haben den Subaru«, tönte eine Stimme aus dem Lautsprecher.

Catherine spürte, wie Hoffnung in ihr aufkeimte. Bedeutete das vielleicht, dass die Kollegen Ellis gerade verfolgten oder ihn sogar schon dingfest gemacht hatten?

»Haben Sie den Verdächtigen?«, fragte Fleck, dem offenbar derselbe Gedanke durch den Kopf ging.

»Negativ. Wir haben nur den Wagen. Er steht auf der Eddy Street.«

Der Sergeant sah Catherine frustriert an. »In Ordnung, Position halten, vielleicht kommt Ellis zurück.«

»Sergeant!« Die Stimme kam vom Dach des Gebäudes.

Sie blickten alle drei hinauf und erkannten einen Polizeibeamten, der zu ihnen herunterwinkte, um auf sich aufmerksam zu machen.

»Ich glaube, wir haben hier was!«, rief er.

Catherine trug Paxon auf, sich um den Subaru zu kümmern. Sie selbst folgte Sergeant Fleck durch den Haupteingang und stieg dann hinter ihm die Treppe hinauf. Das Gebäude musste älteren Baujahrs sein. Der Eingangsbereich und das Treppenhaus machten einen heruntergekommenen Eindruck. Vor zehn oder zwanzig Jahren hatte man hier vermutlich noch zu moderaten Preisen eine Wohnung mieten können. Der Zustand des Gebäudes und die Tatsache, dass draußen auf der Straße ausschließlich ältere, gebrauchte Fahrzeuge parkten, verrieten Catherine, dass die meisten Bewohner schon lange hier wohnten – und das auch nur wegen ihrer alten Mietverträge.

Sie kamen an Ellis' Wohnung vorbei, deren Tür offen stand und von einem Polizisten bewacht wurde. Sergeant Fleck ging weiter, und sie stiegen noch zwei weitere Stockwerke hoch. Catherine konnte sich schnell zusammenreimen, was geschehen war, als sie die geöffnete Tür zum Dach und die Einschusslöcher rund um das Schloss sah.

Auf der Metallleiter, die zum Dach hinaufführte, stand ein Mann und unterhielt sich mit einem weiteren Polizisten. Er machte einen konsternierten Eindruck. Catherine schätzte ihn auf Ende siebzig, wenn nicht sogar noch älter. Die dünnen grauen Haare trug er hinter die Ohren zurückgekämmt. Durch die dicken Gläser seiner Hornbrille konnte sie kaum erkennen, welche Farbe seine Augen hatten.

Catherine deutete auf die Tür. »Haben Sie da jemanden?«

Bevor der Polizist antworten konnte, kam ein anderer Beamter vom Dach herunter: »Soweit ich sehen kann, ist er nicht hier oben.«

»Soweit Sie sehen können?«, wiederholte Catherine mit erhobenen Augenbrauen. Es war kaum anzunehmen, dass Ellis einfach hier herumsaß.

Der Mann wollte gerade antworten, aber Sergeant Fleck schnitt ihm das Wort ab. »Donnie, bewegen Sie gefälligst Ihren Hintern und suchen Sie das Dach ab!«

»Aber …« Officer Donnie wollte widersprechen, besann sich aber eines Besseren und verschwand wieder die Stufen hinauf.

Catherine wandte sich dem alten Mann zu. »Haben Sie gesehen, wie er hier hochgekommen ist?«

Er überlegte kurz, schüttelte dann den Kopf. »Er sagte, ich soll lieber vergessen, dass ich ihn gesehen habe.«

»Wie lange ist das her?«

Der alte Mann blickte kurz zu Fleck, als würde er die Antwort bei ihm suchen. »Ein paar Minuten? Es war kurz bevor Ihre Leute hier aufgetaucht sind.«

»War er allein, oder hatte er jemanden bei sich?«

»Das Mädchen war bei ihm. Das, nach dem Sie suchen.«

»Das vermisste Mädchen?«

Der alte Mann hielt Catherine sein iPhone hin, auf dessen Display der Amber-Alarm zu sehen war. Es war jene Nachricht, die Jake Ellis wohl dazu veranlasst hatte, seine Wohnung fluchtartig zu verlassen.

»Können Sie das Mädchen beschreiben?«

Der alte Mann brauchte eine Weile, bis er sein Smartphone wieder in seiner Hosentasche verstaut hatte. Dann hob er eine Hand und hielt sie auf Schulterhöhe. »Ungefähr so groß, rote Haare. Sie war voller Blut.«

»Blut?«

Er nickte.

»War sie verletzt? Konnten Sie erkennen, ob es ihr Blut war oder das von jemand anderem?«

»Das weiß ich nicht.«

»Welchen Eindruck machte das Mädchen auf Sie? Hatte sie Angst, war sie panisch?«

»Ich glaube schon …«

»In Ordnung. Danke, Mr …«

»Rosenberg. Ronald Rosenberg.«

Catherine wandte sich zum Gehen, drehte sich dann aber noch einmal um. »Ach, Mr Rosenberg. Kennen Sie Mr Ellis gut?«

Er antwortete nicht sofort. »Nein, er ist mir nur im Hausflur manchmal über den Weg gelaufen. Sie wissen ja, wie das ist.«

Catherine hörte weitere Sirenen, die sich ihnen näherten. Die Straße vor dem Gebäude würde bald aussehen wie der Parkplatz des Polizeipräsidiums. Sie wandte sich von Rosenberg ab, zog ihr Smartphone aus der Jackentasche und wählte Paxons Nummer.

»Wie sieht es aus?«

»Ich bin bei Ellis' Wagen. Geparkt und abgeschlossen. Weit und breit keine Spur von dem Mann.«

Catherine unterdrückte einen Fluch. »Okay, halt die Augen offen. Das Mädchen ist bei ihm. Sie ist voller Blut. Die beiden werden jemandem auffallen.« Catherine warf Sergeant Fleck einen Blick zu. »Er kann noch nicht weit gekommen sein.«

Fleck nickte. »Wir riegeln die Gegend ab. In zehn Minuten ist jeder Cop in dieser Stadt auf der Suche nach Ellis und dem Mädchen.«

Catherine biss sich auf die Unterlippe. Zehn Minuten. In zehn Minuten konnte viel passieren. »Die beiden werden jemandem auffallen«, wiederholte sie und wünschte, sie wäre so zuversichtlich, wie ihre Worte klangen.

9

Jake kannte den jungen Polizeibeamten nicht, der drei Blocks von seiner Wohnung entfernt den Ausgang der schmalen Gasse bewachte. Er machte einen nervösen Eindruck, sah sich immer wieder in alle Richtungen um und blickte dann argwöhnisch in den Park auf der anderen Seite der Straße, als könne von dort jederzeit ein Angriff erfolgen. Seine Hand lag dabei die ganze Zeit über auf dem Holster seiner Waffe, was ihm eine gewisse Sicherheit zu geben schien. Jake schätzte, dass der Knabe frisch von der Akademie kam.

Allerdings spielte es keine Rolle, über wie viel Erfahrung der Junge verfügte. Es zählte nur, dass er ihren einzig möglichen Fluchtweg bewachte.

Ein Streifenwagen raste mit flackerndem Blaulicht auf der Straße vorbei. Weitere Sirenen heulten in der Ferne, misstönend wie ein Orchester, in dem die Musiker ihre Instrumente stimmten. Jake kannte das übliche Prozedere. Mit jeder weiteren Minute, die verstrich, würden mehr Polizeibeamte in der gesamten Stadt auf der Suche nach ihnen sein. Sie würden zunächst die Gegend um seine Wohnung abriegeln und die Sperrzone dann Block für Block systematisch erweitern. Und dann würden sie jeden Stein umdrehen, so lange, bis sie Jake gefunden hatten. Es war nur eine Frage der Zeit.

Er kauerte sich wieder hinter die niedrige Mauer, die Molly und ihm als Deckung diente. Molly blickte ihn an, als wolle sie etwas sagen, schien sich aber nicht zu trauen. Das Klettern und Laufen hatte sie beide außer Atem gebracht. Sie hatten in kurzer Zeit eine beachtliche Distanz zurückgelegt, ohne dass jemand sie entdeckt hatte. Doch ihre Glückssträhne schien hier zu enden.

Wenn er den Grünschnabel nur irgendwie ablenken könnte, überlegte Jake. Vielleicht würden sie es dann hinüber in den Park schaffen. Von dort aus war es nicht weit bis zur Washington Street, wo Marcus wohnte und wo ein fahrbarer Untersatz auf sie wartete – was wesentlich erfolgversprechender war als eine Flucht zu Fuß.

Sie durften keine weitere Zeit verlieren. Da Jake den Grünschnabel nicht kannte, war es umgekehrt vermutlich auch so. Er griff in die Innentasche seiner Jacke und versicherte sich, dass sein Dienstausweis an Ort und Stelle war. Aus alter Gewohnheit hatte er ihn mitgenommen, als er die Wohnung verlassen hatte.

»Unten bleiben«, flüsterte er Molly zu.

Er stand auf und zog den Dienstausweis aus der Jackentasche, wobei er darauf achtete, das Foto mit dem Daumen zu verdecken. Dann ging er mit festen Schritten auf den Grünschnabel zu.

»Hey!«, rief er, obwohl der Streifenbeamte ihn offenbar bereits gehört hatte und sich umdrehte. Voraussetzung für Jakes Bluff war, dass alles schnell ging und der Grünschnabel sich den Ausweis nicht genauer ansah. Die Hand des jungen Manns wanderte zögerlich zur Waffe, als Jake auf ihn zueilte.

»Ed McCrossan, Bayview Station«, sagte Jake und ließ den Dienstausweis schnell wieder in der Jackentasche verschwinden, bevor er dem Grünschnabel zu nahe kam. Die Chancen standen gut, dass der Junge von einer Einheit der Metro Division stammte und mit den Kollegen der Golden Gate Division, zu der die Bayview Station gehörte, nichts zu tun hatte. »Ihr Name, Officer?«

»F … Friedrich.« Der Blick des jungen Mannes wanderte unsicher von Jakes Gesicht zu der Jackentasche, in die er den Ausweis geschoben hatte.

»Was zum Teufel machen Sie hier, Friedrich?«, rief Jake. »Bei welcher Division sind Sie?«

»Bei der … der Northern Division, Sir.«

»Ihr Sergeant?«

»Mein … also, wissen Sie …«

»Zum Teufel noch mal, wie lautet der Name Ihres verfluchten Sergeants?«

»Sergeant Fleck, Sir.«

»Jim Fleck, das alte Schlitzohr, ist noch immer im Dienst?« Jake seufzte und schlug einen versöhnlichen Ton an. »Also gut, passen Sie auf, wir stecken mächtig in der Tinte. Der Verdächtige wurde gesehen und scheint sich südlich in Richtung Leavenworth zu bewegen. Ich brauche Sie da unten als Verstärkung, okay?«

Als Officer Friedrichs Blick in die Richtung wanderte, in die Jake zeigte, wusste er, dass sein Trick funktionierte.

»Aber Sergeant Fleck …«, stammelte der junge Mann.

»Ich rede mit Jimmy. Lassen Sie das meine Sorge sein, Friedrich.«

»Ja, Sir.« Friedrich wollte sich auf den Weg machen, und Jake plante in Gedanken bereits seine weitere Flucht, als der junge Polizist abrupt innehielt und sich noch einmal umdrehte. Er schaute hinab auf Jakes Füße. Turnschuhe. Keine Socken.

»Sir …«

Friedrich griff nach seiner Waffe, doch Jake hatte seine SIG Sauer bereits gezogen und zielte damit auf die Brust des Polizisten.

»Tut mir leid, Junge«, sagte er. »Gib mir deine Handschellen.«

Drei Minuten später erwachte der Motor des alten VW SUV stotternd zum Leben. Jake hoffte, dass sein Freund Marcus, dem der Wagen gehörte, gut versichert war. Andererseits hatte Jake ihn oft genug ermahnt, das Auto abzuschließen, selbst, wenn es vor seiner Haustür parkte.

Er wies Molly an, sich im Fußraum auf der Beifahrerseite zu verstecken. Mit angezogenen Knien passte sie so exakt in die Lücke zwischen Sitz und Armaturenbrett, als wäre diese eigens für den Zweck geschaffen worden. In der Mittelkonsole lag eine verkratzte Sonnenbrille. Jake zog sie auf und lenkte den Wagen aus der Einfahrt. Er fuhr auf die Hyde Street, und noch bevor er wenig später in die Bush Street abbog, waren ihnen zwei Streifenwagen begegnet. Jake hatte jeden Blickkontakt mit den Beamten vermieden, und sie waren weitergefahren, ohne den Geländewagen weiter zu beachten.

»Hätten wir nicht einfach mit der Polizei sprechen können?«, flüsterte Molly plötzlich im Fußraum.

Jake schüttelte den Kopf. »Nein.«

»Warum?«

»Kurz bevor du gekommen bist, habe ich etwas auf meinem Laptop entdeckt. Ein Geständnis, in dem ich zugebe, dass ich derjenige bin, der hinter alldem steckt. Jemand hat mir eine Falle gestellt.« Beinahe hätte er gesagt, dass das, was er gelesen hatte, darauf hindeutete, dass Rachel und Molly beide sterben sollten. Doch er hielt sich zurück. »Solange wir nicht wissen, wer uns das antut und warum, können wir nicht mit der Polizei reden. Zu riskant.«

Während er sprach, hatte Jake zu Molly hinabgesehen, und nun, da er den Blick wieder auf die Straße richtete, stellte er erschrocken fest, dass ein großer, dünner Mann im grauen Anzug die Fahrbahn überquerte. Er schien nicht auf den Verkehr zu achten. Jake machte eine Vollbremsung, und der SUV kam nur knapp vor dem Anzugträger zum Stehen.

Der Mann hatte den Motor des herannahenden Wagens im letzten Augenblick gehört und in dem sinnlosen Versuch, sich zu schützen, die Hände hochgerissen.

Beide atmeten tief durch. Dann setzte der Mann seinen Weg fort, ohne sich noch einmal umzudrehen. Seine Flüche waren im Wageninneren nur gedämpft zu hören: »Pass doch auf, wo du hinfährst, Blödmann!«

Jake fuhr weiter. Er folgte der Bush Street bis zur Kreuzung an der First Street. Sie begegneten drei weiteren Polizeiwagen, ohne dass es Probleme gab. Es stand allerdings außer Frage, dass ihr Glück nicht ewig währen würde. Früher oder später würde jemand einen genaueren Blick auf den Geländewagen werfen. Jake widerstand dem Drang, die Höchstgeschwindigkeit zu überschreiten, obwohl noch immer nicht viel Verkehr herrschte.

Plötzlich kam ihm ein Gedanke. »Hast du noch dein Handy?«

»Nein«, antwortete Molly. »Ich meine, doch … ich habe Moms Handy. Willst du, dass ich …«

»Gib es mir.« Er hielt Molly eine Hand hin, ohne den Blick erneut von der Straße zu wenden.

Molly reichte ihm das Smartphone, und Jake schaute auf das Display. Natürlich leuchtete auch dort der Amber-Alarm auf.

Er ließ das Fenster auf der Fahrerseite herunter und wollte mit dem rechten Arm zum Wurf ausholen, als er spürte, wie Mollys Finger sich um sein Handgelenk schlossen.

Nun sah er doch zu ihr hinunter.

»Nein, das ist …«, sagte sie mit brüchiger Stimme, »… das ist doch Moms Handy.«

Jake ließ die Hand sinken. Dann drückte er auf den Einschaltknopf, bis das Smartphone herunterfuhr. Es war eines jener älteren Modelle mit einem herausnehmbaren Akku. Jake gab Molly das Gerät zurück und bat sie, die Batterie auszubauen.

Nach einer gefühlten Ewigkeit erreichten sie die Auffahrt zur Interstate 80 und fädelten sich in den Berufsverkehr in Richtung Bay Bridge ein.

»Wer hat das getan?«, fragte Molly.

Jake blickte nicht zu ihr hinab. *Wer hat das getan?* Das war die Eine-Million-Dollar-Frage. Noch vor wenigen Stunden hatten drei Menschen ein völlig normales Leben geführt, in Gedanken mit Morgenkaffee, Fitnesskurs oder Geburtstagsgeschenk beschäftigt. Und dann hatte jemand Rachels Leben beendet und die von Molly und Jake in einen Abgrund gestürzt.

Jake schaute kurz in den Seitenspiegel und blickte dann wieder auf die Straße. Sie waren schon seit einigen Minuten keinem Polizeiwagen mehr begegnet. Sie hatten es geschafft wegzukommen, waren auf dem Weg. Die Frage, auf die er noch keine Antwort hatte, war allerdings: Wohin?

10

Drei Stunden später saß Chrissie Chung in der Wohnung ihres Produzenten und hörte ihre eigene Stimme. Sie hatte die Augen geschlossen und konzentrierte sich auf jedes Wort des von ihr verfassten aktuellen Beitrags:

»Heute Morgen wachten eine Frau namens Rachel Donaldson und ihre dreizehnjährige Tochter Molly auf, machten sich fertig und verließen ihr Haus in Bayview in der Annahme, dass es ein ganz normaler Samstag werden würde. Doch jemand wusste es besser.«

Ein ganz passabler Aufmacher, fand Chrissie. Auch der Rest der Podcastfolge war gelungen, besonders, wenn man berücksichtigte, dass keine vier Stunden vergangen waren, seit die Vermisstenmeldung auf dem Bildschirm ihres Smartphones aufgetaucht war. Chrissie zog den Kopfhörer herunter und ließ ihn um den Hals hängen. Sie öffnete die Augen und drehte sich zu Sean herum, der über einen Laptop gebeugt in der gegenüberliegenden Ecke des vollgestopften Wohnzimmers saß. Er gab dem Titelbild der neuen Folge gerade den letzten Schliff. Sean war groß und sehr dünn, was er gerne mit möglichst weiten T-Shirts zu kaschieren versuchte. Heute trug er ein Shirt der Hardrockband KISS. Auf der Rückseite waren die geschminkten Gesichter der Bandmitglieder gedruckt, darüber die Tourdaten einer uralten Tournee.

»Sean.«

Er blickte auf und strich sich eine Strähne hellbraunen Haars aus dem Gesicht. »Alles gut?«, fragte er.

Chrissie verzog das Gesicht. »Weiß nicht, meine Stimme klingt etwas blechern, so als würde ich in eine Konservenbüchse sprechen.«

Sean überlegte und nagte dabei an seinem Daumennagel, wie immer, wenn er über ein technisches Problem nachdachte.

»Das Mikrophon ist hinüber. Ich wollte es austauschen, bevor wir die nächste Aufnahme machen ...« Er hob die Schultern. »Ich konnte ja nicht ahnen, dass das schon heute sein würde. Willst du es noch mal versuchen?«

»Nein, ist schon gut so. Wir können später bei einem Elektromarkt anhalten und ein neues Mikro holen.«

Sean schüttelte den Kopf und wollte etwas einwenden, doch Chrissie ließ ihn nicht zu Wort kommen. »Das hier ist was Besonderes – Schnelligkeit zählt diesmal mehr als Qualität. Die Leute werden das verstehen.«

Sean sah nicht überzeugt aus.

»Wirklich«, beharrte Chrissie. »Es wird die ganze Sache noch realer erscheinen lassen. Vertrau mir.«

Er verdrehte die Augen, allerdings in einer Art, die ihr verriet, dass er sich über sie amüsierte. »Nun, wenn sich die Starreporterin sicher ist ... meinetwegen können wir loslegen.«

»Wunderbar. Dann raus damit.«

»Und du bist dir wirklich sicher?«

»Ja, ich sagte doch, dass das mit dem Sound klargeht ...«

»Ich meine nicht den Sound. Ich meine ... diese Sache hier, die ... ist anders.«

»Und genau das ist der Punkt. Anders ist gut.«

»Was ist, wenn die Leute es nicht mögen? Was, wenn es den *Cops* nicht gefällt? Was, wenn ...«

»Was ist, wenn alle es lieben?«

Sean starrte sie an und schien noch immer nicht überzeugt zu sein. Dennoch würde er mitziehen. Das tat er immer.

»Komm schon, Sean. Trauen wir uns was.«

Ein letzter Seufzer, ein letztes Stirnrunzeln. Dann: »Du bist der Boss.«

Sean klickte auf den Button und lud die Podcastfolge hoch.

Untraceable

Auszug aus Untraceable – Staffel 4, Folge 1, 20. April

Untraceable wird Ihnen präsentiert von QuickFix Business Cards. Schon morgen in Ihrem Briefkasten. Wählen Sie aus über hundert vorgefertigten Designs oder erstellen Sie Ihr eigenes. Besuchen Sie uns auf quickfixcards.com. Geben Sie den Code *Untraceable10* ein und erhalten sie zehn Prozent Rabatt!

Willkommen bei *Untraceable*, dem Podcast, der den spektakulärsten Vermisstenfällen aller Zeiten auf den Grund geht. Mein Name ist Chrissie Chung. In jeder Staffel berichten wir über eine vermisste Person, angefangen bei ihrem Verschwinden bis hin zur Auflösung des Falls.

Dieses Mal haben wir uns entschlossen, unser Format ein wenig abzuwandeln, und ich hoffe, ihr bleibt dran, denn ich glaube, das hier kann sich zu einem wirklich interessanten Fall entwickeln. Die Geschichte ist anders als alles, worüber wir bislang berichtet haben. Ihr werdet nicht in der üblichen True-Crime-Literatur nachlesen können, was geschehen ist. Es gibt auch keine Seite bei Wikipedia darüber – zumindest noch nicht. Ihr wisst also genauso wenig über den Fall wie wir. Wobei – solltet ihr zu unseren Abonnenten aus der Bay Area gehören, stehen die Chancen nicht schlecht, dass ihr vielleicht bereits mehr wisst als wir. Denn der Fall, um den es dieses Mal geht ist … nun ja, er ist noch frisch. Aktuell, um genau zu sein. Aktuell im Sinne von: Es passiert gerade jetzt in diesen Minuten!

Heute Morgen wachten eine Frau namens Rachel Donaldson

und ihre dreizehnjährige Tochter Molly auf, machten sich fertig und verließen ihr Haus in Bayview in der Annahme, dass es ein ganz normaler Samstag werden würde. Doch jemand wusste es besser …

11

»Was zum Teufel ist da passiert?«

Anthony Finn, Special Agent in Charge, wartete nicht darauf, dass Catherine die Tür hinter sich schloss, bevor er sie anfuhr. Er stand hinter seinem Schreibtisch, den Rücken zum Fenster, durch das man auf die Golden Gate Avenue hinabblickte. Der dichte Nebel, in den die Stadt am frühen Morgen noch gehüllt gewesen war, hatte sich zwar gelichtet, ließ aber die Spitzen der Wolkenkratzer immer noch im grauen Himmel verschwinden. Anthony Finn war hochgewachsen, und mit Mitte fünfzig war sein Haar immer noch so schwarz, dass es einem verdächtig vorkommen musste. Er trug einen dunkelgrauen Zweireiher über einem gestreiften Hemd.

»Irgendjemand hat es vermasselt«, stellte Catherine nüchtern fest, während sie die Tür zuzog. Ihre Worte klangen ungewollt schroff, und sie meinte, ein ungläubiges Lächeln auf Finns Lippen zu sehen. Er schüttelte den Kopf, räusperte sich und setzte sich hinter den Schreibtisch.

»Irgendjemand hat es vermasselt«, wiederholte er. »Das kann man wohl sagen.«

»Das SFPD hatte bereits Ellis' Adresse ermittelt und ein Einsatzteam losgeschickt. Unser Verdächtiger hat allerdings noch schneller auf den Amber-Alarm reagiert. Er ist über das Dach entkommen. Das SFPD versucht, uns die Schuld in die Schuhe zu schieben, wir versuchen andersherum dasselbe. So wie immer.«

Finn überlegte einen Augenblick. »Ellis ist selbst Polizist. Könnte das eine Rolle spielen?«

Die Möglichkeit, dass das SFPD einen Verdächtigen aus den eigenen Reihen absichtlich entkommen ließ, war Catherine ebenfalls schon in den Sinn gekommen. Sie schüttelte den Kopf. »Möglich, aber ich halte es nicht für wahrscheinlich. Es gibt Zeugen. Außerdem haben unsere Leute auf Ellis' Laptop eine Art Geständnis gefunden. Und nach allem, was ich bislang gehört habe, war der Mann schon vorher unter den Kollegen nicht besonders beliebt. Die sind also vermutlich genauso erpicht darauf, ihn festzunageln, wie wir.«

»Wie bringen wir das wieder in Ordnung?«

Catherine seufzte und versuchte, ihre Gedanken zu ordnen. Es war ein langer, ereignisreicher Morgen gewesen. In der ersten Phase einer Fahndung konnten Fehler passieren, das war nicht ungewöhnlich. Ein kapitaler Schnitzer wie dieser würde allerdings einiger Erklärung bedürfen, wenn die Geschichte publik wurde.

Nachdem sie mit weiteren Zeugen aus Ellis' Apartmenthaus gesprochen hatten, wussten sie, dass das SFPD die Chance, ihn zu schnappen und die Geisel zu befreien, nur um wenige Sekunden verpasst hatte. Ellis war mit dem Mädchen über das Dach geflohen, hatte die schmale Lücke zum Nachbarhaus überwunden und war der Polizei entwischt, bevor man das Netz hatte zuziehen können.

Berücksichtigte man, dass die Vermisstenmeldung zu früh rausgegangen war, hatten das SFPD und das Einsatzteam dennoch einen recht ordentlichen Job gemacht. Sie hatten die Gegend rasch abgeriegelt – und das sogar so schnell, dass sie den Verdächtigen beinahe erwischt hätten. Sie waren gut gewesen, aber nicht gut genug. Ellis hatte einen Neuling namens Daniel Friedrich, zweiundzwanzig Jahre alt, hereingelegt, ihm seine Dienstwaffe abgenommen und ihn mit den eigenen Handschellen gefesselt. Vermutlich hatte der Junge Glück, dass er noch am Leben war.

Trotz allem verspürte Catherine Mitleid mit ihm. Friedrich hatte den Verdächtigen direkt vor der Nase gehabt, und dennoch war er ihm durch die Lappen gegangen. Ein Frischling, der gerade sein erstes Dienstjahr absolvierte, würde noch eine Weile an einem solchen Lapsus zu knabbern haben. Vielleicht würde er auch nie darüber hinwegkommen. Die Kollegen würden ihn deswegen nicht bloßstellen, abgesehen von ein paar strafenden Blicken und den üblichen Frotzeleien. Dennoch würde man sein Missgeschick so schnell nicht vergessen.

»Wir ermitteln in unterschiedliche Richtungen«, sagte Catherine schließlich. »Wir folgen dem üblichen Prozedere. Jeder zapft seine Informanten an. Wir reden mit Leuten, die beruflich mit Ellis zu tun hatten. Und wir befragen Freunde und Familie.« Ihre Stimme klang nun zuversichtlich, als hätte sie alles unter Kontrolle, und die Worte schienen die beabsichtigte Wirkung nicht zu verfehlen. Finn nickte beruhigt.

»In Ordnung«, meinte er. »Sie bekommen alles, was Sie brauchen. Wenn wir dieses Mädchen nicht bald finden …«

»Ich weiß, Sir. Wir geben unser Bestes.«

Catherine schloss die Bürotür hinter sich und vermied es, den neugierigen Blicken der Kollegen zu begegnen. Finns unvollendeter Satz klang in ihren Ohren nach, denn es gab viele Möglichkeiten, ihn zu Ende zu führen. Wenn sie Molly Donaldson nicht bald fanden, fanden sie sie vielleicht nie – oder nur ihre Leiche. Allerdings war sich Catherine sicher, dass diese beiden möglichen Szenarien nicht das Einzige waren, was ihrem Vorgesetzten durch den Kopf ging. Wenn Jake Ellis das Mädchen tötete und bekannt wurde, dass FBI und Polizei die Chance vermasselt hatten, das Opfer unversehrt aus seinen Fängen zu befreien, dann würde jemand dafür bezahlen müssen. Und Catherine war sich ziemlich sicher, dass Finn der Typ war, der in einem solchen Fall alle anderen mit in den Abgrund riss.

Sie blieb am Fenster stehen und dachte nach. Auf den Hügeln im Norden verschwammen die höherliegenden Häuser im Nebel. Die Bay war gar nicht mehr zu sehen. An einem Tag wie diesem, dachte Catherine, zeigte San Francisco sein wahres Gesicht. Es schien, als würde die Stadt mit einem Mal nicht mehr existieren, lediglich Teile von ihr tauchten ab und an auf, wurden real, wenn man ihnen nahe genug kam.

Catherine wandte sich ab, durchmaß mit schnellen Schritten das Großraumbüro und ging zum Hauptbesprechungsraum. Um sie herum wurden Anweisungen gerufen, klapperten Tastaturen, klingelten Telefone. Eine Kakophonie, die in ihren Ohren zu dem typischen Brummen verschwamm, das entstand, wenn alle Kollegen während einer heißen Phase an einem Strang zogen. Es gab wenig, was Catherine so elektrisierte.

Offenbar war dieses Gefühl ansteckend. Stimmengewirr schlug ihr entgegen, als sie die Tür des Besprechungsraums öffnete. Die Gespräche mochten sich in ihrer Lautstärke unterscheiden, was sie jedoch einte, war die Dringlichkeit, mit der sie geführt wurden. Die Unterhaltungen verstummten, sobald Catherine den Raum betrat.

Fünf Kollegen hatten sich in dem Konferenzzimmer versammelt. Sie bildeten den Führungsstab, den Catherine benannt hatte. Kelly Paxon machte sich gerade am Smartboard zu schaffen und justierte den Touchscreen. Die Agenten Adrian Garcia und Mitch Valenti standen am Fenster, das zum Gebäude des Supreme Court von Kalifornien auf der anderen Straßenseite hinausging. Sie sahen sich etwas auf einem Tablet-Computer an. La-Vonne Taylor beugte sich über einige Unterlagen, die sie auf dem Tisch vor sich ausgebreitet hatte. Nur Colette Osborne hatte sich hingesetzt. Das jüngste Mitglied des Teams tippte auf einem Laptop, während sie in das Smartphone sprach, das sie sich zwischen Schulter und Ohr geklemmt hatte.

Alle sahen zu Catherine auf.

»Was sagt Finn?«, wollte Garcia wissen.

Catherine lächelte halbherzig. »Er hat mir noch einmal in Erinnerung gerufen, wie wichtig eine schnelle Aufklärung dieses Falls ist.« Bevor sich jemand nach weiteren Details erkundigen konnte, klatschte sie in die Hände und fuhr fort: »Okay, wir analysieren die

Hinweise in der Reihenfolge, wie sie reinkommen. Wir suchen Orte, an denen sich Ellis versteckt halten könnte, und Leute, die ihm helfen und zu denen er Kontakt aufnehmen könnte. Wir überwachen seine Kreditkartenzahlungen und sein Bankkonto. Wenn er sein Handy einschaltet, wissen wir eine Sekunde später, wo er sich befindet. Wir werden ihn allerdings kaum aufspüren, wenn wir nur darauf warten, dass uns der entscheidende Hinweis in den Schoß fällt. Nehmen wir uns also einen Augenblick Zeit und sehen uns an, was wir schon haben. Kelly, du hast dich mit Ellis' Hintergrund beschäftigt?«

Paxon tippte auf das Display ihres Handys, und sofort erschien ein Foto von Jake Ellis auf dem Smartboard. Es war ein typisches Profilbild des San Francisco Police Department. Kannte man eines, kannte man alle. Das war nicht optimal, dachte Catherine. Sie würden weitere Fotos von Ellis benötigen, lebensechte Bilder, die ihn in Zivilkleidung zeigten. Dem vorliegenden Profilbild konnte man nicht viel mehr entnehmen, als dass Ellis weiß war, einen Schnurrbart trug und recht gut in Form zu sein schien.

»Officer Jake Lewellen Ellis«, fuhr Paxon fort. »Alter einundvierzig, seit fünfzehn Jahren beim SFPD. Seine Akte ist sauber oder war es zumindest bis zum vergangenen Jahr. Eine Verhaftung lief aus dem Ruder, und er handelte sich wegen seines brutalen Vorgehens eine Dienstaufsichtsbeschwerde ein. Er wurde bei vollen Bezügen für zwei Wochen freigestellt, und damit war die Sache erledigt.«

»Findet heraus, was da genau passiert ist«, sagte Catherine. »Jetzt zu den Opfern. Was wissen wir über sie?«

Valenti antwortete, ohne von seinem Tablet aufzusehen. »Bei dem toten Mann handelt es sich um Steve Holdcroft. Er war Elektriker. Scheint so, als wäre er zufällig in die Sache verwickelt worden. Ziel des Attentats war ganz klar die Frau, Rachel Donaldson. Sie ist offenbar seit ein paar Monaten mit Ellis zusammen.«

»Gibt es Hinweise auf Gewalt in der Beziehung?«

Valenti schüttelte den Kopf. »Keine Notrufe oder irgendwelche anderen Zwischenfälle. Da hat sich nichts angebahnt.«

Catherine vermutete, dass sich diese Einschätzung vielleicht noch ändern würde, wenn sie mit Freunden und Verwandten sprachen. Eine Beziehungstat bahnte sich meistens irgendwie an. Nur hinterließ das nicht zwangsläufig eine offensichtliche Spur.

»Was ist mit dem Vater des Mädchens?«

»Er ist 2008 verstorben. Offenbar unerwartet.«

»Was heißt unerwartet? Woran genau ist er gestorben?«

»Natürliche Todesursache, ein Herzinfarkt.«

»Hat schon jemand mit dem Augenzeugen gesprochen?« Catherine erinnerte sich an den Namen, den Officer Wilkins ihr am Tatort genannt hatte. »Da Costa, richtig?«

»Edward Da Costa«, bestätigte Osborne und blickte von seinem Laptop auf. »Ich war dabei, als das SFPD ihn befragt hat. Er wohnt in der Nähe des Tatorts. Unterrichtet am City College ökologischen Gartenbau oder so was Ähnliches. Er machte gerade seinen Morgenspaziergang, als er sah, wie auf die beiden geschossen wurde. Weil er dachte, er wäre als Nächstes dran, hat er die Beine in die Hand genommen. Da Costa hat angegeben, dass ein Polizist in Uniform zunächst auf Ms Donaldson und Mr Holdcroft geschossen und dann das Mädchen in ein blaues Auto gezerrt hat. Die Kollegen haben sich die Cops, auf die Da Costas Beschreibung passte, genauer angesehen, und es stellte sich heraus, dass einer von ihnen eine Liebesbeziehung mit Ms Donaldson hat.«

»In Ordnung, ich würde trotzdem gerne selbst noch mal mit Da Costa reden.« Catherine verschränkte die Arme vor der Brust und musterte das Gesicht auf dem Smartboard. »Letzte Frage: Wie zum Teufel finden wir diesen Typen, bevor es zu spät ist?«

12

Chrissie hatte bereits unzählige Male einen Tatort betreten. Doch dieser hier war anders. Und es fiel ihr nicht schwer, den Unterschied zu benennen.

Bei den Tatorten, die sie bislang aufgesucht hatte, handelte es sich um historische Schauplätze. Monate, Jahre, manchmal gar Jahrzehnte waren vergangenen, seit sich dort ein Verbrechen ereignet hatte. Das Blut war längst getrocknet und weggewischt, die Glassplitter entfernt. Nichts deutete mehr darauf hin, dass die Tat in dem betreffenden Haus, dem Park oder der Gasse begangen worden war. Und so würde es in ein paar Jahren auch mit dem Parkplatz in der Sullivan Street sein.

Nicht, dass man aus der Distanz irgendwelche Details erkennen konnte. Chrissie stand ein Stück entfernt und beobachtete, wie der rote Ford Escape auf einen Abschleppwagen geladen wurde. Man hatte das Auto mit einer Plane verhüllt, sodass sie nicht erkennen konnte, in welchem Zustand es sich befand. Sie hätte gern gewusst, ob es Einschusslöcher in der Karosserie gab oder Blutspuren im Innenraum oder an den Fenstern. Wenn man den Wagen fortgeschafft hatte, wollte sie ihr Glück bei dem jungen Polizisten versuchen, der das Absperrband bewachte. In der Zwischenzeit gab es noch jemand anderen, mit dem sie dringend sprechen wollte.

Chrissie überquerte die Straße und ging zu dem Gebäude an der Ecke. Mit Hilfe ihres Smartphones vergewisserte sie sich, dass sie sich die Hausnummer und den Namen des Mannes, mit dem sie sprechen wollte, korrekt gemerkt hatte.

Sie war positiv überrascht von den Rückmeldungen, die sie bislang zur jüngsten Episode ihres Podcasts erhalten hatten. Sean hatte ihr gerade eine Nachricht geschrieben. Bereits in der ersten Stunde nach Veröffentlichung hatten sie ihren Rekord an Downloads und Streams gebrochen, und die Reaktionen auf den Social-Media-Kanälen standen dem wohl in nichts nach. Einer ihrer Zuhörer hatte unter dem Tweet zur neuen Podcastfolge sogar einen recht nützlichen Hinweis hinterlassen. Er hatte beobachtet, wie einer seiner Nachbarn kurz nach dem Schusswechsel von der Polizei befragt worden war, und mutmaßte, dass es sich bei dem Mann vielleicht um einen Verdächtigen handelte. Doch Chrissie wusste es besser: Der Nachbar war mit ziemlicher Sicherheit ein Zeuge.

Der Apartmentkomplex, in dem der Mann wohnte, war moderner als die umliegenden Gebäude, hatte sogar eine Tiefgarage. Chrissie betätigte die Taste neben dem Klingelschild von Edward Da Costa. Ob sie ihm eine Aussage entlocken konnte? Sie holte ihr Smartphone aus der Tasche und drückte auf Aufnahme. Im schlimmsten Fall hätte sie zumindest einen O-Ton, wie Da Costa die Aussage verweigerte.

Doch niemand reagierte auf ihr Klingeln. Chrissie drückte erneut auf den Klingelknopf, diesmal länger. Sie blickte die Straße hinunter. Der Fahrer des Abschleppwagens war damit beschäftigt, den Ford Escape auf der Ladefläche zu sichern. Der Beamte am Absperrband beobachtete gelangweilt, wie der Mann Klemmen und Haltegurte befestigte.

Chrissie drehte sich um und wollte ein weiteres Mal klingeln, als sie hörte, wie sich auf der anderen Seite der Tür Schritte näherten. Eine Frau öffnete ihr. Sie war schätzungsweise Mitte dreißig, hatte das blonde Haar zu einem Pferdeschwanz gebunden und trug einen roten Mantel. Die Frau machte einen aufgebrachten Eindruck, sah aus, als habe sie gerade geweint.

Die Frau blickte auf das Notizbuch, das Chrissie in der Hand hielt. »Wir haben nichts zu sagen«, erklärte sie schroff, noch bevor Chrissie sich vorstellen konnte.

Chrissie überlegte schnell. Die Frau ging offenbar davon aus, dass sie von der Presse war. Ein Klassiker.

»Mrs Da Costa? Ich wollte nur …«

»Nein. Wir wollen nicht mit Ihnen reden.«

»Ist Ihr Mann da?«

Die Frau trat einen Schritt vor. »Wenn Sie nicht von meinem Grundstück verschwinden, rufe ich die Polizei!«

»Warten Sie, ich möchte eigentlich …«, versuchte es Chrissie noch einmal, doch die Frau war drauf und dran, ihr die Tür vor der Nase zuzuschlagen. »Vielleicht rufen Sie mich an, wenn Sie es sich anders überlegen?« Schnell hielt Chrissie ihr eine Visitenkarte hin.

»Kein Kommentar.« Die Frau warf die Tür ins Schloss.

Chrissie seufzte und beendete die Aufnahme. Die Frau hatte überreagiert, andererseits war sie vermutlich nicht die erste Reporterin, die hier aufschlug. Vielleicht hatte ihre Vorgängerin die Frau etwas zu sehr unter Druck gesetzt. Sie würde versuchen, Edward Da Costa bei einer anderen Gelegenheit zu erwischen, allein, denn jeder weitere Versuch, im Beisein seiner Frau mit ihm zu sprechen, war zum Scheitern verurteilt. Chrissie drehte die Visitenkarte um und schrieb auf die Rückseite: *Dankbar für jede Info über die Schießerei heute!*

Sie schob das kleine Stück Papier unter dem Türschlitz durch. Einer der wenigen Sponsoren, die ihren Podcast unterstützten, hatte ihnen die Karten spendiert. Chrissie hatte noch mehrere Tausend Stück davon.

Sie ging zurück zur Polizeiabsperrung. Auf dem Weg kam sie an einem Hauseingang vorüber, in dem ein Obdachloser kauerte. Der Mann hatte sich in einen Schlafsack gehüllt, die Beine auf einem Stück feuchtem Karton übereinandergeschlagen.

Chrissie holte ein wenig Kleingeld aus ihrer Jackentasche und warf es in den Pappbecher, den der Mann vor sich gestellt hatte. Hinter ihm führte eine Treppe ins Untergeschoss des Gebäudes. Dort befanden sich eine Tür und eine Nische, in der anscheinend Abfälle gesammelt wurden. Aus den Abluftgittern strömte warme Luft. Vielleicht war der Mann Chrissie zuvor nicht aufgefallen, weil er sich dort unten aufgewärmt hatte.

»Gott segne dich, Mädchen«, murmelte er.

Chrissie stellte sicher, dass die Aufnahme auf ihrem Smartphone lief, bevor sie fragte: »Sind Sie schon lange hier?«

»Seit drei Jahren, solange ich …«

»Entschuldigung«, unterbrach Chrissie ihn und deutete auf den Hauseingang. »Ich meinte, ob Sie schon lange hier sitzen? Haben Sie gesehen, was heute Morgen auf dem Parkplatz passiert ist?«

Der Mann sah zu ihr auf und wirkte enttäuscht, dass sie nicht an seiner Lebensgeschichte interessiert war. Chrissie war die Situation unangenehm. Sie beschloss, dem Mann noch ein wenig Geld zuzustecken.

»Nein, Ma'am«, sagte er und blickte argwöhnisch zu dem Cop am Absperrband hinüber, der sich nun für ihre Unterhaltung zu interessieren schien. »Ich halte mich von solchen Sachen lieber fern.«

»Wovon halten Sie sich fern?«

Er sah noch einmal zu dem Polizisten, dann bedeutete er Chrissie, etwas näher zu kommen. Sie hockte sich neben ihn. Der arme Kerl roch ziemlich streng, doch sie versuchte, sich ihr Unbehagen nicht anmerken zu lassen.

»Die Cops«, flüsterte er. »Die bringen einen verdammt noch mal um!«

»Oh«, erwiderte sie und brauchte einen Moment, um ein wissendes Lächeln zustande zu bringen. »Dann haben Sie von der Schießerei heute Morgen also nichts mitbekommen.«

»Eine Schießerei also?« Er hob die Schultern. »Ich war heute Morgen unten in St. Anthony. Dienstags ist es da gut, wirklich gut.«

»Tatsächlich?« Chrissie vermutete, dass er von der Suppenküche sprach. »Heute … ist allerdings Samstag.«

»Wirklich?« Er dachte einen Moment nach.

»Macht nichts, trotzdem vielen Dank«, sagte Chrissie und steckte ein paar Dollarscheine in den Pappbecher, was ihr ein weiteres »Gott segne dich« einbrachte. Als sie sich zum Gehen erhob, warf der Mann dem Polizisten erneut einen misstrauischen Blick zu.

»Wirklich, sei vorsichtig, Mädchen.«

»Das bin ich.« Sie lächelte.

Der Polizeibeamte beobachtete Chrissie, während sie auf ihn zuging. Er war nicht ganz so jung, wie es aus der Ferne den Anschein gehabt hatte, vermutlich Anfang dreißig. Sie konnte sehen, wie er die Lippen zusammenpresste, als sie sich ihm näherte.

»Dieser Bereich ist abgeriegelt, Ma'am«, sagte er und deutete auf das Absperrband. »Sie müssen leider dort entlanggehen.«

»Ich würde Ihnen gern ein paar Fragen stellen«, entgegnete Chrissie mit einem Lächeln.

Er schüttelte den Kopf, und Chrissie zog eine weitere Visitenkarte hervor. »Mein Name ist Chrissie Chung, ich berichte für einen Pod…«

Der Polizist trat einen Schritt zurück und hob die Hand, als wollte er ein Fahrzeug anhalten. »Wenden Sie sich bitte an unsere Pressestelle.«

Chrissie ließ die Visitenkarte wieder in ihrer Jackentasche verschwinden. »Kennen Sie den Kerl, der das hier angerichtet hat? Er ist ein Cop, richtig?«

Der Polizist trat nun wieder auf sie zu und beugte sich so weit vor, dass sein Gesicht nicht mehr weit von ihrem entfernt war. Unwillkürlich fragte sich Chrissie, ob sie die Warnung des Obdachlosen zu früh in den Wind geschlagen hatte. Vorhin hatte der junge Beamte unbeteiligt gewirkt, doch jetzt war er zweifellos ernsthaft wütend.

»Verpiss dich, Mädchen«, zischte er. »Das kannst du gerne zitieren.«

Ihr Blick wanderte zu der Marke an seiner Brust. »Das werde ich, Officer.«

Chrissie wandte sich zum Gehen und wartete, bis sie weit genug von der Absperrung und dem Polizisten entfernt war. Dann überprüfte sie, ob ihr Smartphone die Unterhaltung aufgezeichnet hatte.

13

Nun, da die Suche nach Jake Ellis und Molly Donaldson auf allen Ebenen lief, war es theoretisch nur eine Frage der Zeit, bis sie gefunden wurden, selbst, wenn die Behörden nicht noch zusätzliche Kräfte aufboten.

Vielleicht würde ein wachsamer Bürger auf einen von ihnen aufmerksam oder sogar auf beide. Oder Molly und Ellis fielen einem der vielen hundert Kollegen auf, die derzeit in ihren Streifenwagen patrouillierten. Natürlich wäre das ein großer Zufall, doch so liefen die Dinge nun mal: Selbst schwierige Fälle waren oft genug nur dadurch aufgeklärt worden, dass der Verdächtige einfach Pech gehabt hatte. Allerdings wollte Catherine Lark sich nicht darauf verlassen.

Da es weder konkrete Hinweise noch neue Erkenntnisse gab, konzentrierte sich das Team darauf, den Hintergrund der beteiligten Personen zu durchleuchten. Die Kriminaltechnik kümmerte sich um die Spurensicherung in Ellis' Wohnung und hielt nach allem Ausschau, was ihnen einen Hinweis darauf geben konnte, wohin er geflohen war. Die elektronischen Geräte hatten die Kollegen bereits sichergestellt und zur weiteren Untersuchung an die digitale Forensik weitergegeben.

Als Nächstes wollte Catherine das Haus von Ellis' Opfer in Augenschein nehmen. Rachel und Molly Donaldson wohnten in Bayview, einem Vorort südöstlich der Stadt. Jake Ellis war mit Sicherheit einmal dort gewesen. Catherine hatte Kelly Paxon gebeten, sie zu begleiten und mit den Kollegen vor Ort zu sprechen.

Catherine trat auf die Straße vor dem Philip Burton Federal Building. Mit dem Smartphone in der Hand ging sie hinüber zur Ecke Larkin Street. Sie blieb an der Stelle stehen, wo sich der Grundstein mit der Widmung an John F. Kennedy befand. Er war noch im Amt gewesen, als man mit dem Bau des Gebäudes begann, hatte die Fertigstellung aber leider nicht mehr erlebt.

Catherine hatte noch Zeit, die aktuelle Nachrichtenlage zu prüfen, denn Paxon musste noch den Wagen aus der Tiefgarage holen. Sie würde erst in etwa fünf Minuten hier sein.

Die Nachrichtenwebseiten boten lediglich Varianten derselben Informationen zu der Schießerei und der Entführung. Bilder von Polizisten mit unbewegten Mienen, die das Gelände um das Elite Center mit Absperrband abriegelten, Fotos von Ellis, Rachel und Molly, zu denen sich jüngst noch eines von Steve Holdcroft gesellt hatte, dem Mann, der versehentlich in die Sache verwickelt worden war und mit dem Leben dafür bezahlt hatte. Es gab einige Verweise auf die Dienstaufsichtsbeschwerde gegen Jake Ellis wegen übertriebener Gewaltanwendung bei einer Verhaftung und darauf, dass die Angelegenheit erst vor wenigen Wochen beigelegt worden war. Ein Zufall?

»Haben Sie etwas Kleingeld für mich?«

Catherine sah von ihrem Handy auf und blickte in das Gesicht einer Frau. Sie war schätzungsweise Ende zwanzig und verbarg ihr verfilztes blondes Haar unter einer weißen Baseballkappe. Ihr blauer Wollpullover war ihr ein paar Nummern zu groß, Hose und Schuhe sahen aus, als hätte die Frau sie aus einem Mülleimer gefischt. Sie streckte die rechte Hand aus, die mit einem schmutzigen Verband umwickelt war.

Catherine durchsuchte ihre Jackentaschen, fand aber nur einen Vierteldollar. Wie die meisten Menschen hatte sie sich angewöhnt, kein Bargeld mehr einzustecken.

»Tut mir leid«, sagte sie und drückte der Frau ihre magere Ausbeute in die Hand.

»Kein Problem«, erwiderte sie und grinste. »Ich nehme auch alle gängigen Kreditkarten.«

Catherine grinste zurück, wandte sich dann aber ab und blickte wieder auf ihr Handy. Die Frau warf sich an den nächsten Passanten ran.

Auf der Seite des *Chronicle* gab es neben dem Foto, das Jake Ellis in Uniform zeigte, auch eines, auf dem er in Zivil zu sehen war. Catherine spürte, dass dieser Anblick sie ein wenig erleichterte. Ellis sah auf dem Bild aus wie ein gewöhnlicher Mensch, der leicht zu identifizieren war. Neben ihm stand Rachel. Das Foto schien in irgendeiner Bar aufgenommen worden zu sein. Ellis trug ein hellblaues Baumwollhemd und hatte sandblondes Haar. Sein Schnurrbart war deutlich länger als auf dem Foto mit Uniform. Er erinnerte Catherine ein wenig an Anthony Edwards in *Top Gun*, damals, als er noch Haare gehabt hatte. Ellis hatte den Arm um Rachels Schultern gelegt. Rachel hatte dasselbe rote Haar wie ihre Tochter und trug eine weiße Weste. Beide lächelten in die Kamera. Catherine spürte, wie ihr ein Schauer den Rücken herunterlief, als sie Ellis' Hand auf Rachels Schulter betrachtete – dieselbe Hand, die vor wenigen Stunden beinahe das Leben dieser Frau beendet hatte.

»Special Agent Lark?«

Catherine sah von ihrem Telefon auf. Ein Polizist kam über den Bürgersteig auf sie zu. Er trug die Uniform des SFPD: dunkelblaues Hemd, die Polizeimarke an der Brusttasche und das Mikrophon des Funkgeräts am Revers. Er hatte stahlblaue Augen, das dunkle Haar unter der Dienstmütze war kurzgeschoren.

Er streckte ihr die Hand entgegen, und Catherine ergriff sie.

»Hartzler aus dem Mission District.«

»Freut mich, Sie kennenzulernen«, sagte Catherine vorsichtig.

»Sie suchen Jake Ellis«, sagte er, was keine Frage war, sondern eine Feststellung. Der Mann kam sofort zum Punkt.

Catherine nickte langsam und musterte ihn. Neben den üblichen innerbehördlichen Verwicklungen gab es in diesem Fall eine weitere

Dimension, und Catherine dachte dabei nicht an das Schwarze-Peter-Spiel, wer den Amber-Alarm zu früh ausgelöst hatte. Augenzeugen hin oder her, Beweise hin oder her: Ellis war ein Mann des San Francisco Police Department.

Catherine blickte die Straße hinunter, auf der Suche nach Paxon, von der aber noch keine Spur zu sehen war.

»Richtig«, sagte sie schließlich. »Der Mission District war Ellis' Revier?« Sie kannte die Antwort bereits.

Hartzler hob die Hand. »Sehen Sie, ich bin nicht hier, um …« Er hielt kurz inne, während Catherine die Arme vor der Brust verschränkte. Als könne er ihre Gedanken lesen, meinte er dann: »Nein, wirklich, Jake hat das nicht getan. Das glaube ich einfach nicht.«

Sie unterdrückte den Impuls, die Augen zu verdrehen. »Es ist mir völlig egal, was Sie glauben oder nicht glauben, Officer Hartman. Es gibt einen Augenzeugen, der gesehen hat, wie Ellis auf Rachel Donaldson geschossen hat. Und ein anderer hat ihn mit dem Mädchen gesehen, das er entführt hat. Sie war in Panik und voller Blut.«

Mr Rosenberg hatte sehr überzeugend geklungen, ebenso Edward Da Costa, der Zeuge, der ausgesagt hatte, dass er Jake Ellis dabei beobachtet hatte, wie er auf zwei Menschen schoss. Catherine hatte sich eben erst die Aufzeichnung seiner Befragung angesehen. Beide Aussagen waren absolut glaubhaft.

»Mein Name ist Hartzler. Marty Hartzler.« Er blickte zu Boden und schüttelte den Kopf. »Entschuldigen Sie, Agent Lark. Ich bin noch immer … Das ist ziemlich viel auf einmal, wenn Sie verstehen, was ich meine.«

»Sie sind etwas neben der Spur, Officer«, erwiderte Catherine. Sie drehte den Kopf in Richtung des Mission District. »Nur für den Fall, dass Sie den ganzen Weg von dort unten hergekommen sind, um mich einzuschüchtern …«

»Nein!«, rief Hartzler. »Nein, um Gottes willen.« Er nahm seine Mütze ab und schaute verstohlen zu den Passanten, die an ihnen vorbeigingen. Dann senkte er die Stimme. »Ich bin hier, um Ihnen meine Hilfe anzubieten.«

»Ihre Hilfe?«

»Ich weiß, dass Sie Jake finden müssen. *Wir* müssen ihn finden. Keine Ahnung, was genau passiert ist oder welcher Zeuge was genau gesehen hat, aber jemand von uns muss Jake schnell finden und mit ihm sprechen.« Er ballte die rechte Hand zur Faust und deutete dann mit dem Daumen auf sich. »Ich kenne den Kerl. Ich kann Ihnen helfen. Wenn ich nur mit ihm reden kann, dann …«

»Dann können Sie ihn beruhigen?«

»Er ist mein Freund. Er würde dasselbe für mich tun.«

Catherine wusste, dass sie ihren Zweifel kaum verbergen konnte. Dennoch nahm sie sich zusammen und bemühte sich um einen neutralen Gesichtsausdruck. Vielleicht würde dieser Typ ihr noch nützlich sein. Hatte sie nicht gerade eben darüber nachgedacht, dass sie sich nicht auf den Zufall verlassen wollte? Die Aufklärung des Falls würde ihnen nicht einfach in den Schoß fallen, sie mussten dazu die ganze verdammte Stadt auf den Kopf stellen. Und dabei war letztendlich jede Hilfe willkommen.

Aus dem Augenwinkel sah sie einen grauen Chevrolet Impala in die Straße einbiegen, Paxon hatte es also endlich geschafft. Sie saß am Steuer, und die fahle Sonne spiegelte sich in den Gläsern ihrer Sonnenbrille. Catherine griff in ihre Jackentasche und zog eine Visitenkarte heraus.

»Schicken Sie mir Ihre Nummer aufs Handy. Wenn ich Zeit habe, möchte ich gerne mehr über Ellis erfahren.«

Hartzler nahm die Karte. »Danke, Agent. Wir werden die Sache nur gemeinsam lösen können, meinen Sie nicht auch?«

Sie antwortete mit einem dünnen Lächeln, öffnete die Beifahrertür und stieg in den Wagen.

14

»Ich habe sie zurückgelassen. Ich habe sie einfach zurückgelassen.«

Jake blickte hinunter zu Molly. Die Spur einer Träne glitzerte auf ihrer Wange im Sonnenlicht.

Sie hatten die gute Nachricht vor ungefähr zwanzig Minuten gehört, als der Nachrichtensprecher im Autoradio gemeldet hatte, dass Rachel Donaldson gerade operiert wurde. Ihre Lage war kritisch, doch zumindest lebte sie. Genauere Informationen über ihren Zustand gab es nicht.

»Du kannst jetzt hochkommen und dich hinsetzen, wenn du willst«, sagte Jack und richtete den Blick wieder auf die Straße.

Sie fuhren in nördlicher Richtung auf der Route 99, dem alten Golden State Highway, auf dem der Verkehr deutlich nachgelassen hatte, seit es die Interstate gab. Jake hatte sich vor ein paar Stunden auf ein Ziel festgelegt. Über die Interstate würden sie wesentlich schneller dort ankommen, doch er wollte lieber weniger befahrene Straßen benutzen. Das Beinahe-Unglück mit dem unachtsamen Fußgänger ging ihm nicht aus dem Kopf. Der Kerl im grauen Anzug hatte ihn direkt angesehen. Er mochte Jake zwar nicht direkt erkannt haben, doch wenn er aus den Nachrichten erfuhr, dass die Polizei nach jemandem suchte, der genauso aussah wie der Fahrer des SUV, der ihn beinahe überfahren hätte, würde sich das sicher schnell ändern.

Molly kletterte auf den Beifahrersitz und schnallte sich an. Die Blutspritzer auf ihrem T-Shirt waren zu einer rostbraunen Kruste getrocknet. Sie brauchte so schnell wie möglich neue Kleidung.

»Ich habe sie zurückgelassen«, wiederholte Molly.

»Dich trifft keine Schuld«, sagte Jake.

»Ich hätte Mom nicht im Stich lassen dürfen. Aber ich dachte, sie wäre tot.«

»Du hast das Richtige getan. Erstens wärst du jetzt auch verletzt oder sogar tot, wenn du geblieben wärst. Zweitens hast du den Kerl lange genug abgelenkt, dass er nicht dafür sorgen konnte, dass …« Er brach ab, bevor er es zu krass formulieren konnte. »Du hast ihn von deiner Mom weggelockt. Und die Rettungskräfte waren schnell vor Ort.«

Molly vermied es, ihn anzusehen, und wischte sich eine Locke aus dem Gesicht. »Ich muss nur immer wieder daran denken, wie wir uns gestritten haben. Ich war so …«

Jake verstand, wie sie sich fühlte. Nachdem der erste Schock abgeklungen war und die Stadt hinter ihnen lag, hatte auch er wieder daran denken müssen: an den großen Streit, den Rachel und er am Mittwochabend gehabt hatten.

Natürlich hatte er wegen der Anschuldigungen gegen ihn unter großem Druck gestanden, doch das war keine Entschuldigung. Eine Nichtigkeit, an die er sich nicht einmal mehr erinnern konnte, hatte den Streit entfacht. *Die Welt dreht sich nicht um dich, Jake*, hatte Rachel ihn angefahren.

»Denk nicht daran, es spielt jetzt keine Rolle mehr«, sagte er zu Molly.

Sie wandte sich ab und blickte aus dem Fenster.

Guter Rat. Es war leicht, ihn zu geben, aber umso schwerer, ihn zu akzeptieren. Jake zwang sich, seine Gedanken auf das vor ihm Liegende zu richten. Als Erstes musste er den SUV loswerden. Auch wenn auf den Nebenstraßen die Chance geringer war, in eine Polizeikontrolle zu geraten, bedeutete das nicht, dass sie sich in falscher Sicherheit wiegen durften. Jeder Cop im Bundesstaat suchte nach ihnen. Jake wünschte, er könnte den Polizeifunk abhören, um herauszufinden, ob sie bereits von dem gestohlenen SUV wussten.

Verdammt, er hätte gerne einfach Rachels Handy eingeschaltet, um zumindest herauszufinden, wo genau sie waren.

Er fragte sich, was Diehl tun würde, wenn sie einfach bei ihm auftauchten.

Vor ein paar Stunden, als sie sich westlich von Stockton befunden hatten, war ihm die einzige Person in den Sinn gekommen, die ihnen in der jetzigen Situation vielleicht helfen konnte. Und je länger er darüber nachdachte, desto überzeugter war er, dass Diehl ihre einzige Option war.

Jake hatte Walt Diehl schon eine ganze Weile nicht mehr gesehen. Er war sich nicht sicher, wie er die ganze Sache aufnehmen würde, wenn er aus den Nachrichten davon erfuhr, eines jedoch wusste Jake mit Sicherheit: Diehl würde ihm eine Chance geben, seine Version der Geschichte zu erzählen.

Diehl musste jetzt Ende siebzig, vielleicht sogar Anfang achtzig sein. In Wahrheit gehörte er zu jenen Menschen, die auf gewisse Weise bereits ihr ganzes Leben lang alt gewesen waren. Früher hatte Diehl, der bekannt für seinen Jähzorn war, eine Spelunke namens The Belle gehört, und er hatte Jake dort für sich arbeiten lassen. Auf eine stille, unspektakuläre Art hatte er ihm damit vermutlich vor zweiundzwanzig Jahren das Leben gerettet.

Jake hatte das College im dritten Jahr verlassen müssen, weil seine kranke Mutter nicht mehr allein zurechtgekommen war. Bis zum Schluss hatte er Tag und Nacht an ihrem Bett gesessen, und hätte Diehl ihn die letzten drei Wochen nicht weiterbezahlt, wäre Jake seine Wohnung los gewesen. Als seine Mutter schließlich gestorben war, hatte er sich bei Diehl bedanken wollen, doch der hatte nur abgewunken: »Das hätte doch jeder getan.« Was natürlich nicht stimmte. Nicht einmal annähernd.

Jake hoffte, dass Walt Diehl noch immer die Art von Mensch war, der für einen Freund durchs Feuer ging.

Jede weitere Minute, die Jake am Steuer des SUV verbrachte, fühlte sich an wie ein fauler Kompromiss. Er wollte so viel Strecke wie möglich machen, um dem engeren Suchradius zu entkommen. Doch je länger sie mit diesem Wagen unterwegs waren, desto wahrscheinlicher wurde es, dass man sie entdeckte. Sie brauchten dringend ein anderes Fahrzeug.

Die Straße machte eine lange, weite Kurve, hinter der ein Schild auftauchte.

Dunnigan 2 Meilen

Zumindest wusste er jetzt genau, wo sie sich befanden. Dunnigan lag vierzig oder fünfzig Meilen nordwestlich von Sacramento, was bedeutete, dass sie noch immer einen ziemlich langen Weg vor sich hatten. Er dachte einen Moment darüber nach, dann bog er kurzentschlossen bei der nächsten Abzweigung von der Hauptstraße ab.

Der SUV rumpelte über die Gleise eines Bahnübergangs. Dahinter säumten zu beiden Seiten akkurat gepflanzte Obstbäume die Straße. In einiger Entfernung sah Jake die Fontänen von Bewässerungsanlagen in Regenbogenfarben in der Sonne schimmern. Sie passierten einen schmalen Feldweg, der links von der Straße abging. Jake merkte sich den Stand des Meilenzählers, nur für den Fall, dass sie umkehren und den Weg zurückverfolgen mussten.

Bis zur nächstgelegenen Ortschaft war es eine weitere Dreiviertelmeile. Jake verlangsamte die Fahrt, als sie die ersten Häuser erreichten, und hielt Ausschau nach Anwohnern und Fahrzeugen, insbesondere Polizeifahrzeugen. Der Ort war nicht viel größer als ein Straßendorf, aber gerade groß genug, dass es hier eine Polizeiwache geben konnte. Er wies Molly an, sich wieder im Fußraum zu verstecken.

Kleine Häuser, ausladende Vorgärten, Obstbäume in voller Blüte. Sie fuhren an einem älteren Ehepaar vorüber, das auf dem Bürgersteig spazieren ging. Der Mann hielt die Leine eines Beagles lose in der Hand. Der Hund schnüffelte einige Meter vor ihm im Gras. Weder der Mann noch seine Frau würdigten Jake oder den SUV eines Blicks.

Jake taxierte die Autos in den Einfahrten, die sie passierten. Er suchte nach einem älteren Baujahr, einem Wagen, den er leicht knacken konnte.

Als er um die nächste Straßenecke bog, sah er den Turm einer kleinen Kirche über den Baumkronen in die Höhe ragen. Etliche Autos standen in einer langen Reihe am Straßenrand davor geparkt. Eine Gruppe von Menschen, alle in Schwarz gekleidet, schob sich durch den Eingang. Der Leichenwagen, der auf dem Platz vor der Kirche stand, verriet, zu welchem Anlass sie sich versammelt hatten.

Jake ließ den SUV langsam weiterrollen, wendete aber am Ende der Straße und fuhr in die Richtung zurück, aus der sie gekommen waren. Als sie die Ortsgrenze hinter sich gelassen hatten, beschleunigte er. Nach ein paar Meilen bremste er ab und bog rechts auf den Feldweg. Er folgte ihm noch eine halbe Meile. Der Weg wurde zunehmend unebener, das Gestrüpp an den Seiten dichter, je weiter sie in den Wald vordrangen. Sie kamen schließlich zu einer Lichtung. Jake hielt an und stellte den Motor ab.

Molly kroch aus dem Fußraum. Jake trug ihr auf, hier zu warten. Er würde bald zurück sein.

15

Das Haus, das Rachel Donaldson mit ihrer Tochter Molly bewohnte, lag in einer ruhigen Straße von Bayview, ungefähr fünfundzwanzig Fahrminuten von der Golden Gate Avenue entfernt. Die Gegend unterschied sich nicht von jener, in der Jake Ellis lebte: vor zehn oder zwanzig Jahren noch erschwinglich, heute absolut unbezahlbar. In Bernal Heights, wo Catherine wohnte, war es auch nicht anders. Manchmal, in den seltenen Momenten, in denen sie ausnahmsweise nicht an die Arbeit dachte, fragte sie sich, wohin dieser rasante Wandel, der die meisten Wohnviertel der Stadt erfasst hatte, noch führen sollte.

Im Näherkommen sah Catherine, dass ein Polizeiwagen vor dem Haus mit der Nummer 84 parkte. Ein Polizeibeamter bewachte die leicht ansteigende asphaltierte Auffahrt. Es war ein schmales Haus im viktorianischen Stil mit grauweißer Holzverkleidung und zwei gedrungenen Etagen. Von der Garage führte eine Holztreppe hinauf zur Eingangstür. Im Obergeschoss gab es lediglich ein Fenster, das mittig unter dem steilen Dachfirst platziert war.

Der Polizeibeamte war nicht der Einzige auf der Straße. Zahlreiche Nachbarn beobachten aus ihren Vorgärten das Geschehen, und ihre Blicke folgten auch dem ankommenden Fahrzeug. Im Fenster des Nachbarhauses konnte Catherine eine Frau in einer türkisfarbenen Bluse erkennen. Sie schlug erschrocken die Hand vor den Mund und wandte sich schnell ab, als sie merkte, dass Catherine sie gesehen hatte.

Paxon parkte neben dem Streifenwagen, und sie stiegen aus. Catherine warf einen kurzen Blick auf ihr Smartphone, um sich über den aktuellen Stand der Ermittlungen auf dem Laufenden zu halten. Doch sie fand nichts Bemerkenswertes in den diversen Teamkanälen, über die Informationen geteilt wurden. Auf die Vermisstenmeldung war zwar eine Vielzahl an Hinweisen eingegangen, aber nichts davon brachte sie in irgendeiner Weise weiter. Einem Zwischenbericht ihres Kontaktmanns bei der Highway Patrol entnahm sie, dass bislang niemand Ellis gesichtet hatte. Zum Schluss überprüfte Catherine noch kurz ihre privaten Nachrichten. Eine davon stammte von Joe. Sie öffnete sie.

Schätze, ich muss mich heute ums Abendessen kümmern. Pizza?

Sie konnte sich ein Lächeln nicht verkneifen und textete zurück:

Warte nicht auf mich X

Der Polizist in der Auffahrt, ein dünner Kerl Ende vierzig mit ergrauendem Haar, sah sie teilnahmslos an und kontrollierte gewissenhaft ihre Dienstausweise.

»Ist die Kriminaltechnik noch da?«, fragte Catherine.

»Nein, die sind vor zwanzig Minuten fertig geworden«, antwortete der Officer. »Das Haus gehört Ihnen, Agent.« Er sprach in einem neutralen Ton. Unwahrscheinlich, dass es sich auch bei ihm um einen Freund von Ellis handelte, dachte Catherine. Und falls doch, konnte er seine Sympathien zumindest gut verbergen.

Sie ließ Paxon den Vortritt. Sie streiften sich Einmalhandschuhe über, während sie die knarzende Holztreppe zum Eingang hinaufstiegen. Die Tür stand offen, das Schloss war offensichtlich von den Kollegen aufgebrochen worden. Paxon drückte mit dem Handrücken gegen die Klinke, um sie möglichst wenig zu berühren. Die Tür schwang nach innen auf und gab den Blick in einen schmalen

Flur frei. Auf der linken Seite lag das Wohnzimmer, auf der rechten ein Schlafzimmer. Im hinteren Teil des Flurs zweigten zwei weitere Räume ab, ein Esszimmer und eine relativ große Küche, in der eine steile Treppe hinauf in die oberen Stockwerke führte.

Catherine entgingen nicht die Spuren, die die Kriminaltechnik hinterlassen hatte: das Fingerabdruckpulver auf den Oberflächen, der schwache Geruch von Luminol, der noch in der Luft hing. Doch abgesehen davon machte das Haus ... einen völlig normalen Eindruck. Sauber und aufgeräumt, aber nicht übertrieben ordentlich. Menschen lebten hier. Und es sah aus, als hätten sie ihr Heim am Morgen in der Erwartung verlassen, am Abend zurückzukehren.

Catherine und Paxon gingen von Zimmer zu Zimmer. Im Wohnzimmer standen ein beigefarbenes Ledersofa mit Beistelltisch und ein Fernseher. Durch das Fenster blickte man auf die Nachbarhäuser der gegenüberliegenden Straßenseite. Sie standen weiter unten an einem Hang, sodass ihre Dächer vier oder fünf Meter tiefer lagen.

Catherine deutete mit einem Nicken auf die Treppe. »Siehst du dich oben um?«

Paxon nickte und stieg hinauf in die obere Etage.

Catherine ging weiter in die Küche. Auch dieser Raum war sauber und ordentlich, allerdings wieder nicht *zu* aufgeräumt. Neben dem Toaster lagen Krümel auf der Arbeitsplatte, und neben dem Kochfeld stand ein Teller mit einem tiefgefrorenen Hamburger-Patty, der offenbar für ein Abendessen auftaute, das es nicht mehr geben würde. Catherine musste den Impuls unterdrücken, das Fleisch in den Kühlschrank zu stellen.

Sie betrachtete die Kühlschranktür, auf der mit kleinen Magneten die üblichen Fotos und Notizen angeheftet waren. Die meisten Bilder zeigten Molly, manchmal allein, manchmal mit Freunden, aber auch einige von Rachel waren dabei. Eine kleine Einkaufsliste. Ein Kursplan des Fitnessstudios in der Sullivan Street. Was Catherine nicht fand, war ein Foto von Jake Ellis – wobei sie natürlich nicht genau wusste, wie lange er und Rachel bereits zusammen waren. Zumindest nicht so lange, dass er hier eingezogen war.

Rachels Schlafzimmer war klein und adrett. Doppelbett, eine Tapete mit Blumenmuster an einer der Wände.

Catherine stieg die knarrende Treppe hoch ins Dachgeschoss, wo sich Mollys Zimmer befand. An den schrägen Wänden hingen Anime-Poster und eine Weltkarte. Der Teppichboden war blassrosa. Vor dem Einzelbett lagen Kleidungsstücke und Bücher auf dem Boden verstreut, ganz so, wie man es in einem Teenagerzimmer erwartete.

Paxon stand am Fenster und hielt ein kleines Notizbuch in der Hand.

»Ihr Tagebuch?«, fragte Catherine.

»Jep. Der übliche Teenagerkram.«

Catherine musste an die ledergebundene Kladde denken, in der sie ihre Gedanken festgehalten hatte, als sie in Mollys Alter gewesen war. »Ich wäre gestorben, wenn damals jemand mein Tagebuch gelesen hätte.« Als Paxon zusammenzuckte, fügte sie hinzu: »Entschuldigung für die Wortwahl.«

Sie ging hinüber zum Fenster. Von hier aus blickte man über die Dächer der gegenüberliegenden Häuser und hatte freie Sicht auf die Bay. Man konnte bis nach Alameda sehen.

»Nette Aussicht.«

»Ja«, stimmte Paxon ihr zu. »Ich schätze, es ist schon länger her, dass sie das Haus gekauft hat.«

Catherine nickte. Die Stadt hatte sich bis zur Unkenntlichkeit verändert, seit vor einigen Jahrzehnten der Tech-Boom begonnen hatte. In San Francisco lebten heute mehr Milliardäre als in irgendeiner anderen Stadt auf der Erde. Gleichzeitig schien es aber auch mehr Obdachlose zu geben als anderswo. Es war, als lebte man in zwei parallel existierenden Varianten derselben Stadt. Unvorstellbarer Reichtum waberte über unvorstellbarem Elend. Die Kluft zwischen Arm und Reich war in der westlichen Welt in kaum einer anderen Metropole so groß wie hier in der Stadt an der Bay. Für Touristen und Neuzugezogene, die vom Goldrausch im Silicon Valley angezogen wurden, war dieser Zustand verstörend. Doch für jemanden, der hier schon lange genug lebte, um die Veränderungen zu sehen, fühlte es sich an wie ein Experiment mit unabsehbarem Ausgang – und das Bauchgefühl sagte einem, dass etwas ganz und gar nicht stimmte.

Catherine musste an die obdachlose Frau denken, die ihr vor einer halben Stunde auf der Straße begegnet war. *Ich nehme auch alle gängigen Kreditkarten.*

Paxon legte das Tagebuch zur Seite und begann die Schubladen einer Kommode aufzuziehen. Das Möbelstück war blassrosa lackiert, und auf der Ablagefläche vor dem großen ovalen Spiegel lagen die üblichen Utensilien: eine Haarbürste, verschiedene Kosmetika, ein Inhalator, vollgekritzelte Notizzettel, der Auflader eines Smartphones.

»Wie sieht es mit irgendwelchen Geräten aus?«, fragte Catherine und blickte sich um. »Hast du ein Handy oder ein Tablet entdeckt?« In Rachels Wagen hatte man weder ihr Smartphone noch das ihrer Tochter gefunden, was bedeutete, dass Ellis die Geräte an sich genommen haben musste.

»Die Kriminaltechnik hat einen Laptop und einen Desktop Computer mitgenommen«, sagte Paxon, ohne aufzusehen.

Catherine fühlte sich an Orten wie diesem immer unwohl. Behausungen, die in der Zeit eingefroren schienen und darauf warteten, dass ihre Bewohner heimkehrten, um am Abend Hamburger zu essen, ihre Erlebnisse im Tagebuch festzuhalten, sich das Haar vor einem ovalen Spiegel zu kämmen. Oft genug kamen sie aber nicht wieder. Catherine hoffte, dass sich dieser Fall als eine der wenigen Ausnahmen entpuppen würde.

Als sie ihre Arbeit beendet hatten, stiegen sie die Treppe wieder hinunter ins Erdgeschoss und gingen zur Vordertür hinaus auf die Veranda.

Das Haus von Rachel Donaldson hatte ihnen keine neuen Erkenntnisse geliefert. Das mochte zunächst enttäuschend sein, doch Catherine wusste, dass es vielleicht Beweise gab, die sie zum jetzigen Zeitpunkt noch nicht sehen konnten. Sie mussten abwarten, welche Ergebnisse die Spurensicherung und die Analyse der elektronischen Geräte lieferte. Wenn sie einen Hinweis darauf erhielten, welches Motiv sich hinter dieser Tat verbarg oder warum sie sich ausgerechnet heute ereignet hatte, würde ihnen das vielleicht helfen, Ellis zu finden.

»Entschuldigung?«, fragte jemand hinter ihnen, und Catherine und Paxon wandten sich zeitgleich um.

Es war die Frau aus dem Nachbarhaus. Sie trug noch immer ihre türkisfarbene Bluse und stand auf der anderen Seite des Zauns, der die Grundstücke voneinander trennte, die Hand auf einem Pfosten.

»Was können wir für Sie tun, Ma'am?«

»Sind Sie von der Polizei?«

»FBI«, sagte Catherine. »Ich vermute, dass Sie hier wohnen, Ms …«

»Clarke. Amy Clarke. Ich wohne hier seit fünfunddreißig Jahren«, sagte sie in einem seltsamen Tonfall, als müsse sie sich für diese Tatsache rechtfertigen. »Eine schlimme Sache. Das arme Mädchen.«

»Kannten Sie die beiden gut?«

»Nein, wir haben uns nur flüchtig gegrüßt.«

Da ging es der Dame ähnlich wie Mr Rosenberg, dem Nachbarn von Jake Ellis, dachte Catherine und fragte sich unwillkürlich, ob der Job für ihre Vorgänger früher wohl einfacher gewesen war, als sich die Menschen noch persönlich gekannt hatten.

»Wir suchen einen männlichen Verdächtigen«, setzte Catherine an, doch die Frau unterbrach sie.

»Den Polizisten, richtig? Ich habe es in den Nachrichten gesehen.« Letzteres sagte sie in gespielt beiläufigem Ton, als wolle sie sich nicht anmerken lassen, wie aufregend die ganze Sache für sie war. »Ich habe auch den Amber-Alarm erhalten.«

»Haben Sie den Mann schon mal hier gesehen?«

»Ein paarmal, ja.«

»Haben Sie mit ihm gesprochen?«

Sie rümpfte die Nase. »Er hat mal vor meiner Einfahrt geparkt, und ich musste ihn auffordern, seinen Wagen wegzufahren. Tatsächlich wollte ich mit Ihnen über ihn sprechen.«

»Ach, wirklich?«

Die Frau nickte, dann legte sie den Finger an die Lippen und runzelte die Stirn, als versuche sie sich an etwas zu erinnern. »Lassen Sie mich kurz überlegen. Wir haben heute Samstag, es muss also Donnerstag, nein, Mittwoch, es muss am Mittwochabend gewesen sein.«

»Was ist am Mittwochabend passiert?«

»Nun ja«, sie deutete mit einem Nicken auf Rachels Haus, »da drinnen ging es ziemlich heftig zur Sache.«

»Sie meinen, es gab einen Streit?«

»Ja, sie haben sich gestritten.«

»Haben Sie mitbekommen, ob ... es eine physische Auseinandersetzung war?«, fragte Catherine.

»Es hörte sich so an. Ich konnte nicht genau verstehen, worüber sie stritten, aber ich habe ihre Stimmen gehört, sie schrien sich an. Dann ist etwas zerbrochen, das nach Glas klang. Ich hätte Sie beinahe gerufen. Ich meine, *die* Polizei ...« Sie warf einen geringschätzigen Blick auf den uniformierten Streifenbeamten.

Catherine nickte. »Ehrlich gesagt, ich wünschte, Sie hätten es getan, Ms Clarke.«

Die Frau bemerkte den missbilligenden Unterton in Catherines Stimme und schürzte die Lippen. Catherine erteilte sich selbst im Stillen einen Rüffel: Verscherze es dir nie mit einem potenziell nützlichen Zeugen.

»Wie auch immer«, fuhr Amy Clarke fort. »Jedenfalls wurde es dann wieder ruhiger. Und was hätte die Polizei schon tun sollen? Ich rufe sie seit Wochen wegen der Jugendlichen an, die immer an der Straßenecke rumlungern, und was unternehmen sie? Nichts.«

»Wir danken Ihnen für Ihre Kooperationsbereitschaft«, sagte Catherine.

Sie gab der Frau eine ihrer Visitenkarten. Ihr Vorrat war beinahe aufgebraucht, und sie machte sich in Gedanken eine Notiz, bei nächster Gelegenheit ein paar neue aus der obersten Schulblade ihres Schreibtischs mitzunehmen. »Wir werden vielleicht noch einmal mit Ihnen sprechen müssen«, sagte sie. »Sollte Ihnen in der Zwischenzeit noch irgendetwas einfallen, rufen Sie mich bitte umgehend an. Ich möchte dieses Mädchen so schnell wie möglich finden und bin für jede Hilfe dankbar.«

Ms Clarke steckte die Visitenkarte ein und schien besänftigt. »Vielleicht hilft Ihnen ja auch die Vermisstenmeldung. Irgendjemand muss die beiden doch gesehen haben.«

Als sie wieder im Auto saßen, schnallte Catherine sich an und überprüfte dann die eingegangenen Nachrichten auf ihrem Smartphone. Eine stammte von Valenti: Der Arbeitgeber von Rachel Donaldson sei bereit, in seinem Büro mit ihnen zu sprechen. Catherine wollte sich ohnehin an Rachels Arbeitsplatz umsehen, also konnten sie zwei Fliegen mit einer Klappe schlagen. Sie nannte Paxon die Adresse, und die Kollegin gab die Straße in das Navigationsgerät ein.

»Findest du den Weg nicht ohne dieses Ding?«, fragte Catherine und hob eine Augenbraue.

»Natürlich weiß ich, wo wir langfahren müssen, aber das Navi wird uns verraten, ob ...« Sie hielt inne und ein zufriedenes Lächeln huschte über ihre Lippen, als sie die Meldung ablas, die auf dem Display auftauchte. »*Zähfließender Verkehr auf der US-101* ... Ich schätze, wir fahren besser über Bayshore.«

Catherine konnte ihre Skepsis nicht verbergen. Durch den Umweg würden sie gerade mal drei Minuten Zeit gewinnen. »Schade, dass das Ding uns nicht auch verraten kann, wo Ellis steckt.«

Als sie vom Bildschirm des Navigationsgeräts hochblickte, sah Catherine, wie ihre Kollegin auf das Haus von Rachel Donaldson starrte, wo die Nachbarin noch auf der Veranda stand und zu ihnen herüberschaute. »Was denkst du?«, fragte Kelly Paxon.

Catherine rekapitulierte im Stillen, was sie im Haus gesehen und was die Nachbarin gesagt hatte. »Es hörte sich ganz so an, als wäre Jake Ellis ein mieses Stück Scheiße. Und ich glaube, Ms Clarke hat mehr Vertrauen in den Amber-Alarm als ich.«

16

Jake legte den Weg ins Dorf im Laufschritt zurück. Er begegnete weder dem Ehepaar mit dem Beagle ein zweites Mal noch anderen Fußgängern. Die meisten Einwohner des kleinen Ortes schienen bei der Trauerfeier in der Kirche zu sein. Oder zumindest hoffte Jake das.

Wenn Molly und er es bis zu Diehl schafften, würden sie damit etwas Zeit gewinnen. Allerdings war es eine lange Fahrt bis dorthin, und sie konnten es nicht riskieren, den gesamten Weg mit demselben Fahrzeug zurückzulegen. Man würde den Diebstahl des Wagens früher oder später mit ihnen in Verbindung bringen, falls das nicht ohnehin bereits geschehen war.

Jake wurde langsamer, als er sich seinem Ziel näherte.

Die Kirche wies Stilelemente der Neugotik auf: bogenförmige Fenster und einen dreistöckigen Kirchturm mit Lamellen. Jake zählte mehr als ein Dutzend Autos, die hintereinander an der Straße parkten. Die Türen des kleinen Eingangsvestibüls standen offen, und er konnte dahinter die mächtigen Eichentüren erkennen, die in das Kirchenschiff führten. Ein Schild, das über einer Holzbank hing, verkündete aktuelle Ereignisse in der Gemeinde. Man hatte sich heute zur Beerdigung von Emmeline Ware versammelt, geboren 1945, verstorben 2019.

Es schien keine Garderobe zu geben, also musste er wohl das Risiko eingehen und sich unter die Leute mischen, um zu bekommen, was er wollte.

Jake öffnete vorsichtig die Tür und versuchte, kein Aufsehen zu erregen. Er hoffte, dass die Teilnehmer der Messe zu sehr mit dem Abschied von der Verstorbenen befasst waren, um den Neuankömmling in Alltagskleidung zu bemerken.

Die Kirche war etwa zu zwei Dritteln gefüllt. Die Trauernden saßen zum Altar hin gewandt auf beiden Seiten des Kirchenschiffs auf sechs oder sieben Kirchenbänken aus Kiefernholz. Der Prediger stand an einem Rednerpult neben einem mit weißen Lilien geschmückten Sarg. Er blickte kurz auf, als Jake eintrat, konzentrierte sich dann aber wieder auf seine Rede. Ansonsten schenkte Jake niemand Beachtung.

Er setzte sich in die letzte Reihe. In der Kirche roch es nach Sägemehl und alten Büchern. Der Prediger las eine Bibelpassage vor, die Jake nicht bekannt war, irgendetwas über den Weg des Vergänglichen ins Unvergängliche. Allerdings gab es ziemlich wenige Bibelpassagen, die Jake kannte.

Er widmete seine Aufmerksamkeit der Kleidung der Anwesenden. In der Reihe vor ihm saßen fünf Personen. Drei von ihnen hatten die Mäntel anbehalten, zwei hatten sie über die Lehne der Bank gelegt.

Jake versuchte, nicht darüber nachzudenken, dass vermutlich jeder der hier Anwesenden eine Nachricht auf seinem Smartphone hatte, die Jakes Namen und Beschreibung enthielt – ob es der Person nun bewusst war oder nicht. Er schob sich weiter durch die Bankreihe, darauf bedacht, sich nicht zu schnell zu bewegen und keine Aufmerksamkeit zu erregen. Langsam wanderte seine Hand in die Tasche des ersten Mantels.

Die fünfzehn Jahre im Polizeidienst hatten Jake auch einige Tricks von der anderen Seite des Gesetzes gelehrt. Er kannte einen charmanten Langfinger namens Pete King, der sich auf solche Dinge spezialisiert hatte. Jake hatte ihn vor etlichen Jahren wegen eines kleineren Diebstahls hochgehen lassen und dann im Zuge der üblichen Hausdurchsuchung festgestellt, dass Pete noch ein einträgliches Nebengeschäft mit Gebrauchtwagen unterhielt. Wie es der Zufall wollte, befanden sich auf seiner Verkaufsliste erstaunlich viele Fahrzeuge, die in den vergangenen Wochen und Monaten während Gottesdiensten, Sportevents oder Schulaufführungen in der Bay Area gestohlen worden waren. Die Masche war denkbar einfach: Pete King schlich sich in die Veranstaltungen ein, durchsuchte Jacken und Mäntel, und sobald er einen Autoschlüssel gefunden hatte, suchte er das Weite – mit dem zum Schlüssel gehörenden Fahrzeug.

Die Taschen des ersten Mantels waren leer.

Jake nahm sich den nächsten vor. Er gehörte dem grauhaarigen Mann, der aufrecht in der Kirchenbank vor ihm saß und aufmerksam den Worten des Pastors lauschte. Er hatte seinen schwarzen Mantel ordentlich neben sich auf die Bank gelegt, allerdings quoll die untere Seite des Kleidungsstücks durch die Lücke zwischen Lehne und Sitzfläche. Jake griff in eine Manteltasche, und seine Hand schloss sich um den Gegenstand, den er suchte: die harte Kunststoffhülle eines Autoschlüssels.

Als er ihn aus der Manteltasche ziehen wollte und sich ein kleines Stück bewegte, knarrte die Kirchenbank. Der grauhaarige Mann drehte sich zu ihm herum.

Aus einem Impuls heraus wollte Jake losrennen, doch er zwang sich, die Nerven zu behalten. Im Sitzen hatte der Mann einen ungünstigen Blickwinkel und konnte unmöglich sehen, wo sich Jakes Hand befand. Jake hielt den Kopf gesenkt und tat, als wäre er in ein Gebet vertieft. Der alte Mann wandte seinen Blick wieder dem Altar zu.

Draußen vor der Kirche ging Jake an den geparkten Autos entlang und drückte so lange auf den Funköffner des Schlüssels, bis die Rücklichter eines weißen Ford Fusion aufleuchteten. Ein kalifornisches Nummernschild, dem Aussehen nach schon ein paar Jahre alt. Perfekt. Nicht zu neu und auffallend, aber auch nicht so verwittert, dass es einem Polizisten gleich ins Auge sprang.

Jake sah sich nach allen Seiten um und versicherte sich, dass er keine unerwünschten Zuschauer hatte, dann öffnete er die Fahrertür und stieg ein. Er drehte den Schlüssel im Zündschloss, und der Motor erwachte mit einem sanften Brummen zum Leben. Der Tank war noch zu einem Viertel gefüllt. Er legte einen Gang ein und ließ den Wagen langsam auf die Straße rollen. Dann fuhr er zurück zu der Stelle, wo er Molly und den SUV zurückgelassen hatte.

Untraceable

Auszug aus Untraceable – Staffel 4, Folge 2, 20. April

Rachel Donaldson arbeitet als Buchhalterin bei einer Firma in San Francisco. Sie ist neununddreißig Jahre alt, wuchs in Napa auf und besuchte die University of San Francisco. Sie hat eine dreizehnjährige Tochter namens Molly. Mollys Vater, Richard, ist vor wenigen Jahren gestorben.

Heute Morgen wurde Rachel aus kurzer Distanz in den Kopf geschossen, als sie ihren Wagen vor dem Fitnessstudio parken wollte, das ihre Tochter besucht. Ein Mann namens Steve Holdcroft wurde getötet, als er offenbar versuchte, Rachel und ihrer Tochter zu Hilfe zu kommen. Die Polizei hat bereits einen Verdächtigen: Jake Ellis, einundvierzig Jahre alt und angeblich Rachels Freund. Molly befand sich zum Zeitpunkt des Angriffs bei ihrer Mutter im Auto. Seitdem fehlt jede Spur von ihr.

Regelmäßige Hörer von *Untraceable* werden wissen, wie wichtig es für die Polizei ist, Molly möglichst schnell zu finden. Bei jeder Ermittlung spielt Zeit eine wesentliche Rolle. Mordermittler betonen oft, wie wichtig die ersten achtundvierzig Stunden nach einer Tat sind. Danach sinken die Chancen, den Mörder zu finden, rapide. Im Fall einer Kindesentführung ist die Zeit allerdings noch kostbarer, da das Opfer – so hofft man zumindest – noch am Leben ist. Was sich aber schnell ändern kann.

Jedes Jahr werden in den USA vierhundertsechzigtausend Kinder als vermisst gemeldet. Die überwältigende Mehrheit taucht wohlbehalten wieder auf. Doch aus jenen Fällen, die kein glückliches Ende gefunden haben, weiß man, wie wichtig es ist, das vermisste Kind so rasch wie möglich aufzuspüren. Bei den Entführungen, die mit einem Mord endeten, wurde das Opfer in fünfundsiebzig Prozent der Fälle innerhalb der ersten drei Stunden getötet.

Regelmäßige Hörer unseres Podcasts werden das alles wissen. Warum also erzähle ich es noch mal?

Weil wir nicht wissen, welches Ende diese Ermittlung nehmen wird. Der Angriff auf Rachel Donaldson und die Entführung von Molly Donaldson haben sich heute Morgen ereignet. Die Suche nach Jake Ellis läuft auf Hochtouren. Und Zeit ist der entscheidende Faktor.

Die Polizei hat die Vermisstenmeldung heute Morgen um acht Uhr siebenundzwanzig über das Amber-System rausgegeben. Darin wurden uns alle bislang bekannten Informationen über Molly und ihren Entführer mitgeteilt. Molly hat weiße Hautfarbe, rotes Haar, ist ungefähr einen Meter fünfzig groß und wiegt neunundvierzig Kilo. Jake Ellis ist ebenfalls weiß, hat blondes Haar, trägt einen Schnurrbart, ist einen Meter achtundsiebzig groß und wiegt dreiundachtzig Kilo. Die beiden wurden zuletzt in Tenderloin gesehen. Zum Zeitpunkt dieser Aufnahme ist das fünf Stunden her. Sie könnten sich noch immer in der Stadt befinden oder zumindest innerhalb des Suchradius, den die Polizei mit jeder Minute vergrößert. Die Polizei und das FBI benötigen jede Hilfe, die sie bekommen können. Wenn ihr also jemanden gesehen habt, auf den diese Beschreibung passt, meldet euch bitte.

Es gibt noch eine Besonderheit in diesem Fall, die ich noch nicht erwähnt habe: Die Entführung wird durch den Umstand noch komplizierter, dass es sich bei Jake Ellis um *Officer* Jake Ellis vom San Francisco Police Department handelt. Und das bedeutet, dass die Polizei einen ihrer eigenen Männer jagt.

17

Die Büros von McMurtry & Dane, wo Rachel Donaldson als Wirtschaftsprüferin arbeitete, befanden sich in der sechsten Etage eines Gebäudes an der Van Ness Avenue, direkt gegenüber von einem Imbiss, den Catherine regelmäßig aufsuchte. Catherine beschloss, dass Paxon und sie dort Mittagessen holen würden, nachdem sie mit Rachels Chef gesprochen hatten.

Als sie zu dem Imbiss hinübersah, bemerkte Catherine eine schwarze Limousine, die auf der Straße parkte. Der Fahrer trug eine Sonnenbrille und wandte sofort den Blick ab, als Catherine ihn musterte. Sie merkte sich das Kennzeichen des Wagens und ging hinter Paxon über die Straße auf das Bürogebäude zu.

»Hast du das gesehen?«, fragte Paxon, als sie dic Eingangstür erreichten.

Catherine blickte auf das Smartphone, das Paxon ihr hinhielt. Das Titelbild eines Podcasts namens *Untraceable* war darauf zu sehen. Es zeigte eine Frau von hinten, die einsam auf einen dunklen, bedrohlich wirkenden Wald zuging. Der Kurztext unter dem Bild lautete: NEUE STAFFEL – DER FALL MOLLY DONALDSON. LIVE-BERICHTERSTATTUNG.

Catherine konnte nicht glauben, was sie da las.

»Verdammter Mist. Diese Leute fackeln nicht lange«, sagte sie mehr zu sich selbst.

Sie hatte schon öfter Anfragen von solchen Hobbydetektiven beantwortet, doch dabei hatte es sich immer um alte Fälle gehandelt.

Soweit sie sich erinnern konnte, war dies das erste Mal, dass jemand einen Podcast zu einer laufenden Ermittlung veröffentlichte. Durchaus beeindruckend, dachte Catherine.

Paxon steckte ihr Handy weg, und sie betraten das Foyer. Das Gebäude stammte aus den 1920er-Jahren, und die Eleganz, die das Interieur einst ausgestrahlt haben musste, war inzwischen verblasst. Der Boden bestand aus abgenutzten schwarz-weißen Marmorplatten, die Türen und Fußleisten waren aus dunklem Holz. Catherine und Paxon fuhren mit einem altertümlichen Gitteraufzug in den sechsten Stock. Sie hörten das Scheppern und Klappern der Maschinerie und erhaschten durch die offenen Käfigtüren des Aufzugs kurze Blicke auf die Etagen, die sie passierten.

Das Stockwerk, in dem die Wirtschaftsprüfer von McMurtry & Dane residierten, war deutlich moderner eingerichtet als das Foyer und die Büros, die sie aus dem Aufzug gesehen hatten. Allein der Teppich im Empfangsbereich musste ein kleines Vermögen gekostet haben. Die Wand hinter der Rezeption war in einem dunklen Oliv gestrichen. Am Empfangstisch saß eine ältere Frau mit grauem Haar und Brille. Sie war vollständig in Schwarz gekleidet und machte ein ernstes Gesicht. Catherine fragte sich, ob Besucher hier immer mit einem solchen Gesichtsausdruck begrüßt wurden oder ob die Ereignisse um Rachel Donaldson die Ursache dafür waren.

Die Frau führte sie zu einem Büro am Ende des Flurs, der mit dickem Teppich ausgelegt war, und klopfte an. Neben der Tür hing ein Namensschild: *William J. McMurtry*.

»Herein.«

Die Rezeptionistin drückte die Klinke runter und öffnete die Tür. Dann trat sie mit einem knappen Lächeln zur Seite.

William McMurtry saß hinter einem Schreibtisch gegenüber der Tür. Als sie eintraten, stand er auf, um sie zu begrüßen. Er musste Mitte sechzig sein, hatte grau meliertes Haar, das bereits schütter wurde. Er trug ein hellblaues Hemd, dessen Ärmel er hochgekrempelt hatte, und eine blaue Krawatte mit weißen Punkten. Er streckte sich über den Schreibtisch und reichte zuerst Paxon die Hand, dann Catherine. Danach blickte er sie abwechselnd an und schien zu überlegen, wer von ihnen beiden das Sagen hatte.

»Vielen Dank, dass Sie sich Zeit für uns nehmen, Mr McMurtry«, sagte Catherine. »Ich bin Special Agent Lark, und das ist Special Agent Paxon.« Sie zog Erkennungsmarke und Dienstausweis aus der Jackentasche.

Doch McMurtry machte sich nicht die Mühe, beides näher zu betrachten. Er ließ sich zurück in seinen Bürosessel fallen, als hätte das Aufstehen ihn große Kraft gekostet.

»Kein Problem«, sagte er. »Das ist alles so schrecklich. Wissen Sie, wie es Rachel geht?«

Catherine schüttelte den Kopf. »Sie wird noch immer operiert. Wir werden wohl noch eine Weile warten müssen, bis wir etwas Neues über ihren Zustand erfahren.«

»Und ihre Tochter?«

»Wir hoffen, dass Sie uns da vielleicht weiterhelfen können. Alles, was Sie über Rachel und Molly wissen, könnte hilfreich sein.«

McMurtry stützte die Ellbogen auf den Schreibtisch und hielt beide Hände offen vor sich. »Fragen Sie.«

Catherine legte ihr Smartphone auf den Tisch. »Sind Sie einverstanden, dass ich unsere Unterhaltung aufzeichne?«

Das tat sie bei allen Befragungen, ein Mitschnitt war schneller und genauer, als sich Notizen zu machen. Der größte Vorteil allerdings war, dass man die Person, die man befragte, über die gesamte Dauer des Gesprächs im Auge behalten konnte.

»Gerne«, antwortete McMurtry. »Legen Sie los.«

Catherine startete die Aufnahme. »Danke, Mr McMurtry. Fangen wir mit der Frage an, wann Sie Rachel das letzte Mal gesehen haben.«

»Gestern Abend, hier im Büro. Sie ist gegen achtzehn Uhr nach Hause gegangen. Ich habe noch länger gearbeitet.«

»Die Abgabefrist für die Steuererklärung läuft bald ab. Sie haben wohl gerade viel zu tun?«, meinte Paxon.

»Wir haben immer viel zu tun. Wir mussten eine Steuerprüfung für einen unserer Klienten erledigen. Deshalb bin ich auch an einem Samstag im Büro und nicht auf dem Golfplatz.« Er machte ein trauriges Gesicht, als erwarte er Mitleid. Catherine ließ sich keine Regung anmerken.

»Hat Rachel sich in letzter Zeit irgendwie anders verhalten als üblich?«

»Wie meinen Sie das?«

»Mich interessiert jede Art von Auffälligkeit. Wirkte sie besorgt oder besonders gestresst? Oder vielleicht stiller als sonst?«

Er schüttelte langsam den Kopf. »Nein, zumindest habe ich nichts Derartiges bemerkt. Wobei ich zugeben muss, dass ich ziemlich beschäftigt war und nicht unbedingt auf so etwas geachtet habe.«

»Hat sie irgendetwas erwähnt, das für diesen Fall von Bedeutung sein könnte? Hatte sie vielleicht familiäre Probleme oder Ärger mit ihrem Freund?«

»Sie sprach selten über ihr Privatleben. Ich wusste nicht einmal, dass sie einen neuen Freund hatte, bis ich es heute in den Nachrichten gelesen habe.« Sein Blick wanderte von Catherine zu Paxon, bevor er vorsichtig hinzufügte: »Er ist wirklich ein Polizist? Warum sollte ein Polizist so etwas tun?«

Catherine bemerkte aus dem Augenwinkel, wie Paxon sie ansah. »Wir wollen keine Spekulationen anstellen, Mr McMurtry«, sagte sie. »Alles, was wir derzeit wissen, ist, dass er Molly entführt hat. Und wir wollen sie wohlbehalten aus seiner Gewalt befreien. Kannten Sie Molly, ist sie Ihnen vielleicht einmal begegnet?«

»Nun, wie ich schon sagte, Rachel sprach selten über ihr Privatleben. Und das galt auch für ihre Tochter.«

Sie stellten ihm noch einige weitere Fragen: Was war Rachels beruflicher Hintergrund, wie lange arbeitete sie schon für die Firma? Als sie Catherines Fragenkatalog abgearbeitet hatten, baten sie McMurtry noch, ihnen Rachels Arbeitsplatz zu zeigen.

McMurtry führte sie in das gegenüberliegende Büro. Rachels Zimmer war genauso groß wie das ihres Chefs, lediglich ihr Bürostuhl wirkte billiger, und ihr Schreibtisch war deutlich kleiner. Der Tisch war aufgeräumt, nur ein Monitor und eine Tastatur standen darauf sowie ein Ablagekasten mit einem Stapel von Dokumenten. Catherine nahm die Papiere und blätterte sie durch.

»Akten von Klienten«, sagte McMurtry erklärend und sah aus, als würde er sie Catherine am liebsten aus der Hand nehmen.

»Könnten Sie uns eine Liste Ihrer Klienten zukommen lassen?«

McMurtry wirkte zum ersten Mal zögerlich. »Ist das wirklich nötig? Ich meine, Sie kennen den Täter doch bereits.«

»Wir benötigen lediglich die Namen und Kontaktinformationen. Wir sind nicht an den Unterlagen Ihrer Klienten interessiert. Aber wir könnten natürlich auch einen Durchsuchungsbeschluss erwirken …«

Er seufzte. »Schon gut. Einige unserer Klienten nehmen es mit der Vertraulichkeit sehr ernst. Andererseits kommen Sie vom FBI wohl immer irgendwie an die Informationen, die Sie wollen. Also, was soll's …«

Sie fuhren mit dem Gitteraufzug zurück ins Erdgeschoss, gingen durch das Foyer zum Ausgang und traten hinaus auf die Van Ness Avenue. Die Sonne kam hinter den Wolken hervor, und Catherine genoss für einen Moment die Wärme auf dem Gesicht. Sie blickte zu der Stelle, an der vorhin die schwarze Limousine geparkt hatte, doch der Wagen stand nicht mehr dort. Ihr Handy klingelte. Es war Valenti. Catherine wechselte einen kurzen Blick mit Paxon, während sie den Anruf entgegennahm.

»Gibt es Neuigkeiten?«, fragte sie.

»Ja«, sagte Valenti. Sein Tonfall ließ Catherine nichts Gutes hoffen. »Ich habe gute und schlechte Nachrichten.«

»Machen Sie es nicht zu spannend.«

»Rachel Donaldson hat die Operation überstanden.«

»Und was ist die schlechte Nachricht?«

»Die Ärzte können uns nicht sagen, wann oder ob sie überhaupt jemals das Bewusstsein wiedererlangen wird.«

Catherine seufzte. »In Ordnung. Was ist mit der Vermisstenmeldung? Wie viele Hinweise sind inzwischen eingegangen?«

»Es dürften weit über achthundert sein.«

»Ist etwas Brauchbares dabei?«, fragte Catherine, obwohl sie die Antwort ahnte. Wenn einer der eingegangenen Hinweise wichtige Informationen enthalten hätte oder die Gesuchten sogar gesehen worden wären, wäre sie bereits benachrichtigt worden.

»Lediglich ein paar Verwechslungen. Jemand glaubte, Ellis in Fisherman's Wharf gesehen zu haben, ein anderer vermutete ihn in einem Einkaufszentrum in East Cut. Beide Male kein Treffer. Dann hat noch ein Wartungstechniker angerufen. Er sagte, er habe Molly heute Morgen gegen acht Uhr in Tenderloin gesehen …«

»Tatsächlich?«, fragte sie, dabei verriet Valentis müder Tonfall, dass es keinen Grund für Enthusiasmus gab.

»Der Mann war sich nicht sicher. Er hatte ein Mädchen mit rotem Haar gesehen, das sich in einem Hauseingang herumdrückte. Er konnte nicht mal sagen, welche Kleidung sie trug, oder sich an sonstige Details erinnern. Außerdem meinte er, sie sei allein gewesen.«

Acht Uhr, das würde bedeuten, Molly wäre dort gewesen, nachdem auf Rachel und sie geschossen worden war und bevor Ellis' Nachbar die beiden auf der Flucht gesehen hatte. Aber es war unwahrscheinlich, dass es sich bei dem Mädchen tatsächlich um Molly handelte, da sie offenbar allein gewesen war. Dennoch würde man die Angaben des Wartungstechnikers auf jeden Fall überprüfen und zu Protokoll nehmen.

»Also gut«, sagte Catherine. »Wir besorgen uns noch schnell was zu essen und kommen dann zurück ins Büro. Bis gleich.«

Sie holten sich in dem Imbiss zwei Burger und aßen sie im Auto. Als sie fertig waren, sah sich Catherine die Kundenliste an, die McMurtry ihnen ausgedruckt hatte.

Es handelte sich um die Klienten, die Rachel Donaldson aktuell betreute. In vier Spalten waren die Namen der Klienten vermerkt, dazu die Namen der Firmen, sofern sie genannt werden durften, die Telefonnummern sowie die E-Mail-Adressen, falls sie bekannt waren. Die Liste umfasste vierzehn Klienten, und bei jedem gab es mindestens eine Möglichkeit, ihn zu kontaktieren.

»Glaubst du, das wird uns irgendwie weiterhelfen?«, fragte Paxon.

»Das spielt keine Rolle, wir müssen …«

»… jeden Hinweis überprüfen«, vollendete Paxon das Mantra, das Catherine in ihrem Team immer wieder herunterbetete.

Catherine setzte ein Lächeln auf. Dann holte sie ihr Smartphone heraus, hielt es über die Klientenliste, stellte sicher, dass das Bild scharf und der Text gut lesbar war, und machte ein Foto. Natürlich hätte sie McMurtry bitten können, ihr das Dokument per Mail zu schicken. Doch da sie über keinen Durchsuchungsbeschluss verfügten, hatte er ihr die Informationen ohnehin nur zögerlich ausgehändigt.

Sie schickte die Datei ins Büro an La-Vonne Tylor und bat sie, die Kunden auf der Liste anzurufen und sie über ihr Verhältnis zu Rachel Donaldson zu befragen: Wann sie Rachel zuletzt gesehen hatten, ob ihnen etwas Ungewöhnliches aufgefallen war, ob Rachel etwas gesagt hatte, das von Belang sein könnte, und ob ihnen ansonsten irgendetwas einfiel, das für den Fall von Bedeutung sein könnte.

Paxon stopfte die Burgerverpackungen in die Papiertüte, in der man ihnen die Mahlzeit ausgehändigt hatte. Dann stieg sie aus und warf alles in den nächsten Mülleimer.

»Was jetzt?«, fragte sie, als sie sich wieder in den Wagen setzte.

»Donaldsons Haus und ihren Arbeitsplatz können wir abhaken«, sagte Catherine. »Ich hatte eigentlich gedacht, dass wir dort einen nützlichen Hinweis finden. Hoffen wir also, dass wir bald anderswo einen Durchbruch schaffen.«

Paxon startete den Wagen, ordnete sich in den Verkehr ein und bog an der nächsten Ecke rechts auf die Post Street in Richtung der Golden Gate Avenue ab.

Catherine beobachtete im Vorbeifahren die Menschen auf den Straßen und fragte sich, ob Jake Ellis noch in der Stadt war. Dieser Teil ihres Jobs frustrierte sie immer am meisten: Man gab sein Bestes und erreichte doch nichts. Und dabei handelte es sich nicht nur um ein Gefühl. Man konnte sich reinhängen und auf den Durchbruch hoffen, und manchmal erzielte man ihn tatsächlich. Doch genauso oft schaffte man es nicht, und dann musste man von dem Fall ablassen und sich dem nächsten zuwenden. Sie hoffte wirklich, dass die Suche nach Molly Donaldson nicht in diese Kategorie gehörte.

Catherines Telefon klingelte erneut. Sie rechnete nicht mit einer weltbewegenden Neuigkeit, als sie Valentis Namen auf dem Display sah. Im schlimmsten Fall rief er an, um ihr mitzuteilen, dass Rachel Donaldson verstorben war.

»Was gibt es?«, fragte sie. »Hat sich das Krankenhaus gemeldet?«

Valentis Stimme klang anders als bei dem Anruf vor wenigen Minuten. Der niedergeschlagene Unterton in seiner Stimme war vollständig verschwunden, als er sagte: »Wir haben einen verifizierten Hinweis. Ellis wurde gesehen.«

18

Molly beobachtete Jake, der am Steuer saß. Manchmal sah er kurz zu ihr herüber, als wolle er sich versichern, dass sie noch neben ihm saß und sich seit seinem letzten Kontrollblick nicht urplötzlich in Luft aufgelöst hatte. Sie wandte sich ab und schaute aus dem Beifahrerfenster. Das Land hier draußen war flach. Anders als in der Stadt schien sich der Himmel hier endlos auszudehnen.

Ihr entging nicht, wie vorsichtig sich Jake verhielt. Immer hatte er die Straße vor ihnen im Blick, sein wachsames Auge überprüfte die Insassen jedes Fahrzeugs, das ihnen entgegenkam. Dabei nahm er jedes Mal eine Hand vom Lenkrad und massierte sich die linke Schläfe, als müsse er einen heftigen Kopfschmerz vertreiben. In Wahrheit wollte er sein Gesicht verdecken.

Molly schloss die Augen und befand sich in ihrer Vorstellung sofort wieder auf dem Beifahrersitz eines anderen Wagens mit einer anderen Person am Steuer.

»Molly ...«

Sie öffnete die Augen wieder und versuchte, die Tränen zurückzudrängen. Ihr Name. Ihr Name war das letzte Wort gewesen, das sie von ihrer Mutter gehört hatte, und vielleicht würde es für immer ihr letztes Wort bleiben.

In der unsinnigen Hoffnung, irgendetwas zu sehen, das sie von diesem Gedanken ablenken könnte, richtete sie den Blick wieder aus dem Fenster. Sie fuhren an Straßenschildern vorbei, die den Weg zu Orten wiesen, von denen Molly noch nie gehört hatte. Orte wie Bluegum oder Grapit. Auf einigen Schildern wurden die Entfernungen zu Städten angegeben, die weiter nördlich lagen. Sie fragte sich, welche Distanz sie schon zwischen sich und das Dorf gebracht hatten, in dem Jake den Wagen gestohlen hatte. Sie konnte nur vage einschätzen, wie schnell sie vorankamen. Sie wurden nicht oft überholt, schienen sich also etwas schneller zu bewegen als der übrige Verkehr, aber immer noch langsam genug, um keine unnötige Aufmerksamkeit auf sich zu ziehen.

Da sie ihr Handy verloren hatte und das ihrer Mutter nicht einschalten konnte, fehlte ihr jedes Zeitgefühl dafür, wie lange sie schon unterwegs waren. »Wie spät ist es?«, fragte sie.

»Fünfzehn Uhr dreißig.« Jake musste nicht einmal auf die Uhr am Armaturenbrett blicken, die Molly von ihrem Platz aus nicht sehen konnte.

Molly lehnte sich in ihrem Sitz zurück und überlegte, wie sie die nächste Frage formulieren sollte. Sie entschied sich für die Variante, die meistens die beste war: geradeheraus.

»Worüber habt ihr euch gestritten?«

Er blickte sie an. »Was?«

»Mom und du. Letzte Woche. Worüber habt ihr gestritten?«

»Tut mir leid, ich wusste nicht, dass du etwas davon mitbekommen hast.«

Sie erwiderte nichts.

»Ehrlich gesagt weiß ich es selbst nicht genau«, sagte Jake schließlich. »Ich hatte einen miesen Tag auf der Arbeit, und ich glaube, deiner Mom ging es genauso, und … dann passiert so was manchmal. Die Leute streiten sich eben, sogar Leute, denen sehr viel aneinander liegt.«

»Es ist euch vorher nie passiert.«

»Da hast du recht, es war unser erster Streit.«

Für eine Weile sagte keiner von ihnen etwas.

Sie kamen an einem Schild vorbei, das signalisierte, dass sie soeben die Ortsgrenze von Red Bluff überquert hatten. Der Ort war größer als die anderen, durch die sie bisher gefahren waren. Sie kamen an Einfamilienhäusern mit akkurat getrimmten Rasenflächen und üppigen Bäumen vorbei, an einem Park mit einem kleinen Flüsschen, das neben der Straße verlief, und sie passierten eine Kirche aus rotem Backstein, die mit ihren zwei Türmen einer Miniaturausgabe von Notre-Dame glich.

Molly schnappte vor Schreck nach Luft, als plötzlich ein Streifenwagen aus einer Seitenstraße auf die Gegenspur einbog und auf sie zukam. Jake fuhr weiter und blickte starr geradeaus. Der Polizeiwagen rollte an ihnen vorbei, ohne das Tempo zu drosseln.

Eine Minute später erreichten sie eine Kreuzung. Sie warteten, bis die Ampel grün wurde, und bogen dann links ab.

Wie weit war Red Bluff von dem Ort entfernt, an dem sie losgefahren waren? Zweihundert Meilen? Mehr?

Wie auch immer, ihr Zuhause war schon lange im Rückspiegel verschwunden, Molly brauchte keine exakten Angaben, um das zu wissen.

Die Leute streiten sich eben.

Jake hatte recht. So war das im Leben nun mal, oder? Warum nahm sie ihm dann seine erhobene Stimme und das Klirren von zerberstendem Glas so übel? In jenem Moment war sie noch nicht einmal beunruhigt gewesen. Verdammt, sie hatte doch selbst erst kürzlich einen heftigen Streit mit Mom gehabt! War sie eine Heuchlerin? Jake machte sich wegen des Streits vielleicht genauso große Vorwürfe, wie sie selbst es tat, weil sie sich bei ihrer Mutter über das frühe Aufstehen beschwert hatte.

Je länger Molly darüber nachdachte, desto klarer wurde ihr, wo das Problem lag: Sie kannte Jake eigentlich nicht. Mom und er trafen sich seit Januar, und Molly hatte sich keine Mühe gegeben, mehr als oberflächliche Unterhaltungen mit ihm zu führen. Natürlich lag ihr das Wohl ihrer Mutter am Herzen, und Liebhaber waren in Rachels Leben bislang eher eine Seltenheit gewesen, aber die Sache mit Jake hatte sich einfach … richtig angefühlt. Er schien ein netter Kerl zu sein, war ihr gegenüber freundlich und aufgeschlossen, ohne allzu bemüht zu wirken. Sie hatte feine Antennen für so etwas, spürte, dass Jake sich nicht bei ihr einschmeicheln wollte. Vielleicht wusste er instinktiv, dass dies der falsche Weg gewesen wäre. Außerdem hatte Mom ihn schon gekannt, bevor Molly auf die Welt gekommen war. Auch das hatte Molly das Gefühl gegeben, dass alles in Ordnung war.

Vielleicht hätte sie nicht so leichtgläubig sein sollen. Vielleicht hätte sie sich die Mühe machen sollen, mehr über Jake herauszufinden. Aber nein, sie hatte ihre Zeit mit dem üblichen Unsinn verbracht: Hausaufgaben und Sport und Computerspiele und das tägliche Hin und Her ihres Schullebens. Das alles erschien ihr nun wie die reinste Zeitverschwendung. Sie hätte die Zeit lieber mit Mom verbringen und sich für ihr Leben interessieren sollen. Doch dafür war es jetzt zu spät. Sie saß fest mit diesem Typen, den sie kaum kannte und der sie Gott weiß wohin brachte.

Sie wandte sich Jake zu. Er hielt sich wieder eine Hand vor das Gesicht, weil ihnen ein LKW entgegenkam. Inzwischen fuhren sie auf einer kleineren Nebenstraße, und Molly realisierte erst jetzt, dass Jake nicht zufällig die Hauptstraße verlassen hatte, der sie lange gefolgt waren.

»Du hast ein bestimmtes Ziel, oder?«, fragte sie.

Er antwortete, ohne sie anzusehen. »Ich habe einen Freund, der uns vielleicht helfen wird. Bei ihm sind wir eine Zeitlang sicher und können darüber nachdenken, was hier eigentlich gespielt wird.«

»Wie weit ist es noch?«

Er überlegte. »Ein paar Stunden. Je weiter wir uns von der Stadt entfernen, desto besser.«

Molly lehnte sich in ihrem Sitz zurück. Ein weiterer Lastwagen fuhr an ihnen vorüber. Instinktiv hob Molly eine Hand an die Schläfe und verdeckte ihr Gesicht.

19

Eine Spur, endlich hatten sie eine brauchbare Spur.

Zurück im Büro des FBI, ließ sich Catherine von Garcia auf den aktuellen Stand bringen. Offenbar hatte sich der Verdacht bestätigt, dass Jake Ellis einen Wagen gestohlen und die Stadt verlassen hatte.

Ein Mann namens Jerry Yorke hatte sich vor einer Stunde bei der Polizei gemeldet. Er betrieb eine kleine Restaurantkette, die sich auf französische Fusionsküche spezialisiert hatte. Yorke gab an, dass er am Morgen gegen neun Uhr an der Ecke Bush Street und Powell Street beinahe von einem grauen Volkswagen SUV angefahren worden wäre. Natürlich hatte auch er die Vermisstenmeldung über das Amber- System auf sein Smartphone erhalten, ihr allerdings kaum Beachtung geschenkt. Den Vormittag hatte er in Besprechungen verbracht. Jakes Bild sah er zum ersten Mal, als er bei einem späten Mittagessen einen Blick auf sein Handy warf, um die Nachrichten zu lesen. Da hatte er sofort den Fahrer des SUV erkannt.

Leider war Yorke nicht so geistesgegenwärtig gewesen, sich das Kennzeichen des Wagens zu merken. Doch sie hatten seine Beschreibung des Fahrzeugs durch das System laufen lassen und einen Treffer gelandet. Es gab einen grauen Volkswagen SUV, zugelassen auf einen gewissen Marcus Bolton, der in der Washington Street über einer Bar wohnte, die ihm gehörte.

Boltons Wohnung befand sich nur wenige Blocks von Ellis'

Apartment entfernt. Sie lag auf der Strecke zwischen dem President Hotel, über dessen Feuerleiter Ellis geflohen war, und der Stelle, an der er Officer Friedrich überwältigt hatte. Nur zehn Minuten danach hatte sich Yorkes Beinahe-Zusammenstoß mit Ellis' Fahrzeug ereignet. Und von der Kreuzung Bush Street und Powell Street war es nicht weit bis zu der Bar an der Washington Street, wo der SUV gestohlen worden war. Zeitliche und örtliche Gegebenheiten passten perfekt zusammen.

Das Team hatte Marcus Bolton bereits unter die Lupe genommen. Er befand sich gegenwärtig in Übersee und hatte noch nicht gewusst, dass sein Wagen direkt vor seiner Haustür gestohlen worden war. Am Telefon bestätigte er, dass er Jake Ellis kannte und der Mann zu seinen Stammgästen gehörte. Bolton hatte eine andere Bar im vergangenen Jahr schließen müssen, und Ellis hatte ihm bei der Auflösung des Geschäfts geholfen, indem er ein paar Bierfässer geschleppt hatte.

Bei dem Mann, den Jerry Yorke gesehen hatte, handelte es sich also mit ziemlicher Sicherheit um Jake Ellis. Sie wussten jetzt, mit welchem Fahrzeug er unterwegs war, und sie kannten das Nummernschild. Unglücklicherweise hatten sie all dies erst mit sechs Stunden Verspätung herausgefunden.

Garcia warf einen Blick auf seine Notizen.

»Die Kameraaufnahmen der Verkehrsüberwachung zeigen den SUV um neun Uhr sechzehn auf der Interstate«, berichtete er. »Der Wagen fuhr über die Brücke nach Oakland, danach in westlicher Richtung auf den Park Boulevard, wo er um neun Uhr achtundvierzig auftaucht. Tja, und dann …« Er hob die Hände mit gespreizten Fingern, um zu signalisieren, dass das alles war, was sie hatten.

»Sonst gar nichts?«, hakte Catherine nach.

»Kommt drauf an, was man unter *gar nichts* versteht. Jedenfalls wurde der SUV danach nicht mehr gesehen. Keine Kamerabilder, nichts von der Highway Patrol. Natürlich wussten wir bis vor einer halben Stunde nicht, dass wir nach einem Volkswagen SUV suchen. In der Zwischenzeit haben wir aber jede Menge weitere Hinweise von der Bevölkerung erhalten.«

»Wie viel genau meinst du mit jeder Menge?«

»Neunhundertdreiundvierzig Interaktionen mit dem Hinweis-Formular auf unserer Webseite. Das war zumindest der Stand vor zehn Minuten.«

»Irgendetwas in dieser Gegend?« Catherine betrachtete die Landkarte an der Wand, ließ den Blick von Oakland aus Richtung Osten wandern, die Richtung, in die sich Ellis zuletzt bewegt hatte. »Vallejo? Stockton?«

»Klar, aber nur statisches Rauschen.«

Catherine wusste, was Garcia meinte. Sie würden sich die Hinweise aus dieser Gegend später noch genauer ansehen, doch wenn etwas Interessantes darunter gewesen wäre, wie zum Beispiel die Sichtung des SUV, dann wäre es den Kollegen bereits aufgefallen. Nein, mit den Hinweisen aus Oakland und allen Orten, die Ellis danach passiert haben mochte, verhielt es sich nicht anders als mit den Hinweisen aus der Stadt, aus Monterey oder aus Sidney, Australien – die meisten waren schlicht unbrauchbar: Sichtungen, die nicht zu verifizieren waren, gut gemeinte Ratschläge wie der, das Handy des Flüchtigen über GPS anzupeilen, oder Zeugen, die sich hundertprozentig sicher waren, dem Entführer begegnet zu sein … bis sich herausstellte, dass derjenige, den sie gesehen hatten, nicht das Geringste mit dem Fall zu tun hatte.

Das Frustrierende an der Sache: Nur überraschend wenige Hinweise konnte man von vornherein abschreiben. Für die wirklich verrückten Tipps, die etwas mit Außerirdischen oder Regierungsverschwörungen zu tun hatten, war man daher schon beinahe dankbar. Die meisten Hinweise bewegten sich eher in einem Graubereich. Viele endeten zwar in einer Sackgasse, man musste ihnen aber dennoch nachgehen. *Wir müssen jeden Hinweis überprüfen*, schärfte Catherine ihrem Team immer wieder ein.

»Wer ist dieser Kerl?«

Catherine blickte auf. Kelly Paxon hatte die Frage vor sich hin gemurmelt und an niemand Bestimmten gerichtet. Sie saß an einer Ecke des Konferenztischs, den Blick auf den Flachbildfernseher an der Wand gerichtet, auf dem die Nachrichtensendung eines Lokalsenders lief. Ein Mann mit ernstem Gesichtsausdruck wurde vor der City Hall interviewt. Catherine schätzte ihn auf Mitte dreißig, er trug einen dunklen Anzug und eine blaue Krawatte. Der Text am unteren Rand des Bilds wies den Mann als George G. Driscoll aus, Mitglied des Stadtrats.

»Ich habe mit Freunden und Familie von Rachel Donaldson gesprochen, außerdem stehe ich in ständigem Austausch mit unserer hervorragenden Polizei und dem FBI, die mir versichert haben, dass derzeit alles Menschenmögliche getan wird, um Molly wiederzufinden.«

»Scheint so, als hätte ich eine wichtige Konferenz verpasst«, meinte Catherine trocken.

Der Reporter konfrontierte Driscoll mit dem Verdacht, dass die Polizei bei Ellis Milde walten ließ, weil er einer von ihnen war.

»Nein, Jen, diesem Vorwurf muss ich entschieden entgegentreten. Jeder Polizist, mit dem ich gesprochen habe, will diesen Fall lösen und den Kerl zur Rechenschaft ziehen. Er hat bereits Menschen erschossen, und meiner Meinung nach müssen wir Ellis so schnell wie möglich dingfest machen. Tot oder lebendig.«

»Tot oder lebendig«, wiederholte Catherine und schüttelte den Kopf, während sich die Nachrichten einem anderen Thema widmeten. »Na, herzlichen Dank, Mr. Driscoll.«

Paxons Kiefer mahlten. »Das hat uns gerade noch gefehlt. Als wäre die Sache nicht schon sensibel genug. Jetzt stachelt er die Leute auch noch an, sich wie im Wilden Westen aufzuführen.«

»Wir ignorieren das besser und lassen uns von solchem Unsinn nicht ablenken«, sagte Catherine. »Konzentrieren wir uns auf die Fakten.«

Während Paxon aufstand, dachte Catherine über ihre eigenen Worte nach. *Konzentrieren wir uns auf die Fakten.* War das überhaupt möglich?

20

Eine letzte Umdrehung mit dem Schraubenzieher, und das Nummernschild löste sich. Jake legte es neben sich auf den Boden.

Das kleine Werkzeugset, das er zusammen mit ein paar anderen Utensilien in Red Bluff gekauft hatte, war ziemlich günstig gewesen, genügte aber für diesen Zweck. Jake wartete einen Moment und sah sich auf dem Parkplatz um. Dann nahm er das Nummernschild, das er zuvor von dem Ford abmontiert hatte, und brachte es an. Es war kein optimaler Ersatz. Zwar waren beide Kennzeichen in Kalifornien registriert, aber die Ziffernfolgen ähnelten sich nicht einmal ansatzweise. Der Besitzer würde das falsche Kennzeichen an seinem Fahrzeug vermutlich schnell bemerken. Andererseits, wie oft sah man sich das Nummernschild seines Wagens genau an?

Jake wusste nicht, ob man Marcus' SUV bereits mit ihm in Verbindung gebracht hatte oder wie lange es noch dauern würde, bis die Kollegen den Wagen finden würden. Wenn sie den gestohlenen Ford mit ihm in Verbindung brachten, konnte ihm der Tausch der Nummernschilder ein wenig Zeit verschaffen. Natürlich würde er einem Polizisten, der das Kennzeichen überprüfte, sofort auffallen, aber es war besser als nichts.

Er hob das neue Kennzeichen auf und ging mit schnellen Schritten über den Parkplatz zu dem weißen Ford. Molly saß auf dem Beifahrersitz, bereit, sich jederzeit im Fußraum zu verstecken, falls jemand dem Wagen zu nahe kam. In Anbetracht der Umstände hielt sie sich tapfer, dachte Jake.

Nachdem er das gestohlene Nummernschild an den gestohlenen Wagen montiert hatte, stieg er ein und ließ den Motor an. Er steuerte den Ford auf die Straße und fuhr dann in nördliche Richtung.

»Es ist gleich so weit«, sagte Molly leise. Der Pullover, den Jake zusammen mit dem Werkzeugset gekauft hatte, war ihr viel zu groß, aber im Vergleich zu dem blutverkrusteten T-Shirt eine deutliche Verbesserung.

Was die Zeit betraf, hatte das Mädchen recht. Bis zur nächsten vollen Stunde blieben noch zwei Minuten. Jake blickte zu Molly hinüber. Sie machte einen gefassten Eindruck. Dennoch konnte er auf ihrem Gesicht noch immer deutlich die Spuren von Tränen und die Überreste von Rachels Blut erkennen. Sie musste sich irgendwo waschen – und dringend etwas gegen ihre auffallend roten Haare tun.

Er stellte das Radio lauter. Etwa alle dreißig Meilen suchte es automatisch einen neuen Lokalsender. Sie warteten auf die Nachrichten zur vollen Stunde. Jake wünschte sich, er könnte sie sich anhören, ohne dass Molly in der Nähe war. Er musste erfahren, ob die Polizei neue Informationen über die Suche nach ihnen herausgegeben hatte. Auf diese Weise konnte er abschätzen, wie viel sie wussten. Natürlich galt Mollys Interesse etwas ganz anderem. Sie wartete auf die Nachrichten, um zu erfahren, ob ihre Mutter noch lebte.

Der Song »Alone« von Heart klang aus, gefolgt von schnell gesprochenen Werbeslogans für einen lokalen Autohändler, dann für eine neue App für Essenslieferdienste, schließlich folgten die Nachrichten.

Jake registrierte aus dem Augenwinkel, wie Molly die Finger in den Kunstlederbezug ihres Sitzes krallte. Sie hielt vor Anspannung den Atem an.

In den Nachrichten waren sie die Topmeldung. Die Polizei von San Francisco suchte nach einem Mann, der … und so weiter. Bis dahin erst mal nichts Neues.

»Das Opfer, das überlebt hat, eine neununddreißig Jahre alte Frau, wird zurzeit im Zuckerberg Hospital behandelt …« Danach wechselte der Sprecher zur nächsten Meldung.

Rachels Zustand schien also unverändert.

Das war gut, dachte Jake. Oder?

Trotzdem beruhigte ihn das nicht sonderlich. Er wusste, wie lange es dauern konnte, bis Informationen vom Krankenhaus an die Polizei oder gar an die Medien weitergegeben wurden. Allerdings bemerkte er, wie sich Mollys Finger ein wenig entspannten. Ihre schlimmste Befürchtung war nicht bestätigt worden. Jedoch hatte sie auch keine konkrete Information erhalten, wie es ihrer Mutter wirklich ging.

Gerne hätte Jake ihr gesagt, dass alles gut werden und Rachel wieder gesund werden würde. Doch das konnte er nicht.

In der nächsten Nachrichtenmeldung ging es um den Komplettausfall des öffentlichen Nahverkehrs aufgrund einer Softwarepanne, dann folgte ein Bericht über die Abstimmung zu einem neuen Gesetz, das Lehrern, die von den steigenden Immobilienpreisen in der Stadt abgehängt wurden, bezahlbaren Wohnraum sichern sollte. Jake drehte das Radio wieder leiser, sodass es nur noch im Hintergrund zu hören war.

»Keine Nachrichten sind gute Nachrichten«, sagte er und hoffte, dass er zuversichtlicher klang, als er es in Wirklichkeit war.

»Ich dachte, sie wäre tot«, antwortete Molly. »Ich meine, als es passiert ist … da war so viel Blut, und sie hat sich nicht mehr bewegt …«

Jake wollte Molly sagen, dass sie nicht darüber sprechen musste, wenn sie es nicht wollte und die Erinnerung sie zu sehr belastete. Andererseits meldete sich aber sein Instinkt als Polizist: Niemals unterbrechen, wenn ein Zeuge bereit ist, Informationen und Details zu offenbaren.

»Ich verstehe immer noch nicht, warum …«, sprach Molly weiter. »Wollte er das Auto stehlen?«

Jake antwortete nicht. Früher oder später würde er ihr gestehen müssen, dass er sehr wahrscheinlich die Schuld an allem trug: daran, dass ihre Mutter im Koma lag und vielleicht sterben würde. Daran, dass Molly selbst beinahe getötet worden wäre. Daran, dass sie in einem gestohlenen Wagen mit ihm auf der Flucht war, anstatt Hilfe bei der Polizei zu suchen. Jake schwor sich im Stillen, es Molly später zu erklären. Aber nicht jetzt. Nicht, bevor sie ihr Ziel erreicht hatten.

»Wie sah der Kerl aus?«, fragte er schließlich, um dem Gespräch eine andere Richtung zu geben, ohne dass es zu offensichtlich war.

Molly hatte ihm die wesentlichen Details bereits geschildert. Ein Typ auf einem Motorrad. Eine Pistole. Ein explodierendes Fenster. Und mehr hatte er ihr auch nicht entlocken wollen, solange sie noch unter Schock gestanden hatte.

Sie antwortete nicht sofort, und Jake nahm den Blick kurz von der Straße, um sie anzusehen. Sie runzelte die Stirn, als hätte sie darüber noch gar nicht nachgedacht.

»Ich konnte sein Gesicht nicht sehen. Der Helm …«

»Es war ein geschlossener Motorradhelm?«

Sie nickte. »Ja, er hatte das Visier runtergeklappt.«

»Konntest du denn erkennen, was für eine Art von Maschine es war?«

Sie nickte erneut, blickte ihn dabei aber etwas verwirrt an. »Es war … ein Motorrad?«

Jake stellte ihr weitere Fragen, gab ihr Zeit zum Nachdenken, versuchte ihr Mut zu machen, indem er ihr erklärte, dass jedes noch so unwichtig erscheinende Detail von Bedeutung sein könnte. Alles in allem gab Molly eine ziemlich gute Zeugin ab.

Der Angriff war erfolgt, als ihre Mutter gerade parken wollte. Soweit sich Molly entsann, war der Motorradfahrer weder besonders kräftig noch besonders dünn gewesen. Weder groß noch klein. Das Motorrad war ihr schon ein paar Minuten vor der Tat aufgefallen, als es an ihnen vorbeigefahren war und der Fahrer sie durch die Scheibe angesehen hatte. Keine Frage, er hatte sichergehen wollen, dass sich Rachel in dem Wagen befand. Vielleicht hatte er gewusst, wohin sie fuhren und dass sie auf dem Parkplatz ein leichtes Ziel abgeben würden. Das sprach für ein planvolles Vorgehen. Hatten sie es mit einem

Profi zu tun? Falls dem so war, konnte man sicher herausfinden, wer der Mann war und wer ihn beauftragt hatte.

Nachdem Molly geendet hatte, rieb sie sich die Augen und wandte den Kopf ab. Jake richtete den Blick wieder auf die Straße. An der nächsten Ecke parkte ein Pick-up mit geöffneter Motorhaube. Ein stämmiger Mann mit einem Durag, einem schwarzen Kopftuch, beugte sich über den Motorraum und sah auf, als sie an ihm vorüberfuhren. Jake versicherte sich im Rückspiegel, dass der Mann ihnen nicht nachblickte – er hatte sich bereits wieder seinem defekten Wagen zugewandt. Niemand, der ihnen Probleme bereiten würde, zumindest hoffte Jake das. Man hatte jeden Tag Blickkontakt mit Dutzenden Fremden. Der Unterschied war der, dass man sich deshalb normalerweise keine Sorgen machte.

Jake musste davon ausgehen, dass der Angriff auf Rachel und Molly eine Botschaft an ihn war. Aber warum? Warum versuchte jemand Rachel zu töten und ihm die Tat in die Schuhe zu schieben, anstatt die Frau aus dem Spiel zu lassen und einfach ihn zu beseitigen? Natürlich hatte er sich Feinde gemacht. Allerdings fiel ihm niemand ein, der in der Lage war, ein solches Komplott auszuhecken und in die Tat umzusetzen.

Jedes Mal, wenn ihnen ein Fahrzeug entgegenkam, musterte Jake die Insassen aufmerksam, stets auf der Suche nach einem Blick in ihre Richtung, jemandem, dessen Aufmerksamkeit sie erregten. Doch niemand schenkte ihnen Beachtung. Wenn sie die Sicherheit des geschlossenen Wagens verließen, würde sich das aber schnell ändern. Und sie konnten sich nicht ewig in diesem Kokon aus Blech und Glas verstecken. Also mussten sie ein paar Dinge an ihrem Erscheinungsbild verändern.

Jake fuhr langsamer, als sie sich einer Tankstelle näherten. Er hoffte, dass vielleicht ein kleiner Supermarkt daran angeschlossen war.

»Warum melden wir uns nicht einfach bei der Polizei?«, fragte Molly. »Wir erklären ihnen alles. Ich meine, die wissen doch, dass du so etwas nicht tun würdest.«

Er zog eine Grimasse. In diesem Punkt wäre er sich selbst unter normalen Umständen nicht sicher gewesen – und nun hatte sich auch noch jemand große Mühe gegeben, seine Kollegen davon zu überzeugen, dass er ein Mörder und Kindesentführer war.

»Das überlegen wir uns, sobald wir in Sicherheit sind«, antwortete er ausweichend. »Bis dahin werden wir leider ein paar Dinge an uns ändern müssen …«

Er blickte zur Molly hinüber und sah, wie sie unvermittelt eine Strähne ihres roten Haars in die Hand nahm. Sie hatte eine schnelle Auffassungsgabe.

»Ist schon in Ordnung«, sagte sie.

21

Es war kurz nach fünf Uhr, als Catherine im Krankenhaus anrief, um sich auf den neuesten Stand bringen zu lassen.

Der Zustand von Rachel Donaldson war stabil, allerdings hatte sie das Bewusstsein noch nicht wiedererlangt. Das war eine von zwei guten Nachrichten. Die andere: Catherines Vorgesetzter, Anthony Finn, hatte höchstpersönlich George Driscoll angerufen, den Politiker, der vorhin im Fernsehen ein Interview gegeben hatte. Finn hatte ihn höflich, aber bestimmt darum gebeten, von weiteren öffentlichen Aufrufen zur Gefangennahme des Gesuchten abzusehen, besonders, wenn »tot oder lebendig« zur Auswahl stand. Die Task Force habe es mit einem schwierigen Fall zu tun, hatte Finn ihm erklärt, auch ohne dass Männer in Machtpositionen die Bürger mehr oder weniger direkt zur Lynchjustiz aufriefen. Die Datenbank quoll über von Meldungen angeblicher Sichtungen von Ellis und Molly, und fast immer handelte es sich um Irrtümer. Was würde passieren, wenn jemand aufgrund einer solchen Falschmeldung zur Tat schritt?

Je länger Catherine über das TV-Interview nachdachte, desto seltsamer kam es ihr vor. Sie hatte eine natürliche Aversion gegen blauäugige Straßenredner, die vor moralischem Eifer überkochten.

»Der Kerl hat Format«, hatte Finn zu ihr gesagt. »Er lässt keine Gelegenheit ungenutzt, um sich als Verfechter von Recht und Gesetz darzustellen. Dieser Tot-oder-lebendig-Aufruf war ein Wink mit dem Zaunpfahl an seine Basis, da habe ich keinen Zweifel. Würde mich nicht wundern, wenn er sich in ein paar Jahren um den Gouverneursposten bewirbt. Hoffen wir, dass ihn vorher ein Burnout erwischt.«

Jetzt, wo sie über den Mann redeten, fiel Catherine ein, dass sie bereits früher einmal ein Interview mit Driscoll gesehen hatte, in dem es um ein umstrittenes Obdachlosenheim in seinem Wahlbezirk gegangen war. Ermittlungen wie diese waren schwierig genug, da brauchte es nicht auch noch Politiker und Prominente – und neuerdings Podcaster –, die sich profilieren wollten.

Catherine schloss die Bürotür hinter sich, setzte sich an den Schreibtisch und schlug Ellis' Akte mit der Dienstbeschwerde wegen Gewaltanwendung auf.

Alles hatte im vergangenen Jahr am 12. November mit einer gewöhnlichen Verkehrskontrolle begonnen. Ellis war allein auf Patrouille gewesen. Das war nicht ungewöhnlich und die Folge des jahrelangen Sparprogramms. Er stoppte auf der West Pacific Avenue einen Wagen, der die Höchstgeschwindigkeit um das Doppelte überschritten hatte. Bei dem Fahrzeug handelte es sich um eine blaue Mercedes S-Klasse. Ellis gab später an, dass er davon ausgegangen war, es handelte sich um einen gestohlenen Wagen – vor allem wegen der halsbrecherischen Fahrweise des Fahrers.

Allerdings hatte er sich da leider getäuscht. Am Steuer des Mercedes saß kein Geringerer als Linton Martin junior, zweiundzwanzigjähriger Sohn und einziges Kind von Linton Martin senior, der über eine lange Ahnenreihe und eine Menge altes Geld verfügte, von dem sich noch immer genügend in San Francisco im Umlauf befand, um ihn zu einem geschätzten Bürger der Stadt zu machen.

Der Streit drehte sich um das, was als Nächstes geschah. Ellis behauptete, dass Martin versuchte, ihn zu schlagen, und sich dann der Verhaftung widersetzte. Martin behauptete seinerseits, Ellis habe ihn zuerst geschlagen. Ellis trug keine Bodycam, also stand Aussage gegen Aussage.

Unumstritten war hingegen, wer bei der Auseinandersetzung schließlich den Kürzeren gezogen hatte.

Officer Ellis kam mit einem kleinen Kratzer auf der Wange davon. Martin hatte ein blaues Auge, eine Platzwunde auf der Stirn, die mit vier Stichen genäht werden musste, und zwei gebrochene Rippen. Er erklärte sich umgehend zu einem Opfer von Polizeigewalt, und das Anwaltsteam seines Vaters sorgte dafür, dass seine Beschwerde erhört wurde. Ellis wurde suspendiert und bekam es mit der internen Ermittlung zu tun. Die Tatsache, dass der Alkoholpegel in Martins Blut deutlich über der Promillegrenze lag, sprach nicht gerade für den jungen Mann – andererseits konnte man kaum übersehen, dass Ellis ihn ziemlich übel zugerichtet hatte.

Am Ende hatte sich das Department auf einen Vergleich mit den Anwälten von Martin senior eingelassen. Martin junior kam buchstäblich mit einem blauen Auge davon und wurde nicht wegen Alkohol am Steuer belangt. Jake Ellis durfte wieder auf Streife, bekam allerdings einen Vermerk in seiner Dienstakte.

Catherine hob den Blick von der Akte und dachte über den Inhalt nach. Einerseits enttäuschte es sie ein wenig, nichts Belastenderes darin entdeckt zu haben – irgendetwas, das auf ein Verhaltensmuster schließen ließ. Ohne das Wissen, welcher Tat sich Ellis heute vermutlich schuldig gemacht hatte, hätte sie in diesem Fall voll auf seiner Seite gestanden. Andererseits sollte man sich bei der Bewertung von Zeugenaussagen nicht von Vorurteilen leiten lassen. Martin junior mochte ein kleiner privilegierter Schleimer sein, dennoch durfte man die Möglichkeit nicht von der Hand weisen, dass er schlicht die Wahrheit sagte. Doch egal, welche Version nun den Tatsachen entsprach, das Disziplinarverfahren war mit Sicherheit nicht spurlos an Ellis vorübergegangen. Vielleicht war es einer der Faktoren gewesen, die dazu geführt hatten, dass er durchdrehte.

Sie legte die Akte beiseite und nahm sich die andere vor. Rachel

Donaldson, neununddreißig Jahre alt, Mutter einer Tochter. Catherine fragte sich, ob sie wohl noch die Chance bekommen würde, mit Rachel zu sprechen und die Person kennenzulernen, die sich hinter diesen nüchternen Informationen zu Lebenslauf, Arbeitshistorie und familiärem Hintergrund verbarg. Sie hoffte es, auch wenn der Arzt, mit dem sie vor zehn Minuten gesprochen hatte, nicht sonderlich optimistisch geklungen hatte.

Rachel stammte aus einer normalen Familie aus Napa. Als Teenagerin hatte sie sich aus allem Ärger herausgehalten. Ihren Abschluss hatte sie an der University of California gemacht, Betriebswirtschaft im Hauptfach. Danach hatte sie einen Job bei einer Wirtschaftsprüfungsgesellschaft angetreten, geheiratet und ein Kind bekommen. Ein ganz gewöhnliches Leben, wie es sich die meisten Menschen wünschten. Doch dann starb ihr Mann, als Molly noch im Kleinkindalter war. Ein bis dahin nicht erkannter Herzfehler, der ihn wie aus dem Nichts das Leben gekostet hatte. Rachels Eltern waren ebenfalls bereits verstorben.

Über ihre Beziehung zu Jake Ellis wussten sie bislang nur sehr wenig, doch Catherine hoffte, dass Rachels Freunde oder Nachbarn diese Lücke schließen konnten.

Bisher stammten all ihre Informationen über Rachels Privatleben von ihrer Facebook-Seite, wo sie allerdings nur unregelmäßig etwas gepostet hatte. Es gab ein Gruppenfoto, aufgenommen in einer Bar an der Market Street und hochgeladen am 7. Januar um zweiundzwanzig Uhr vierundvierzig. Fünf Personen standen um einen Tisch herum: drei Frauen und zwei Männer. Das Bild war so scharf, dass die Frau und der Mann auf der rechten Seite einwandfrei als Rachel Donaldson und Jake Ellis zu identifizieren waren. Dabei wäre es nicht einmal nötig gewesen, ihre Gesichter zu erkennen, denn die fünf Personen auf dem Bild waren alle markiert und mit einem Namensschild versehen. Entweder hatte Rachel die Tags selbst gesetzt oder der ausgeklügelte Gesichtserkennungsalgorithmus von Facebook hatte den Job automatisch übernommen.

Catherine hasste diese Funktion. Sie war einer von vielen Gründen, warum sie sich nicht auf Social-Media-Plattformen herumtrieb.

Alle fünf lächelten. Rachels Hand lag auf Jakes Schulter. Sie trug eine Freizeithose und eine cremefarbene Bluse, er eine Jeans und ein schwarzes Kurzarmhemd. Ein ungezwungenes Treffen, kein formeller Anlass. Sie hielten unterschiedliche Getränke in den Händen: Rachel einen Cocktail und Jake eine Flasche Bier.

Das Bild war mit einer Unterzeile versehen: *Die alte Gang ist endlich wieder zusammen!*

Die alte Gang. Bei den anderen drei Personen handelte es sich – von links nach rechts – um: Mike Apple, Jennifer Greer und Elaine Peel. Sie hatten Kontakt mit ihnen aufgenommen und mit zweien bereits ein Gespräch vereinbart. Allerdings beantwortete Facebook viele Fragen, ohne dass man einen Telefonhörer in die Hand nehmen musste. Die fünf Freunde hatten alle in den späten Neunzigern die University of California in San Francisco besucht. Das und der Umstand, dass Rachels Hand ungezwungen auf Jakes Schulter lag, verriet Catherine, was vermutlich geschehen war: Eine alte College-Liebe, vielleicht auch nur eine gute Freundschaft in den Neunzigern. Man hatte sich aus den Augen verloren, war sich wiederbegegnet und irgendwann in den vergangenen Monaten irgendwie, irgendwo zusammengekommen.

Diese Vermutung wurde von den nachfolgenden Statusmeldungen untermauert, die Rachel veröffentlicht hatte. Sie war sicherlich keine besonders aktive Facebook-Nutzerin, postete aber immerhin ein- oder zweimal die Woche etwas, meistens Fotos. In den Wochen nach dem Posting vom 7. Januar hatte sie fünf weitere Bilder mit Jake hochgeladen: ein Gruppenfoto in einer anderen Konstellation an einem anderen Abend, ein Bild von Jake und Molly vor dem Haus in Bayview, eines von Jake und sich beim Abendessen in einem italienischen Restaurant in der Sacramento Street. Und dann der endgültige Beweis mit einer Aktualisierung der Statusanzeige ihres Profils am 21. Januar: ***Rachel Donaldson*** *ist in einer Beziehung mit* ***Jake Ellis***. Viel offizieller konnte man es dieser Tage nicht machen.

Catherine sah die Fotos ein weiteres Mal durch und suchte nach Hinweisen auf das, was sich heute Morgen ereignet hatte. Sie wusste, dass es vermutlich ein fruchtloses Unterfangen war. Selbst im ungeschminkten realen Leben würden die Leute das Übliche sagen: Sie waren so ein nettes Paar … er schien ein ganz normaler Typ zu sein … man kann den Leuten eben immer nur bis vor die Stirn schauen …

Wenn man seinen Mitmenschen schon im echten Leben etwas vormachen konnte, dann war es auf Facebook und Instagram erst recht ein Kinderspiel. Catherine hatte in den vergangenen fünfzehn Jahren viele böse Buben hinter Schloss und Riegel gebracht: Betrüger, Bankräuber, Mörder. Die meisten von ihnen konnten hübsche Fotos von sich machen und sich zivilisiert unterhalten. Die Monster versteckten sich immer vor aller Augen. Auf die Weise kamen sie nahe genug an ihre Opfer heran, um ihnen Schaden zuzufügen.

Eine Nachricht leuchtete auf dem Display ihres Handys auf. Sie stammte von Kelly Paxon, die Catherine mitteilte, dass der Bericht über die Durchsuchung von Ellis' Wohnung vorlag.

Catherine stand auf, ging hinüber zum Fenster und rief Paxon an. Das Freizeichen erklang, während sie unter sich den Verkehr beobachtete, der sich über die Golden Gate Avenue wälzte. Wohin war Ellis gefahren, nachdem er den SUV gestohlen hatte?

Catherine verschwendete keine Zeit mit langer Vorrede, als Paxon den Anruf entgegennahm. »Ist was Brauchbares dabei?«, fragte sie.

»Nicht wirklich«, antwortete ihre Kollegin. »Er hat sein Handy in der Wohnung gelassen. Es wird noch zusammen mit dem Laptop von der Kriminaltechnik untersucht.«

Sollte sich etwas Interessantes auf diesen Geräten oder im Verlaufsprotokoll seines Internetbrowsers befinden, würden die Kollegen darauf stoßen. Aber dadurch, dass Ellis die Geräte zurückgelassen hatte, fehlte ihnen die Möglichkeit, seinen Standort zu bestimmen. Trotz der modernen Technik, mit der sie sich umgaben, würden sie sich auf altmodische Taktiken verlassen müssen: die Menschen aus seinem Umfeld befragen und aus den bekannten Fakten Schlüsse daraus ziehen, an welchen Orten er sich verstecken konnte. Und sie mussten auf Hinweise aus der Bevölkerung hoffen. Zumindest bei Letzterem war ihnen die Technik dann doch eine Hilfe, besonders das Amber-System. Als Catherine sich vor einer halben Stunde auf den aktuellen Stand gebracht hatte, hatte sich die Anzahl der eingegangenen Hinweise bereits im vierstelligen Bereich bewegt. Die meisten, wenn nicht sogar alle, waren natürlich völliger Unfug. Und die Aufgabe, diesen Wust an Angaben und Behauptungen zu sichten, mit der Hoffnung, doch noch die Nadel im Heuhaufen zu finden, stellte ihr Team vor eine immense Herausforderung.

»Noch irgendetwas?«

»Nein. Der Kerl hat die langweiligsten vier Wände, die man sich vorstellen kann – selbst als Cop.«

Catherine brauchte ihre Vorstellungskraft nicht sonderlich anzustrengen, sie konnte sich noch gut daran erinnern, wie klein ihr Ellis' Wohnung vorgekommen war. Die Durchsuchung konnte nicht lange gedauert haben. Dem Anschein nach hatte Ellis alles zurückgelassen. Hoffentlich hatte er nicht einen Haufen Bargeld dabei. Seine Bank- und Kreditkarten konnte er nicht benutzen, ohne dass sie davon Wind bekamen und ihn orten konnten – doch bislang hatte es keine Abbuchungen von seinem Bankkonto gegeben. Das alles hatten sie bereits gründlich überprüft.

Plötzlich fiel ihr etwas ein. Officer Friedrich hatte erwähnt, dass Ellis in Zivil gewesen war, als er ihn angegriffen hatte. Und er hatte keine Socken getragen.

»Haben sie Ellis' Uniform in der Wohnung gefunden?«

Es entstand eine kurze Pause am anderen Ende der Leitung, als Paxon offenbar den Bericht noch einmal schnell überflog.

»Ja, haben sie. Sie war im Schrank.«

Mit dieser Antwort hatte Catherine nicht gerechnet. Sie war davon ausgegangen, dass Ellis die Uniform mitgenommen hatte.

»Gibt es Bilder?«

»Wir haben ein Video der Durchsuchung. Eine adrette blaue Uniform, akkurat und sauber aufgehängt im Kleiderschank. Natürlich haben die Kollegen sie untersucht. Keine nachweisbaren Spuren von Blut oder sonst etwas Verwertbarem, falls du das im Sinn hattest.«

Catherine überlegte, dann sprach sie ihre Gedanken laut aus, um zu prüfen, wie sich diese Version der Ereignisse anhörte: »Also … er schießt auf seine Freundin, entführt ihre Tochter, fährt dann in seine Wohnung, nimmt sich die Zeit, die Kleidung zu wechseln, seine Uniform auszuziehen und sie in den Schrank zu hängen?«

Paxon schwieg kurz, dann meinte sie: »Vielleicht dachte er, sie wäre zu auffällig. In Straßenkleidung konnte er besser in der Menge untertauchen.«

»Und doch ließ er sich nicht die Zeit, Socken anzuziehen?«

Darauf hatte Paxon keine Antwort. »Was denkst du?«

»Ich weiß es noch nicht«, sagte Catherine. Das alles ergab keinen Sinn. Laut Zeugenaussage hatte Ellis seine Uniform getragen, als er auf dem Parkplatz auf Rachel schoss. Logisch wäre gewesen, die Uniform unterwegs zu entsorgen und sich somit des Beweismittels zu entledigen. Und sollte er es so eilig gehabt haben, dass er an diese Möglichkeit nicht gedacht oder schlicht nicht die Zeit gehabt hatte, die Uniform auszuziehen, wäre die logische Konsequenz, dass er sie noch immer tragen müsste. Doch dem war nicht so. Hier passte also etwas nicht zusammen. Vielleicht musste es das auch nicht, aber …

Es klopfte an der Tür.

»Ich muss los«, sagte Catherine zu Paxon. »Halt mich auf dem Laufenden.« Sie legte auf und rief: »Herein!«

Es war Garcia. Er hatte sein Jackett ausgezogen und die Hemdsärmel hochgekrempelt. Catherine zweifelte keine Sekunde daran, dass er auf diese Weise zeigen wollte, wie hart er arbeitete.

»Jennifer Greer ist in Vernehmungsraum vier.«

Catherine bedeutete ihm mit einem kurzen Wink, dass sie verstanden hatte, und sammelte die Unterlagen auf dem Schreibtisch zusammen, während Garcia die Tür wieder schloss. Es schien, als verliefe die Spur von Jake Ellis im Nichts, zumindest für den Moment. Also war es an der Zeit herauszufinden, ob die letzten Monate in Rachels Leben vielleicht Hinweise enthielten, die dabei helfen konnten, die Entführung ihrer Tochter aufzuklären – und den versuchten Mord.

22

Molly sah zu, wie die schwarze Farbe in einem Strudel im Abfluss verschwand. Im vergangenen Jahr hatte ihre Mutter ihr einmal erlaubt, abends *Psycho* im Fernsehen zu sehen. Im Internet hatte sie anschließend ein paar Artikel über den Film gelesen und auch darüber, wie man die berühmte Duschszene geschnitten und alles noch einmal neu gedreht hatte, nachdem Janet Leigh nach ihrem Filmtod plötzlich tief Luft geholt hatte. Für das Blut im Abfluss hatte man Hershey's Schokoladensirup verwendet, weil das in einem Schwarzweißfilm perfekt aussah.

Sie blickte vom Waschbecken auf und zu der Stelle an der Wand, wo üblicherweise ein Spiegel hätte hängen sollen. Hier waren nur schmutzige, zersprungene Fliesen und ein etwas helleres Rechteck mit vier Löchern an den Ecken, wo sich vermutlich vor langer Zeit mal ein Spiegel befunden hatte. Molly konnte ihr neues Aussehen nicht in Augenschein nehmen. Stattdessen nahm sie eine Strähne ihres nun schwarzen Haars zwischen Daumen und Zeigefinger. Es hatte nicht nur eine neue Farbe, sondern fühlte sich auch anders an.

Letztendlich brauchte sie keinen Spiegel, um zu wissen, dass sie anders aussah. Vor vierundzwanzig Stunden hätte sie sich noch Sorgen darum gemacht, ob die neue Farbe auch wirklich zu ihrem Typ passte. Jetzt kam es ihr lächerlich vor, dass sie sich überhaupt jemals Gedanken um solche Nebensächlichkeiten gemacht hatte. Und vermutlich hatte Kaitlyn Logan in der Zwischenzeit ohnehin jemand anderen gefunden, den sie runtermachen konnte.

»Du nennst mich nie wieder Karottenkopf, du Schlampe«, sagte Molly laut.

Es klopfte leise an der Tür. Molly rief: »Einen Moment noch!«, und ließ die Haarsträhne los. Sie nahm das fleckige Handtuch und rubbelte sich damit die Haare trocken, so gut es ging. Dann stopfte sie es in die Plastiktüte, Jakes Mahnung im Hinterkopf, dass sie nichts zurücklassen durften.

Die Worte entbehrten nicht einer gewissen Ironie. Denn Molly hatte alles zurückgelassen, was ihr in dieser Welt jemals etwas bedeutet hatte. Und nun würde sie dieses alte zerschlissene Handtuch mitnehmen, das der Freund ihrer Mutter im Kofferraum des Wagens gefunden hatte, den er einem Fremden gestohlen hatte.

Sie nahm die Tüte, verließ das Toilettengebäude und ging nach draußen auf den Parkplatz. Dies war die dritte Tankstelle, die sie angefahren hatten, und die erste, die Jakes Vorstellungen entsprochen hatte, weil nur wenige andere Wagen hier parkten und die Toiletten in einem separaten Gebäude untergebracht waren. Das war wichtig. Nicht nur, weil es eine Weile dauerte, sein Äußeres komplett zu verändern, sondern auch, weil man nicht dabei beobachtet werden wollte, wie man einen Toilettenraum mit der einen Haarfarbe betrat und mit einer völlig anderen wieder herauskam.

Jake stand vor dem Eingang der Tankstelle und behielt den Kassierer im Blick. Der Mann schien ihnen allerdings keine Beachtung zu schenken. Molly sah, dass sich Jake ebenfalls verwandelt hatte. Mit dem Haarschneider, den er zusammen mit dem Färbemittel in Red Bluff gekauft hatte, hatte er sich die Haare bis auf den Schädel kurzrasiert. Den Schnurrbart hatte er ebenfalls abgenommen, was ihn überraschenderweise älter aussehen ließ. Er fuhr sich mit der Hand über den beinahe kahlen Kopf und setzte sich die blau-weiße Baseballkappe auf, die er gekauft hatte.

»Gute Arbeit«, sagte er und umrundete Molly, um das Ergebnis in Augenschein zu nehmen. »Du siehst wirklich anders aus.«

Sie antwortete nicht, denn dem war nichts hinzuzufügen: Sie

sah anders aus. Unwillkürlich zog sie die Schultern hoch, als ihr der Wind in die immer noch feuchten Haare fuhr. Jake merkte, dass sie fror, und setzte wieder seinen besorgten Gesichtsausdruck auf – einen Blick, als befürchte er, dass sie sich bei der nächsten Gelegenheit von einer Brücke stürzen würde.

»Komm, wir bringen dich zurück ins Auto, dort ist es warm.«

Molly stieg auf der Beifahrerseite ein und beobachtete, wie Jake noch einmal zu dem Tankstellengebäude ging. Er bezahlte die Tankrechnung, dann kam er wieder heraus und blieb stehen, um einen Anruf über das Prepaid-Telefon zu machen, das er besorgt hatte. Molly vermutete, dass er seinen Freund anrief, zu dem sie unterwegs waren.

Sie klappte den Sonnenschutz auf der Beifahrerseite herunter und drehte den eingebauten Spiegel in verschiedene Richtungen, um ihr neues Äußeres aus allen Winkeln begutachten zu können. Jake hatte recht, es war verblüffend, wie sehr sie sich verändert hatte. Vor allem sah sie älter aus.

Molly erschrak, als sie sah, wie eine Faust an die Seitenscheibe klopfte. Sie blickte vorsichtig auf, in der Gewissheit, sich gleich einem Polizisten gegenüberzusehen. Doch es war nur ein alter Mann mit einem schmalen, ausgemergelten Gesicht, das wie ein Totenschädel aussah. Er hatte wässrige blaugraue Augen. Der Reißverschluss seiner Jacke war bis zum Hals hochgezogen, obwohl es so kalt nun auch wieder nicht war. Molly schaute hinüber zur Tankstelle, konnte Jake aber nicht mehr sehen. Der alte Mann an der Beifahrertür starrte sie weiter unbewegt an. Die Tür war nicht verschlossen. Sollte Molly sie schnell verriegeln?

Der Mann erwartete offensichtlich irgendeine Form der Reaktion.

Molly schluckte, betätigte mit nervösen Fingern den Fensterheber und ließ die Scheibe ein Stück herunterfahren.

»Ja?«

»Sie haben ein Problem, junge Frau.«

Ein Schauer lief Molly über den Rücken, und sie senkte den Blick instinktiv, damit der Mann nicht weiter ihr Gesicht sehen konnte. Er hatte eine tiefe, raue Stimme, vielleicht von zu vielen Zigaretten, vielleicht hatte er aber auch einfach eine Erkältung.

»Ehm … es ist alles in Ordnung«, murmelte sie und schob hinterher: »Vielen Dank.«

»Nein, es ist nicht alles in Ordnung.«

»Gibt es hier ein Problem?«

Molly blickte nach vorne. Jake stand vor der Motorhaube. Er hatte eine Tüte mit dem Logo des Tankstellenshops in der Hand. Seine zusammengekniffenen Augen und der ernste Gesichtsausdruck verrieten, dass er bereit war, augenblicklich zu handeln, sollte es erforderlich sein.

Der alte Mann musterte Jake einen langen Moment.

Oh Gott. Er erkennt ihn, dachte Molly. *Er erkennt ihn.*

»Ja, es gibt ein Problem«, sagte der alte Mann. Er ging um das Auto herum zum Heck und bedeutete Jake, ihm zu folgen. Dann zeigte er nach unten.

»Sie haben einen Platten.«

Zwanzig Minuten später waren sie wieder unterwegs. Molly verspürte noch immer ein großes Unbehagen darüber, wie sich Jake augenblicklich in eine andere Persönlichkeit verwandelt hatte, sobald er begriff, dass der alte Mann ihnen nur helfen wollte. Die Anspannung in seinem Gesicht war binnen einer Sekunde einem versöhnlichen Lächeln gewichen.

»Hey, wenn man schon einen Platten hat, ist das hier doch der beste Ort dafür!«

Jake hatte die Hand des alten Manns ergriffen und sich ohne Zögern als Robert vorgestellt. Der alte Mann, der Bill hieß, tat Jakes Protest mit einer wegwerfenden Handbewegung ab und bestand darauf, ihnen zu helfen. Sie brauchten nicht lange, um den Reservereifen aufzuziehen, doch Molly hielt fast die gesamte Zeit über den

Atem an und staunte darüber, wie der alte Mann es schaffte, Jake ununterbrochen mit Fragen zu traktieren, während die beiden arbeiteten. Jake erlaubte sich keine Ausrutscher. Sie kamen aus Oakland. Robert und Ursula Chambers. Sie hatten ihre Mom gerade bei einem kranken Freund vorbeigefahren und die beiden allein gelassen, damit sie sich ungestört unterhalten konnten. Die Geschichte klang so glaubwürdig, dass Molly beinahe wünschte, sie wäre Realität. Sie wollte Ursula sein, nicht Molly. Ihre Mutter würde nur kurz einen kranken Freund besuchen und in ein oder zwei Stunden wieder hier bei ihnen im Auto sitzen.

»Er hat dir geglaubt«, sagte Molly und brach damit das Schweigen, in das sie sich gehüllt hatten, seit sie bei der Trankstelle losgefahren waren.

»Es gab ja auch keinen Grund, warum er mir nicht hätte glauben sollen«, erklärte Jake. »Die Leute sind bequem. Tischt man ihnen eine plausible Geschichte auf, machen sie sich nicht die Mühe, nach Ungereimtheiten zu suchen. Ein Großteil meines Jobs als Polizist besteht darin, nicht in diese Falle zu tappen.«

Molly fragte sich, ob er recht hatte. Ihre Fotos würden überall zu sehen sein. Sicher, sie hatten beide ihr Haar verändert, viel mehr aber auch nicht. Was, wenn der alte Bill die Nachrichten im Fernsehen sah und sich an den Mann und das Mädchen erinnerte, denen er an der Tankstelle beim Reifenwechsel geholfen hatte? Vielleicht genügte das, um ihn doch über Ungereimtheiten in der Geschichte nachdenken zu lassen.

Sie streckte sich, um auf die Uhr am Armaturenbrett zu sehen, und merkte, dass sie zum ersten Mal an diesem Tag völlig das Zeitgefühl verloren hatte. Es waren nur noch wenige Minuten bis zur nächsten vollen Stunde. Sie schaltete das Autoradio an. Das Gerät hatte sich wieder automatisch auf den nächsten Regionalsender eingestellt. Irgendein Song aus den Achtzigern spielte, er kam ihr vage bekannt vor, vielleicht hatte sie ihn einmal bei *Stranger Things* gehört. Es folgten eine Werbung für eine evangelikale Kirchengemeinde und für eine Firma, die Windschutzscheiben reparierte. Dann wurde es neunzehn Uhr.

»Hier ist K-CVS aus Tahama County. Mein Name ist Kevin Jackson. Wir setzen unser Programm in drei Minuten fort, aber jetzt schalten wir erst mal rüber zu CBS Radio für die Nachrichten.«

Die erste Meldung begann mit dem Namen ihrer Mutter. Molly spürte, wie ihre Kehle eng wurde, und wünschte plötzlich, sie hätte ihr Asthma-Spray zur Hand. Sie blickte geradeaus auf die Straße, konnte aber dennoch aus dem Augenwinkel sehen, wie sich Jakes Finger fester um das Lenkrad schlossen.

»Rachel Donaldson, die Frau, auf die heute Morgen bei einem Überfall in San Francisco geschossen wurde, ist …«

In der einen Sekunde, bevor Molly den Rest des Satzes hörte, spielte sie in ihrer Vorstellung ein Leben durch, in dem sie Waise war. Ihre Mom war tot. Und wer auch immer sie ermordet hatte, würde Jake und sie finden. Oder die Polizei würde sie beide schnappen und Jake ins Gefängnis stecken, und niemand würde ihm glauben, dass er unschuldig war. Niemand könnte sie vor dem Mann auf dem Motorrad beschützen.

Oder das Best-Case-Szenario: Man würde neue Hinweise finden und den Mann erwischen, der es getan hatte. Sie und Jake wären in Sicherheit. Aber auch dann würde ihre Mutter tot sein. Und sie selbst ganz allein. Jake mochte ein netter Kerl sein, doch er war nicht ihr Vater. Selbst Stiefvater wäre eine Übertreibung gewesen. Es gab niemanden, der für sie da sein würde. Schicken sie einen noch ins Heim, wenn man dreizehn ist?, überlegte Molly. Oder zu Adoptiveltern? Und … oh Gott, als ob irgendetwas davon eine Rolle spielte. Warum dachte sie überhaupt über so etwas nach, immerhin war ihre Mutter doch …

»… in einem stabilen Zustand. In einer Notoperation entfernten die Ärzte heute Morgen eine Kugel aus ihrem Kopf. Mittlerweile wurde eine Suchmeldung nach ihrer Tochter herausgegeben, der dreizehn Jahre alten Molly Donaldson, die laut Angaben der Behörden von dem mutmaßlichen Täter entführt wurde. Bei dem Mann handelt es sich um Officer Jake Ellis von der San Francisco Police ...«

»Bedeutet das, sie ist über den Berg?«, fragte Molly aufgeregt, und die Stimme des Nachrichtensprechers wurde in ihren Ohren leiser, wie ein Lied, das langsam ausklang.

»Es ist zumindest ein wirklich gutes Zeichen«, sagte Jake mit fester Stimme. Molly merkte ihm dennoch an, dass auch er sehr erleichtert war.

»Sie ist aber noch nicht aufgewacht, oder? Ich meine, sie hätten es doch gesagt, wenn sie aufgewacht wäre.«

»Willst du eine ehrliche Antwort? Ich weiß es nicht. Sie geben nicht immer alles an die Medien raus.«

Sie lehnte sich im Sitz zurück und blickte wieder auf die Straße. Trotz allem fühlte sie sich etwas besser. Mom war nicht tot. Zumindest noch nicht.

»Wenn wir angekommen sind, können wir dann im Krankenhaus anrufen? Wir müssen ja nicht sagen, wer wir sind.«

Jake blickte sie nicht an, doch sie sah, wie er kurz das Gesicht verzog.

Dann meinte er: »Wir werden sehen.«

23

Catherine schüttelte Jennifer Greer die Hand und dankte ihr dafür, dass sie so schnell gekommen war. Ein Kollege begleitete sie dann zum Aufzug.

Greer hatte nichts Nützliches zu den Ermittlungen beitragen können, was Catherine allerdings wenig verwunderte, hatte sich doch herausgestellt, dass sie eher eine flüchtige Bekannte als eine enge Freundin von Rachel gewesen war. Also hatte Catherine nur die üblichen Plattitüden zu hören bekommen, was für eine reizende Person Rachel doch sei, gepaart mit ein paar Geschichten über ihre tolle Freundschaft und Rachel als fürsorgliche Mutter. Die Floskeln, die die Leute im Büro üblicherweise von sich gaben, wenn ein netter Kollege das Zeitliche gesegnet hatte. Greer hatte sogar einige Male von Rachel in der Vergangenheitsform gesprochen, obwohl Catherine sie zu Beginn der Befragung auf den aktuellen Stand gebracht hatte: Rachel hatte die Operation gut überstanden, und ihr Zustand war stabil.

Das war eine gute Nachricht, wobei die Ärzte noch nicht sagen konnten, wann Rachel das Bewusstsein wiedererlangen würde – oder ob sie das jemals tun würde. Die nächsten achtundvierzig Stunden waren entscheidend, nicht nur für Rachels Gesundheit, sondern auch für ihre Ermittlungen.

Die Ärzte hatten das Neun-Millimeter-Geschoss aus Rachels Kopf entfernen können, was in mehrerlei Hinsicht eine gute Sache war. Die Ballistik untersuchte die Kugel gerade und würde bald herausfinden, ob man sie mit einer von Ellis' Waffen in Verbindung bringen konnte. Wobei eine solche Erkenntnis natürlich vor allem dann von Belang war, wenn sie Ellis in die Finger bekamen.

Catherine hörte, wie jemand auf der anderen Seite des Großraumbüros ihren Namen rief. Colette Osborne winkte sie zu sich herüber.

»Das hier willst du dir ansehen.«

»Etwas Neues aus seinem Computer?«, fragte Catherine, während sie an Osbornes Schreibtisch trat. Das Geständnis im Entwürfe-Ordner von Ellis' Mailaccount war von der digitalen Forensik schnell entdeckt worden, doch die Kollegen machten ihre Arbeit gründlich und untersuchten den Laptop und das Handy nun schon den gesamten Vormittag lang nach weiteren Hinweisen.

Osborne nickte. »Nicht direkt, eher von seinem Facebook-Profil. Es sind Nachrichten, die er dem Opfer geschickt hat.«

Sie drehte den Monitor so, dass Catherine darauf blicken konnte. Der Bildschirm war gefüllt mit Screenshots aus dem Messengerdienst von Facebook. Catherine überflog die Textnachrichten. Nichts übermäßig Fantasievolles, doch das machte die Boshaftigkeit nicht weniger frappierend.

Schlampe.

Hure.

… werde dich umbringen.

… und deine Tochter.

»Hübsch«, meinte sie. »Wie lange geht das schon so?«

»Ein paar Wochen«, antwortete Osborne. »Hässlich wurde es ab dem zweiundzwanzigsten Februar.«

Sie vergrößerte einen der Screenshots auf dem Monitor:

22.02.19, 01.18 Uhr – Glaubst du wirklich, ich hätte es nicht mitbekommen? Die ganze Bar hat gesehen, wie du diesen Kerl angeglotzt hast.

»Ab da ging es mit der Beziehung wohl den Bach runter. Die letzte Nachricht hat Ellis heute Morgen geschickt, eine Stunde vor der Tat.«

20.04.19, 06.19 – Geh endlich ran. Bei Gott, ich garantiere für nichts, wenn du mich weiter so ignorierst, du verdammte Schlampe!

Als Osborne die Nachricht vorlas, schwang ein skeptischer Unterton in ihrer Stimme mit, den Catherine sofort bemerkte.

»Was ist?«

»Ich weiß nicht, es ist nur … die Stimmungswechsel sind ziemlich abrupt. Die Nachrichten sind nicht alle so gehässig. Einmal unterhalten sie sich wie ein glückliches Paar über das Abendessen, im nächsten Moment bedroht er sie mit dem Tod. Am Abend sind sie Todfeinde, und am nächsten Morgen verhalten sie sich, als wäre nichts gewesen.«

Catherine hob den Zeigefinger. »Regel Nummer eins bei Fällen häuslicher Gewalt: Erwarte kein rationales Verhalten der beiden Parteien. Sie leben in einem toxischen Umfeld. Entweder sind sie eingeschüchtert und vermeiden jede Provokation, oder sie sind abgestumpft. Das Opfer, aber auch der Täter – beide gewöhnen sich an die Situation und empfinden sie als normal. Sie wischen solche Verbalattacken beiseite wie du einen Tropfen Milch, der neben deiner Kaffeetasse gelandet ist. Sie verlieren das Bewusstsein dafür, wie schlimm ihre Lage ist.«

Osborne nickte. Catherine vermutete, dass sie sich insgeheim glücklich schätzte, nie in einer solchen Beziehung gewesen und auch nicht in einer solchen Familie aufgewachsen zu sein. Sie empfand die Nachrichten als verrückt, weil sie einfach verrückt waren.

»Wie auch immer«, sagte Osborne und deutete auf einen der weniger freundlichen Texte. »Dieser Kerl ist ein erstklassiges Arschloch. Ich werde alles tun, um ihn zu schnappen.«

Catherine klopfte ihr auf die Schulter. »Du machst einen guten Job. Wenn du mit allem durch bist, schick mir bitte die Screenshots.«

»Geht klar, Boss.«

Catherine bemerkte, dass die tiefstehende Sonne nun lange Schatten in das Großraumbüro warf. Sie streckte sich und warf einen Blick auf die Wanduhr. Neunzehn Uhr siebenundzwanzig.

Vor genau elf Stunden hatten sie die Vermisstenmeldung rausgegeben, und sie waren der Rettung von Molly Donaldson noch keinen Schritt näher gekommen.

24

»So«, sagte Officer Hartzler und trank einen Schluck Kaffee. Er verzog das Gesicht, offenbar war das Getränk noch zu heiß. »Gut, dass Sie sich gemeldet haben.«

Catherine hatte sich entschieden, ihn anzurufen, nachdem ihre Gespräche mit Rachels Freunden und Kollegen zu nichts geführt hatten. Jake Ellis schien kaum Freunde zu haben, doch vielleicht konnte ihr dieser eine ein wenig mehr über den Mann erzählen, den sie jagte. Weil Hartzler noch im Dienst war und nicht zu ihr ins Büro kommen konnte, hatte er vorgeschlagen, sich an einem Kaffeestand auf dem Union Square zu treffen. Hartzler hatte seinen Partner auf einen Spaziergang geschickt, und jetzt saßen sie zu zweit auf der Treppe gegenüber dem Dewey Monument.

Catherine zog ein Blatt Papier aus der Jackentasche, faltete es auf und reichte es Hartzler. Es war die Liste aller Personen, die nach ihrem aktuellen Kenntnisstand mit Ellis in Verbindung standen. Sie war sehr kurz. Ellis war bei einer alleinerziehenden Mutter aufgewachsen, die starb, als er neunzehn Jahre alt war. Bei den meisten anderen Personen handelte es sich um Polizisten, Hartzler miteingeschlossen. Catherines Team war die Liste bereits durchgegangen, ohne Ergebnis.

»Sagt Ihnen einer der Namen etwas?«, fragte Catherine. »Oder fehlt vielleicht jemand?«

Hartzler betrachtete das Papier einen Moment lang, dann schüttelte er den Kopf. »Tut mir leid.«

Sie nahm die Liste, faltete sie wieder zusammen und schob sie zurück in die Jackentasche. »Erzählen Sie mir von Ellis.«

Hartzler hob die Augenbrauen. Dann richtete er den Blick nachdenklich auf das Dewey Monument. Die Statue oben auf der Säule, die griechische Göttin des Sieges, wurde vor dem dunklen Abendhimmel hell angestrahlt.

»Wie ich Ihnen bereits sagte, Jake ist ein guter Kerl und ein guter Cop«, sagte Hartzler. »Ich kenne ihn seit fünfzehn Jahren. Wir haben zusammen angefangen und waren drei Jahre lang Partner.«

Er zog sein Smartphone aus der Tasche und zeigte Catherine ein Foto von sich und Ellis, auf dem sie gemeinsam mit einer Kollegin zu sehen waren. Alle drei trugen Uniform.

»Das sind wir beide mit Karen Hendricks. Ist schon ein paar Jahre her. Am Tag nach dieser Aufnahme hat ein Dealer auf Karen geschossen. Irgendwo auf der Sixteenth Street. Jake riskierte sein Leben, um sie in Sicherheit zu bringen.«

»Hat sie es geschafft?«, fragte Catherine. Ellis trug auf dem Foto keine Dienstmütze. Ein schiefes Lächeln lag auf seinem Gesicht, vielleicht als Reaktion auf etwas, das einer seiner beiden Kollegen kurz zuvor gesagt hatte. Ellis wirkte lockerer und menschlicher als auf den anderen Bildern, die Catherine bislang von ihm gesehen hatte. Das Foto war wesentlich besser als das Profilbild, das das SFPD von ihm gemacht hatte.

Hartzler nickte. »Karen wäre heute nicht mehr am Leben, wenn Jake nicht gewesen wäre.«

Catherine bat Hartzler, ihr das Foto aufs Handy zu schicken, damit sie es auf die Website der Polizei stellen konnten. Er folgte ihrer Aufforderung ohne Umschweife. Dann redeten sie weiter über Ellis.

Hartzler versuchte, ihr die Persönlichkeit seines Freundes zu beschreiben. Dabei entging ihr nicht, dass er vor allem dessen positive Eigenschaften hervorhob: wie sehr Jake sich auf den Job fokussierte, seine Beharrlichkeit, wenn er einen Verdächtigen verfolgte, seine

Bereitschaft, für andere einzustehen. Doch zwischen den Zeilen las Catherine auch Hinweise auf eine Schattenseite – auf einen Mann mit einem hitzigen Gemüt, schnell erregbar, der schon mal impulsiv handelte.

»Sie glauben noch immer an seine Unschuld«, sagte Catherine, als Hartzler seine Ausführungen beendet hatte.

»Ich glaube einfach, dass Jake so etwas nicht tun würde. Zumindest nicht ohne guten Grund.«

Catherine kniff die Augen zusammen. »Welchen ›guten Grund‹ sollte es geben, auf zwei Unbewaffnete zu schießen?«

Er hob die Schultern. »Vielleicht war Ihr Zeuge in der Situation verwirrt und hat sich getäuscht. Sie wissen, dass so etwas leicht passieren kann.«

Catherine schwieg. Sie hatte die Videoaufnahme der Befragung gesehen. Edward Da Costa hatte nicht den Eindruck erweckt, als wäre er verwirrt gewesen, als er sah, wie Jake Ellis auf Rachel schoss. Im Gegenteil, er schien sich seiner Sache sehr sicher zu sein. Sie widersprach Hartzler aber nicht, sondern ließ ihn weiterreden.

»Ich weiß nicht … Jake ist ein guter Kerl, und er ist gut in seinem Job.«

»Das scheint wohl Ansichtssache zu sein.«

Hartzler lächelte kurz und trank einen Schluck Kaffee. »Linton Martin ist ein reiches Muttersöhnchen. Ich weiß nicht, wer angefangen hat, aber …

»Aber er hatte es verdient?«

»Ich erwarte nicht, dass Sie das verstehen.« Er richtete den Blick wieder auf das Monument. »Ihr Büro ist etwas weiter von der Straße entfernt als meins.«

Catherine verdrehte die Augen. »Hören Sie, wenn das hier auf den üblichen Hahnenkampf zwischen aufrechter ehrlicher Polizei und hochnäsiger Bundesbehörde hinausläuft, beenden wir das Gespräch besser sofort. Ich habe Besseres zu tun.«

Hartzler winkte ab, was entweder bedeuten konnte, dass er sich entschuldigen wollte oder dass er ihrer Unterhaltung überdrüssig war. Catherine wusste es nicht.

»Ich möchte Ihnen helfen«, schob er zur Erklärung nach.

»Das ist gut. Wir sitzen nämlich alle im gleichen Boot.«

»Ich höre mich um. Vielleicht hat einer der anderen Kollegen eine Idee, wohin Jake sich verzogen hat. Wenn er zu jemandem Kontakt aufgenommen hat, finde ich es heraus. Und wenn ich auf etwas stoße, das uns weiterbringt, könnte ich es Sie wissen lassen.«

Catherine runzelte die Stirn wegen der Formulierung, die er verwendete. *Könnte*, nicht *werde*. »Ich nehme an, als Gegenleistung wollen Sie mit von der Partie sein?«

»Das ist alles, worum ich bitte. Ich kann Ihnen eine Hilfe sein, das wissen Sie.«

Sie dachte kurz darüber nach. »Ich kann Ihnen nichts versprechen. Aber um ehrlich zu sein, kann ich es mir gerade auch nicht erlauben, auf Hilfe irgendeiner Art zu verzichten. Und ich vermute, das wissen Sie.«

Sie trennten sich, und Hartzler ging auf die andere Seite des Platzes, wo sein Partner bereits auf ihn wartete. Sie dachte noch an das, was Hartzler gesagt hatte, während sie zu Fuß ins Büro zurückging. Sie wählte nicht den direkten Weg. Selbst mit einer Waffe im Holster unter der Jacke fühlte sie sich auf der Turk Street im Dunkeln nicht sicher.

Sie konnte nicht einschätzen, ob Hartzler die Wahrheit sagte, wenn er behauptete, dass nur er in der Lage sei, zu Jake Ellis durchzudringen, oder ob er nur bluffte, um sich in diesem Fall zu profilieren. Vielleicht gab es aber auch noch eine andere Möglichkeit. Er schien von der Unschuld seines Freunds überzeugt. Was, wenn er versuchte, sie auf eine falsche Fährte zu locken und seinem Freund Zeit zu verschaffen? Egal, welche Hinweise oder Informationen Hartzler ihr geben würde, sie waren wohl mit äußerster Vorsicht zu genießen.

Catherine hoffte, dass es überhaupt noch eine Möglichkeit gab, auf Ellis einzuwirken, wenn sie ihn aufspürten. Denn andernfalls stand außer Frage, wie es enden würde: Entweder würde er durch seine eigene Hand sterben oder durch die desjenigen, der ihn in die Enge trieb.

Sie hoffte daher, dass Hartzler recht hatte und sie Ellis ohne weiteres Blutvergießen dingfest machen konnten – um ihrer aller willen, doch besonders wegen Molly.

25

Die nachfolgenden Nachrichtensendungen lieferten keine neuen Informationen über Rachels Zustand. Jake steuerte den Wagen in nördliche Richtung in die aufziehende Nacht hinein. Die Abstände zwischen den Orten wurden größer, während die Orte selbst kleiner wurden. Fast wie ein Mantra wiederholte Jake in Gedanken den Spruch, dass keine Nachrichten gute Nachrichten waren. Sollte Rachel sterben, würde es die erste Meldung auf allen Sendern sein.

Stattdessen ergründeten die Radioreporter ihr Privatleben: wie Rachel und er sich auf dem College kennengelernt hatten. Den jüngsten Vorfall in seiner beruflichen Laufbahn. Die Nachrichtensprecher referierten in sachlichem Tonfall, doch zwischen den Zeilen wurde deutlich, dass die Zuschreibung »Verdächtiger«, was Jake betraf, nur noch theoretischer Natur war. Was die Welt dort draußen anging, hatte man ihn längst als schuldig abgestempelt.

Zwischen den stündlichen Nachrichten schaltete Jake die Sender um, auf der Suche nach Programmen, die vielleicht detaillierte Informationen boten – Informationen, die es noch nicht in die Hauptnachrichten geschafft hatten. Einmal erwischte er eine Sendung mit Höreranrufen. Die Suche nach Molly Donaldson war das Thema des Tages. Die Anrufer mochten sich in ihrem Tonfall unterscheiden, aber was Jakes Schuld oder Unschuld betraf, waren sie alle einer Meinung.

»Gott schütze dieses kleine Mädchen. Ich werde wohl heute Nacht keinen Schlaf finden, weil ich immer an sie denken muss.«

»Wissen Sie, was das Problem ist? Die Aussetzung der Todesstrafe. Jetzt denken diese Bestien, sie könnten machen, was sie wollen.«

»Mann, das ist so typisch für die Cops! Ich wette, die versuchen nicht mal, ihn zu schnappen. Die halten doch alle zusammen.«

Die Informationen aus der Vermisstenmeldung wurden in den Nachrichtensendungen und oft sogar zwischen den Werbeblöcken wiederholt, zusammen mit dem Aufruf, sich mit Hinweisen bei der Hotline oder auf der Webseite der Polizei zu melden.

Die Veränderung ihres Äußeren war eine gute Entscheidung gewesen, woran sie allerdings nichts ändern konnten, war die Tatsache, dass sie ein Mann und ein Mädchen im passenden Alter waren und auch in ihrer Körpergröße den Gesuchten entsprachen. Das genügte, um die Aufmerksamkeit wachsamer Zeitgenossen auf sich zu ziehen. Das Einzige, was Jake ein wenig Hoffnung bereitete, war die Distanz, die sie in der Zwischenzeit zurückgelegt hatten. Wie er den Nachrichten entnehmen konnte, schien sich die Suche immer noch auf die Bay Area zu konzentrieren.

Sie machten halt an einer Raststätte außerhalb von Willow Creek. Jake tankte den Wagen voll und besorgte ihnen Sandwiches. Er trug seine Baseballkappe und hielt den Kopf gesenkt, als er an der Kasse zahlte. Die Kassiererin schaute ihn zwar kaum an und nahm das Geld wortlos entgegen, doch Jake wollte sichergehen, dass die Kamera, die in der Ecke über dem Tresen hing, keine Aufnahme von seinem Gesicht machte. Was ihm allerdings noch mehr Sorgen bereitete, war der Umstand, dass sein Barbestand auf weniger als fünfzig Dollar zusammengeschrumpft war.

Das Essen gab ihm neue Energie. Er forderte auch Molly dazu auf, doch sie bekam nicht einmal ein Viertel ihres Sandwiches herunter. Immerhin hatte sie die Flasche Wasser beinahe leer getrunken, was die Hauptsache war. Dass sie keinen Appetit hatte, überraschte ihn nicht.

Mit zunehmender Dunkelheit wurden die Straßen leerer. Die meisten Leute, die aus den Städten in Richtung Norden fuhren, nahmen die 101. Sie genossen den Luxus, sich keine Sorgen um Kameras, Mautstationen und die Highway Patrol machen zu müssen, und würden ihre Ziele daher wesentlich schneller erreichen.

Jake dachte an den Anruf, den er vorhin an der Tankstelle über das Prepaid-Handy getätigt hatte. Walt Diehl war nicht zu erreichen gewesen. Jake hatte es auf der alten Festnetznummer versucht, die er noch in Erinnerung hatte. Er hatte weder ein Frei- noch ein Besetztzeichen gehört, was bedeutete, dass der Anschluss nicht mehr aktiv war. Allerdings musste das nichts bedeuten. Viele Leute sparten sich heutzutage den Festnetzanschluss, und es gab keinen Grund, weshalb Diehl eine Ausnahme machen sollte.

Diehls Mobilnummer kannte Jake nicht. Und vermutlich wäre der Versuch, ihn darunter zu erreichen, ebenfalls gescheitert. Das Funknetz in der Gegend, wo er wohnte, war im besten Fall löchrig, und Jake vermutete, dass dies einer der Gründe war, weshalb Diehl diesen Wohnort gewählt hatte. Mit Sicherheit war es der Grund, warum Molly und er dorthin fuhren.

Jake hatte einmal in der Zeitung von einem Ort in West Virginia gelesen, in dessen Umkreis die Bundesbehörden eine Zone errichtet hatten, in der es keinen Radioempfang, kein Mobilfunknetz und kein Wi-Fi gab. Der Bereich wurde die *Quiet Zone* genannt. West Virginia war ein wenig zu weit entfernt, doch Jake hoffte, dass sie an dem Ort, wo Diehl lebte, eine ähnlich stille Zone vorfinden würden.

Als Jake eher zufällig zur Seite blickte, sah er, dass Molly eine Strähne ihres schwarz gefärbten Haars in der Hand hielt und sie kritisch betrachtete. Ihrem Gesichtsausdruck nach zu urteilen, war sie den Tränen nahe. Als sie merkte, dass er sie beobachtete, wandte sie schnell den Blick ab und strich sich die Haarsträhne aus dem Gesicht.

»Es sieht gut aus«, sagte Jake und hoffte, dass er die richtigen Worte gewählt hatte. »Auf der Packung stand, dass es nach drei- bis fünfmal Waschen wieder rausgeht. Du hast also bald deine normale Haarfarbe zurück.«

»Vielleicht lasse ich sie so«, sagte sie mit leiser Stimme. »Dunkelhaarige bekommen nicht so viel Ärger.«

»Jeder bekommt mal Ärger«, sagte Jake.

Einen Augenblick schwiegen beide. Ein mit Baumstämmen beladener Lastwagen rauschte auf der Gegenfahrbahn an ihnen vorbei, dann waren sie wieder allein auf der Straße.

»Wer macht dir denn Ärger?«, fragte Jake dann vorsichtig.

»Keine große Sache«, erwiderte Molly. »Kaitlyn Logan. Sie stalkt Leute auf Instagram und macht überall fiese Kommentare. Ihre neueste Masche ist, dass sie mich ständig Karottenkopf nennt. Super originell, oder?«

»Pass auf. Weißt du, was du machst, wenn sie oder sonst jemand dich das nächste Mal Karottenkopf nennt? Du verpasst ihr einen ordentlichen Nierenhaken, genau hierhin.« Jake deutete auf die entsprechende Stelle.

Molly schenkte ihm einen mitleidigen Blick, in dem aber auch ein wenig Sympathie mitschwang. Anscheinend rechnete sie ihm durchaus an, dass er sich Mühe gab, auch wenn er dabei total versagte. »Mom sagt immer, dass Gewalt keine Lösung ist.«

»Da hat sie vermutlich auch recht. Sie war schon immer klüger als ich.«

Es war kurz nach neun Uhr, als aus der Dunkelheit das Schild der nächsten Abfahrt auftauchte: FALSE KLAMATH.

Jake hatte noch einmal darüber nachgedacht und war zu dem Schluss gekommen, dass es tatsächlich nur diesen einen Ort gab, an dem sie Zuflucht suchen konnten. Er brauchte jetzt jemanden, dem er vertrauen konnte. Jemanden, der ihnen einen sicheren Unterschlupf bot, wo Molly und er sich verstecken konnten, bis er Zeit hatte, den Dingen auf den Grund zu gehen. Das Problem bestand darin, dass es jemand sein musste, den man nicht so schnell mit ihm in Verbindung brachte. Und nur Diehl erfüllte diese Anforderungen. Es gab wenig Menschen, denen Jake vertrauen konnte. Ein paar der Jungs vom Revier würden vermutlich hinter ihm stehen, doch dafür wollte er nicht die Hand ins Feuer legen. Also besser niemand aus dem Umfeld der Strafverfolgung. Doch wenn er diesen Personenkreis ausschloss, blieben erschreckend wenig Leute übrig. Jake hatte nicht viele Bekannte und noch weniger Freunde.

Er war noch nie hier gewesen. Doch der ungewöhnliche Name des Orts war ihm in Erinnerung geblieben, seitdem er das letzte Mal mit Diehl gesprochen hatte.

»Du musst mich mal besuchen kommen, Jake. Es ist wunderschön hier.«

Jake hatte ihm versprochen, das zu tun, hatte aber doch nie die Zeit gefunden. Er lächelte in der Dunkelheit. *Hier bin ich, Diehl, wie versprochen. Übrigens bin ich nur hergekommen, weil ich keinen anderen Ort habe.*

»Sind wir noch immer in Kalifornien?«, fragte Molly, als sich der Wald zu beiden Seiten der Straße lichtete und den Blick auf den Pazifik freigab. Das Mondlicht spiegelte sich glitzernd auf den Wellen.

Jake nickte. »Gerade noch. Wir sind ungefähr fünfzig Meilen südlich von Oregon.«

Das Ortschild tauchte im Scheinwerferkegel auf.

»False Klamath«, las Molly laut vor. »Was bedeutet das?«

»Ich glaube, *Klamath* ist der Name eines alten Indianerstamms. Ganz sicher bin ich mir nicht.«

»Du meinst: amerikanische Ureinwohner.«

»Natürlich. Amerikanische Ureinwohner«, stimmte Jake zu und lächelte. »Was das *False* zu bedeuten hat, weiß ich allerdings wirklich nicht.«

»Bist du sicher, dass dieser Kerl uns helfen kann?«

»Ich hoffe es.«

26

Den Ortsrand markierten eine kurze Zeile von Geschäften und eine Tankstelle, dann folgte eine Ansammlung von Bungalows auf großflächigen Grundstücken. Unweit der Tankstelle befand sich eine alte Reklametafel mit den unlesbaren Resten der letzten Werbeanzeige. Es schien lange her zu sein, dass jemand hier für so etwas bezahlt hatte. Jake ließ den Wagen langsam weiterollen und nahm die Fläche hinter der Reklametafel in Augenschein. Er schätzte, dass sie groß genug für ein Auto war. Sollte Diehl also keine Garage haben, wäre dies vielleicht ein guter Platz, um den Ford zu verstecken.

Jake kannte Diehls genaue Adresse nicht. Doch er hoffte, dass der Ort klein genug war, um das Haus auch aufgrund der wenigen Details finden zu können, die er in Erinnerung hatte. Diehl hatte von einem Blick über eine kleine Bucht gesprochen und darüber, wie er auf seiner Terrasse hinter dem Haus saß und mit einem Glas Scotch den Sonnenuntergang genoss. In seinem Garten wuchs eine große Weide, und auf dem Dach des Hauses hatte er Solarpanels verbaut.

Die Straße führte in einem weiten Bogen bergauf und näherte sich dann wieder der Küste. Jake fuhr langsam an den Häusern vorbei, bis er einen Vorgarten mit einem Weidenbaum entdeckte. In der Einfahrt stand kein Fahrzeug. Das Dach des Hauses war auf der Südseite mit Solarpanels versehen.

Jake fuhr rechts ran und hielt vor der Einfahrt. Er sagte Molly, sie solle im Wagen bleiben, und stieg aus. Einen Moment lang blieb er stehen und blickte auf die Straße, auf der sie gekommen waren. Er konnte etwa eine halbe Meile weit sehen.

Jake wandte sich dem Haus zu, das vollständig im Dunkeln lag. Er ging seitlich daran vorbei auf das dahinterliegende Grundstück. Dort gab es eine Terrasse, die einer kleinen Bucht zugewandt war. Die Aussicht von hier musste fantastisch sein, wenn man denn etwas sehen konnte. Jake konnte in der schwarzen Nacht kaum etwas ausmachen und hörte nur die Brandung, die von der Bucht heraufklang.

Dies musste das richtige Haus sein.

Er ging wieder auf die Vorderseite. Hausnummer 22. Kein Name an der Tür oder auf dem Briefkasten.

Er klingelte.

Nichts. Er versuchte es noch einmal, klopfte dann an die Tür. Wieder nichts. Er wartete ein paar Sekunden, drehte dann den Türknauf. Doch die Tür war verschlossen.

Jake trat einen Schritt zurück und sah hinüber zum Auto. Molly saß auf der Beifahrerseite und beobachtete ihn erwartungsvoll. Mit einem kurzen Wink bedeutete er ihr, zu ihm zu kommen.

»Ist niemand da?«, flüsterte sie, als sie nahe genug herangekommen war.

Jake antwortete in normaler Lautstärke. Das nächste Haus war knapp zweihundert Meter entfernt. »Sieht so aus.«

»Und was machen wir jetzt?«

Jake sagte ihr, dass sie hier warten sollte.

Er ging zum Wagen zurück, stieg ein und fuhr auf die gekieste Parkfläche neben dem Haus. Zwischen den Steinplatten wucherte das Gras. Jake stieg aus, und nachdem er sich nach allen Seiten umgesehen und versichert hatte, dass ihm niemand zusah, holte er den Reifenhebel aus dem Kofferraum. Molly betrachtete das Werkzeug argwöhnisch, sagte aber nichts.

Sie gingen um das Haus herum auf die Terrasse. Ein einzelner Schaukelstuhl und ein kleiner Tisch standen dort. Jake konnte sich bildlich vorstellen, wie Diehl hier saß, einen Scotch trank und an alte Zeiten dachte.

Eine gläserne Flügeltür führte von der Terrasse ins Haus. Sie war ebenfalls verschlossen, doch das Schloss wirkte nicht sehr stabil. Jake schob den Reifenhebel auf Höhe des Schlosses zwischen die Türflügel. Molly hielt überrascht die Luft an, als sie begriff, was er vorhatte.

»Wird dein Freund nicht böse sein?«

Jake antwortete nicht und wollte in diesem Moment auch nicht darüber nachdenken, warum sein Freund vielleicht nicht böse auf ihn sein würde. Er schloss die Finger um das Werkzeug und zog mit aller Kraft. Der Holzrahmen splitterte mit einem lauten Krachen, und der linke Türflügel flog auf.

Jake betrat das Haus und fand sich in einer Küche wieder. Die Einrichtung war vermutlich älter als er selbst. Kiefernholzschränke mit geschnitzten Türen, hochwertiges, aber altes Linoleum auf dem Fußboden. Er erinnerte sich, dass Diehl gesagt hatte, das Haus habe irgendeinem alten Kauz gehört. »Und so ist es nun wieder«, hatte Jake gescherzt, es aber nicht wirklich so gemeint.

Es war absolut still im Haus. Jake hörte nur das ferne Rauschen der Wellen am Strand.

»Hier riecht es wie im Haus meines Großvaters … an dem Tag, als wir es ausräumen mussten«, flüsterte Molly.

Jake erwiderte nichts, kam aber nicht umhin festzustellen, dass Molly recht hatte. Die Luft roch *alt*. Nach Zeitungspapier und kaltem Zigarrenrauch.

Im Lauf seiner Dienstjahre hatte Jake alle möglichen Arten von Behausung betreten. Daher konnte er sagen, dass es hier sehr speziell roch. Wie das Haus eines älteren Familienangehörigen, das leer stand und darauf wartete, verkauft zu werden.

Sie verließen die Küche und betraten den Hausflur. Das Mondlicht schien durch die Milchglasscheibe der Vordertür und erhellte den Raum. Jake hörte, wie Molly hinter ihm hustete und sich räusperte. Unter dem Briefschlitz lag ein Stapel mit Postsendungen. Jake hockte sich hin und blätterte sie durch. Das meiste waren Werbeflyer, die sich über einen längeren Zeitraum angesammelt hatten.

Er entdeckte einen Werbeprospekt mit Gutscheincoupons für einen Laden namens Kris-Mart, die schon vor Monaten abgelaufen waren. Sie mussten Wochen, wenn nicht Monate vor diesem Ablaufdatum eingeworfen worden sein. Der Stapel enthielt lediglich einen Brief. Der Umschlag war beigefarben und hatte ein Sichtfenster. Jakes letzte Hoffnungen schwanden, als er das edle Logo einer Anwaltsfirma erkannte, das auf die rechte untere Ecke des Umschlags gedruckt war, und er sah seine schlimmsten Befürchtungen bestätigt, als er die Empfängeradresse las: *An die Erben von Mr James Delaney Diehl.*

Er öffnete den Umschlag und betrachtete den Inhalt.

Wieder hörte er Molly hinter sich husten. Sie hatte sich eine Hand auf die Brust gelegt, als falle ihr das Atmen schwer. Hier drin hatte schon seit langer Zeit niemand mehr durchgelüftet, und es war sehr staubig.

»Geht es dir gut?«

Sie zeigte ihm einen erhobenen Daumen, dann wanderte ihr Blick auf den Umschlag, den er in der Hand hielt.

»Was ist das?«

»Er ist tot«, antwortete Jake. Dann überflog er den Brief, der lediglich aus drei Absätzen bestand: Die obligatorische Beileidsbekundung, die Nennung des Todesdatums von Mr Diehl am 14. November, die Bitte um die Kontaktinformationen der Erben. Vermutlich hatten sie sich um die Andressen von Angehörigen bemüht. Jake hätte ihnen die Mühe ersparen können. Er wusste, dass Diehls Frau vor zwanzig Jahren gestorben war. Es gab keine Erben, zumindest keine, von denen Diehl jemals gesprochen hätte. Mit ihm endete die Blutline seiner Familie.

»Das heißt … wir können nicht hierbleiben?«

Jake wandte sich zu Molly um und sah, dass sie zitterte, obwohl ihre Stimme ruhig klang. Er hatte kurz verdrängt, warum sie eigentlich hier waren. Molly schlug sich so tapfer, dass man ihr kaum noch anmerkte, was sie heute durchgemacht hatte. Doch er durfte nicht vergessen, dass sie erst vor wenigen Stunden Opfer eines Gewaltverbrechens geworden war und beinahe ihre Mutter verloren hätte.

»Ich denke, dem Mann, dem dieses Haus gehört hat, würde es nichts ausmachen, wenn wir bleiben«, sagte Jake. »Ruhen wir uns ein wenig aus.«

27

Der Ton einer eingehenden E-Mail erklang aus Chrissies Smartphone, als sie kurz nach zweiundzwanzig Uhr in La Taqueria einen Burrito bezahlte. Ein spätes Abendessen, nachdem das Knurren ihres Magens sie daran erinnert hatte, dass sie seit dem Frühstück nichts mehr gegessen hatte. Folge Nummer drei des Podcasts war zwar fertig und würde später am Abend noch online gehen, aber Chrissie hatte das Gefühl, dass sie auf der Stelle traten. Der Ansatz, einen aktuellen Fall mehr oder weniger live zu verfolgen, hatte ihnen einige Aufmerksamkeit beschert. Die Herausforderung bestand nun darin, die Leute bei der Stange zu halten.

Sie hatte noch einmal versucht, mit Edward Da Costa zu sprechen, dem Zeugen, der die gesamte Tat beobachtet hatte. Selbst ein kurzer O-Ton am Telefon hätte ihr genügt. Sie hatte es tatsächlich geschafft, seine Festnetznummer herauszufinden, doch Da Costas Frau hatte den Anruf entgegengenommen. Sie hatte erneut jeden Kommentar abgelehnt und sich standhaft Chrissies Überredungskünsten widersetzt. Es hatte nicht geklappt, und das bedeutete, dass die einzige exklusive Nachricht in der neuen Episode ein Interview mit Carl Lomax war, einem Nachbarn von Jake Ellis. Er erzählte, wie Ellis seinen Sohn einmal gegen ein paar Schlägertypen aus der Nachbarschaft verteidigt hatte, indem er mit ihnen redete. Natürlich passte das nicht in das Bild, das in der Öffentlichkeit von Ellis gezeichnet wurde, andererseits waren solche Geschichten der Grund, warum Chrissie die Dinge gerne von allen Seiten beleuchtete. Menschen faszinierten sie einfach. Gute Menschen taten böse Dinge. Böse Menschen taten gute Dinge.

Chrissie zahlte mit Karte. Als sie hinausging, ließ sie beinahe den Burrito liegen, so neugierig war sie auf das, was in der E-Mail stand. Sie hoffte nur, dass Sean nicht irgendein technisches Problem hatte. Die Anzahl der Downloads, Streams und neuen Abonnenten war seit heute Morgen durch die Decke gegangen, und Chrissie hoffte, noch eine Weile auf dieser Welle zu reiten.

Doch die E-Mail stammte nicht von Sean, sondern vom Gmail-Account eines Senders mit dem Namen *Tru Crime*. Seltsam, dachte Chrissie, denn ihre private Mailadresse war nicht auf der Webseite des Podcasts zu finden. Als Kontakt für Hinweise jeglicher Art diente üblicherweise die allgemeine Anschrift. In der Betreffzeile stand lediglich:

Interessiert?

Die Mail enthielt keinen weiteren Text, sondern nur einen Anhang.

Chrissie öffnete ihn. Es war eine Reihe von Bildern, Screenshots von Nachrichten aus einem Messengerdienst. Sie begann zu lesen und hatte Mühe, sich wieder davon loszureißen. Sie musste sofort Sean anrufen. Konnte das hier wirklich echt sein?

Er nahm den Anruf nach dem zweiten Klingeln entgegen. »Beruhig dich, ich bin gerade dabei, die Folge hochzul…«

»Stopp!«, rief sie.

Ein großer, hagerer Kerl mit Kopfhörern auf den Ohren ging gerade an ihr vorbei, und ihr Ausruf war offenbar laut genug, um zu übertönen, was er gerade hörte. Er blickte Chrissie argwöhnisch an und machte auf dem Bürgersteig einen weiten Bogen um sie.

»*Stopp?* Was soll das bedeuten? Ich dachte, du …«

»Wir müssen ein neues Intro einspielen«, erklärte Chrissie, überlegte es sich dann aber doch anders. »Nein, warte. Es wird ein Outro. Ein neuer Einspieler, den wir ans Ende setzen.«

»Das geht nicht«, sagte Sean. »Das wird zu lang.«

»Oh, bitte, verschon mich mit dem Unsinn. Wir sind doch nicht das National Public Radio. Die Folgen können so lang sein, wie wir verdammt noch mal wollen.«

Sean murmelte etwas von der Outro-Musik, die er neu abmischen musste, doch am Ende gab er klein bei, so wie immer.

»Kommst du her?«

Chrissie blickte auf die Uhr. Sie wollte mit dieser Sache online gehen, bevor die Screenshots des Messengers die großen Nachrichtenstudios erreichten. Um diese Uhrzeit würde sie bis zu Seans Wohnung sicher vierzig Minuten brauchen, wenn nicht länger, selbst, wenn der öffentliche Nahverkehr ausnahmsweise den Fahrplan einhielt.

»Nein, warte eine Sekunde.« Sie drehte sich um und ging zurück in die Imbissstube, wo sie das Handy vom Ohr nahm und ihr schönstes Lächeln aufsetzte. Der junge Mann hinter dem Tresen blickte auf und hob unter seiner weißen Schirmmütze die Augenbrauen.

»Hallo«, sagte Chrissie, »ich bräuchte den Code für die Toilette.«

»Tut mir leid, aber die Gästetoilette ist derzeit gesperrt.«

Chrissie ließ sich nicht abwimmeln. »Würde es Ihnen denn etwas ausmachen, wenn ich ausnahmsweise die Mitarbeitertoilette benutze?«

Er öffnete den Mund und zögerte. »Ich weiß nicht …«

Sie hörte auf zu lächeln. »Es ist wirklich dringend.«

Fünfzehn Sekunden später entriegelte Chrissie die Tür der Mitarbeitertoilette und blickte sich in dem quadratischen Raum um. Eine Unisexkabine, ein Waschbecken, ein Handtrockner, alles auf engstem Raum. Die Wände waren gefliest. Nicht perfekt, doch sie hoffte, dass die Akustik mitspielte. Sie hatte einmal eine Sängerin interviewt, die erzählte, dass sie all ihre Demos auf einer Toilette aufgezeichnet hatte.

Chrissie setzte sich auf den Klodeckel und starrte auf das Display ihres Smartphones. Der Anruf war noch immer aktiv. Sie wechselte zum Mailprogramm, öffnete erneut den Anhang und scrollte zu den Screenshots, die sie vorlesen wollte.

»Sean, bist du noch dran?«

»Ja.«

»Okay, dann legen wir los. Wir können einiges hiervon auch an den Teaser dranhängen.«

Sean zählte von fünf rückwärts, die Zwei und die Eins stumm, dann begann Chrissie zu sprechen. Sie brauchte kein Skript. Sie wusste genau, was sie sagen musste und wohin diese Enthüllung passte, nämlich hinter das Interview mit Carl Lomax.

»Doch es gibt noch eine andere Seite von Jake Ellis. Derselbe Mann, der Ihre Häuser auf Einbruchssicherheit überprüfte oder seinen Nachbarn bei der Autoreparatur half, war offenbar imstande, einen kaltblütigen Mord zu begehen. Der Mann, der dem Sohn von Carl Lomax beibrachte, sich von den Idioten aus der Nachbarschaft nicht herumschubsen zu lassen, erteilte offenbar auch noch einer anderen Person Lektionen.

Lektionen wie: *Wenn ich dich noch einmal mit ihm reden sehe, schlitze ich dir deine verdammte Kehle auf.* Oder: *Sprich nicht in diesem Ton mit mir. Was glaubst du wohl, wer du bist, du dämliche Schlampe?*«

Chrissie las die Textpassagen mit neutraler Stimme vor. Auf diese Weise entfalteten die Sätze noch mehr Wucht. Sie musste nicht emotional klingen, um zu zeigen, wie schockiert sie über diese Worte war. Das würden die Hörer zwischen den Zeilen heraushören.

»Lektionen wie: *Was bildest du dir eigentlich ein? Wenn du mir keinen Respekt erweist, werde ich dich erschießen. Dich und dein Kind. Zwei Kugeln. Eine für jeden.*«

28

Jake fuhr durch die Hauptstraße zum Ortseingang zurück und parkte den Ford hinter der verwitterten Reklametafel. Den Rückweg zum Haus legten sie zu Fuß zurück.

Molly nahm frische Bettlaken aus einem der Schränke und ging damit ins Schlafzimmer. Jake glaubte nicht, dass sie Schlaf finden würde, doch er wünschte es ihr.

Er selbst fühlte sich ebenfalls erschöpft, wusste aber, dass er kein Auge zutun würde. Er ging hinaus auf die Terrasse hinter dem Haus und blieb neben dem Schaukelstuhl stehen, in dem sein Freund gerne Scotch getrunken und den Ausblick genossen hatte. Er stützte sich mit den Ellbogen auf das umlaufende Holzgeländer und hörte für ein paar Minuten den Wellen zu, die am Fuß der Klippen gegen die felsige Küste schlugen.

In einer der Küchenschubladen hatte er eine Taschenlampe gefunden. Er überlegte, ob er das Gelände um das Haus herum erkunden sollte, entschied sich dann aber, damit bis zum Morgengrauen zu warten. Der Lichtstrahl der Taschenlampe würde nur unerwünschte Aufmerksamkeit erregen. Im Augenblick konnte er wenig anderes tun, als nachzudenken.

Jake war immer froh darüber gewesen, dass er sein Leben weniger von Technologie abhängig machte, als die meisten Menschen es heutzutage taten. Sein Handy war drei Jahre alt, und das vorherige Gerät, mit Tasten und Monochrombildschirm, das inzwischen vermutlich als Antiquität durchging, hatte er lediglich ausgetauscht, weil der Akku den Geist aufgegeben hatte. Soziale Medien interessierten ihn eigentlich nicht, sein Facebook-Konto hatte er nur eingerichtet, weil die Leute keine SMS mehr schrieben und er irgendeinen Weg brauchte, um Nachrichten zu empfangen. Er las noch immer Bücher, kaufte sogar die Zeitung, wenn auch nicht mehr so regelmäßig wie früher. Auch von seiner Festnetzleitung hatte er sich noch nicht trennen können, obwohl ihn nur noch selten jemand darauf anrief, und wenn, dann waren es Leute, die ihm eine Versicherung verkaufen wollten. Die Anschaffung einer Fitnessuhr hatte er nicht einmal in Erwägung gezogen. Und er besaß auch keinen intelligenten Kühlschrank oder akustische Lichtschalter oder einen Dash Button, der automatisch Klopapier nachbestellte.

In der jetzigen Situation war sein analoges Leben ein großer Vorteil. Die Leute, die ihn jagten, hatten kaum digitale Daten von ihm zur Hand, mit denen sie Profile erstellen und so Vorhersagen über sein Verhalten treffen konnten. Doch natürlich war es nicht so, als hätte er gar keine Spuren hinterlassen. Sein Handy enthielt genügend Informationen über ihn, wie zum Beispiel eine Liste der Anrufe, die er in letzter Zeit getätigt hatte, und es würde den Kollegen auch kaum Schwierigkeiten bereiten, ein Bewegungsprofil auszulesen. Wie die meisten Nutzer moderner Technologie hatte er sich immer vorgenommen, die Überwachungsfunktionen auszuschalten, die bei den meisten Apps im Hintergrund mitliefen, es dann aber doch nicht getan.

Dies hatte auch bei seiner Suche nach einem geeigneten Versteck eine Rolle gespielt und letztlich den Ausschlag für Diehls Haus gegeben: Hier war er noch nie zuvor gewesen. Diehl hatte er das letzte Mal in einer Spelunke in Russian Hill getroffen. Und ihr letztes Telefonat hatten sie vor über einem Jahr über Festnetz geführt. Diehl hatte ihn angerufen. Es war das einzige Mal, dass sie miteinander telefoniert hatten, und Jake hoffte, das Gespräch würde zwischen den vielen anderen Telefonaten nicht auffallen.

Dass sie nun fast völlig von der modernen Kommunikationstechnologie abgekapselt waren, hatte aber auch Nachteile. Jake war zum Beispiel nie bewusst gewesen, wie sehr er sich an Navigationsgeräte gewöhnt hatte, daran, dass eine freundliche Computerstimme ihm fortwährend sagte, wohin er fahren und was er als Nächstes tun sollte. Er hatte lediglich eine vage Vorstellung davon gehabt, wo sich False Klamath befand. Eine Straßenkarte zu kaufen, darauf den Ort zu finden und unter Umgehung der stark befahrenen Interstate einen Weg dorthin zu suchen hatte sich angefühlt, als müsste er eine lange vergessene Fähigkeit neu erlernen.

Was er am meisten vermisste, waren die Nachrichten, die beinahe im Minutentakt aktualisiert wurden. Wie jeder andere hatte er sich daran gewöhnt, mithilfe seines Smartphones zu jeder Zeit und an jedem Ort herausfinden zu können, was auf der Welt gerade vor sich ging. Das konnte er jetzt nicht mehr. Und die Tatsache, dass er selbst die wichtigste Nachricht war, machte diesen Umstand noch beunruhigender.

Er befand sich mitten im Nirgendwo, mit einem Fernseher, der nur einen einfachen Kabelanschluss hatte, einem Computer ohne Internetzugang und einem Smartphone, das er nicht einschalten konnte. Der Fernseher lief mit geringer Lautstärke, und nach dem zu urteilen, was Jake bislang gesehen hatte, schien die Suche nach ihnen keine großen Fortschritte zu machen. Die Nachrichtensendung um zweiundzwanzig Uhr hatte den kurzen Mitschnitt einer Pressekonferenz gebracht. Eine FBI-Agentin namens Lark hatte gesagt, dass der Verdächtige extrem gefährlich sei und man sich ihm nicht nähern sollte.

Jake sah hinüber zu Rachels kleinem Samsung-Smartphone, das auf dem Wohnzimmertisch lag, und fragte sich, welche Geheimnisse sich darin verbargen. Vielleicht würde er darin Antworten finden, die ihn beruhigten, vielleicht aber auch Hinweise, die ihn davor warnten, allzu selbstgefällig zu werden. Das Smartphone konnte ihm eventuell verraten, ob die Polizei ihnen bereits auf der Spur war, ob seine Freundin noch lebte und vielleicht auch, warum all dies hier geschah.

Aber natürlich würde er die Polizei und das FBI nur herlocken, wenn er das Gerät einschaltete. Jake kam das Ganze ein wenig vor wie eine Folge von *Twilight Zone*, in der eine zukünftige Gesellschaft eine Technologie erfunden hatte, die einem das Leben rettete, gleichzeitig aber tödlich war.

Nein. Kurz vor dem Ortseingang waren sie an einer Tankstelle vorbeigekommen. Gleich morgen früh würde er dort hinlaufen und feststellen, ob sie Zeitungen verkauften. Bis dahin hatte er genug damit zu tun, die Geschehnisse des heutigen Tages zu verarbeiten. Bei der Ruhe, die ihn hier umgab, war dies der perfekte Ort zum Nachdenken. Das war doch schon mal was.

Als Erstes dachte Jake an Rachel.

Die letzten Monate waren wie im Flug vergangen, und er begriff erst jetzt, wie glücklich er die ganze Zeit gewesen war. Trotz des Disziplinarverfahrens hatte es sich kurz so angefühlt, als würden sich die Dinge endlich in die richtige Richtung entwickeln. Was Rachel und ihn betraf, kam es ihm vor, als hätten sie die Kennenlernphase übersprungen und sich gleich in einer dauerhaften, harmonischen Beziehung eingerichtet. Sie mochten einander und genossen die gemeinsame Zeit. Sie gingen ins Kino, kochten abends bei Rachel zu Hause, planten Wochenendausflüge, die sie schon immer einmal hatten unternehmen wollen – und nun vielleicht nie mehr unternehmen würden.

Vielleicht war es eine Art göttliche Strafe. Ein glückliches und sorgenfreies Leben war ihm offenbar nicht vergönnt. Ständig musste irgendetwas schieflaufen.

Wer steckte hinter dieser Sache?

Dieser Frage musste er vermutlich zuerst nachgehen, denn davon hing alles Weitere ab. Wenn er herausfand, wer ihm den Anschlag auf Rachel und Molly in die Schuhe schieben wollte, konnte er überlegen, was er tun sollte. Als Polizist hatte er sich zweifellos Feinde gemacht, allerdings besaßen nur wenige davon den Willen und die Möglichkeiten, einen solchen Plan durchzuführen.

Erst kürzlich hatte er der Liste seiner Widersacher einen neuen

Namen hinzugefügt: die Familie Martin. Jake und seine Karriere waren bei dem Frontalzusammenstoß mit Linton Martin noch einigermaßen glimpflich davongekommen, doch er wusste, dass der Mann darauf hingewirkt hatte, dass man ihn vom Dienst suspendierte. Damit hatte er keinen Erfolg gehabt. Wollte Martin ihn nun auf andere Weise zur Strecke bringen?

Dass Martin eine Frau und ein Kind töten ließ, um die Tat dann Jake anzuhängen, war sicher eine gewagte These, aber war sie undenkbar? Jake wusste es nicht. Martin war reich und zweifellos ein Arschloch, doch Jakes Instinkt sagte ihm, dass der Mann nicht so weit gehen würde.

Aber welche andere Erklärung gab es?

Mit Sicherheit handelte es sich nicht um einen Überfall, der einfach schiefgelaufen war. Der Angriff auf Rachel wäre damit vielleicht noch zu erklären gewesen, aber nicht der Umstand, dass jemand die Tat Jake anhängen wollte. Nein, hier ging jemand gezielt gegen ihn vor. Wer hatte Grund dazu?

Natürlich hatte er im Laufe seiner Dienstjahre eine ganze Reihe von gefährlichen Leuten hinter Gitter gebracht, doch dabei war er immer nur Teil eines größeren Teams gewesen. Es gab kein kriminelles Supergenie mit unbegrenzten Ressourcen, das in irgendeinem Gefängnis auf Rache sann.

Denk nach. Sieh dir die Details an. Mach aus der Not eine Tugend. Kein Internet, keine Nachrichten, keine Möglichkeit, mit jemandem Kontakt aufzunehmen. Aber eine Menge Zeit zum Nachdenken.

Sie haben sich große Mühe gegeben, dich reinzulegen. Dazu müssen sie dich beobachtet und deinen Alltag ausgekundschaftet haben, dein Privatleben, die Menschen, die du liebst. Sie planen alles bis ins letzte Detail, dann schicken sie jemanden los, der Rachel und Molly tötet. Aber der Killer vermasselt es. Rachel überlebt, Molly entkommt. Sie müssen ihren ursprünglichen Plan anpassen. Doch die Geschichte vom Doppelmord funktionierte auch mit versuchtem Mord und Kindesentführung. Das Einzige, was ihren Plan zerstören würde, wäre die Aussage von Rachel, dass nicht Jake derjenige war, der auf die geschossen hatte.

Jake hörte ein Knarren im Schlafzimmer, als Molly sich im Bett herumwälzte. Sie konnte offenbar ebenfalls keine Ruhe finden. Er lehnte sich auf dem alten Sofa zurück und schloss die Augen.

Der Schütze. Vergiss für einen Moment, wer ihn angeheuert hat. Molly sagte, der Schütze sei Motorrad gefahren. Soweit Jake sich erinnern konnte, war dieses Detail in keiner der Nachrichtensendungen erwähnt worden. Er würde gleich am nächsten Tag überprüfen, ob in den Zeitungsartikeln darüber berichtet wurde. Vielleicht war das ein Ansatz, den er verfolgen konnte. Wenn der Schütze ein Auftragskiller war, konnte man die Liste der Verdächtigen eventuell auf ein paar wenige Namen begrenzen. Normalerweise würde er jetzt zum Telefon greifen und ein paar Jungs auf den Revieren anrufen, dafür sorgen, dass verbreitet wurde, nach wem er suchte. Aber das war jetzt natürlich keine Option. Oder vielleicht doch? Er musste die Risiken eines solchen Schritts abwägen: das Risiko für sich selbst und für die Person, die er ins Vertrauen zog.

Was wollten die Hintermänner mit diesem Komplott erreichen?

Diese Frage war am schwersten zu beantworten. Warum versuchten sie, über Rachel an ihn heranzukommen, anstatt ihn einfach umzulegen? Das wäre wesentlich einfacher gewesen. Da sie das nicht getan hatten, musste es sich um eine Art Botschaft handeln. Und Jake musste am Leben bleiben, um diese Botschaft zu erhalten. Wer auch immer dahintersteckte, er wollte etwas ganz Bestimmtes von ihm.

Jake musste herausfinden, was das war. Er würde seine Unschuld vielleicht nicht beweisen können, aber er konnte Molly zumindest so lange in Sicherheit halten, bis er diese Frage beantwortet hatte. Und dann? Dann würde er die Leute finden, die für das alles verantwortlich waren, und er würde zwei Dinge sicherstellen: erstens, dass Molly und Rachel nicht länger in Gefahr waren. Und zweitens, dass derjenige, der hinter der ganzen Sache steckte, seinen letzten Atemzug tat.

Untraceable

Auszug aus Untraceable –
Staffel 4, Folge 3, 21. April

In dem Moment, wenn diese Folge veröffentlicht wird, sind vierundzwanzig Stunden vergangen, seit Rachel Donaldson und Steve Holdcroft erschossen wurden und Molly Donaldson spurlos verschwunden ist.

Der Verdächtige, Jake Ellis, wurde zuletzt gestern Morgen gegen neun Uhr in einem grauen Volkswagen SUV an der Ecke Bush und Powell Street in San Francisco gesehen.

In dieser Folge sprechen wir mit Menschen, die Rachel und Jake kennen. Wir informieren über die neuesten Entwicklungen bei der Suche nach Molly und spekulieren darüber, wohin Ellis mit ihr geflohen sein könnte. Bleibt auf jeden Fall bis zum Ende dabei, denn ich habe vergangene Nacht eine E-Mail von einem anonymen Absender erhalten. Und man kann den Inhalt dieser Nachricht in einem Wort zusammenfassen: erschütternd!

29

»Dich und dein Kind. Zwei Kugeln. Eine für jeden.«

Catherines Augen weiteten sich, als die Sprecherin diese letzte, vielleicht furchtbarste Textnachricht vorlas. Paxon öffnete den Mund, um etwas zu sagen, doch Catherine hob die Hand, um sie davon abzuhalten. Sie wollte hören, was die junge Frau noch zu sagen hatte.

»Diese Nachrichten könnt ihr auf unserer Website nachlesen, außerdem findet ihr dort Features wie die vollständigen Fassungen der Interviews: UntraceableSF.com. *Hört euch auch die nächste Folge von* Untraceable *an, sie erscheint, sobald wir etwas Neues über diesen tragischen Fall zu berichten haben.«*

Der traurige Tonfall verschwand aus der Stimme der Sprecherin, als sie routiniert hinzufügte:

»Vergesst nicht, unseren Podcast zu abonnieren und eine Bewertung abzugeben – das hilft neuen Hörern, uns zu finden. Untraceable *ist eine Produktion von* Missed Opportunity, *geschrieben und präsentiert von mir, Chrissie Chung. Der Produzent ist Sean Tramel. Die Musik wurde uns zur Verfügung gestellt von …«*

Catherine schloss das Wiedergabefenster und wandte sich Paxon zu. Sie musste ihre Frage nicht laut aussprechen, ihr Gesichtsausdruck verriet offenbar genug.

Die Morgensonne flutete durch die Fenster im dreizehnten Stock des Wolkenkratzers an der Golden Gate Avenue. An jedem anderen Tag hätte das die Stimmung der Menschen, die hier arbeiteten, aufgehellt. Heute aber dachten sie nur daran, wie sehr die Zeit drängte.

»Ich weiß es nicht«, sagte Paxon. »Außerhalb der Task Force hatte noch niemand von den Messenger-Nachrichten erfahren.«

»Jetzt weiß es jedenfalls die ganze Welt«, sagte Catherine. »Wie viele Menschen hören sich diesen Podcast an?«

Garcia stand in einer Ecke des Zimmers und blickte auf sein Smartphone. »Allein bei iTunes sind es eine halbe Million Abonnenten, Tendenz rasant steigend. Eine Menge Leute unterhalten sich auch auf Twitter über den Podcast.« Er scrollte mit dem Daumen über das Display. »Die meisten unter dem Hashtag #FindetMolly.«

»Wisst ihr«, begann Paxon, »vielleicht ist das hier gar nicht so schlecht …«

»Vergiss es«, unterbrach Catherine sie. »Du meinst, besser als gar keine Nachrichten? Nein. Der Punkt ist, dass wir eine undichte Stelle in der Task Force haben. Und das bedeutet, wir können den Informationsfluss nicht kontrollieren.«

Garcia hob die Augenbrauen. »Willkommen im 21. Jahrhundert.«

Catherine bedachte ihn mit einem so scharfen Blick, dass er zurückwich und augenblicklich eine Entschuldigung murmelte.

»Wir können Kontakt zu ihnen aufnehmen, vielleicht nennen sie uns ihre Quelle«, schlug er dann vor.

Catherine seufzte. »Ja, vermutlich sollten wir das tun.«

Sie bezweifelte allerdings, dass sie damit weit kommen würden. Ihrer Erfahrung nach war das Aufspüren von Quellen meist so aussichtsreich wie der Versuch, einen Pudding an die Wand zu nageln. Außerdem kannten selbsternannte Reporter mit übertriebenem

Geltungsbedürfnis ihre verfassungsmäßigen Rechte sehr genau. Und wenn sie einen kleinen Podcast allzu hart in die Zange nahmen, konnte ihnen das letztlich Ärger mit den wirklich bedeutenden Medien bescheren.

»Was ist mit seinen Kreditkarten?«, fragte Catherine, obwohl sie die Antwort bereits ahnte. Im Grunde machte sie sich keine Hoffnung, dass Ellis so dumm war, seine Kreditkarte zu benutzen und damit ein Fähnchen auf die Landkarte zu setzen, das seinen Aufenthaltsort verriet. Garcia schüttelte den Kopf.

Ellis hatte sein Smartphone in der Wohnung zurückgelassen, also konnten sie ihn darüber nicht orten. Das erinnerte Catherine daran, dass weder Rachels noch Mollys Handy in dem Wagen oder in ihrem Haus gefunden worden war. Das legte den Schluss nahe, dass Ellis beide mitgenommen hatte. Warum? Catherine konnte es sich nicht erklären. Doch was auch immer der Grund war, die Geräte waren derzeit ausgeschaltet und konnten ebenfalls nicht geortet werden. Zwei weitere Sackgassen.

Catherine wandte sich der Landkarte des Bundesstaats zu, die an der Wand hing, und folgte mit nachdenklichem Blick dem Verlauf der Straße, auf der der graue VW SUV zuletzt gesehen worden war. Es gab Tausende Orte, an denen sich Ellis verstecken konnte. Sie rieb sich die Augen. In der vergangenen Nacht hatte sie nicht mehr als drei Stunden Schlaf bekommen, und das war noch eine optimistische Schätzung.

»Ich glaube nicht, dass er noch immer mit dem SUV unterwegs ist. Außerdem braucht er Geld – oder einen Freund, dem er vertrauen kann.« Sie drehte sich um. »Wie weit sind wir mit seinem Bekanntenkreis?«

Paxon blickte auf ihr Smartphone. »Wir haben die Liste mit Freunden und Kollegen abgearbeitet. Niemand hat ihn gesehen oder etwas von ihm gehört.«

Catherine schenkte den Aussagen der Zeugen und befragten Personen in diesem Fall mehr Vertrauen als üblich. Ein unschuldiges Opfer, ein Kind in Lebensgefahr, das ließ die Menschen nicht kalt. Ellis wurde nicht wegen irgendeiner Lappalie gesucht. Die Leute wollten ihnen helfen, wenn sie es denn konnten. So wie Hartzler. Er wollte nicht glauben, dass sein Freund eine solche Tat begangen hatte. Dennoch wusste er, dass es das Beste für alle war, wenn man ihn fand, und das möglichst schnell.

»Erweitert die Suche«, sagte sie. »Über die Messenger-Nachrichten wissen wir jetzt Bescheid. Nehmt euch auf Facebook die Freunde seiner Freunde vor, dreht jeden Stein um.«

»Leider ist Ellis in den sozialen Medien nicht sonderlich aktiv«, wandte Garcia ein. »Er benutzt sie kaum, hat weniger Facebook-Freunde als meine Großtante, und die weiß nicht mal, wie man ein Profilbild hochlädt. Bei einem der anderen Netzwerke hat er sich erst gar nicht angemeldet.«

»Großartig«, sagte Catherine. Das war heutzutage sehr ungewöhnlich. Die meisten Menschen machten sich keine Vorstellung davon, wie eng sie mit den großen Tech-Unternehmen verbandelt waren, selbst, wenn sie die Sicherheitseinstellungen auf ihren Geräten auf die höchste Stufe setzten. Man konnte leicht vergessen, wie viel Informationen man freiwillig preisgab. Wie groß die digitalen Fußspuren tatsächlich waren, die man tagtäglich hinterließ, ohne es sich bewusst zu machen.

Dieser Tage schnappte man Verdächtige nur noch selten wegen eines Fehltritts im Hier und Jetzt, sondern wesentlich häufiger, weil sie nicht jede einzelne Online-Interaktion in ihrer Vergangenheit verwischt hatten. Nicht wenige Kriminelle, die Catherine dingfest gemacht hatte, saßen hinter Schloss und Riegel, weil sie in den vergangenen Monaten im Netz einen entscheidenden Hinweis ausgeplaudert oder unbedacht auf einen Ort hingewiesen hatten, an dem sie sich gerne aufhielten.

Sie betrachtete wieder die Landkarte. Wieder einmal wurde ihr bewusst, wie groß Kalifornien war. Und natürlich endete ihre Jagd nach Ellis nicht an den Staatsgrenzen. Vierundzwanzig Stunden waren vergangen. Er konnte jetzt bereits in Kansas sein. Irgendjemand musste ihn und Molly gesehen haben – wenn das Mädchen überhaupt noch bei ihm war. Catherine hasste es, derart im Dunkeln zu tappen. Aber von dieser Annahme mussten sie ausgehen: dass Molly noch am Leben war. Und in großer Gefahr.

»Agent Lark!«

Sie drehte sich um. Ein junger Kollege in hellblauem Hemd stand in der Tür und schützte die Augen mit der Hand vor der Sonne.

»Was gibt es?«

»Wir haben den SUV gefunden.«

30

Jake hatte den Inhalt seiner Taschen und seines Portemonnaies vor sich auf dem Mahagonitisch in Diehls Wohnzimmer ausgebreitet. Er blickte auf, als Molly die Tür des Schlafzimmers öffnete. Sie sah noch immer blass aus, aber deutlich besser als in der vergangenen Nacht. Sie betrachtete die armselige Sammlung auf dem Wohnzimmertisch mit einem freudlosen Lächeln.

»Nach Krösus sieht das nicht gerade aus«, meinte sie.

»Siebenundvierzig Dollar und neununddreißig Cent. Ich hoffe, du magst Nudelsuppe.«

»Vielleicht hilft das.« Sie hielt ihm ein abgewetztes braunes Lederportemonnaie hin. »Das hab ich in der Schublade im …« Sie brach ab und räusperte sich. Die Luft war noch immer sehr staubig, obwohl Jake die Fenster geöffnet hatte. »Das habe ich im Nachttisch gefunden. Es ist etwas Geld drin.«

Sie reichte Jake das Portemonnaie, und er öffnete das Fach für die Scheine. Ein Hunderter und zwei Zehner. Besser als nichts, doch wenn sie noch länger unentdeckt bleiben wollten, brauchten sie wesentlich mehr. In dem Portemonnaie steckten auch ein paar Karten. Diehls Führerschein, ein Bibliotheksausweis, auf dem noch seine alte Adresse stand, und drei Kreditkarten. Zwei davon waren abgelaufen, doch die Visa-Karte war noch drei Monate gültig.

Er würde die Karten in die Tasche stecken, die er schon gepackt hatte – mit Wechselkleidung, einer Mütze und einer Sonnenbrille. Diehl war etwas kleiner als er gewesen und etwas breiter in den Hüften, aber die Sachen, die Jake im Kleiderschrank gefunden hatte, passten einigermaßen.

»Danke«, sagte er, wedelte kurz mit dem Portemonnaie und lächelte. »Zumindest werden wir nicht verhungern.«

Molly blickte zu Boden. »Ich habe keinen Hunger.«

»Ich weiß. Trotzdem solltest du etwas essen, ich werde ...«

Es klopfte an der Vordertür.

Sie erstarrten.

Stille machte sich breit. Molly trat einen Schritt auf Jake zu und flüsterte: »Was sollen wir tun?«

Jake hob schweigend die Hand. Es konnte der Briefträger sein oder ein Haustürvertreter, der ihnen irgendetwas aufschwatzen wollte. Wer auch immer vor der Tür stand, Jake hoffte, dass er einfach wieder verschwinden würde. Sie warteten. Eine halbe Minute verstrich. Gerade als Jake glaubte, dass die Luft wieder rein war, klopfte es erneut.

»Hallo?« Es war eine weibliche Stimme. »Ich weiß, dass jemand da drin ist.«

Mist.

»Warte hier«, flüsterte Jake. »Und bleib in Deckung.«

Er drehte den Schlüssel im Schloss und öffnete die Tür einen Spalt weit. Draußen stand eine hagere Frau, schätzungsweise Anfang fünfzig. Sie hatte die Arme vor der Brust verschränkt. In ihrem dunklen Haar leuchteten silberne Strähnen. Sie trug Jeans und ein rosafarbenes Top mit Spaghettiträgern. Sie musste ganz in der Nähe wohnen, denn für eine solche Aufmachung war es eigentlich noch zu kalt.

»Guten Morgen«, sagte Jake.

»Wer sind Sie?«

Jake entschied sich, amüsiert auf die Frage zu reagieren. »Ehm ... wer sind *Sie*?«

»Eleanor Grace«, sagte die Frau. Sie blickte über ihre Schulter zu dem Haus auf der anderen Straßenseite. »Ich war Walts Nachbarin.«

»Oh«, machte Jake und streckte ihr die Hand hin. »Robert. Ich war ein Freund von Walt.«

Sie ignorierte ihn und verschränkte die Arme fester vor der Brust. Er ließ die Hand sinken.

Jake räusperte sich. »Walts Anwalt hat mich kontaktiert. Er bat mich, hier rauszufahren und mich um den Papierkram zu kümmern.«

Eleanor Grace versuchte, an Jake vorbei ins Innere des Hauses zu blicken. Dann sah sie wieder ihn an. »Ich dachte, die würden seine Nichte schicken. Kennen Sie Jennifer?«

Seine Nichte, dachte Jake. Netter Versuch, ein Cop hätte es nicht besser gekonnt. Er runzelte die Stirn und versuchte möglichst überrascht auszusehen. »Ma'am, Walt hatte keine Nichte. Und auch keine Geschwister.«

Sie wog ihre nächste Frage ab. »Was dachte Walt über die Fortyniners?«

Jake grinste. »Das ist einfach. Er hat sie gehasst. Er war sein Leben lang ein Steelers-Fan.«

Eleanor hielt seinem Blick stand. »Okay. Ich dachte, Sie wären vielleicht irgendein Rumtreiber. Tut mir leid.«

»Kein Grund, sich zu entschuldigen. Ich bin froh, dass Walt eine so aufmerksame Nachbarin hatte.«

»Er war ein netter alter Kerl. Und lustig. Woher kannten Sie ihn?«

»Wir haben lange zusammengearbeitet. Er meinte immer, ich sollte ihn besuchen kommen und dass ich die Gegend hier oben mögen würde. Ich wünschte, ich hätte es früher geschafft.«

Sie nickte, dann blickte sie auf die leere Einfahrt.

»Wo ist Ihr Wagen?«

»Ich habe mich von jemandem mitnehmen lassen. Er kommt mich morgen wieder abholen.«

Eine Pause trat ein. Jake hoffte, dass die Frau sich nicht gleich selbst auf einen Kaffee einlud, um nach dem Rechten zu sehen. Sie schien sich für das Haus verantwortlich zu fühlen.

»In Ordnung«, meinte sie schließlich. »War schön, Sie kennenzulernen.«

»Gleichfalls.«

Das freundliche Lächeln verschwand aus Jakes Gesicht, sobald er die Tür hinter der Frau geschlossen hatte.

Jake trug Molly auf, im Haus zu bleiben und sich von den Fenstern fernzuhalten, während er allein losging. Zusammen, ein Mann mit einem Mädchen, noch dazu neu im Ort, wären sie aufgefallen wie zwei bunte Hunde. Dass sie alles Mögliche getan hatten, um ihr Erscheinungsbild zu ändern, würde ihnen hier wenig nützen – sie waren Fremde, und die fanden in einem kleinen Ort wie diesem immer besondere Beachtung.

So wie die Dinge lagen, befürchtete Jake, dass er auch allein genug Aufsehen erregen würde, doch er hatte keine Wahl. Es gab kein Essen im Haus, und das war nicht alles, was er besorgen musste. Er brauchte auch Informationen. Bevor er die nächsten Schritte plante, musste er sich ein genaues Bild der Lage verschaffen.

Der Ortskern war sehr übersichtlich und befand sich gut anderthalb Meilen von Diehls Haus entfernt. Jake hatte sich den Weg auf einer Landkarte angesehen, die er in einer Schulblade von Diehls Schreibtisch gefunden hatte. Die Karte hatte bestätigt, was er bereits geahnt oder, besser gesagt, befürchtet hatte: Es führten lediglich drei Straßen aus dem Ort heraus. Sie abzuriegeln würde ein Leichtes sein.

Die Hauptstraße säumten zu beiden Seiten einstöckige Gebäude, die meisten davon kleine Geschäfte, deren Eingänge verriegelt waren. Jake wusste nicht genau, ob sie geschlossen hatten, weil Sonntag war oder weil der Online-Shopping-Boom des 21. Jahrhunderts seinen Tribut forderte. Nur zwei Läden waren geöffnet: ein Geschäft für Fischereizubehör und die Tankstelle. In ihrer Nähe entdeckte Jake außerdem etwas, das sich vielleicht noch als kleiner Glücksfall entpuppen mochte: eine altmodische Telefonzelle, wie man sie in den Städten und in Gegenden mit einigermaßen brauchbarem Netzempfang nur noch selten fand.

Auf dem Weg hierher hatte er einen Entschluss gefasst. Er würde Marty Hartzler kontaktieren. Vermutlich würde Marty sofort auflegen, doch er war Jakes beste Chance. Die anderen Cops, die er kannte, waren viel zu korrekt, als dass er ihnen in dieser Situation vertrauen konnte. Bevor er Marty anrief, wollte er allerdings einen Blick auf die Schlagzeilen werfen.

Er öffnete die Tür zur Tankstelle. Eine Glocke bimmelte, als er eintrat. Hinter der Verkaufstheke saß eine Frau mittleren Alters mit grauem Haar, das sie sich zu einem Pferdeschwanz gebunden hatte. Sie las in einem Taschenbuch und blickte nur kurz auf, um sich dann sofort wieder ihrer Lektüre zu widmen.

Jake sah sich um und gewann schnell den Eindruck, dass die Tankstelle wohl in diesem Ort als zweiter Supermarkt diente. Die Regale an den Wänden waren mit einem Sammelsurium von Waren vollgestopft, angefangen bei eingeschweißtem Schinken über Konservendosen bis hin zu Farbpinseln.

Er musste sich zurückhalten, um nicht sofort zum Zeitungsständer zu stürmen. Stattdessen drehte er eine Runde durch den Laden, nahm sich eine Tüte Chips mit Barbecue-Geschmack, einige Tiefkühlmahlzeiten, ein paar Getränkedosen und einen Packen Wasserflaschen. Nachdem die Leitungen in Diehls Haus etliche Monate nicht benutzt worden waren, hatte das Wasser dort eine bräunliche Färbung und eignete sich nicht zum Trinken.

Aus dem Augenwinkel sah Jake zu der Frau hinüber. Sie war noch immer in ihr Buch vertieft.

Er schlenderte zurück in Richtung Eingang und warf dabei einen möglichst beiläufigen Blick auf die Zeitungen:

ENTFÜHRT

KILLER COP

FINDET MOLLY

Alle Zeitungen brachten die Geschichte. Aus den Radionachrichten wusste Jake bereits, dass er derzeit die Topmeldung war. Doch sein Gesicht auf den Titelseiten aller Zeitungen zu sehen bereitete ihm erneut großes Unbehagen.

FBI JAGT COP WEGEN MORD UND ENTFÜHRUNG

KAUM HINWEISE BEI DER SUCHE NACH MOLLY DONALDSON, 13

Jake nahm eine Ausgabe des *Chronicle* und ging zur Kasse. Er platzierte die Zeitung so, dass die Titelseite nach unten zeigte und man sein Gesicht nicht sehen konnte, auch wenn das Foto schon älter war und ihm nicht mehr sehr ähnelte. Zumindest hoffte er das.

Die Frau legte ihr Buch ab und lächelte. Kein Zeichen des Erkennens in ihren Augen.

»Guten Morgen.«

Jake erwiderte den Gruß. Er blickte an der Frau vorbei zu dem Regal hinter ihr, wo Zigaretten und Batterien sicher vor Ladendieben aufbewahrt wurden. Er fand, wonach er suchte: ein paar in Plastik eingeschweißte Prepaid-Handys. Es gab altertümliche Klapptelefone für 17,99 Dollar und billige Smartphones für 39,99 Dollar.

Er hätte jedes Einzelne davon gebrauchen können und sie auch alle gekauft, wenn er sich damit nicht verdächtig gemacht hätte. Er kaufte von jeder Geräteart eines.

»Ich bekomme auf meinem hier oben kein Netz. Hab wohl den falschen Anbieter … *Verizon*«, murmelte er zur Erklärung.

»Hm«, machte die Dame. »Ich bin auch bei Verizon und hab eigentlich keine Probleme.«

Sie scannte die Telefone und steckte sie in die Tüte zu den anderen Einkäufen. Die Geräte waren jeweils mit fünf Dollar aufgeladen, und Jake kaufte sicherheitshalber eine zusätzliche Guthabenkarte.

Er gab der Frau das Geld. Damit blieben ihm kaum mehr als achtzig Dollar, und die Kreditkarten in seiner Brieftasche waren nicht einmal das Plastik wert, aus dem sie bestanden.

31

In Dunnigan wimmelte es bereits vor Polizei, als Catherine Lark, Kelly Paxon und Adrian Garcia ankamen.

Der graue SUV war von einem Einwohner, der seinen Hund spazieren führte, auf einem Waldweg etwa eine halbe Meile außerhalb des Ortes gefunden worden. Ellis hatte den Wagen gut versteckt, wenn man bedachte, wie groß er war. Nachdem sie, was brauchbare Informationen betraf, so lange auf dem Trockenen gesessen hatten, erschien ihnen das Auftauchen des Fahrzeugs wie eine Oase in der Wüste. Es handelte sich definitiv um den SUV, den Ellis gestohlen hatte. Und das bedeutete, dass er nach seiner letzten Sichtung in Oakland hier gewesen sein musste. Dadurch ergaben sich zwei Möglichkeiten: Entweder befand sich Ellis noch immer in der Gegend und versteckte sich, oder er hatte sich ein neues Transportmittel beschafft. Sie hatten nicht lange gebraucht, um herauszufinden, welche der beiden Varianten zutraf. In einem Radius von vierzig Meilen war lediglich ein einziges Fahrzeug als gestohlen gemeldet worden: ein weißer Ford. Der Wagen hatte in Dunnigan auf der Straße vor der Kirche geparkt und war gestern Nachmittag zwischen halb drei und Viertel nach drei entwendet worden. Zu der Zeit hatte in dem Gotteshaus eine Trauerfeier stattgefunden.

Catherine fuhr langsamer, als sie die Stelle erreichten, wo der Waldweg abzweigte. Ein paar Agenten in marineblauen Jacken mit dem Aufdruck FBI standen dort und regelten den Verkehr. Einer von ihnen trat an das Fahrerfenster.

»Wir haben in der Feuerwache einen Kommandoposten eingerichtet«, kam er sofort zum Punkt, als Catherine das Fenster herunterließ. »Fahren Sie einfach …«

»Hätten Sie etwas dagegen, wenn wir uns zuerst den SUV ansehen?«

»Entschuldigung, natürlich.« Er drehte den Kopf und blickte zum Waldweg. »Ist ziemlich viel los dort drüben. Ich schlage vor, Sie lassen den Wagen hier stehen.«

Sie stiegen aus und gingen zu Fuß weiter.

Der SUV stand einige hundert Meter weiter zwischen den Bäumen geparkt. Von der Straße aus konnte man den Wagen nicht sehen, es war also reines Glück, dass der Hundebesitzer ihn entdeckt und sich daran erinnert hatte, in den Nachrichten von der Fahndung nach einem ebensolchen SUV gehört zu haben.

Catherine zeigte dem Streifenbeamten, der auf sie zukam, ihren Dienstausweis. Sie sah, dass das Einsatzfahrzeug der Kriminaltechnik am Rand des Weges parkte.

»Die sind vor fünfzehn Minuten hier angekommen«, sagte der Polizist, der ihrem Blick folgte. »Sie sehen sich gerade den SUV an.«

Catherine blickte auf die Uhr. Zweieinhalb Stunden, seit der Hundebesitzer sich gemeldet hatte. Sie war froh, dass der Tipp des Mannes nicht in der allgemeinen Flut von Hinweisen untergangenen war. Wieder einmal hatte sich gezeigt, wie sehr sie auf genaue Angaben angewiesen waren. Sie konnten einfach nicht jedem Hinweis folgen, bei dem irgendjemand eine Person gesehen haben wollte, die *vielleicht irgendwie* dem Gesuchten *ein bisschen* ähnlich sah. Ein geparktes Fahrzeug, das auf die Beschreibung des gesuchten Wagens passte, sogar mit dem entsprechenden Kennzeichen – eine derart präzise Information wanderte schnell ganz nach oben auf der Prioritätenliste.

»Wir können uns wohl glücklich schätzen, dass er den Wagen nicht abgefackelt hat«, meinte Paxon.

»Vermutlich wäre das nicht so schlau gewesen«, erwiderte Catherine. »Ein brennendes Auto wäre sofort aufgefallen. In dem Fall hätten wir sicherlich schon gestern Nachmittag von diesem Ort und dem gestohlenen Ford erfahren. Klar, ein Brand hätte alle Spuren vernichtet, aber wir wissen ja schon, nach wem wir suchen. Das wäre eine zwecklose Aktion gewesen.«

Die Kriminaltechniker untersuchten den Wagen. Einer von ihnen beugte sich auf der Fahrerseite ins Innere und bestäubte mit einem Pinsel das Lenkrad und die anderen Oberflächen; zwei seiner Kollegen machten sich im Fond zu schaffen. Was auch immer sie finden würden, die wichtigste Nachricht kannte Catherine bereits, die Antwort auf die Frage, die sie als Erstes gestellt hatte, als sie vom Fund des SUV erfahren hatte: Die Leiche von Molly Donaldson befand sich nicht in dem Fahrzeug. Auch gab es keine Blutspuren oder andere Anzeichen für eine Gewalttat.

Die nächsten zehn Minuten würden ihnen Aufschluss darüber geben, ob sich in dem Wagen Spuren befanden, die nicht für das bloße Auge sichtbar waren. Die Leichenspürhunde würden bald eintreffen und den Wald absuchen. Catherine hoffte, dass dies reine Zeitverschwendung sein würde.

In der Zwischenzeit klopften FBI-Agenten und Mitarbeiter des Sheriffs von Yolo County an jede Tür in Dunnigan. Sie befragten die Einwohner, ob sie Ellis oder Molly gesehen hatten, und baten Hausbesitzer darum, auf ihren Grundstücken nachsehen zu dürfen, um sicherzustellen, dass sich die Gesuchten dort nicht unbemerkt versteckten.

Catherine gab sich keinen großen Hoffnungen hin. Ellis hatte in Dunnigan einen neuen Wagen gestohlen, und das sicherlich nicht mit der Absicht, länger als unbedingt notwendig in dem kleinen Ort hundert Meilen nordwestlich von San Francisco zu verharren.

Nein, Ellis hatte mit ziemlicher Sicherheit schon längst das Weite gesucht. Allerdings kannten sie nun das Fahrzeug, mit dem er unterwegs war. Das nächste Glied in der Kette. Dennoch gab es vor allem eine Frage, die Catherine auch jetzt nicht losließ: Lebte Molly noch?

Aus dem Augenwinkel wurde sie auf den Kriminaltechniker aufmerksam, der an der geöffneten Beifahrertür stand. Er bückte sich und schien sich etwas im Fußraum genauer anzusehen. Catherine musste an das Auto von Rachel Donaldson denken. Sie hatten gehofft, darin Spuren von Jake Ellis zu finden, aber nichts dergleichen entdeckt.

»Etwas gefunden?«, rief sie dem Mann zu.

Der Kriminaltechniker blickte kurz auf, nickte und widmete sich dann wieder seiner Arbeit »Ja. Etwas viel, würde ich sagen.«

Mehr musste er nicht sagen, Catherine wusste, was er meinte. In einem alten Fahrzeug wie diesem waren über die Jahre viele Menschen gefahren. Und jeder von ihnen hatte Spuren hinterlassen: Schmutz von Schuhsohlen, Fingerabdrücke, Hautzellen, Knöpfe, Textilfasern …

Haare.

Der Kriminaltechniker hatte nach einem Beweismittelbeutel gegriffen und hielt nun mit einer Pinzette einige lange Haare in die Höhe. Catherine trat näher heran, darauf bedacht, nichts anzufassen. Der Techniker betrachtete die Haare im Sonnenlicht. Sie waren rot und hatten die Länge, die auch Mollys Haar haben musste.

Catherines Handy klingelte. Es war Tylor, der aus dem Hauptquartier anrief.

»Neue Erkenntnisse zu dem Ford?«, fragte Catherine und drückte innerlich die Daumen.

»Sieht vielversprechend aus. Könnte sein, dass der Wagen gestern Abend gegen neunzehn Uhr dreißig bei einer Tankstelle in der Nähe von Willow Creek gehalten hat.«

32

Jake zog die Tür der Telefonzelle hinter sich zu und hielt dabei die Straße im Blick. Dann wählte er die Nummer. Sie begann mit der Vorwahl von Tennessee, wobei er nicht wusste, ob der Anschluss sich wirklich dort befand, und es war ihm letztlich auch egal.

Während er auf die Verbindung wartete, musste er an das letzte Mal denken, als er Marty Hartzler persönlich begegnet war. Sie waren sich einmal sehr nahe gewesen, doch in den letzten Jahren waren ihre regelmäßigen Treffen im O'Malley's seltener geworden. Er ging generell nicht mehr oft mit Kollegen aus, was zum Teil vermutlich einfach daran lag, dass er älter wurde. Mit Hartzler hatte er zuletzt beruflich zu tun gehabt. Jake war zum Fundort einer Leiche unter dem Freeway an der 10th Street gerufen worden. Hartzler und sein Partner waren bereites dort gewesen, als er ankam.

Das Freizeichen erklang drei Mal, dann schaltete sich die automatische Bandansage ein. Nach einem kurzen Knistern in der Leitung war eine weibliche Stimme zu hören, die vollkommen nüchtern und unpersönlich klang. Nur das winzige Seufzen vor dem ersten Wort verriet, dass sie nicht computergeneriert war.

»Bitte geben Sie ihre Kreditkartennummer ein, um die Transaktion fortzusetzen.«

Jake gab die lange Nummer von Diehls Kreditkarte ein, dann ihr Ablaufdatum. Eine Pause, dann: »Bitte geben Sie die Telefonnummer des Ziels ein.«

Jake kannte Hartzlers Nummer nicht auswendig. Für einen direkten Anruf bei ihm hätte er die Kontaktliste auf seinem Handy konsultieren müssen, das er allerdings in seiner Wohnung zurückgelassen hatte. Und selbst, wenn er es bei sich gehabt hätte, wäre er nicht das Risiko eingegangen, es einzuschalten. Aber egal. Ein indirekter Anruf würde noch mehr Distanz zwischen ihn und den Empfänger des Anrufs bringen.

Jake tippte eine Nummer ein, die er auswendig kannte – die der Wache im Mission District.

Es folgte eine lange Pause, in der der Vermittlungsservice den Anruf auf wundersame Weise, die sich Jake nie ganz erschlossen hatte, verschlüsselte und umleitete, bis sowohl sein Standort als auch der des Anrufers im Netz der vielen Weiterleitungen unkenntlich geworden waren.

Dann, endlich, ein Freizeichen, gefolgt von einem Klingelton am anderen Ende der Leitung. Die Verbindung war schlecht, es knarzte und knackte, so wie früher, wenn man ein Ferngespräch nach Europa führte.

»San Francisco Police Department, Mission Station. Was kann ich für Sie tun?«

Dieser Teil des Gesprächs würde aufgezeichnet werden, also verstellte Jake seine Stimme. Er sprach in einem höheren Ton und imitierte den Südstaatenakzent eines Freundes von der Polizeiakademie. Er hatte drei Jahre mit ihm zusammengearbeitet und die Stimme noch immer im Ohr.

»Hi, könnten Sie mich bitte mit Officer Martin Hartzler verbinden?«

»Lassen Sie mich sehen … Könnten Sie mir Ihren Namen nennen, Sir? Und worum geht es?«

»Hawkins, Cole Hawkins. Es ist ehrlich gesagt ziemlich dringend. Sagen Sie ihm, dass es um den Marino-Fall geht, dann wird er sicherlich mit mir reden wollen.« Timmy Marino war der Name eines besonders erinnerungswürdigen Trinkers, den Hartzler und er einige Male in die Ausnüchterungszelle verfrachtet hatten.

»Einen Moment bitte«, sagte die Stimme am anderen Ende.

Jake hörte im Hintergrund das Geklapper einer Tastatur. Er hoffte, dass sich Hartzler nicht in der Nähe eines Festnetzanschlusses befand, dann war die Wahrscheinlichkeit höher, dass das Gespräch nicht aufgezeichnet wurde.

»Bleiben Sie dran.«

Er landete in der Warteschleife des Police Department, wo ihm eine Bandansage wieder und wieder für seine Geduld dankte und versicherte, dass er bald mit seinem Gesprächspartner verbunden würde. Keine Musik. Aber welche hätten sie auch verwenden sollen – etwa die Titelmusik von *Die Straßen von San Francisco*?

Jake drehte sich in der Telefonzelle um und blickte durch die Sonnenbrille, die er bei Diehl in einer Küchenschublade gefunden hatte, auf die Straße und die Tankstelle. Er war nun fast eine Stunde weg. Hoffentlich kam Molly alleine klar. Wenn er zurückkam, war sie vielleicht hungrig genug, um endlich etwas zu essen.

Die Warteschleife brach mitten in der fünften oder sechsten Wiederholung ab, und Jake hörte wieder die Stimme der Telefonistin.

»Ich stelle Sie jetzt durch.«

Er hörte ein entferntes, knisterndes Freizeichen. Jake fragte sich, um wie viele Ecken der Anruf umgeleitet wurde, dass die Verbindung dermaßen schlecht war. Nach zweimaligem Klingeln antwortete ihm die vertraute Stimme von Marty Hartzler.

»Jake? Was zum Teufel hast du angestellt?« Er sprach leise, als wollte er nicht, dass man ihn hörte. Jake hoffte, dass das ein gutes Zeichen war.

»Marty, ich kann nicht lange sprechen. Ich habe es nicht getan.«

»Du hast was nicht getan? Du hast keinen Mann erschossen? Du hast nicht auf deine Freundin geschossen und eine Minderjährige entführt? Hast du irgendeine Ahnung …«

»Wie geht es ihr? Ich meine Rachel …«

Hartzler antwortete nicht sofort, und für einen Moment fürchtete Jake, dass er ihm eine schlechte Nachricht mitteilen würde. Eine Nachricht, die es noch nicht bis in die Medien geschafft hatte.

»Die Ärzte sagen, ihr Zustand sei kritisch, aber stabil. Du weißt, was das bedeutet.«

Natürlich wusste Jake das. Es konnte so oder so ausgehen. Marty versuchte nicht, ihm etwas vorzumachen.

»Oh Gott.«

»Hör mir gut zu …« Hartzler brach ab, und Jake konnte hören, wie er sich bewegte, vielleicht entfernte er sich von jemandem, der ihn belauschen konnte. Als er seine Stimme wieder hörte, war sie noch leiser. »Als dein Freund sage ich dir: Du musst dich stellen.«

»Das ist keine Option.«

»Mein Gott, Jake«, zischte Marty. »Das ist kein Spiel. Du weißt, was passiert, wenn rauskommt, dass ich mit dir gesprochen habe.«

»Ja«, antwortete er. »Und deshalb solltest du ihnen davon erzählen.«

Es entstand eine Pause, und Jake stellte sich vor, wie Marty die Augenbrauen zusammenzog und die Ader auf seiner Stirn hervortrat, wie immer, wenn er sauer war.

»Geht es dem Mädchen gut? Sag mir, dass es dem Mädchen wenigstens gut geht.«

»Natürlich geht es ihr gut, Marty. Solange sie bei mir ist, ist sie sicher. Ich habe nicht auf Rachel geschossen. Ich liebe sie, ich würde niemals …« Er hielt inne, als er merkte, wie seine Stimme brach.

»Also gut, mein Freund, ich glaube dir«, sagte Hartzler. »Aber du musst dich stellen. Sag mir, wo du bist. Ich werde dafür sorgen, dass die Sache korrekt abläuft. Wir besorgen dir einen guten Anwalt.«

»Nein. Das wird nicht funktionieren. Ich muss erst raufinden, wer dahintersteckt. Sie wollten auch Molly töten. Solange sie hier bei mir ist, kann ich sie beschützen.« Er machte eine Pause. »Molly sagt, der Schütze fuhr ein Motorrad. Gibt es Zeugenaussagen, die das bestätigen?«

»Nein, davon höre ich zum ersten Mal. Wir haben einen Zeugen, und er hat dich erkannt …«

»Er lügt«, unterbrach Jake ihn. »Knöpf ihn dir als Erstes vor. Kommst du an ihn ran?«

»Willst du mich auf den Arm nehmen? Soll ich seine Adresse raussuchen und ihn zusammenschlagen, oder wie stellst du dir das vor?«

Jake biss sich auf die Zunge, beinahe hätte er gesagt: Wäre ja nicht das erste Mal. Er wusste es zwar nicht mit Sicherheit, traute seinem alten Freund solche Methoden aber durchaus zu.

»Du könntest seine Aussage zumindest überprüfen. Oder du gehst der Sache mit dem Motorrad auf den Grund. Sieh nach, ob es etwas im System gibt, das dir auffällt. Ich kann nichts tun, solange ich hier … festsitze.« Er biss sich auf die Zunge, beinahe wäre ihm sein Aufenthaltsort herausgerutscht.

Doch der kleine Lapsus schien Marty entgangen zu sein, nach einem Seufzen meinte er: »Ich hör mich um. Aber dafür verrätst du zumindest mir, wo du steckst. Es bleibt unter uns. Ich kann dir helfen.«

»Es ist besser für uns beide, wenn du es nicht weißt.«

Wieder eine Pause. »Was ist mit Geld?«

»Ich habe nicht mehr viel, aber ich komme klar.«

»Lass mich sehen, ob sich da was machen lässt. Hast du eine Nummer, unter der ich dich erreichen kann?«

»Ich werde dich morgen um die gleiche Uhrzeit wieder anrufen. Einverstanden?«

»Scheiße.« Jake hörte eine Spur Resignation in Martys Stimme. »Also gut, spielen wir das Spiel nach deinen Regeln. Aber ruf mich unter dieser Nummer an.« Er las ihm die Telefonnummer vor, und Jake schrieb sie auf die Rückseite des Kassenzettels von der Tankstelle. Vermutlich handelte es sich um Martys Mobilnummer. »Ich mach dir einen Vorschlag«, fuhr Marty dann fort. »Besorg dir eine von diesen Prepaid-Kreditkarten. Dann gib mir die Nummer durch, und ich lade sie für dich mit einem kleinen Betrag auf.«

»Das kann ich nicht von dir verlangen …«

»Mach dir keine Sorgen, man wird die Transaktion nicht zu mir zurückverfolgen können.«

»Danke«, sagte Jake.

»Du kennst mich, Mann, für meine Freunde tue ich, was ich kann. Was auch immer nötig ist.«

Jake musste grinsen. Er hatte Hartzlers kleines Motto ganz vergessen. Doch es brachte auf den Punkt, warum er sich für ihn entschieden hatte, als er nach jemandem mit Ermittlungserfahrung gesucht hatte, dem er vertrauen konnte. Marty war der einzige Kandidat. Er war ein verdammt guter Cop, der mit den Regeln auch mal locker umging, wenn sie ihm im Weg waren.

»Wie dicht sind sie uns schon auf den Fersen?«

Hartzler antwortete nicht direkt. Jake war bewusst, dass er alles, was er sagte, genau abwog. Mit jeder weiteren Sekunde ihrer Unterhaltung verstrickte er sich weiter in die Schuld, einem Flüchtigen geholfen zu haben. Deshalb hatte Jake sehr ernst gemeint, was er gesagt hatte: Marty musste ihr Gespräch melden. Doch er wusste, dass Hartzler das nicht tun würde, weil er selbst es auch nicht getan hätte. Nicht, wenn er an die Unschuld seines Freundes glaubte.

»Sie wissen, dass du einen weißen Ford in Dunnigan gestohlen hast, und ich hoffe für dich, dass du den Wagen schon wieder losgeworden bist. Gerade eben ist eine Meldung reingekommen, dass ihr an einer Tankstelle in Willow Creek gesehen wurdet.«

Eine unausgesprochene Frage hing im Raum, und Hartzler schien darauf zu warten, dass er diesen Hinweis bestätigte.

»In Ordnung. Molly geht es gut, Marty. Bitte sorg dafür, dass alles für ihre Mutter getan wird, bis ich mich wieder um sie kümmern kann.« Er spürte, wie sich ihm wieder die Kehle zuschnürte, daher legte er einfach auf, nachdem Hartzler gesagt hatte, er solle auf Molly und sich achtgeben.

Vierundzwanzig Stunden bis zum nächsten Anruf. Jake hoffte, dass das genug Zeit war, um herauszufinden, wer hinter alldem steckte.

33

Molly saß auf dem schmalen Bett im Schlafzimmer, den Rücken gegen das Kopfteil gelehnt, die Knie bis unter das Kinn gezogen. Hier war es kälter als im Rest des Hauses. Durch einen schmalen Riss im Fensterglas zog kalte Luft herein. Die Kälte half Molly, freier zu atmen.

Nach Angaben der Ärzte liegt das Opfer, die neununddreißigjährige Rachel Donaldson, nach einer Notoperation gegenwärtig im Koma.

Der Satz aus den Nachrichten wiederholte sich in Mollys Gedanken in einer Endlosschleife. Dieser eine Satz, dieses eine Wort. *Koma.* Sie wusste, was das bedeuten konnte. Gehirnschäden. Ihre Mutter lebte zwar noch, aber im schlimmsten Fall würde Molly sie nie wiedersehen, könnte nie wieder ein Wort mit ihr wechseln, ihr nie für all das danken, was sie für sie getan hatte. Sie hatte sich gestern Morgen ihr gegenüber wie ein dummes Gör verhalten, und nun tat es ihr leid. Wenn sie nur gewusst hätte, dass es die letzten Minuten waren, die sie gemeinsam verbrachten!

Jake war nun schon eine ganze Weile unterwegs. Er hatte gesagt, er wolle herausfinden, wer ihnen dies angetan habe – auch ihm, wenn er denn die Wahrheit sagte und jemand ihm die Tat anhängen wollte.

Sie hatte ihm geglaubt. Warum auch nicht? Sie hatte aus freien Stücken Zuflucht bei ihm gesucht, wobei sie natürlich nicht allzu intensiv darüber nachgedacht hatte. Sie hatte keine anderen Freunde oder Bekannten in der Stadt, und Jake schien … nun ja, er schien in Ordnung zu sein. Und natürlich wusste sie, dass er nicht getan hatte, was in den Medien behauptet wurde: Er hatte nicht auf ihre Mutter geschossen.

Aber was, wenn er trotzdem in irgendeiner Weise in die Sache involviert war? Warum konnte er nicht einfach mit seinen Kollegen bei der Polizei reden?

Und dann waren da noch die anderen Dinge, von denen der Nachrichtensprecher gesprochen hatte. Irgendeinem Podcast waren Textnachrichten von Jake und Mom zugespielt worden. In den Nachrichten hatte man sie nicht zitiert, aber es hatte sich nicht gut angehört.

Molly fragte sich, was Jake zu ihrer Mutter gesagt hatte. Oder was sie zueinander gesagt hatten. Mom war noch nicht lange mit ihm zusammen, doch es schien gut zu laufen. Seit Molly auf der Welt war, hatte ihre Mutter nur wenige Beziehungen gehabt. Ty, der Buchhalter, mit dem sie sich vergangenes Jahr ein paar Monate lang getroffen hatte, war sehr bemüht gewesen, sich bei Molly einzuschmeicheln. Er hatte sich immer leicht zu ihr herabgebeugt, so wie man es tat, wenn man mit einem kleinen Kind sprach, allerdings nicht mit einer Zwölfjährigen, die für ihr Alter ziemlich groß war.

Jake war völlig anders. Er war … cool. Cool im Sinne von nett, freundlich, aber nicht zu bemüht, es anderen recht zu machen. Wenn Molly nicht mit ihm reden wollte, drängte er sie auch nicht dazu. So, wie er es jetzt auch nicht tat.

Doch Molly war bewusst, dass die Menschen nicht immer ihr wahres Ich zeigten.

Sie wünschte, es gäbe jemanden, mit dem sie über all dies sprechen konnte, doch das war im Moment unmöglich. Sie hatte ihr Handy in Moms Auto liegengelassen, und jetzt steckte es vermutlich bereits in einem Beweismittelbeutel.

Ihr stellten sich förmlich die Nackenhaare auf, als ihr ein Gedanke kam, der die Sorge um ihre Mutter für einen Moment verdrängte. Die Leute von der Polizei würden sich sicher den Inhalt ihres Handys genau ansehen und nach Hinweisen suchen. So, wie sie sich Zugang zum Facebook-Account ihrer Mutter verschafft haben mussten, um an die Messenger-Nachrichten zu kommen. Die Idee, dass ein Fremder all ihre Fotos und Videos sah und ihre Nachrichten las, gefiel ihr nicht. Andererseits musste sie sich selbst eingestehen, dass dies in der gegenwärtigen Situation ein absolut nebensächliches Problem war.

Ihre Freunde würden sich Sorgen um sie machen. Vielleicht dachten sie, sie wäre tot. Wenn sie doch nur irgendwie Nicole eine Nachricht zukommen lassen konnte!

34

Jake folgte dem Weg zurück zu Diehls Haus. Dabei hielt er ständig Ausschau nach Leuten, die ihn eventuell beobachteten. Allerdings begegnete ihm nur ein einziger Mensch, eine untersetzte Frau mittleren Alters mit getönter Sonnenbrille. Sie führte eine Promenadenmischung spazieren. Jake wandte den Kopf ab, als die Frau auf dem Bürgersteig an ihm vorbeiging. Kein Grund zur Panik, ermahnte er sich. San Francisco war weit weg, und die meisten Leute hier hatten den Amber-Alarm vermutlich nicht erhalten.

Er hatte beschlossen, den Wagen hinter der Reklametafel wegzufahren und ein besseres Versteck zu suchen. Doch erst wollte er nach Molly sehen.

Als Jake das Haus erreichte, ging er an der Einfahrt vorüber zu dem Schotterweg, der am Haus vorbei zur rückwärtigen Terrasse und dann zu den Klippen führte.

Jake wollte gerade die Tür öffnen, als er aus dem Haus leise Stimmen hörte. Er hielt kurz inne, schob die Tür dann vorsichtig auf und trat ein.

Es war zum Glück nur das Radio, das aus dem Wohnzimmer zu ihm herüberdrang. Als er den Raum betrat, drehte sich Molly zu ihm herum. Sie saß auf dem Sofa, und in ihren Augen standen Tränen. Aus dem Radio kam eine männliche Stimme, es schien sich um eine Talk-Sendung zu handeln.

»… in Fällen wie diesem wird das Kind manchmal nicht gefunden, und wenn doch, dann nur noch seine Leiche.«

Scheiße. Rachel. »Molly, ist …?«

Sie wischte sich mit dem Handrücken die Tränen aus dem Gesicht und schluckte. »Nein. In den Nachrichten sagen sie, ihr Zustand sei stabil. Sie ist aber noch immer nicht bei Bewusstsein.«

»Oh«, sagte Jake. »Gut.« Beim Anblick von Mollys Tränen hatte er automatisch das Schlimmste befürchtet. Er hielt die Einkaufstüte in die Höhe. »Ich habe uns etwas zu essen besorgt. Du magst Makkaroni mit Käse, oder?«

»Danke, aber ich habe keinen Hunger.«

Er stellte die Einkaufstasche ab und trat näher an Molly heran. Er wollte eine Hand auf ihre Schulter legen, doch sie zuckte zurück.

»Entschuldige«, sagte er, wich ein paar Schritte zurück und hob beide Hände, als hätte Molly eine Waffe auf ihn gerichtet. Verdammt, er war den Umgang mit Kindern nicht gewohnt und schon gar nicht den mit einem Mädchen, dessen Mutter gerade um ihr Leben kämpfte.

Molly schluckte und sah zu dem alten Radio hinüber. Die Sendung war zu Ende, und nun lief der aktuelle Wetterbericht. Eine Kaltfront zog vom Pazifik herbei. Die Temperaturen würden deutlich unter die für diese Jahreszeit üblichen Werte fallen.

Molly räusperte sich. Ihre Stimme klang etwas rau. »Sie sagen, sie hätten die Messenger-Nachrichten gefunden. Auf Moms Facebook-Account, schätze ich.«

»Welche Nachrichten?«

»Von dir. Na ja, böse Nachrichten. Schlimme Sachen.«

»Was genau für Sachen?«

»Das haben sie nicht gesagt. Irgendein Podcast hat sie offenbar veröffentlicht.«

»Molly, wer auch immer hinter dieser Sache steckt, gibt sich alle Mühe, es so darzustellen, als wäre ich für alles verantwortlich. Das weißt du, oder? Du weißt, dass ich niemals …«

»Ja«, sagte sie, aber sie sah ihm dabei nicht in die Augen.

»Ich werde herausfinden, wer hinter alldem steckt, Molly. Ich werde das wieder in Ordnung bringen.«

Sie sagte nichts mehr. Vielleicht bildete er es sich nur ein, doch ihre Gesichtsfarbe schien blasser als noch vor wenigen Minuten.

»Molly, du musst etwas essen …«

»Das kannst du nicht«, stieß sie plötzlich hervor und blickte zu ihm auf. »Du kannst das nicht wieder in Ordnung bringen. Oder du machst das, was die Ärzte nicht schaffen, und weckst Mom aus dem Koma. Kannst du das?«

»Ich …«

Sie seufzte und bedeckte mit einer Hand die Augen. »Ich lege mich eine Weile hin. Okay?«

»Natürlich.«

Ohne ein weiteres Wort stand sie auf, ging ins Schlafzimmer und schloss die Tür hinter sich.

Jake setzte sich auf das Sofa, öffnete eine Tüte Chips und trank einen großen Schluck Cola. Salz, Zucker und Koffein. Er hatte auch keinen Appetit, doch er brauchte Energie.

Er befreite das Prepaid-Smartphone aus seiner Verpackung, verband es mit dem Aufladekabel, das er in der Schreibtischschublade gefunden hatte, und wartete, bis das Gerät sich aktiviert hatte. Dann richtete er einen Hotspot ein und koppelte es mit Diehls Computer. Die Verbindung war schwach, doch nach einer Minute, die ihm wie eine Ewigkeit vorkam, erschien das vertraute Google-Logo im Browserfenster.

Jake tippte seinen Namen ein und begann die endlose Liste von Nachrichten zu lesen.

35

Als Erstes hatte Chrissie heute Morgen Marc, ihren Boss, angerufen und ihm gesagt, dass sie sich ein paar Tage frei nehmen würde. Sie hätte sich krankgemeldet, wenn nicht so offensichtlich gewesen wäre, womit sie die dadurch gewonnene Zeit verbringen würde. Marc hatte sich gar nicht erst die Mühe gemacht, ihr das Ansinnen auszureden, sondern es nur mit einem müden »Meinetwegen« quittiert. Vielleicht war er auch erleichtert gewesen, denn so musste er Chrissie in den kommenden Tagen zumindest nicht dauernd auf die Finger schauen, um sicherzustellen, dass sie ihre Arbeit machte.

Sie war so aufgeregt, dass sie Marc ihren aufrichtigen Dank ausgesprochen und ihm einen schönen Tag gewünscht hatte, bevor sie auflegte.

Die ersten beiden Episoden der neuen Staffel hatten einiges an Aufmerksamkeit auf sich gezogen, das Risiko, über einen aktuellen Fall zu berichten, schien sich also auszuzahlen. Sogar Seans notorischer Pessimismus hatte sich in Wohlgefallen aufgelöst, als er die Zahlen sah: anderthalb Millionen Downloads, weit über zweihunderttausend neue Abonnenten. Ihr Verbreitungsgebiet hatte sich schon immer über das gesamte Land erstreckt, wobei ihre Kernhörerschaft aus Kalifornien kam. Doch nun hatten sie Abonnenten aus der ganzen Welt: Europa, Asien, Russland, von überallher. Und der Posteingang ihres Mailprogramms quoll über von Anfragen potenzieller Werbekunden. Selbst, wenn sie die weniger seriösen Interessenten aussortierten, waren es noch zu viele, um ihnen allen in naher Zukunft einen Werbeplatz einzuräumen.

Das war der Stand vor der Sendung der neuesten Episode gewesen. Folge drei, mit dem Exklusivbericht über die Messenger-Nachrichten, war sofort viral gegangen. Die ersten beiden Folgen hatten allein durch den Umstand, dass sie mit dem Podcast einen aktuellen Fall mehr oder weniger live verfolgten, eine große Hörerschaft gefunden. Damit waren sie auf der Welle der immensen Aufmerksamkeit gesurft, die dem Fall in den Medien zuteilwurde. Dass die Vermisstenmeldung über das Amber-System verschickt worden und der Fall damit auf jedermanns Handy aufgetaucht war, hatte sich wie eine Gratiswerbung für ihren Podcast ausgewirkt. Der Coup mit den Textnachrichten hatte sie nun an die Spitze der Berichterstattung katapultiert und die Verhältnisse gewissermaßen auf den Kopf gestellt. Statt lediglich über die Geschichte zu berichten, waren sie nun selbst ein Teil von ihr geworden. Alle großen Nachrichtensender berichteten über die neuesten Entwicklungen in dem Fall und bezogen sich dabei auf *Untraceable*. All das sorgte für noch mehr Abonnenten, noch mehr Besucher auf ihrer Webseite, noch mehr Menschen, die den Podcast teilten.

Die Webseite war um kurz nach neun Uhr heute Morgen zusammengebrochen. Zu viele Leute hatten gleichzeitig versucht, auf die Screenshots der Textnachrichten zuzugreifen. Sean hatte eine halbe Stunde am Telefon verbracht und mit ihrem Provider einen recht guten Deal ausgehandelt, der umgehend ihre Bandbreite vergrößerte. Es würde teuer werden, sich aber vermutlich rechnen. Außerdem hatten sie das Interesse eines neuen Sponsors geweckt, mit dem Geldsorgen der Vergangenheit angehören würden.

Bei den vielen Besuchern der Webseite handelte es sich meist um Leute, die der Quelle der Textnachrichten auf den Grund gehen wollten. Auf ihren Social-Media-Kanälen war das Interesse folglich noch viel größer. Chrissies Tweet zur neuesten Folge, an den sie einen Screenshot der Zwei-Kugeln-Nachricht angehängt hatte, war hunderttausendmal retweetet worden und hatte bereits eine halbe Million Likes erhalten. Die Zahl ihrer Follower hatte sich verdreifacht, und ihr Smartphone explodierte nun förmlich vor neuen Mitteilungen, die im Sekundentakt eingingen. Das hatte Chrissie zuerst ein mulmiges Gefühl bereitet – die ganze Welt schien nun die Augen auf sie zu richten. Sie schüttelte das Gefühl allerdings ebenso schnell wieder ab, wie es sie befallen hatte.

Die große Aufmerksamkeit brachte natürlich nicht nur positive Kommentare mit sich, doch was solche Dinge anging, hatte Chrissie schon immer ein dickes Fell gehabt – zumal sie bei diesem Fall nicht selbst im Fokus stand. In den Kommentaren ging es überwiegend darum, wie man Molly Donaldson finden und Jake Ellis schnappen konnte. Die sonst übliche Kritik an Chrissies angeblich nerviger Stimme oder Ratschläge, wie sie auf ihrem Profilbild vorteilhafter aussehen könnte, gingen in der allgemeinen Flut der Kommentare unter.

Zu ihrer eigenen Überraschung war sie irgendwie über den Hass erschrocken, der sich gegen Jake Ellis richtete. Ohne Frage hatte er ihn verdient, doch Chrissie entging nicht, dass etliche Kommentatoren offenbar keinen gesteigerten Wert darauf legten, dass Ellis ein ordentlicher Prozess gemacht wurde. Sie fragte sich, ob er mit dem Leben davonkommen würde, sollte ihn jemand anderes finden als die Polizei oder das FBI.

Ihr Telefon klingelte, und sie sah auf die Uhr.

Zehn Uhr fünfundvierzig. Das bedeutete, dass der Anruf vermutlich von der Reporterin des *Chronicle* kam. Sie nahm das Gespräch an und ratterte ihre vorbereiteten Aussagen zum Podcast herunter. Darüber, wie wichtig es war, sich bei der Berichterstattung auf das Opfer zu konzentrieren, und wie es gelingen konnte, das Heer der Zuhörer als eine Kraft des Guten zu vereinen.

»Nein, ich werde Ihnen meine Quelle nicht preisgeben, Mel, und ich bin mir sicher, dass Sie es in meiner Position auch nicht tun würden«, sagte Chrissie abschließend. »Wenn Sie mehr erfahren wollen: Die nächste Folge unseres Podcasts wird noch heute gesendet.«

Melanie Ryker dankte ihr für das Interview. Chrissie hörte das Klicken, als sie auflegte, war aber so sehr in Gedanken vertieft, dass sie das Telefon weiter in der Hand hielt. *Die nächste Folge unseres Podcasts wird noch heute gesendet.* Das war schnell dahingesagt, doch wie sollte sie nach dem letzten Knüller weitermachen?

Sie musste sich wieder auf das Wesentliche von *Untraceable* besinnen. In den vergangenen Jahren hatten sie immer über gelöste Fälle und Cold Cases berichtet, weshalb sich am Format im Grunde nie wirklich etwas veränderte: die bekannten Fakten über den Fall, die Hintergründe der wichtigsten Beteiligten, telefonische oder persönliche Interviews. Dieses Mal war allerdings die Chance, dass ihre Recherchen neue Informationen zutage förderten, um ein Vielfaches höher. Wobei auch das strenggenommen nichts Neues war. Als Reaktion hatte der Podcast oft neue Informationen aus der Hörerschaft befördert.

Sean hatte das bewährte System, mit dem sie eingehende Hinweise ihrer Hörer bearbeiteten, weiter ausgebaut, damit es dem ausufernden Traffic gewachsen war. Es führte nun alles zusammen, was über die Webseite und die Social-Media-Kanäle hereinkam. Deshalb wussten sie auch bereits eine Stunde bevor die Nachrichten darüber berichteten, dass das FBI die Suche jetzt auf einen kleinen Ort namens Dunnigan konzentrierte. Chrissie hatte bereits ein Gespräch mit dem Mann arrangiert, dessen Auto Ellis gestohlen hatte. Der einzige Grund, weshalb sie noch nicht unterwegs nach Dunnigan war, um sich vor Ort umzutun, war, dass sie ein weiteres Interview mit einer Freundin von Rachel Donaldson vereinbart hatte. Sie würden sich in einer Stunde in einem Café in Fisherman's Wharf treffen.

Sie öffnete Seans Datenbank auf dem Bildschirm ihres Laptops und scrollte durch die eingegangenen Hinweise. Sie waren in Unterordnern vorsortiert: glaubwürdige Sichtungen, unglaubwürdige Sichtungen, Hintergrund, tieferer Hintergrund und so weiter. Es bestand die Möglichkeit, die Hinweise händisch in einen Ordner zu verschieben, allerdings hatte Sean einen wesentlich effektiveren

Algorithmus entwickelt, der die eingehenden Meldungen auf Basis einer Kombination aus Schlagworten, IP-Adressen, Qualität der Quelle und vieler anderen Faktoren vorsortierte. Chrissie schüttelte verblüfft den Kopf, als sie die Ordner durchging und feststellte, wie gut das Programm funktionierte. Sean verschwendete tatsächlich sein Talent, indem er profane Programmierjobs annahm, um seine Miete zahlen zu können.

Chrissie klickte auf den Ordner mit dem Titel *Fluchtwagen*, in der vagen Hoffnung, dass vielleicht etwas zu dem weißen Ford eingegangen war, den Ellis offenbar in Dunnigan gestohlen hatte. Aber sie fand nichts, wobei die Meldung auch gerade erst in den Nachrichten gewesen war. Sie wollte den Ordner schon wieder schließen, als ihr doch noch ein Hinweis ins Auge fiel. Weder das Auto noch der graue SUV wurden darin erwähnt. Der Algorithmus bewertete die Qualität des Tipps mit drei von fünf Sternen, was über dem Durchschnitt lag. Sie öffnete die Datei, um einen genaueren Blick darauf zu werfen.

Die Nachricht war über die Webseite eingegangen, und der User hatte im Kontaktformular lediglich seinen Vornamen angegeben: Al. Die IP-Adresse war mit einem dunkelgrünen Marker versehen, was bedeutete, dass sie sich in der Nähe eines für den Fall relevanten Ortes befand. Chrissie überflog den Text und begriff schnell, dass es sich bei diesem Ort um den Tatort selbst handelte, den Parkplatz in der Sullivan Street.

Al hatte offenbar die Schüsse gehört. Er hatte sich zwei Blocks vom Parkplatz entfernt aufgehalten, zu weit, um irgendetwas gesehen zu haben. Doch er schrieb, dass ungefähr eine Minute, nachdem er die Schüsse gehört hatte, ein Motorrad mit hoher Geschwindigkeit an ihm vorbeigerast war. Er hatte das Nummernschild nicht erkennen können, erinnerte sich aber, dass es eine schwarze Maschine mit aufgemalten Flammen an der Seite gewesen war. Offenbar hatte er das auch den Cops erzählt, doch die hatten seinem Hinweis keine große Beachtung geschenkt.

Chrissie stutzte.

Ein Motorrad war in den Nachrichten und den offiziellen Aussagen bislang nicht erwähnt worden. Falls Jake Ellis mit einem Motorrad vom Tatort geflohen war, wie hatte er dann Molly mitnehmen können? Selbst, wenn er sie auf irgendeinem Weg dazu gebracht hatte, hinten auf der Maschine mitzufahren, wäre es dem Zeugen aufgefallen.

Keine Frage, dies war ein Hinweis von jener Sorte, der man nachgehen konnte. Doch Chrissie ahnte, warum die Polizei ihm offenbar keine weitere Beachtung geschenkt hatte: Er passte nicht zur bisherigen Hypothese. Wahrscheinlich handelte es sich nur um einen Zufall: ein Motorrad, das zu schnell fuhr. Vielleicht hatte es der Fahrer einfach eilig gehabt.

Andererseits: Was, wenn es gar nicht der Täter gewesen war, der vom Tatort floh, sondern ein Zeuge? Jemand, der einfach Angst gehabt hatte.

Chrissie machte sich eine Notiz. Sie würde sich später mit diesem Al in Verbindung setzen. Selbst, wenn es nicht zur Aufklärung des Falls beitragen sollte, wäre es eine exklusive Information, die sie in der nächsten Podcastfolge erwähnen konnte.

Eine Terminerinnerung erschien mit einem Klingelton auf dem Display ihres Smartphones. In fünfzehn Minuten hatte sie das Interview mit Jennifer Greer.

Sie wollte gerade Sean anrufen, um zu hören, wo er steckte, als sie ein vertrautes Geräusch hörte. Es war der defekte Auspuff von Seans altem Mazda. Er fuhr gerade draußen auf der Straße vor.

Chrissie rannte nach unten.

»Tut mir leid«, sagte Sean, als sie zu ihm in den Wagen stieg. »Ein Kunde hat angerufen, ich konnte nicht weg.«

»Ich hab dir gesagt, wir müssen uns jetzt auf diesen Fall konzentrieren«, giftete sie ihn an. Dann schob sie in sanfterem Ton hinterher: »Hast du dir die Zahlen angesehen?«

»Du weißt, dass ich noch ein paar andere Dinge zu tun habe. Und mit einigen davon verdiene ich Geld.«

»Sean«, stöhnte sie und zog seinen Namen in die Länge. »Wir müssen das Eisen schmieden, solange es heiß ist.«

Er verdrehte die Augen, während er den Mazda auf die Straße lenkte, doch Chrissie konnte sehen, dass er alle Mühe hatte, ein Lächeln zu unterdrücken. Auf seine ganz eigene Weise genoss er das alles genauso sehr, wie sie es tat.

36

Jake trank aus einer großen Kaffeetasse mit dem Logo der Pittsburgh Steelers, während er auf der Webseite des FBI die aktuellen Meldungen unter der Rubrik »Entführungen und vermisste Personen« überflog.

Er fand nur die Informationen, die auch öffentlich bekannt gemacht worden waren: die Personenbeschreibungen von Molly und ihm. Eine kurze Zusammenfassung des Tathergangs, soweit er bekannt war. Fotos von ihnen beiden. Die Nummern der Hotlines des zuständigen FBI-Büros und des SFPD. Ein Link zu einem Kontaktformular für anonyme Hinweise. Weitere Details oder Spekulationen über das, was geschehen war, suchte er hier vergebens.

Dafür gab es diverse andere Quellen.

Jake hatte die vergangene Stunde damit verbracht, sich mithilfe der Nachrichtenseiten auf den aktuellen Stand zu bringen, was die Suche nach ihm und Molly betraf. Dabei gab er sich Mühe, die Situation mit distanziertem, professionellem Blick zu betrachten. Dass der Fall die landesweiten Schlagzeilen beherrschte, war – zumindest für die Leute, die ihn suchten – ein großer Vorteil. Die Vermisstenmeldung über das Amber-System hatte einen großen Teil der Bevölkerung erreicht. Allein das Bild von Molly schien in der breiten Öffentlichkeit eine psychologische Wirkung zu haben: Die Menschen spürten, dass dies ein Fall war, der ihre Aufmerksamkeit verdiente. Alle sprachen jetzt über die Suche nach Molly Donaldson.

Jake fragte sich, was für eine Rolle der visuelle Impuls spielte.

Das ziemlich kleine Mädchen in Disneyland auf dem Foto links, der ernst dreinblickende Polizist in Uniform auf dem Foto rechts. Man musste nur die Überschrift »Entführt« darübersetzen, und jeder konnte sich den Rest der Geschichte denken. Kein Wunder, dass irgendein großmäuliger Politiker vor laufenden Kameras gewissermaßen Jakes Kopf gefordert hatte – ohne Prozess, ohne Richter.

George Driscoll. Aus irgendeinem Grund kam der Name Jake bekannt vor. War Driscoll der Mann, der den Chief unter Druck gesetzt hatte, als sie diesen Aktivisten mit einer Kugel im Kopf unter dem Central Freeway gefunden hatten? Nun, da er darüber nachdachte, erinnerte sich Jake daran, dass er den Mann etliche Male in den Nachrichten gesehen hatte. Driscoll forderte immer rasche Lösungen, wobei er stets darauf achtete, möglichst viel Aufmerksamkeit zu erlangen. Vielleicht war es auch nur dieser Typ von Politiker, der ihm bekannt vorkam.

Der Nachteil für die Leute, die nach ihm suchten, und der Vorteil für Jake war, dass die Spekulationen völlig überhandnahmen. Es gab offenbar zahlreiche Hinweise aus der Bevölkerung, von Bürgern, die Molly und ihn gesehen haben wollten, mal gemeinsam, mal einzeln. Der erfreuliche Punkt war, dass sich die angeblichen Sichtungen über das ganze Land verteilten. Man hatte sie in L. A. gesehen, in Oakland und in Bakersfield. Auch aus größerer Entfernung waren Meldungen eingegangen, aus Nevada und Oregon und sogar von südlich der Grenze aus Tijuana. Mit der Zeit würde diese Liste nur länger und das Gebiet für die Suche immer größer werden. Als Polizist wusste Jake, dass eine Million Hinweise weitaus schlimmer waren als gar keine Hinweise. Das Wichtigste allerdings war, dass es bislang keine gemeldeten Sichtungen weiter nördlich als Willow Creek gab.

Auf einem Notizblock neben der Tastatur notierte er sich alle Informationen aus den Nachrichten, die zutrafen. Er wollte möglichst genau abschätzen, wie viel Polizei und FBI derzeit wussten. Wie er vermutet hatte, war es ihnen gelungen, den SUV mit ihnen in Verbindung zu bringen, nachdem ein Hinweis von dem Mann eingegangen war, den er beinahe überfahren hätte. Die Beschreibung des Fahrzeugs war am späten Nachmittag in den Nachrichten aufgetaucht. Sie hatten den SUV heute Morgen in Dunnigan gefunden, was sie auch auf die Spur des weißen Ford gebracht hatte. Das war unvermeidlich gewesen, und Jake vermutete, dass sie diese Verbindung früher oder später auch ohne den Fund des SUV hergestellt hätten. Beschränkt auf ein kleines Zeitfenster und ein enges geographisches Gebiet, fand man nicht allzu viele Meldungen über gestohlene Fahrzeuge.

Den Ford konnte er jetzt nicht mehr benutzen, was Jake vor eine neue Herausforderung stellte: Wie konnte er die Kette der Fluchtwagen unterbrechen, sodass der Fund des einen nicht automatisch die Spur zum nächsten legte? Besonders in einem kleinen Ort wie False Klamath konnte er kein Auto stehlen, ohne dass es bemerkt und früher oder später mit ihnen in Verbindung gebracht würde.

Nachdem er die wichtigsten regionalen und überregionalen Nachrichtenseiten durchgesehen hatte, betrachtete Jake die Liste mit Informationen auf seinem Notizblock. Die Polizei und das FBI wussten, dass er den SUV gestohlen hatte. Der Wagen war in Oakland gesehen worden. Man hatte den SUV in Dunnigan gefunden und wusste, dass er sich den Ford geschnappt hatte. Die letzte Information war, dass der Wagen von der Überwachungskamera einer Tankstelle in Willow Creek aufgezeichnet worden war – der Ort lag ungefähr hundert Meilen südlich von hier. Damit steckten die Verfolger zwar nicht in einer Sackgasse, doch Jake konnte sich zumindest für den Moment einigermaßen sicher fühlen.

Dennoch verfügten sie über mehr Informationen, als ihm lieb sein konnte, auch wenn manches davon bislang in der schieren Menge an Hinweisen untergangen sein mochte. Er erinnerte sich daran, dass er sich im Gegensatz zu ihnen in der vorteilhaften Situation befand, die Wahrheit zu kennen. Er wusste, welche Informationen zutrafen und welche nicht.

Das meiste Unbehagen bereitete ihm, dass sie wussten, in welche Richtung Molly und er sich bislang bewegt hatten. Er konnte nur hoffen, dass es keine Spur gab, die zu Diehls Haus führte.

Auf der Habenseite konnte er verbuchen, dass es keine aktuellen Fotos oder Videoaufnahmen von ihnen gab. Bislang waren sie weder einzeln noch gemeinsam von einer Kamera aufgezeichnet worden. Die Ermittler wussten auch nicht, dass Molly sich das Haar gefärbt hatte und nicht mehr so aussah wie das Mädchen auf dem Disneylandfoto, das in den Medien kursierte. Auch mit dem Foto, das Jake in Uniform zeigte, hatten sie keinen guten Griff getan, selbst, wenn er sich nicht die Haare geschnitten und den Schnurrbart abrasiert hätte. Wenn die Leute das Foto eines Polizisten in Uniform sahen, erinnerten sie sich auch nur an einen Polizisten in Uniform.

So viel zu den nackten Tatsachen, dachte Jake.

In den neuesten Berichten war von Textnachrichten die Rede, die er angeblich an Rachel gesendet hatte. Den Betreibern des Podcasts, den Molly erwähnt hatte, war es gelungen, Screenshots davon zu veröffentlichen. Jake hatte den Nachrichten zunächst wenig Beachtung geschenkt. Er wusste, dass jemand ihm die Sache anhängen wollte, und gefälschte Mitteilungen waren der erste und einfachste Weg, fingierte Beweise zu platzieren.

Doch als er sich dann schließlich doch den Screenshots widmete, kam es ihm vor, als öffne sich ein Abgrund unter seinen Füßen. Schon in den Zeiten, als Tageszeitungen noch ein Leitmedium gewesen waren, hatten die Leute allzu leichtfertig darauf vertraut, dass das, was dort schwarz auf weiß gedruckt stand, der Wahrheit entsprach. Doch heute war es noch schlimmer. Sie glaubten nahezu alles, was in den sozialen Medien verbreitet wurde. Und dort stand es nun in blauer Schrift auf weißem Untergrund zu lesen.

Die schlimmste von allen war die Zwei-Kugeln-Nachricht.

Zwei Kugeln. Eine für jeden.

Aus Jakes Perspektive war das ziemlich durchschaubar. Die Person, die das geschrieben hatte, wusste zu genau, was passieren würde. Allerdings verstand Jake auch, wie die Nachrichten auf Außenstehende wirken mussten, die nicht über sein Wissen verfügten. Das Verbrechen, dessen er beschuldigt wurde, wirkte noch kaltblütiger, weil es so geplant erschien.

Wie zum Teufel hatten sie das angestellt?

Vermutlich gab es Hunderte von Möglichkeiten. Einen Account bei einem Messengerdienst zu hacken durfte für jemanden, der sich damit auskannte, nicht allzu schwierig sein. Jake vermutete, dass sie sich auf irgendeinem Weg sein Passwort verschafft hatten. Wenn sie clever waren, hatten sie die Nachrichten über eine IP-Adresse verschickt, die man mit ihm in Verbindung bringen konnte oder deren Verwendung für ihn zumindest möglich war. Dazu hätten sie ihn nur beschatten und die Nachricht dann von einem Gerät in seiner Nähe versenden müssen. Idealerweise hatten sie sich zu diesem Zweck Zugang zu einem von Jakes eigenen Geräten verschafft. Die Kriminaltechniker der digitalen Forensik waren natürlich an der Sache dran, und im besten Fall fanden sie einen Hinweis, dass die Texte nicht von Jake stammten. Doch das Ergebnis, wie auch immer es ausfiel, würde zu spät kommen. Dank derjenigen, die die Nachrichten den Machern des Podcasts zugespielt hatten, waren die Screenshots längst publik. Und damit hatte die Öffentlichkeit alle Informationen, die sie für ausreichend hielt, um sich eine Meinung zu bilden. Seinen Namen. Rachels Namen. Eine Gewaltandrohung, gefolgt von einem Mordanschlag.

Er verschwendete noch einige Minuten damit, sich auf Twitter die Postings unter dem Hashtag #FindetMolly anzusehen, und stellte schnell fest, dass das, was die Leute in den Nachrichten und im Radio über ihn sagten, nichts war im Vergleich zu dem, was sie ungefiltert im Internet von sich gaben. Die Tatsache, dass er ein Polizist war, schien alles noch schlimmer zu machen. Ein Junkie oder ein Versager, der seine Kinder schlug, verhielt sich, in den Augen der Öffentlichkeit, gemäß seiner Natur. Das war schlimm, jedoch auf eine gewisse, traurige Weise vorhersehbar. Aber ein Polizist? Jemand, dem die Aufgabe zugedacht war, für die öffentliche Ordnung und die Sicherheit der Bürger zu sorgen? Wie auch immer man zu Ordnungshütern stand, es machte sich auf beiden Seiten nicht gut: Diejenigen, die der Polizei vertrauten, fühlten sich verraten, die anderen bestätigt.

Jake bezweifelte, dass irgendeiner der Tastaturkrieger, die im Internet über ihn herzogen, eine ernsthafte Bedrohung darstellte – eine ernüchternde Erfahrung war es dennoch. Er fragte sich, welchen Unterschied es überhaupt machen würde, sollte es ihm tatsächlich gelingen, seine Unschuld zu beweisen. Vielleicht konnte er das FBI oder einen Richter überzeugen, doch die öffentliche Meinung stellte eine ganz andere Herausforderung dar. Möglich, dass dieser Albtraum nie enden würde, selbst, wenn die Sache glimpflich ausging.

Es gab einen weiteren Thread, der sich mit aktuellen Gerüchten beschäftigte. Darin fand Jake eine Referenz zu dem Podcast, der die Zwei-Kugeln-Nachricht öffentlich gemacht hatte. Sein Titel lautete *Untraceable*.

Jake rief die Webseite des Podcasts auf. Zu ihrem Fall gab es bislang drei Folgen, die man herunterladen konnte.

Offenbar waren sie kurz hintereinander erschienen. Befassten sich solche Sendungen nicht normalerweise rückblickend mit alten Fällen? Jake vermutete, dass die Aktualität und der Coup mit den Screenshots dem Podcast einige Popularität verschafft hatten und die Hörerzahlen in ungeahnte Höhen trieb.

Bei *UntraceableSF.com* handelte es sich ohne Frage um eine professionell gemachte Webseite. Außer den Downloads der aktuellen Folgen gab es eine »Über uns«-Seite, auf der Jake das Team fand: Die Sprecherin hieß Chrissie Chung, produziert wurde der Podcast von Sean Tramel. Außerdem gab es eine Unterseite mit Bonusmaterial, die unter anderem die Screenshots der Textnachrichten und weitere Fotos von ihm, Molly und Rachel enthielt sowie eine Karte, auf der alle Orte markiert waren, die in dem Fall eine besondere Rolle spielten. Die Informationen waren akkurat zusammengetragen worden und die meisten von ihnen korrekt. Insgesamt war diese Zusammenfassung besser als alles, was Jake auf den meisten Nachrichtenseiten gesehen hatte.

Er lud die ersten drei Folgen auf das Smartphone herunter. Er würde sie sich später anhören.

Nun, da er sich vergewissert hatte, dass ihr derzeitiges Versteck noch eine Weile sicher sein würde, wandte er sich wieder der Überlegung zu, wer hinter alldem stecken mochte.

Der Zeuge, der ihn angeblich bei der Tat beobachtet hatte, wurde nirgendwo namentlich erwähnt, doch Jake war sich sicher, dass der Mann Teil der Verschwörung war. Garantiert war das keine versehentliche Verwechslung. Der Mann war mit einer ausgeklügelten Geschichte bei der Polizei aufgetaucht. Er hatte detailliert beschrieben, wie ein Mann, der aussah wie Jake, Molly in ein Auto gezerrt hatte, das aussah wie Jakes Auto. Seit er mit Hartzler telefoniert hatte, ging Jake diese Zeugenaussage nicht mehr aus dem Sinn, und er musste auch immer wieder an das Motorrad denken, das bisher in keinem einzigen Bericht aufgetaucht war.

Je länger Jake darüber nachdachte, desto wahrscheinlicher erschien es ihm, dass es sich bei dem Täter um einen Profi handelte. Sollte die Verwendung eines Motorrads typisch für ihm sein, würde ihm das dabei helfen, die Liste der Verdächtigen klein zu halten. In der Stadt gab es eine Person, die Jake den Namen jedes Auftragskillers würde nennen können, auf den die Beschreibung und die Vorgehensweise passten. Der Mann hieß Carl Dolan. Das Dumme war nur, dass er nicht gerne mit der Polizei sprach.

Doch Jake kannte jemanden, über den er Dolan vielleicht eine Nachricht zukommen lassen konnte.

Er eröffnete einen anonymen Gmail-Account und begann eine E-Mail zu schreiben. Wenn Dolan ihm helfen konnte, würde sich das für den Empfänger auszahlen.

Schließlich klickte er auf Senden und lehnte sich in seinem Stuhl zurück. Er hoffte, dass die Antwort nicht allzu lange auf sich warten ließ.

37

Catherine starrte auf die Karte von Kalifornien, die in der Einsatzzentrale eine gesamte Wand bedeckte. Besonders das Gebiet um die Tankstelle, an der der gestohlene weiße Ford gesehen worden war, interessierte sie. Die Anzahl der Nebenstraßen war unüberschaubar, ebenso die der vielen kleinen Orte, die über das weite Land verteilt lagen.

Mittlerweile wussten sie mit ziemlicher Sicherheit, dass es sich bei dem Mann auf den Videos des Überwachungssystems tatsächlich um Jake Ellis handelte. Leider war die Kamera, die den Vorplatz der Tankstelle überblickte, nicht gut genug, um das Kennzeichen des Wagens erkennen zu können. Dafür war Ellis auf den Aufnahmen aus dem Innenbereich zu sehen. Er trug eine Kappe und hielt den Kopf die gesamte Zeit über gesenkt. Sie hatten ihn aber anhand seiner Lederjacke identifizieren können – sie passte zu der Beschreibung, die sie von Ellis' Nachbarn und dem Polizisten erhalten hatten, den er überwältigt hatte.

Abgesehen davon gab es allerdings keine neuen Erkenntnisse. Egal, welchen Weg Ellis nach seinem Stopp an der Tankstelle gewählt hatte, er hatte sich dabei von größeren Schnellstraßen, Überwachungskameras und Streifenwagen ferngehalten.

Die Suche konzentrierte sich jetzt auf die Gegend um Willow Creek. Valenti errichtete dort gerade eine Operationsbasis, und Catherine würde sich bald auf den Weg dorthin machen.

Sie hörte, wie sich die Tür hinter ihr öffnete. Paxon kam herein.

»Ich habe gerade mit dem Krankenhaus gesprochen. Rachels Donaldsons Zustand ist unverändert.«

Catherine runzelte die Stirn. Sie hatte auf bessere Nachrichten gehofft. Insgeheim vermutete sie noch immer, dass Rachel Donaldson der Schlüssel zur Lösung dieses Falls war. Vielleicht konnte sie ihnen sagen, warum Ellis auf sie geschossen und ihre Tochter entführt hatte – und auch, wo ihr Freund sich jetzt versteckt halten könnte.

Catherines Smartphone meldete eine eingehende Textnachricht. Sie stammte von Marty Hartzler.

Ich habe vielleicht was. Bin im O'Malley's auf der Hyde Street.

Catherine las den Text und wog ab, wie sie darauf regieren sollte. Schließlich tippte sie eine kurze Antwort und schnappte sich dann ihr Jackett von der Lehne ihres Bürostuhls. »Ich hole mir einen Kaffee«, sagte sie. »Ruf mich an, falls es brennt.«

»Soll ich nicht lieber gehen?«, bot Paxon an.

»Danke, aber ich kann ein wenig frische Luft gerade gut gebrauchen. Bringt mich auf neue Gedanken.«

Catherine fuhr mit dem Aufzug ins Erdgeschoss und grüßte auf dem Weg zum Ausgang den Mann an der Empfangstheke mit einem kurzen Wink. Draußen wandte sie sich nicht nach rechts zu dem Café, wo sie üblicherweise ihren Kaffee holte, sondern ging nach links und folgte der Straße zwei Blocks in östliche Richtung.

Das O'Malley's war ein irischer Pub an der Ecke zur Hyde Street. Catherine musste in der Vergangenheit bereits unzählige Male daran vorbeigelaufen sein, hatte das Lokal aber nie betreten. Die Eingangstür bestand aus massiver Eiche, in der Mitte eine Buntglasscheibe. Catherine betrat das Lokal, und ihre Augen brauchten einen Moment, um sich an das schummrige Licht zu gewöhnen.

Auf der rechten Seite standen einige Tische, dahinter mehrere Sitznischen vor einer vertäfelten Wand. Links war eine lange Theke mit den Logos von Guinness und anderen irischen Lagerbieren auf den Zapfhähnen. Das Regal hinter der Bar schmückte eine üppige Auswahl an Whiskeys. Der Barkeeper, ein junger Mann Anfang zwanzig, trug ein schwarzes T-Shirt und war gerade damit beschäftigt, ein Glas abzutrocknen. Er schaute Catherine fragend an.

»Ich bin mit jemandem verabredet«, sagte sie.

»Mit dem da?« Er wies mit dem Zeigefinger an ihr vorbei.

Catherine wandte sich um und blickte in die Richtung, in die er zeigte. Dort führte eine Tür in einen Nebenraum, und Hartzler stand im Türrahmen. Er trug Zivil: Jeans, ein blaues T-Shirt und eine sportliche graue Jacke. Dennoch sah er noch immer wie ein Cop aus. Catherine frage sich unwillkürlich, ob Jake Ellis besser darin war, seine Profession zu verbergen, als sein Freund. Sie dankte dem Barmann und ging durch den Raum zu Hartzler hinüber.

Der Nebenraum enthielt eine Reihe von Sitznischen mit jeweils zwei Lederbänken und einem kleinen Tisch in der Mitte. Vier Personen fanden hier bequem Platz, vorausgesetzt, ihr Körperumfang überschritt nicht die üblichen Maße.

Hartzler schloss die Tür hinter ihnen und wartete, bis Catherine sich hingesetzt hatte. Auf ihrer Seite des Tischs stand ein volles Glas Guinness, das auf Hartzlers Seite war bereits halb leer.

»Gemütlich«, sagte sie. »Sind Sie hier öfter?«

Catherine sah sich um. Eine Buntglasscheibe mit einem geschnitzten Holzrahmen trennte sie von der nächsten Sitzgruppe, was sie ein wenig an einen Beichtstuhl erinnerte.

»Mir gefällt es hier«, antwortete Hartzler. »Man kann sich ungestört unterhalten.«

»Vielleicht sollten wir zukünftig unsere Verdächtigen hier verhören …«

Er hob eine Augenbraue. »Keine schlechte Idee.«

Catherine trank einen Schluck Guinness. Eigentlich war es noch ein wenig früh dafür, doch was sollte es, in Irland war schließlich schon Abend. Sie hatte bislang nur ein einziges Mal Guinness getrunken. Damals in London, als sie mit Hilfe eines Sergeants der

Metropolitan Police – einem heftigen Trinker aus Belfast – einen Flüchtigen schnappen sollte. Hier im O'Malley's schmeckte das Bier anders, als sie es in Erinnerung hatte. Dünner, weniger kräftig.

»Ellis wurde also gestern in der Nähe von Willow Creek gesehen«, begann Hartzler.

»Wir wissen das nicht hundertprozentig«, sagte Catherine. »Wir haben kein Kennzeichen, aber es deutet alles darauf hin, dass er es war.«

Hartzler blickte hinauf zu der geschnitzten Holzdecke, als wäre die Antwort auf all ihre Fragen irgendwo dort oben eingraviert.

»*Nicht hundertprozentig*«, wiederholte er. »So wie immer. In unserem Job kann man sich eigentlich nur einer Sache wirklich sicher sein, stimmt's?«

»Ja, und zwar, dass man sich nie sicher sein kann.«

Er senkte den Blick wieder und sah Catherine an. »Ganz genau.«

»Also, was haben Sie? Hat es mit dem Wagen zu tun?«

»Vielleicht. Jake hat vor ein paar Monaten diesen alten Kerl erwähnt … offenbar waren die beiden eine Zeitlang Partner. Wir kamen eher zufällig auf ihn zu sprechen. Ich ließ mir damals Solarpanels installieren und hatte den Eindruck, dass der Handwerker mich über den Tisch zog. Jake erzählte mir, dass dieser Bekannte sich die Panels selbst auf das Dach geschraubt und einiges an Geld gespart hatte. Er meinte, der Mann wohne an der Küste, etwas weiter nördlich, und er könne mich mit ihm in Kontakt bringen und ihn um Hilfe bitten.«

»Etwas weiter nördlich«, wiederholte Catherine. »Glauben Sie, dass er sich vielleicht bei dem Mann versteckt?«

»Ich weiß es nicht. Aber wie Sie wissen, hat Jake keine Familie, und alle anderen Leute, die ihn kannten, haben Sie schon abgeklappert. Auf Ihrer Liste mit seinen Bekannten habe ich keine Adresse gefunden, die nördlich von hier liegt. Daher dachte ich, es wäre vielleicht erwähnenswert.«

»Hat Ellis es denn getan – ich meine, Sie mit dem Kerl in Kontakt gebracht?«

»Nein. Ich sagte dem Handwerker einfach, ich hätte jemand anderen, der den Job für zweitausend Dollar weniger hinkriegt. Und da wurde es plötzlich deutlich billiger. Danach habe ich nicht mehr an die Geschichte gedacht – bis jetzt.«

Catherine wollte etwas fragen, als ihr Handy vibrierte. Auf dem Display leuchtete Valentis Name auf.

»Einer Ihrer Lakaien?«, scherzte Hartzler mit Blick auf das Smartphone.

Catherine ging nicht auf den Kommentar ein. Valenti rief an, um ihr ein Update zu geben: Es ging um die Kunden, die Rachel Donaldson bei McMurtry betreut hatte. Sie hatten mit allen gesprochen. Am Ende stand eine dicke, fette Null, was neue Spuren anging.

»Einige haben sich nie persönlich mit ihr getroffen«, sagte Valenti. »Und wenn doch, dann waren es nur flüchtige Begegnungen. Tut mir leid, das war also eine Sackgasse.«

»In Ordnung, trotzdem danke. Sag Bescheid, wenn du losfahren willst.« Sie beendete den Anruf. Dann faltete sie die Hände und legte sie vor sich auf den Tisch. »Also, was haben Sie herausgefunden?«

»Wie meinen Sie das?«

Catherine seufzte. »Kommen Sie schon, Hartzler. Sie haben sich nicht aus heiterem Himmel an den Typen mit den Solarpanels erinnert und sind deshalb«, sie schnipste mit den Fingern, »sofort zu mir gekommen.«

Er schüttelte den Kopf. »Jake hat weder seinen Namen noch den Wohnort genannt. Er sagte nur, dass der Mann weiter nördlich an der Küste wohnt. Ich nehme an, dass er Kalifornien meinte, denn sonst hätte er wohl »oben in Oregon« oder etwas in der Art gesagt. Wissen Sie, wie viele kleine Orte es an der Küste oberhalb von San Francisco gibt?«

»Aus dem Kopf? Nein. Aber ich schätze, es sind ziemlich viele.«

»*Ziemlich viele* trifft es wohl ganz gut«, meinte er.

Catherine nickte. »Und in jedem dieser Orte gibt es eine Menge Türen, an die man klopfen könnte. Da dachten Sie an mich.«

»Wir sitzen im selben Boot, Agent Lark. Das haben Sie doch gesagt, oder?«

»Ich bin gerührt, dass Sie mich beim Wort nehmen.«

Catherine dachte nach. Im Hintergrund begann ein Song von Elvis Costello, und sie bemerkte erst jetzt, wie still es bisher gewesen war. Unwillkürlich hatten sie ihre Unterhaltung beinahe im Flüsterton geführt. Vorausgesetzt, das Ganze war nicht frei erfunden, hatte Hartzler wohl recht: Jake Ellis besaß tatsächlich wenig Freunde. Dieser alte Mann, mit dem er offenbar zusammengearbeitet hatte, kannte ihn immerhin so gut, dass Ellis bereit gewesen wäre, ihn um Hilfe zu bitten. Ob diese kleine Information nun zu irgendetwas führte oder nicht – einen Versuch war es wert.

»In Ordnung« sagte sie. »Finden wir heraus, wer der Mann mit den Solarpanels ist. Und wenn wir dabei auf Ellis stoßen, sind Sie am Zug.«

Hartzler lächelte und streckte die Hand aus. »Vielen Dank.«

Catherine stand auf und zog ihr Jackett glatt. Sie hatte das Guinness nur zu einem Viertel getrunken. Über den Tisch hinweg schüttelten sie sich die Hände, und Catherine wandte sich schon zum Gehen, als ihr plötzlich noch eine Frage einfiel.

»Glauben Sie, dass Ellis mit Ihnen sprechen wird, wenn wir ihn finden?«

»Das hoffe ich. Wenn ich nicht zu ihm durchdringen kann, kann es niemand.«

Catherine nickte, dann verließ sie den Nebenraum. Der Pub hatte sich in der Zwischenzeit gefüllt. An der Bar saßen bereits einige Trinker als Vorhut der Horde, die gleich zur Mittagszeit einfallen würde.

Wieder klingelte ihr Smartphone. Ihre Kollegen waren nun bereit für die Reise nach Willow Creek. Der Flug nach Arcata ging um sechzehn Uhr zehn.

38

Jake stattete der Tankstelle einen zweiten Besuch ab.

An der Kasse stand wieder die Frau vom letzten Mal, doch sie schien ihn nicht wiederzuerkennen. Er kaufte ein weiteres Paket Wasser und, wie mit Hartzler abgesprochen, eine Prepaid-Kreditkarte. Dann verließ er die Tankstelle und ging zu Fuß zu der verwitterten Reklametafel, hinter der er den Ford versteckt hatte. Er befreite den Wagen von dem Gestrüpp, mit dem er ihn behelfsmäßig getarnt hatte, und stieg ein. Mit heruntergelassenen Fenstern wartete er einen Moment und lauschte, ob näher kommender Verkehr zu hören war. Auf dem Weg hierher war ihm lediglich ein einziges Auto begegnet. Er hoffte, dass es so ruhig bleiben würde, während er sich in der Gegend ein wenig umsah.

Ein paar Meilen außerhalb des Orts gab es eine Stelle, die sich vielleicht eignete, um den Wagen loszuwerden. Jake hatte auf der Landkarte einen Weg entdeckt, der dort von der Hauptstraße abzweigte und hinunter zum Meer führte. Noch wollte er den Ford nicht entsorgen, doch es würde eher früher als später notwendig sein, und dann war es gut zu wissen, wo er das Fahrzeug verschwinden lassen konnte.

Als er sicher sein konnte, dass sich kein anderes Fahrzeug näherte, ließ er den Motor an und fuhr rückwärts aus dem Versteck hinter der Reklametafel. Sobald er den Ford auf die Straße gelenkt hatte, drückte er das Gaspedal durch und legte die halbe Meile bis zu der Stelle, wo die Uferstraße abzweigte, in weniger als einer Minute zurück.

Die Einmündung war breit und asphaltiert, doch danach verwandelte sich die Straße rasch in einen schmalen Schotterweg. Danach zu urteilen, wie hoch das Gras aus den Furchen wuchs, wurde der Weg sehr selten befahren – was ideal war.

Jake fuhr langsamer und steuerte um drei Schlaglöcher herum, die wie kleine Mondkrater aussahen. Nach einer engen Kurve führte die Straße bergab in Richtung Strand. Auf halbem Weg erreichte er eine Art Plateau und konnte sehen, dass der Hang neben dem Weg jetzt noch steiler abfiel. Jake zog die Handbremse an, ließ den Motor laufen und stieg aus, um sich die Stelle genauer anzusehen.

Der Hang fiel hier auf etwa sechs Metern in einem Winkel von fünfundvierzig Grad ab und führte auf ein paar Kiefern zu, zwischen denen ein Auto ohne Probleme Platz finden würde. Vorsichtig kletterte Jake ein Stück den Berg hinunter. Dichtes Gestrüpp bedeckte hier den Boden. Es war der perfekte Ort, um den Ford zu verstecken. Ein gezielter Stoß und genügend Äste und Blattwerk zur Tarnung würden den Wagen von der Bildfläche verschwinden lassen. Jake schätzte, dass die ganze Aktion nicht viel länger als fünf Minuten dauern würde.

Aber noch war es nicht so weit. Erst musste er ein anders Auto finden. Er ließ den Wagen stehen und kletterte den Hang noch ein Stück weiter hinunter, bis er ans Meer gelangte.

Der Strand erstreckte sich hier endlos zu beiden Seiten. Der Sand war grau wie Mondstaub. Die Flut schien an dieser Stelle nicht besonders hoch aufzulaufen. Keine Menschenseele, so weit das Auge reichte.

Ein Stück den Strand hinunter erkannte Jake ein Holzhaus, dahinter ragte ein knapp zwanzig Meter hoher Felsen aus dem Meer auf.

Er blickte kurz hinauf zum Wagen und entschied sich dann, einen näheren Blick auf das Holzhaus zu werfen. Um keine Fußabdrücke zu hinterlassen, bewegte er sich auf dem trockenen Teil des Strands. Die Fenster des Holzhauses waren mit Schlagläden verschlossen, die Tür mit einem Vorhängeschloss gesichert. Es sah ganz so aus, als wäre die Behausung für den Winter verbarrikadiert worden. Vielleicht war sie aber auch ganz verlassen. Das Vorhängeschloss sah stabil aus, doch das Holz der Tür war alt und verwittert. Es konnte nicht allzu schwer sein, sie aufzubrechen.

Auf der anderen Seite der Hütte führte ein kleiner Steg ins Meer. Jakes Blick wanderte zu dem turmhohen Felsen, der aus dem Wasser ragte, und dann weiter zum Horizont, wo der Ozean mit dem Himmel zu verschmelzen schien. Wenn man von hier aus in einer geraden Linie lossegelte, würde man für die nächsten fünftausend Meilen keinem einzigen Flecken Land begegnen.

Ein solcher Ausblick rückte viele Dinge in ein anderes Licht und ließ sie nichtig und klein erscheinen. Vielleicht ein wenig zu nichtig und klein, dachte Jake.

Der Nachmittagshimmel begann sich bereits zu verdunkeln. Jake wurde bewusst, dass er Molly länger allein gelassen hatte als ursprünglich beabsichtigt. Er ging zurück zu dem Ford, stieg ein, wendete und fuhr dann langsam wieder bergauf, zurück zur Hauptstraße.

39

»Und Sie glauben wirklich, das hilft?« Die ältere Frau sah Chrissie traurig an.

Sie setzte ihr bewährtes Kundenservice-Lächeln auf und nickte ermunternd. »Davon bin ich überzeugt. Wir haben die Verantwortung, so viele Fakten wie möglich so vielen Menschen wie möglich zugänglich zu machen. Und ich glaube, Sie haben die Verantwortung, uns alles zu erzählen, was Sie wissen. Damit Molly bald wieder in Sicherheit ist.«

Sie saßen im Wohnzimmer der Frau, in einem Haus in Bayview. Die Einrichtung schien zwar noch aus den frühen Siebzigern zu stammen, aber alles war ordentlich und tadellos sauber. Die Frau hieß Sally Nelson, und sie war einmal Mollys Babysitterin gewesen.

Ihr Name war der letzte auf der Liste von Rachels persönlichen Kontakten. Es war nicht sonderlich schwer gewesen, mit Rachels Freunden zu sprechen, zumindest bei denjenigen, die Chrissie nicht gleich abgewiesen hatten. Sie hatte gehofft, auch Mollys Klassenkameraden ein paar Zitate entlocken zu können, doch der Schuldirektor war aufgekreuzt, bevor sie einen O-Ton hatte aufnehmen können. Er hatte mit der Polizei gedroht, sollte Chrissie nicht augenblicklich das Schulgelände verlassen. Mit leiser Genugtuung hatte sie aber festgestellt, dass die Journalisten der großen Medienhäuser genauso behandelt wurden.

Bei den Interviews, die Chrissie geführt hatte, waren einige gute Zitate zusammengekommen. Allerdings waren es nur Aussagen zu ohnehin schon bekannten Details. Sie hatte eigentlich gehofft, auf neue Anhaltspunkte zu stoßen, die ihr dabei halfen, die großen Fragen zu entschlüsseln: das Motiv für die Tat und – vor allem – wo sich Jake Ellis und Molly Donaldson gegenwärtig befanden.

Rachels Freunde hatten fast alle dasselbe gesagt: Sie hatten es nicht kommen sehen. Keiner von ihnen kannte Jake besonders gut, doch sein Verhältnis mit Rachel hatte nach außen wie eine völlig normale Beziehung gewirkt.

Chrissie wandte sich wieder Sally zu.

»… ein fröhliches kleines Mädchen, das gerne malte oder etwas in sein kleines Notizbuch kritzelte. Sie war kränklich, als sie noch kleiner war, wissen Sie, sie hatte Asthma …«

Chrissie lächelte und nickte ab und an, doch sie hörte Sally nicht wirklich zu – der Audiorekorder ihres Smartphones übernahm das für sie. Sie würde die Aufnahme später einfach in doppelter Geschwindigkeit abspielen lassen und sehen, ob sich ein paar Sätze fanden, die sich irgendwie verwerten ließen. Allerdings hörte es sich nach den üblichen Plattitüden an. *Warum sollte jemand so etwas Schreckliches tun? Eine so liebevolle Mutter … ein wirklich reizendes Mädchen.* Und so weiter.

Obwohl Chrissie mit dem Ergebnis der Befragung von Rachels Freunden unzufrieden war, hatte sie damit wesentlich mehr erreicht als bei ihren Bemühungen, mit irgendjemandem zu sprechen, der Jake Ellis auch nur flüchtig kannte. Falls er überhaupt Freunde hatte, dann vermutlich unter seinen Kollegen, mit denen er regelmäßig im O'Malley's trank.

Chrissie hatte sich noch nicht direkt mit der Polizei in Verbindung gesetzt. Die besten Interviews, die sie bislang geführt hatte, waren das mit einem alten Mann, der im selben Gebäude wie Ellis wohnte und die Entführung hautnah miterlebt hatte, und ein Telefongespräch mit dem Kerl, dessen SUV Jake Ellis im Laufe seiner Flucht gestohlen hatte.

Der alte Mann, Mr Rosenberg, hatte ihr ziemlich gutes Material geliefert: »Er hatte eine Waffe.« »Er sah verrückt aus.« »Das arme Mädchen hatte Todesangst und war voller Blut.« Das einzige Problem war, dass Mr Rosenberg dasselbe fast wortwörtlich bereits den großen Nachrichtensendern gesagt hatte.

Marcus Bolton, der Besitzer des grauen SUV, hatte am Telefon weit entfernt geklungen, was nicht der Leitung geschuldet war, sondern seiner leisen Stimme. Er sprach, als erinnere er sich bruchstückhaft an eine alte Fernsehserie, die er vor Urzeiten gesehen hatte. Die Tatsache, dass sich sein Freund Jake mit einem Mädchen, das er entführt hatte, auf der Flucht vor der Polizei und dem FBI befand, schien ihn nicht sonderlich aus der Fassung zu bringen. Chrissie hatte dabei allerdings nicht das Gefühl, dass Bolton auf Ellis' Seite stand, vielmehr schien die ganze Sache ihn einfach nicht zu interessieren, weil sie ihn nicht persönlich betraf. Es schien ihm nicht einmal viel auszumachen, dass Ellis seinen Wagen gestohlen hatte. »Ach was«, hatte er gemeint, als Chrissie versuchte hatte, ihn auf diesem Punkt festzunageln. »Das zahlt die Versicherung. Ich wollte das Scheißding sowieso loswerden, bin nie richtig damit klargekommen.«

Chrissie wurde bewusst, dass Sally Nelson sie anstarrte und darauf wartete, dass sie etwas sagte. »Haben Sie … noch irgendwelche Fragen?«

Chrissie war in Gedanken völlig woanders gewesen. Wie lange hatte die Frau gesprochen?

»Nein, das ist perfekt«, antwortete sie. Ihr Daumen schwebte bereits über dem Aufnahmeknopf, als ihr doch noch etwas einfiel. »Sagen Sie, Jake Ellis war Ihnen vorher nicht bekannt, oder? Ich habe gelesen, dass Rachel und er schon einmal zusammen waren.«

Sally schüttelte den Kopf. »Damals kannte ich Rachel noch nicht. Ich habe erst als Babysitterin bei ihr angefangen, als Molly zwei Jahre alt war.«

Chrissie schaltete die Aufnahme aus und schob das Smartphone zurück in die Tasche. »Vielen Dank, dass Sie sich die Zeit genommen haben.«

Die ältere Frau nickte. »Ich hoffe, ich konnte Ihnen helfen. Ich fühle mich so … machtlos.«

Sobald sie draußen vor der Tür war, rief Chrissie Sean an.

»Hast du was Brauchbares bekommen?«, fragte er.

»Das übliche Gelaber«, antwortete sie. »Niemand kann sich erklären, warum Ellis es getan hat.«

»Das stimmt nicht ganz. Es gibt einen Menschen, der es wissen könnte«, erinnerte er sie.

»Na, hoffentlich ist der bereit, mit uns zu sprechen.«

»Schick mir das Material, das du hast«, sagte Sean. »Wir wollen die nächste Folge doch immer noch heute Abend bringen, oder?«

»Mhm«, stimmte Chrissie zu. »Wir haben genug dafür. Ich hoffe noch immer, dass ich Edward Da Costa zum Reden bringe.«

Sie hörte, wie Sean seufzte. »Wenn er mit uns sprechen wollte …«

»Dann hätte er es schon längst getan«, beendete sie den Satz für ihn. »Trotzdem ist es einen weiteren Versuch wert.«

Edward Da Costa gab ihr Rätsel auf. Andere Leute waren erpicht darauf, mit ihr oder den anderen Reportern zu reden, nur um selbst einmal in den Nachrichten zu sein. Warum also gab sich der Zeuge, der die Tat beobachtet hatte, dermaßen verschlossen? Beim Gedanken an Da Costa erinnerte sich Chrissie plötzlich wieder an den Mann, der auf der Sullivan Street ein Motorrad gesehen hatte. Sie war diesem Hinweis noch nicht nachgegangen.

Sean kam wieder auf das eigentliche Thema zu sprechen, und an seinem Tonfall erkannte sie, dass er sich über sie amüsierte. »Ich schicke dir in einer halben Stunde die Rohfassung. Und Chrissie? Tu mir den Gefallen und …«

»… hör dir die Aufnahme in normaler Geschwindigkeit an«, sagte sie. »Ja, ich weiß. Danke.«

Ihr Taxi fuhr in dem Moment vor, als Sean sich verabschiedete. Sie legte auf und stieg ein. Der Fahrer schenkte ihr nur einen beiläufigen Blick, dann tippte er auf seinen Bildschirm, um die Fahrt zu bestätigen, und fuhr los.

Die Straße führte zunächst bergauf, um dann hinter einer Kuppe jäh abzufallen. Der Fahrer verzichtete darauf, abzubremsen, sodass es Chrissie vorkam, als würde sie in rasanter Fahrt auf einen Berggipfel zurasen, um kurz danach noch rasanter in die Tiefe zu stürzen.

40

Catherine spürte den Druck auf ihren Ohren, als die Maschine an Höhe verlor. Unter ihnen glitzerte das Sonnenlicht auf den Wellen, während sie in einer Schleife in den Endanflug auf Arcata gingen. In wenigen Stunden würde die Dämmerung einsetzen, und Catherine hoffte, dass sie es bis dahin zu der Tankstelle in Willow Creek geschafft hatten.

Über das Wi-Fi-Netz im Flugzeug war sie den gesamten Flug über mit dem Team in der Einsatzzentrale in Verbindung geblieben. Erst als sie die Reiseflughöhe verließen, hatte der Flugbegleiter sie angewiesen, das Gerät abzuschalten, eine Bitte, der Catherine erst bei der zweiten Wiederholung nachgekommen war.

Sie war nun erst seit einer Viertelstunde vom gewohnten Informationsstrom abgeschnitten, fragte sich aber bereits, welche Neuigkeiten sie nach der Landung erwarteten. Bislang hatte sie nichts von den Kollegen in Willow Creek gehört. Dabei waren inzwischen fast vierundzwanzig Stunden vergangen, seit man Ellis' Wagen dort entdeckt hatte. Sie konnte nur hoffen, dass die Spur nicht schon kalt geworden war.

Als die Hinterräder der Maschine die Landebahn berührten, griff Catherine nach ihrem Smartphone. Und noch bevor die Vorderräder Bodenkontakt hatten, schaltete sie es ein.

41

Jake blieb länger fort als ursprünglich geplant. Molly hatte sich die Zeit vertrieben, indem sie im Schlafzimmer in ein paar Bücher reingelesen hatte. Jakes toter Freund hatte einen guten Geschmack gehabt: eine Menge Stephen King, ein paar Krimis, einige alte Science-Fiction-Schinken. Doch Molly gab das Lesen irgendwann auf, als sie merkte, dass ihre Augen zwar über die Buchstaben wanderten, sie in Gedanken aber ganz woanders war. Sie stellte die Bücher wieder ins Regal und ging in die Küche, um ein Glas Wasser zu trinken. Sie hatte nicht wirklich Durst, sondern brauchte nur irgendeine Beschäftigung, um sich die Zeit zu vertreiben.

Auf dem Weg durchs Wohnzimmer warf sie einen Blick auf den Fernseher, den sie stummgeschaltet hatte. Es lief ein Nachrichtenkanal. Ein Reporter stand auf einer Straße – es sah nach New York City aus – und befragte Passanten zum Thema des Tages. Molly las die Nachrichten, die im Ticker am unteren Bildrand durchliefen. Dort wurden weder die Namen Rachel oder Jake genannt, noch war von der Suche nach Molly Donaldson die Rede. *Keine Nachrichten sind gute Nachrichten.* Allmählich hasste sie dieses Mantra. Ab welchem Punkt bedeuteten keine Nachrichten, dass die Lage zwar nicht schlechter, aber auch nicht besser wurde?

Molly musste husten. Im Wohnzimmer war es staubiger als im Schlafzimmer. Ein Engegefühl befiel ihre Brust, das Atmen fiel ihr schwerer. Mittlerweile musste sie genauso oft an den Inhalator denken, den sie zu Hause vergessen hatte, wie an ihr Smartphone.

In der Küche wurde es etwas besser, hier war nicht so viel Staub. Die Tür, die Jake aufgebrochen hatte, ließ sich nicht mehr vollständig schließen, sodass ein steter Strom kühler, frischer Luft hereinkam. In den Räumen auf dieser Seite des Hauses wurde es dadurch etwas zu frostig, als dass man sich lange darin aufhalten konnte, aber zumindest fiel ihr das Atmen hier leichter.

Molly nahm sich eine Dose Pepsi aus dem Kühlschrank und öffnete sie. Während sie einen Schluck trank, blickte sie aus dem Fenster über der Spüle. Es war mit Lamellen verhängt. Jake hatte sie ermahnt, sich nicht an den Fenstern blicken zu lassen, doch sie schätzte, dass die Jalousie und die Tatsache, dass sie sich auf der Rückseite des Hauses befand, als mildernde Umstände galten. Die neugierige Lady von gegenüber konnte sie hier unmöglich sehen.

Der Himmel war den ganzen Tag über bedeckt gewesen, doch nun zeigten sich einige Lücken in den Wolken, sodass Molly den Sonnenuntergang über dem Meer sehen konnte. Noch vor einer Woche hatte sie ihre Mom gefragt, was sie lieber mochte, Sonnenaufgänge oder Sonnenuntergänge. »Sonnenuntergänge«, hatte Rachel ohne langes Nachdenken geantwortet.

Jake war nun schon einige Stunden weg. Er hatte ihr gesagt, dass es etwas dauern konnte, aber er hatte nicht genau gesagt, wie lange. Es war ein seltsames Gefühl, jemandem nicht einfach eine Nachricht auf sein Handy schicken zu können.

Das erinnerte Molly an etwas. Sie hatte sich so viele Sorgen um ihre Mutter gemacht, dass sie ganz verdrängt hatte, welche Sorgen ihre Freunde gerade durchstehen mussten. Da sie es nicht besser wussten, lebten sie in der Vorstellung, dass Molly von dem Mann entführt worden war, der auf ihre Mutter geschossen hatte.

Molly überlegte. Sie konnte vielleicht Nicole eine Nachricht schicken, nur um sie wissen zu lassen, dass es ihr gut ging. Natürlich hatte Jake gesagt, dass sie Funkstille halten mussten, wenn sie ihr Versteck nicht gefährden wollten, aber wenn sie Nicole das Versprechen abnahm, nichts zu verraten …

Sie ging zurück ins Wohnzimmer. Der Nachrichtensender hatte sich nun dem Wirtschaftsteil zugewandt, es wurden Bilder von der Börse gezeigt, und am unteren Bildschirmrand liefen Sportergebnisse durch.

Jake hatte heute Morgen den Computer benutzt. Molly vermutete, dass er mit einem der Prepaid-Smartphones einen Hotspot eingerichtet hatte. Sie fragte sich, ob er beide Handys mit sich genommen hatte.

Sie schaltete den Computer ein. Was würde sie tun, wenn er wirklich funktionierte? Wie erwartet, gab es zunächst kein Internet. Dennoch öffnete sie den Browser, nur für den Fall, dass er auf magische Weise doch eine Verbindung aufbaute. Doch auf dem Bildschirm erschien nur die Meldung, dass es kein Netz gab, dazu der besonders hilfreiche Hinweis, man solle doch als Erstes das Netzwerkkabel, den Router oder das Modem überprüfen.

Aus dem Augenwinkel sah Molly, dass auf dem Fernseher eine bekannte Szenerie erschien. Sie brauchte einen Moment, um zu verstehen, warum ihr das, was gezeigt wurde, so vertraut vorkam: Es handelte sich um die Tankstelle, bei der sie in der vergangenen Nacht angehalten hatten. Irgendjemand musste sie gesehen haben. Die Schlagzeile lautete: *Die Suche nach Molly Donaldson: Ermittlungen richten sich auf den Norden.* Wenn Jake wiederkam, musste sie ihn warnen, dass man ihnen auf den Fersen war.

Sie wandte sich dem Schreibtisch zu. Unter der Tastatur befand sich eine Schublade. Molly öffnete sie und musste husten, als ihr eine Staubwolke entgegenschlug. Die Schublade war bis zum Rand mit alter Post vollgestopft. Es wurde schon dunkel, also schaltete sie die Schreibtischlampe an, um besser sehen zu können. Sie wühlte kurz in den Briefen und Werbeschreiben, nur für den Fall, dass sich darunter noch etwas verbarg, das ihr nützlich sein konnte. Als sie nichts fand, öffnete sie eine weitere Schublade. Darin lagen eine leere Plastikverpackung und eine zweite, ungeöffnete, in dem sich eines der Prepaid-Handys befand.

Molly starrte das Gerät einen Moment an.

»Verdammt, was soll's.«

Es gelang ihr, die Plastikverpackung mit einem Kugelschreiber zu durchlöchern und aufzureißen. Wieder merkte sie, wie sich ihre Brust zusammenzog. Sie musste unbedingt raus und frische Luft einatmen, und sie nahm sich vor, genau das zu tun, wenn sie hiermit fertig war.

Sie schaltete das Telefon ein und spürte, wie sie eine Gänsehaut bekam. Es gab keinen Grund zur Sorge, versuchte sie sich zu beruhigen. Die Polizei würde dieses Telefon nicht zurückverfolgen können.

Molly öffnete den Browser, und nach einer Weile erschien die Homepage des Telefonherstellers. Das Signal war schwach, aber sie hatte jetzt eine Internetverbindung.

Eine Minute später hatte sich die Seite von Google aufgebaut. Molly grinste. Es fühlte sich an, als wäre sie hundert Jahre von der Zivilisation abgeschnitten gewesen und hätte nun endlich wieder eine Verbindung zur Welt dort draußen. Das kleine mehrfarbige Logo der Suchmaschine versetzte sie in Vorfreude, fast wie die Aussicht auf ein Glas kaltes Wasser an einem heißen Tag. Einen Augenblick vergaß sie ihre Luftnot. Es würde nur wenige Minuten dauern, eine anonyme E-Mail-Adresse einzurichten und Nicole eine Nachricht zu schicken. Sie konnte das mit dem Telefon erledigen. Keine Details, keine sonstigen Informationen, nur dass sie in Sicherheit war und ihre Freundin mit niemandem darüber reden durfte.

Doch zuerst wollte Molly herausfinden, ob es Neuigkeiten über den Zustand ihrer Mutter gab. Sie tippte *Rachel Donaldson* ein. Das Erste, was sie sah, war ihr eigenes Gesicht in einer der vielen Nachrichtenmeldungen.

Molly Donaldson – Verdächtiger schreibt Drohungen auf Facebook

Es musste um die Textnachrichten gehen, die sie im Radio erwähnt hatten. Ein Teil von ihr wollte sich das nicht ansehen, der andere aber musste unbedingt wissen, was Jake da Schlimmes geschrieben haben sollte. Sie spürte, wie sich ihr die Kehle zuschnürte.

Sie brauchte etwas zu trinken und frische Luft. Nein, sie brauchte ihren Inhalator. Sie würde gleich raus auf die Veranda gehen, nachdem sie das hier gelesen hatte.

Molly klickte auf den Link.

42

Als der Abspann einer Wiederholung von *Law & Order: Special Victims Unit* lief, blickte Eleanor Grace hinüber zu dem Haus auf der anderen Straßenseite. Sie musste wieder an den Mann denken, mit dem sie heute Morgen gesprochen hatte. Robert, hatte er gesagt, sei sein Name.

Im Nachhinein betrachtet war es ziemlich leichtsinnig gewesen, einfach so dort hinüberzuspazieren. Was, wenn der Mann wirklich ein Einbrecher gewesen wäre? Das hätte gefährlich werden können. Und wozu überhaupt – dem alten Walt machte es nichts mehr aus, wenn jemand in sein Haus einbrach. Aber Eleanor hatte den Eindruck gehabt, dass dieser Robert ein ehrlicher Kerl war. Auf jeden Fall hatte er Walt gekannt, denn ihre Fangfragen hatte er alle zu ihrer Zufriedenheit beantwortet. Ihr Argwohn hatte ihm gar nichts ausgemacht.

Wobei – war das nicht sogar ein wenig verdächtig?

»Eleanor Grace«, ermahnte sie sich selbst laut. »Du siehst Gespenster!«

Im Fernsehen begannen die Nachrichten. Die Polizei suchte noch immer nach diesem Mädchen aus San Francisco. Eleanor spürte eine Welle von Mitleid, als erneut die Bilder gezeigt wurden, die bereits seit gestern auf allen Kanälen zu sehen waren: der Parkplatz, wo auf die Mutter geschossen worden war, die Fotos von dem Mädchen und ihrem Entführer. Die Suche konzentrierte sich nun offenbar auf das Gebiet nördlich der Stadt. Bis nach Willow Creek waren es auf der 101 von hier aus in südlicher Richtung nur knappe hundert Meilen.

Ihr Blick wanderte wieder zum Haus des alten Walt Diehl. Sie hatte gesehen, wie Robert das Haus verlassen hatte, und er war noch nicht wieder zurückgekommen. Wo war er hingegangen? Und weshalb war er noch mal genau hier? Wenn sie genauer darüber nachdachte, war das schon alles ein wenig mysteriös.

In dem Moment klingelte ihr Telefon. Es war das Festnetz, Eleanor besaß kein Handy. Bis vor ein paar Jahren hatten sie hier oben keinen nennenswerten Mobilnetzempfang gehabt, deshalb hatte sie sich nie ernsthaft mit der Anschaffung eines Handys beschäftigen müssen. Heute gehörte sie deshalb zu jener Minderheit von ungefähr einem Prozent der Bevölkerung der USA, die kein Mobiltelefon besaß. Ein Umstand, auf den Eleanor insgeheim stolz war. Sie ging in die Küche, wo das Telefon an der Wand hing.

Erst hörte sie nichts, dann sprach eine elektronische Stimme.

»Herzlichen Glückwunsch! Sie haben bei unserem Gewinnspiel …«

Sie legte auf. Zugegeben, es hatte auch seine Nachteile, wenn man kein Display an seinem Telefon hatte, das verriet, wer anrief.

Aus dem Augenwinkel bemerkte Eleanor eine Bewegung. Sie blickte hinüber zu Walts Haus. Dort war Licht angegangen.

Sie ging näher an das Fenster heran und spähte hinaus.

Entweder war Robert zurückgekommen, oder es befand sich noch eine weitere Person in dem Haus.

43

Jake hatte Diehls Haus beinahe erreicht, als das Prepaidhandy in seiner Jackentasche klingelte. Er zuckte unwillkürlich zusammen und fragte sich, ob er jemals wieder ein Telefon würde klingeln hören, ohne sich sofort Sorgen zu machen, was passiert sein mochte. Zuerst dachte er, es wäre eine Antwort seines Kontaktmanns, der ihn mit Carl Dolan in Verbindung bringen sollte, doch es war eine Nachricht von Hartzler. Er hatte die E-Mail-Adresse verwendet, über die Jake ihm die Daten der Prepaid-Kreditkarte geschickt hatte.

500 Dollar. Mehr geht im Moment nicht. Viel Glück.

Jake bedankte sich, ohne einen Namen zu nennen. Er hoffte, dass Hartzler so vorsichtig gewesen war, wie er versprochen hatte. Jedenfalls konnte Jake nicht leugnen, dass er Erleichterung empfand, nun wieder über ein finanzielles Polster zu verfügen. Sollte der Druck zu groß werden und sie früher als geplant von hier verschwinden müssen, standen ihnen nun deutlich mehr Optionen offen.

Wieder näherte sich Jake dem Haus von hinten. Im Dunkeln musste er auf jeden Schritt achten. Der schmale Schotterweg schlängelte sich an der Klippe entlang und kam an einigen Stellen dem steilen Abhang gefährlich nahe. Dort ging es fünfzig Meter in die Tiefe, hinab zu einem steinigen Strandabschnitt.

Der Giebel von Diehls Haus kam in Sicht.

Jake hatte den Ford wieder hinter der Reklametafel versteckt, und er fragte sich plötzlich, ob er daran gedacht hatte, den Wagen mit Gestrüpp zu verdecken. Hatte er es automatisch getan? Er blieb stehen und blickte in die Richtung, aus der er gekommen war. Wie lange würde er für den Weg zurück brauchen, vielleicht zwanzig Minuten? Andererseits, je weniger er sich in der Öffentlichkeit herumtrieb, desto besser. Er musste das Risiko, gesehen und erkannt zu werden, gegen jenes abwägen, dass jemand den Wagen fand und ihn sich näher ansah. Darum drehte sich im Moment alles in seinem Leben – um das Abwägen von Risiken.

Er drehte sich wieder zu dem Haus um. Nein, er hatte Molly jetzt seit zwei Stunden allein gelassen. Es war besser, wenn er sich um sie kümmerte. Er durfte es nicht als selbstverständlich hinnehmen, dass sie alles so tapfer durchstand. Das Leben ihrer Mutter hing noch immer am seidenen Faden, also musste er möglichst viel Verantwortung schultern, damit Molly die Situation verarbeiten konnte, so gut es ging.

In dem Moment, als er die Terrasse betrat, wusste er, dass etwas nicht stimmte. Instinktiv näherte er sich der Tür mit größter Vorsicht. Er zog seine Waffe und betrat das Haus.

Eine Vorahnung überfiel ihn. Es war zu still, das Haus fühlte sich leer an.

»Molly?«, rief er, während er durch die Küche schlich. Sie war leer, genauso wie das Wohnzimmer. Die Eingangstür war noch immer verschlossen, aber die Schlafzimmertür stand offen. Er rief noch einmal Mollys Namen, während er zum Schlafzimmer hinüberging und die Tür vorsichtig öffnete.

Das Erste, was er sah, war das Prepaid-Smartphone, das er gekauft hatte. Es lag auf dem Boden. Ein diagonaler Riss lief über das Display, beginnend in der Ecke, mit der das Gerät auf den Holzdielen aufgeschlagen war. Als Nächstes registrierte er Mollys marineblauen Converse-Turnschuhe, die hinter dem Bett hervorragten.

Er stürzte zu ihr. Molly war gerade noch bei Bewusstsein. Sie hatte sich die Hände an den Hals gelegt, und ihr Gesicht war schneeweiß. Schweiß stand ihr auf der Stirn. Ihr Blick wirkte benommen, und sie schien Jakes Anwesenheit kaum wahrzunehmen.

Verdammt, was war los mit ihr, hatte sie eine Art Anfall?

Nein … Jake bemerkte das pfeifende Geräusch bei jedem ihrer Atemzüge. Hatte Molly Asthma? Er erinnerte sich flüchtig daran, sie mit einem Inhalator gesehen zu haben, als er vor ein paar Wochen Rachel besucht hatte. So schlimm konnte es aber nicht sein, da Molly das Spray sonst nie benutzt hatte. Oder hatte er es nur nicht mitbekommen? Denn ganz offensichtlich war es doch ernst.

»Molly, hast du deinen Inhalator dabei? Medizin?«

Sie blinzelte zweimal, schüttelte den Kopf und rang weiterhin verzweifelt nach Luft.

Er überlegte nicht lange, sondern handelte automatisch. Es war zwar schon lange her, doch Erste Hilfe hatte zur Grundausbildung auf der Polizeiakademie gehört. Natürlich war ein Asthmaanfall nicht unbedingt die Art von medizinischem Notfall, mit dem ein Polizist im Alltag häufig konfrontiert wurde, dennoch hatten sie auch für diesen Fall trainiert.

Molly war noch immer ansprechbar, ein gutes Zeichen, wie Jake hoffte. Er kniete sich hin und nahm sie auf beide Arme. Sie war schwerer, als er gedacht hatte. *Totes Gewicht*, flüsterte eine unwillkommene Stimme in seinem Kopf.

Rasch trug er Molly zur Rückseite des Hauses, wo die Terrassentür noch immer offen stand. Er sagte ihr, dass alles gut würde. Seine Stimme klang ruhig und besonnen, so wie man es ihnen für eine solche Situation beigebracht hatte. Er verwendete häufig ihren Namen und hoffte, dass er zuversichtlicher klang, als er es in Wirklichkeit war. Er stolperte auf die Veranda und schob die Flügeltür mit Mollys Füßen auf. Dann legte er sie vorsichtig auf den Boden.

Nein, das war nicht richtig, sie musste aufrecht sitzen, erinnerte er sich. Er lehnte Molly mit dem Rücken an die Wand. Sie schien nun ein wenig besser Luft zu bekommen, aber von einer normalen Atmung konnte noch lange keine Rede sein. Jake blickte ihr in die

Augen. Ihr Blick schien klarer zu werden. Molly sah ihn nicht an und schien all ihre Konzentration auf das Atmen zu richten.

»Das ist gut«, sagte er. »Weiter so, du machst das gut.«

Nach einer Weile atmete sie ruhiger. An ihrem Gesichtsausdruck sah Jake, wie sehr sie nach Sauerstoff rang. Doch sie machte es gut, war auf dem Weg der Besserung.

Ihre Lippen versuchten ein Wort zu formen.

»Nicht reden«, sagte Jake.

Sie tat es trotzdem, und er las von ihren Lippen ab. »Wasser? Soll ich dir Wasser bringen?«

Sie nickte.

Er rannte in die Küche und holte eine Flasche Wasser aus dem Kühlschrank. Als er wieder auf die Terrasse kam, atmete Molly wieder ein Stück freier. Sie hob die Hand, um die Flasche entgegenzunehmen, ließ sie aber gleich wieder sinken. Sie war zu geschwächt. Jake führte die Flasche vorsichtig an ihre Lippen und ließ sie trinken. Das Wasser lief ihr das Kinn hinunter und tropfte auf ihren grauen Hoodie.

»Es ist alles gut«, sagte er wieder. Je öfter er es wiederholte, desto mehr begann er selbst daran zu glauben.

44

»Du hast die Messenger-Nachrichten gesehen.«

Es war keine Frage, sondern eine Feststellung. Nachdem die erste Aufregung abgeebbt war und es Molly besser ging, hatte sich ein unbehagliches Schweigen zwischen ihnen breitgemacht. Jake schalt sich für seine Dummheit. Er hatte Molly beschützen wollen, indem er ihr die Nachrichten aus dem Facebook-Messenger vorenthielt. Dabei hätte er wissen müssen, dass Molly sie aus Neugierde irgendwann lesen würde. Dass er nicht offen mit ihr darüber gesprochen hatte, war ein großer Fehler gewesen.

Molly zögerte einen Moment, nickte dann aber, wobei sie Jake nicht in die Augen blickte. Sie saß in dem Schaukelstuhl auf der Terrasse, die Beine an die Brust gezogen und das Kinn auf die Knie gestützt. Jake hatte ihr eine alte Decke, die er auf dem Sofa gefunden hatte, um die Schultern gelegt.

Es war kalt, fast zu kalt, um draußen zu sitzen, doch Jake spürte bei jeder kleinen Atemwolke, die er vor Mollys Gesicht sah, ein Gefühl der Erleichterung. Es war knapp gewesen. So etwas durfte ihnen nicht noch einmal passieren.

»Ich habe diese Nachrichten nicht geschrieben«, sagte er nach einer Pause.

Molly antwortete nicht. Ihr Blick war auf den Ozean gerichtet, wo in der Dämmerung die weiße Gischt der Wellenkämme leuchtete. Der aschgraue Himmel war vollständig von Wolken bedeckt. Den Sonnenuntergang konnte man allenfalls an dem orangeroten

Streifen erahnen, der sich dort, wo der Himmel das Meer berührte, über den Horizont zog.

»Du glaubst mir nicht.« Erneut eine Feststellung, keine Frage.

Molly holte tief Luft, zuckte dabei vor Schmerz zusammen und massierte sich mit der rechten Hand die Kehle.

»Ich … ich weiß nicht, was ich glauben soll. Diese Dinge … das, was ich gelesen habe, ist …«

»Ja, es ist schrecklich, ich weiß.«

Sie sah kurz zu ihm auf, dann wandte sie den Blick schnell wieder ab.

»Molly, weißt du noch, was ich gesagt habe? Jemand gibt sich große Mühe, mir die Sache in die Schuhe zu schieben. Die Textnachrichten sind Teil dieses Plans. Es ist nicht schwierig, so etwas zu fälschen, das weißt du, oder?«

Sie schien über seine Worte nachzudenken. Vermutlich fragte sie sich, ob sie ihm trauen konnte. Nach einer gefühlten Ewigkeit sagte sie schließlich: »Ein Mädchen aus meiner Klasse, Samantha Howard, wurde wegen so einer Geschichte beinahe von der Schule verwiesen. Jemand hatte ihr beim Mittagessen das Handy gestohlen. Wer auch immer das war, hat dann unter ihrem Namen Dinge auf der Schulhomepage gepostet … Dinge, die man dort nicht posten sollte.«

»Tatsächlich? Was hat er … oder sie gepostet?«

Molly zögerte kurz. »Nun ja … auf der Startseite stand zu lesen: *Mr Robinson treibt's mit Tieren.*«

Der nüchterne Tonfall, in dem Molly das sagte, ließ Jake unwillkürlich auflachen. Er sah, wie auch Mollys Mundwinkel zuckten. Es war das erste Mal seit gestern, dass sich so etwas wie ein Lächeln auf ihrem Gesicht zeigte.

»Tut mir leid«, sagte er und wurde wieder ernst. »Wer ist Mr Robinson?«

»Unser Direktor. Und ehrlich gesagt, er hatte es verdient.«

»Und wie ist die ganze Sache für Samantha Howard ausgegangen?«

»Ihre Eltern mussten in die Schule kommen. Irgendwie ist es ihnen dann gelungen, den Direktor davon abzubringen, Samantha von der Schule zu verweisen. Ich glaub, ihr Dad ist Rechtsanwalt, und angeblich hat er damit gedroht, die Schule zu verklagen.«

»Weißt du denn, wer wirklich hinter dem Posting auf der Homepage gesteckt hat?«

Molly hob eine Augenbraue. »Ich habe zumindest so einen Verdacht.«

Jakes gute Laune verflog so schnell, wie sie gekommen war. Jeder hatte so seinen Verdacht.

»Also gut«, meinte er. »Das war also eine Art von digitalem Identitätsdiebstahl, für die man technologisch nicht sonderlich versiert sein musste. Die Täter brauchten dazu lediglich ihr Mobiltelefon.«

Molly schüttelte den Kopf. »Echt jetzt? Niemand sagt heute noch *Mobiltelefon*.«

»Ja, natürlich.« Jake fragte sich, ob sich die Erwachsenen, als er in Mollys Alter gewesen war, in seiner Gegenwart auch immer wie Methusalem vorgekommen waren. Wohl kaum. Zumindest hatte die ältere Generation damals noch einigermaßen mit dem technologischen Wandel mithalten können, ganz im Gegensatz zu heute.

»Wie auch immer, es ist jedenfalls ein ziemlich guter Weg, jemanden in ernste Schwierigkeiten zu bringen. Die Leute lesen deinen Namen und sehen dein Foto, und dann gehen sie aus Gewohnheit davon aus, dass die Aussage von dir stammt. Wenn jemand sich auskennt, dann ist es auch ziemlich leicht für ihn, seine Spuren zu verwischen.«

Molly erwiderte nichts, hielt aber diesmal seinem Blick stand. Sie schien ihren Standpunkt zu überdenken, wirkte aber noch nicht restlos überzeugt. Das konnte er ihr kaum vorwerfen. Letztendlich wusste das arme Kind viel zu wenig über ihn.

»Diese Nachrichten stammen nicht von mir«, bekräftigte Jake. »Keine einzige. Das schwöre ich dir.«

Sie dachte einen Moment lang darüber nach, und Jake hoffte,

dass sie ihm Glauben schenken würde. »Wer auch immer dahintersteckt, er … er muss gewusst haben, was passieren würde.«

Jake verstand, was sie meinte. *Zwei Kugeln.* »Ja, da hast du recht.«

»Sie wollten uns beide töten und es so aussehen lassen, als wärst du es gewesen. Aber warum?«

Jake schuldete ihr die Wahrheit. Er hätte schon viel früher darauf vertrauen sollen, dass Molly imstande war, sich eine eigene Meinung über ihn zu bilden. »Ich glaube, dass die Leute, die auf dich und deine Mom geschossen haben, in Wirklichkeit hinter mir her sind. Und … das tut mir sehr leid.«

»Was sind das für Leute?«

Er stand auf, trat an das Geländer der Terrasse und stützte sich mit beiden Händen ab. »Ich weiß es noch nicht. Aber ich werde herausfinden, wer sie sind und was sie im Schilde führen. Ich habe ein paar Ideen, und ich habe Kontakt mit jemandem aufgenommen, der mir vielleicht helfen kann.«

»Kelly Cosgrove«, sagte Molly plötzlich unvermittelt.

Jake hob die Augenbrauen. »Was meinst du?«

Molly räusperte sich. »Kelly Cosgrove. Das ist das Mädchen, das Samanthas Handy gestohlen hat.«

»Hat sie dir das gesagt?«

»Nein. Aber in dem Text auf der Homepage – *Mr Robinson treibt's mit Tieren* – hatte sie einen Punkt hinter das Mr gesetzt. Ich hab mit Kelly zusammen Englisch, und unsere Lehrerin lässt mich immer die Tests einsammeln. Kelly ist die Einzige, die ich kenne, die hinter Mr und Mrs immer einen Punkt setzt.«

Jake zeigte sich beeindruckt. »Ein scharfes Auge. Aber du hast es niemandem gesagt?«

Molly schüttelte den Kopf. »Ich kann weder Samantha noch Mr Robinson leiden. Mit Kelly habe ich aber kein Problem.«

Ihre Stimme klang wieder rau; das viele Sprechen schien ihr nicht gut zu bekommen.

»Was ist mit deinem Inhalator? Hast du ihn … vergessen?« Beinahe hätte Jake *im Auto* gesagt, konnte sich aber noch rechtzeitig bremsen.

»Er liegt in meinem Zimmer. Ich vergesse das Ding ständig. Als ich klein war, habe ich ihn ziemlich oft gebraucht, in letzter Zeit aber nur noch in der Heuschnupfenzeit oder wenn es irgendwo besonders staubig oder verraucht ist.«

Diehls Haus erfüllte zweifelsfrei beide Kriterien, und Jake war keineswegs entgangen, dass Molly das Atmen schwerfiel, seit sie hier waren. Das hätte er als klares Alarmsignal erkennen müssen. Der viele Staub und der kalte Rauch in der Luft hatten Molly ohnehin zu schaffen gemacht, dazu war dann noch der Schock gekommen, als sie die Messenger-Nachrichten gelesen hatte. Kein Wunder, dass sie in Panik geraten war und einen Asthmaanfall erlitten hatte. Sie hatte Glück gehabt, dass es nicht noch schlimmer gekommen war – sie *beide* konnten von Glück reden.

Jake zog das Wegwerfhandy aus der Tasche seiner Jeans. Er hatte hier kaum Empfang, lediglich einen Balken. Der Posteingang seines neuen E-Mail-Accounts war nach wie vor leer. Vielleicht würde er auch nie eine Antwort erhalten. Wie auch immer, sie konnten nicht einfach hier herumsitzen und darauf warten, dass Molly einen weiteren Anfall hatte.

Er musterte sie. Sie hatte sich die Decke enger um die Schultern gezogen und zitterte vor Kälte. Wenn man bedachte, was sie physisch und psychisch durchgemacht hatte, hielt sie sich noch immer tapfer, dennoch wirkte sie deutlich geschwächt.

Nein, sie konnten nicht einfach hierbleiben und auf das Beste hoffen.

»Fühlst du dich stark genug, um von hier zu verschwinden?«, fragte er.

Sie trank einen Schluck Wasser. »Wir fahren weiter?«

»Ja, aber ich hoffe, nicht allzu weit«, sagte er und wollte durch die Terrassentür ins Haus treten. Er würde den Computer noch einmal benutzen müssen.

Plötzlich hörte er ein Geräusch und wandte blitzartig den Kopf.

Sie waren nicht allein. Eleanor Grace stand am Fuß der Treppe, die auf die Terrasse führte. Ihrem Blick nach zu urteilen schien sie nicht ganz sicher zu sein, ob sie etwas sagen oder davonlaufen sollte.

45

Catherine Lark hatte ihr Team vorübergehend aufgeteilt. Paxon, Garcia und Osborne hatten sie nach Willow Creek begleitet, Taylor und Valenti hielten in der Einsatzzentrale die Stellung. In Willow Creek hatten sie einen provisorischen Kommandoposten in einem Motel errichtet. Es lag kurz vor der Ortsgrenze in der Nähe der Tankstelle, an der Ellis zuletzt gesehen worden war. Das Motel war ein Relikt aus den Sechzigerjahren und fiel buchstäblich auseinander. Doch zumindest gab es genügend freie Zimmer, und die Kosten würden das Budget nicht sprengen. Sie arbeiteten mit dem Büro des County Sheriffs zusammen, das aktuell in der Gegend eine weiträumige Befragung aller Bewohner und Ladenbesitzer durchführte. Nicht ausgeschlossen, dass noch jemand Ellis und Molly gesehen hatte. Catherine konnte nur hoffen, dass sie nicht weit gekommen waren.

Am Telefon gab sie der *L. A. Times*, der *Washington Post* und der *New York Times* jeweils ein kurzes Interview. Alle stellten dieselben Fragen, und Catherine vermutete, dass ihre Antworten für die Reporter genauso unbefriedigend waren wie für sie selbst. Zwei von den dreien hatten sie nach dem verdammten Podcast gefragt, offenbar in der Erwartung, dass diese neue Variante des altbekannten Spiels für Catherine genauso aufregend war wie für sie. Dabei gab es nur eine Sache, die sie an *Untraceable* interessierte: Wer hatte diesen Leuten die Screenshots des Facebook-Messengers zugespielt? Paxon hatte die Adresse des Produzenten des Podcasts herausgefunden.

Sobald sie wieder in der Stadt waren und die Zeit es erlaubte, würde Catherine dem Kerl einen Besuch abstatten.

Sie hatte ein gutes Dutzend weiterer Interviews mit Regionalzeitungen und Radiosendern abgelehnt und die Redaktionen auf die Homepage des FBI verwiesen, wo sie sich über die aktuellen Entwicklungen auf dem Laufenden halten konnten. Über Nacht hatte die Suche nach Molly Donaldson die Aufmerksamkeit der gesamten Nation erlangt, und Catherine war sich noch nicht sicher, ob das gut oder schlecht war.

Jedenfalls lastete nun noch mehr Druck auf ihr und dem Team, und das war den Ermittlungen nicht gerade zuträglich.

Um neunzehn Uhr hatte Catherine mit dem restlichen Teil des Teams, das in San Francisco geblieben war, eine kurze Videokonferenz abgehalten. Viel Neues war dabei nicht herausgekommen. Ausgehend von ihrem Gespräch mit Hartzler, hatte sie Garcia gebeten, sich mit den kleineren Orten entlang der Küste zu beschäftigen und herauszufinden, ob sich darunter einer befand, der als Wohnort von Ellis' altem Freund in Frage kam. Sie hatten nicht wirklich viel in der Hand, doch – wie sie immer sagte – man musste jeden Hinweis überprüfen. Tatsächlich war sie, was diese Spur betraf, optimistischer, als sie es in Anbetracht der dünnen Informationslage hätte sein dürfen. Doch ein Ort an der Küste, nördlich der Stadt, das passte zu der Richtung, in die sich Ellis zuletzt bewegt hatte. Außerdem hätte sie dieses Gebiet vermutlich selbst gewählt, wenn sie sich vor dem Gesetz hätte verstecken müssen. Lauter abgelegene Orte, in denen nicht allzu viele Menschen lebten. Außerdem kümmerte es die Leute dort wahrscheinlich kaum, was gerade in der Stadt passierte.

Andererseits war das vielleicht auch ein wenig *zu* plausibel. Hartzler machte keinen Hehl daraus, dass er auf Ellis' Seite stand. Wollte er sie vielleicht von der richtigen Spur ablenken? Catherine wurde das Gefühl nicht los, dass er mehr wusste, als er zugab, und das vielleicht nicht nur, weil er mit dem Verdächtigen befreundet war. Dass die eine Behörde der anderen nur so viel verriet, wie unbedingt sein musste, war eine lange Tradition.

Am Abend um kurz nach acht ließ sich Catherine im Zuckerberg-Krankenhaus mit der diensthabenden Stationsschwester verbinden. Rachel Donaldsons Zustand hatte sich nicht verändert, und es war noch zu früh, um abschätzen zu können, wann sie aus dem Koma erwachen würde – und ob überhaupt.

Das Team hatte die Zentrale in einem großen Gemeinschaftsraum neben der Rezeption des Motels errichtet. Jemand hatte Pizza und Limonade kommen lassen. Nachdem sich alle anderen gestärkt hatten, ging auch Catherine zu dem Tisch hinüber, auf dem die Pappschachteln des Lieferdienstes lagen. Sie bediente sich an den Resten, nahm eine Pepsi und jeweils ein Pizzastück mit Peperoni, Anchovis und Oliven.

Dann trug sie ihren Pappteller hinüber zum Fenster und blickte hinaus. Während sie ihre Telefongespräche geführt hatte, war es dunkel geworden. Im Schein der Straßenlaternen gab es hier draußen nicht viel zu sehen, lediglich den Highway und den dichten Wald auf der anderen Seite. Catherine wurde bewusst, dass nun bereits sechsunddreißig Stunden vergangen waren, seit die Vermisstenmeldung rausgegangen war.

Sie fragte sich, wie viel das Mädchen wohl selbst von den Ereignissen der letzten anderthalb Tage mitbekommen hatte. Wusste sie um den Zustand ihrer Mutter? Wusste sie von den massiven Anstrengungen, die das FBI und die Polizei unternahmen, um sie zu finden? Vielleicht hielt ihr Entführer sie von Radio- und Fernsehgeräten fern. Fürchtete sie womöglich, dass man sie allein ließ? Dass die Welt sie bereits halb vergessen hatte?

Catherine holte ihr Handy aus der Tasche und rief Joe an. Hier nichts Neues, wie lief es zu Hause? Alles in Ordnung, bekam sie zu hören. Catherine sagte, sie hoffe, morgen Abend wieder in ihrem eigenen Bett zu liegen, wenn es die Ermittlung denn zuließ.

Während sie sprach, bemerkte sie einen schwarzen Sportwagen, der langsam am Motel vorbeifuhr. Sein gewachster Lack reflektierte die Straßenlaternen wie ein Spiegel. Sie musste an den anderen schwarzen Wagen denken, der ihr gestern auf der Straße vor dem Büro von McMurtry aufgefallen war.

»Baby, bist du noch dran?«

»Entschuldige, ich war nur abgelenkt«, antwortete sie.

Sie sprachen noch ein paar Minuten, tauschten ein Ich-liebe-dich aus und legten dann auf.

Catherine nahm einen letzten Bissen ihrer kalten Pizza und stellte dann den Teller ab. Ihr war der Appetit vergangen, obwohl es ihre erste Mahlzeit seit dem Bagel gewesen war, den sie sich heute Morgen um sechs Uhr auf dem Weg ins Büro gegönnt hatte.

»Kein Hunger, Boss?«, fragte Adrian Garcia mit vollem Mund.

»Du kannst den Rest gerne haben«, sagte sie. Dann rief sie auf dem Handy ihre Notiz zu der schwarzen Limousine auf. Sie hatte sich das Kennzeichen aufgeschrieben. »Tu mir einen Gefallen. Überprüf das hier, wenn du Zeit hast.«

Er nickte kauend und klopfte seine Taschen auf Stift und Zettel ab, um sich die Nummer zu notieren. Als er es geschafft hatte, verschwand er, die Pizza in der einen, den Zettel in der anderen Hand.

Catherine setzte sich auf eines der zerschlissenen Ledersofas. Selbst unter Druck bemühte sie sich stets um eine gepflegte Arbeitsumgebung, doch von dieser Gewohnheit musste sie hier und heute wohl Abstand nehmen. Im gesamten Raum gab es keine einzige freie Oberfläche mehr. Post-it-Zettel klebten an den Wänden und Fenstern. Landkarten, Akten und lose Blätter waren auf den Sofas und Tischen verteilt.

Sie nahm noch einmal Ellis' Akte zur Hand und überflog seinen Lebenslauf ab dem Zeitpunkt, als er vor fünfzehn Jahren beim SFPD angefangen hatte. Je länger sie darüber nachdachte, desto aufgebauschter erschien ihr der Vorwurf unangemessener Gewaltanwendung bei der Verkehrskontrolle. Im schlimmsten Fall waren mit Ellis einfach die Pferde durchgegangen. Die Geschichte schien in keinem

Verhältnis zu den Vorfällen von gestern zu stehen. Was hatte Jake Ellis zu einem Mann gemacht, der kaltblütig auf eine unschuldige Frau schoss und ihre dreizehnjährige Tochter entführte?

Zwei Kugeln.

Zwei Kugeln waren auf den Wagen der Donaldsons abgefeuert worden, so wie Ellis es versprochen hatte. Danach hatte er noch ein paarmal geschossen, insgesamt waren es vier Kugeln geworden. Doch nur eine davon hatte ihr Ziel gefunden. Catherine rief sich das Bild des zerschossenen Autos in Erinnerung. Drei der Fenster waren zersplittert. Das legte den Verdacht nahe, dass sich Molly während des Angriffs hinter dem Wagen versteckt hatte. Nach dem ersten Schuss auf Rachel musste der zweite Molly gegolten haben, deshalb war auch das Fenster auf der Beifahrerseite zerborsten.

Aber warum hatte er es sich danach anders überlegt? Warum hatte er Molly entführt, anstatt sie einfach wie ihre Mutter zu erschießen? Schließlich war das doch sein Plan gewesen, oder? Zumindest ließ sich dies dem Geständnis entnehmen, das Ellis auf seinem Laptop hinterlassen hatte.

Dieser Punkt ließ Catherine nicht los.

So wie alle anderen hatte sie sich Gedanken darüber gemacht, aus welchem Grund ein unausgeglichener, gewalttätiger Mann das Kind seines Opfers kidnappte. Und wie allen anderen waren ihr einige plausible Antworten eingefallen, die allerdings so schrecklich waren, dass man sie ungern tiefer ergründete.

Doch wenn sie sich den Tatablauf noch einmal vor Augen führte, ganz zu schweigen von der Zwei-Kugel-Textnachricht, erschien es ihr als erwiesen, dass Ellis vorgehabt hatte, sowohl Rachel als auch ihre Tochter Molly zu töten. Warum hatte er es sich anders überlegt? War es eine spontane Entscheidung gewesen, oder steckte mehr dahinter?

Es gab zu viele Fragezeichen. Und jede Erklärung, die Catherine sich vorstellen konnte, führte zu noch mehr Fragezeichen.

»Ich hab's.«

Sie blickte hinüber zu Garcia.

»Was hast du?«

»Das Kennzeichen. Es gehört zum Fuhrpark des Stadtrats, und zwar zu dem des Führungskreises.«

»Okay.«

»Was hattest du erwartet?«

»Nichts.« Sie dachte einen Moment über diese Erkenntnis nach. Die schwarze Limousine war ihr nur aufgefallen, weil sie den Eindruck gehabt hatte, dass der Fahrer Paxon und sie beobachtete, als sie die Straße überquerten und auf das Bürogebäude zugingen. »Ihr habt euch doch die Liste der Kunden angesehen, die Rachel Donaldson betreut hat … War unter den Namen jemand von der Stadt?«

»Ich glaube nicht. Warum?«

»Nur so«, meinte sie. Insgeheim aber kannte sie die Antwort: Weil man alles überprüfen muss. »Gleich morgen früh rufst du im Büro von William McMurtry an und erkundigst dich, ob sie für irgendeine Abteilung der Stadt arbeiten.«

46

Eine ganze Weile bewegte sich keiner von ihnen. Eleanor Grace' Blick wanderte von Jake zu Molly, dann zu der Waffe, die noch immer auf dem Terrassenboden lag, und wieder zurück zu Jake.

Schließlich brach Jake das Schweigen. »Sie hatte einen Asthmaanfall. Es geht ihr wieder besser.«

Eleanor schüttelte den Kopf und schluckte. »Sie sind es, oder? Der aus den Nachrichten.« Sie blickte wieder zu Molly, die Augen sorgenvoll zusammengekniffen. Dann betrachtete sie erneut die Waffe und trat einen Schritt zurück.

»Es ist nicht so, wie Sie denken«, sagte Jake.

Eleanor schüttelte den Kopf, vielleicht ohne dass es ihr bewusst war. Sie tat einen weiteren Schritt nach hinten, und dann rannte sie los.

»Bleiben Sie hier!«

Es war Mollys Stimme, rau und kaum mehr als ein Flüstern. Eleanor blieb stehen und wandte sich langsam um.

»Er hat nicht auf meine Mom geschossen. Und er hat mich auch nicht entführt.«

Eleanor stand da und sagte nichts. Wieder fiel ihr Blick auf die Waffe. Jake überlegte, ob sie wohl gerade versuchte einzuschätzen, ob sie die Pistole erreichen konnte. Doch dann wurde ihm klar, dass sie wohl eher fürchtete, er könnte sie auf sie richten.

Er sprach, ohne den Blick von Eleanor zu wenden. »Molly, könntest du bitte meine Waffe ins Haus bringen?«

Das Mädchen stand auf, bückte sich, zögerte aber kurz, bevor sie die SIG Sauer berührte.

»Es ist in Ordnung«, sagte Jake. »Sie ist gesichert. Bring sie einfach rein und leg sie auf den Küchentisch.«

Eleanors Blick folgte Molly, als sie die Waffe aufnahm und damit ins Haus ging. Als sie wieder herauskam, schloss Molly die Tür und lehnte sich dagegen.

»Du solltest dich lieber hinsetzen«, meinte Eleanor. »Du siehst nicht gut aus.«

»Es ist alles okay«, antwortete Molly. »Das Stehen tut mir gut.«

Eleanor wandte sich wieder an Jake. »Was zum Teufel geht hier vor?«

Er hob beide Hände. »Wir werden Ihnen nichts tun. Bis ich die Waffe erreichen könnte, wären Sie schon längst wieder in Ihrem Haus. Wenn Sie also die Polizei rufen wollen, kann ich Sie nicht aufhalten, richtig?«

Sie zögerte. »Nennen Sie mir einen Grund, warum ich es nicht tun sollte.«

»Wenn Sie mir die Chance geben, versuche ich, es Ihnen zu erklären.«

Eleanor musterte Jake, dann blickte sie zu Molly und schließlich zu der Tür, die in die Küche führte.

Sie kam einen Schritt näher.

Untraceable

Auszug aus Untraceable – Staffel 4, Folge 4, 21. April

Diese Episode von *Untraceable* wird euch präsentiert von unserem neuen Sponsor *Golden Gate Cruises*.

Willkommen bei *Untraceable*, dem Podcast, der den spektakulärsten Vermisstenfällen aller Zeiten auf den Grund geht. Mein Name ist Chrissie Chung. In jeder Staffel berichten wir über eine vermisste Person, angefangen bei ihrem Verschwinden bis hin zur Aufklärung des Falls.

Während wir diese Folge aufzeichnen, wird Rachel Donaldson weiterhin im Krankenhaus behandelt, ihr Zustand ist unverändert kritisch. Rachel wurde von ihrem Freund Jake Ellis angeschossen, einem Polizeibeamten des SFPD. Ellis entführte daraufhin Rachels Tochter Molly und befindet sich derzeit mit ihr auf der Flucht. Während Polizei und FBI die Fahndung in Richtung Norden ausweiten, sprechen wir mit einer Frau, für die Rachel und Molly wie eine Familie waren.

Zunächst möchten wir allerdings über ein interessantes Puzzleteil in diesem Fall sprechen, das bislang noch nicht an die Öffentlichkeit gedrungen ist. Sollten die Ermittlungsbehörden ebenfalls über diese Information verfügen, haben sie sie noch nicht mit den Medien geteilt. Das muss nichts zu bedeuten haben, und vielleicht ist es etwas völlig Nebensächliches. Doch wenn ich in all den Jahren, die wir diesen Podcast nun schon produzieren, etwas gelernt habe, dann, dass in einem Kriminalfall jedes Detail zählt.

[Telefonklingeln]

Hallo?

Hi, spreche ich mit Al?

Ja, am Apparat.

Hier ist Chrissie Chung von *Untraceable*. Ist es richtig, dass Sie in der Sullivan Street wohnen, ganz in der Nähe des Parkplatzes, auf dem sich am Samstagmorgen die Schießerei ereignet hat?

Ungefähr drei Blocks entfernt, ja.

Können Sie uns beschreiben, was Sie gesehen haben?

Nun, zuerst habe ich die Schüsse gehört. Ich wusste sofort, dass es Schüsse aus einer Waffe sind und nichts anderes. Ich bin ans Fenster, wollte sehen, was los ist, konnte aber nichts erkennen. Dann, eine Minute später, hörte ich ein Motorrad heranrauschen, also, ich meine richtig schnell, der Fahrer hat Vollgas gegeben.

Auf der Sullivan Street?

Ja, er kam in meine Richtung, und eine Sekunde später flog er mit der Maschine buchstäblich an meinem Apartment vorbei. Er trug eine Lederkluft, und die Maschine war hinten mit Flammen und solchem Zeug bemalt. Der Typ muss an die hundert draufgehabt haben, mindestens. Ich dachte noch: Das ist entweder derjenige, auf den geschossen wurde, oder der, der geschossen hat.

Und dann haben Sie die Polizei verständigt, Al?

Natürlich. Als endlich jemand kam, um mit mir zu sprechen, wussten sie allerdings schon, dass dieser Cop hinter allem steckte. Ich schätze daher, dass der Kerl mit dem Motorrad sich einfach nur in Sicherheit bringen wollte. Vielleicht hatte der Täter ja auch auf ihn geschossen. Eines kann ich Ihnen aber sagen: Die Flammen auf der Maschine waren wirklich sehr passend: Der Kerl fuhr, als wäre der Teufel hinter ihm her.

47

Das nächste Krankenhaus befand sich am Rand von Crescent City, ungefähr fünfzehn Meilen nördlich von False Klamath. Jake ging in Gedanken seine Optionen durch, während er dem Highway folgte, der sich in der Dunkelheit an der Küste entlangschlängelte und in tiefste Schwärze abtauchte, wenn sie die dichten Mammutbaumwälder durchquerten.

Er konnte Molly nicht alleine ins Krankenhaus schicken, das würde zu viele Fragen aufwerfen. Warum kam ein dreizehnjähriges Mädchen um diese Uhrzeit allein in die Notaufnahme? Andererseits würden sie ein großes Risiko eingehen, wenn er sie begleitete, selbst, wenn sie sich eine glaubhafte Geschichte zurechtlegten. Alle Welt suchte nach einem Mann und einem Mädchen, deren Beschreibung auf sie beide passte, daran änderten auch die kosmetischen Veränderungen nichts. Jake war sich nicht sicher, ob über das Amber-System nicht sogar zusätzliche Meldungen an das gesamte medizinische Personal im Bundesstaat verschickt wurden. Letztlich spielte das aber auch keine Rolle. Wenn der zuständige Arzt, die Krankenschwester, die Rezeptionistin oder der Hausmeister in den vergangenen vierundzwanzig Stunden einen Blick in die Nachrichten geworfen hatten, würden sie über die Suche nach ihnen Bescheid wissen. Und es brauchte nur einen einzigen aufmerksamen Krankenhausangestellten, dem der Mann und das Mädchen auffielen, die mitten in der Nacht ohne Krankenversicherung in der Notaufnahme auftauchten, um das Puzzle zusammenzusetzen.

Deshalb würden eine Frau und ein Mädchen die Notaufnahme betreten.

»Und Sie sind wirklich sicher, dass Sie das tun wollen?«, fragte Jake.

Eleanor Grace blickte ihn vom Fahrersitz ihres Honda Civic aus an. »Nein«, antwortete sie. »Aber ich werde es trotzdem machen.«

»Wir sind Ihnen wirklich sehr dankbar«, sagte Molly mit noch immer schwacher Stimme vom Rücksitz aus.

»Mir ist das alles noch immer nicht geheuer, okay?«, meinte Eleanor. »Das ist eine ganz schön abgefahrene Geschichte, die ihr mir da vorhin aufgetischt habt. Ich muss darüber nachdenken. Das Wichtigste ist im Moment aber, dass du dieses Inhalationsspray bekommst.«

Jake nickte und blickte wieder auf die Straße.

Er hoffte, dass Eleanor sich nicht doch noch entschied, die Polizei zu verständigen, sobald Molly in Sicherheit war. Er wollte es nicht beschwören, aber er hatte den Eindruck, sie hatte begriffen, dass Jake nicht das Monster sein konnte, das die Medien in ihm sahen, weil er sie sonst, ohne zu zögern, erschossen hätte.

Das blutrote Neonschild der Notaufnahme tauchte aus der Dunkelheit auf. Zumindest eines spielte ihnen in die Karten: Eine kurze medizinische Untersuchung würde beweisen, dass Molly das Medikament, nach dem sie verlangten, wirklich brauchte. Jake hoffte, dass die Sorge um ihre Gesundheit alle anderen Fragen zerstreuen würde.

48

Als Molly die Autotür schloss, spiegelte sich ihr Gesicht im Beifahrerfenster, rötlich im Licht des Neonschilds. Sie hätte sich selbst beinahe nicht wiedererkannt. Das schwarze Haar hatte sie zu einem Zopf gebunden, und sie trug eine alte Beanie, die Eleanor aus dem Handschuhfach ihres Wagens gekramt hatte. Mit der Mütze, dem gefärbten Haar, der blassen Haut und den dunklen Ringen unter den Augen hatte sie kaum noch Ähnlichkeit mit dem Mädchen, das auf dem Foto aus Disneyland zu sehen war.

Jake blieb im Wagen, und Molly ging mit Eleanor zum Eingang der Notaufnahme. Sie kamen in einen Warteraum mit einem Empfangstresen und einer Tür, an der ein Schild mit der Aufschrift *Untersuchungszimmer* hing. Auf dem Fernseher an der Wand lief eine Sitcom. Die Dame an der Aufnahme trug eine hellgrüne Bluse und musste schätzungsweise Mitte sechzig sein. Ihr Blick war auf den Bildschirm vor ihr gerichtet, und als Molly und Eleanor an den Empfangstresen traten, dauerte es einen Moment, bis sie zu ihnen aufsah.

»Kann ich Ihnen helfen?«

»Das hoffe ich«, sagte Eleanor. »Wir zelten hier in der Gegend, und meine Handtasche wurde gestohlen. Dummerweise befand sich der Inhalator meiner Tochter darin, und jetzt geht es ihr nicht gut.«

Ohne den Kopf zu drehen, blickte die Frau zu Molly, dann wieder zurück zu Eleanor. Falls sie Molly erkannte, ließ sie es sich nicht anmerken. Sie griff unter den Tresen und zog ein Klemmbrett mit einem Formular hervor. Ein Kugelschreiber war an der Seite befestigt. »Wenn Sie das hier bitte ausfüllen würden. Und ich benötige Ihre Versichertenkarte.«

Eleanor machte ein bedauerndes Gesicht und hob die leeren Hände in die Höhe. »Ich fürchte, damit kann ich nicht dienen … mein Portemonnaie war auch in der Handtasche, mit allen Karten und Ausweisdokumenten.« Sie streichelte Molly sanft über den Kopf. »Können wir ein Inhalationsspray kaufen? Ich glaube, sie braucht eigentlich keinen Arzt. Mir geht es ja nur darum, dass wir das Medikament haben, für den Fall, dass sie einen Asthma-Anfall bekommt.«

Die Frau betrachtete Molly. Dann sah sie wieder zu Eleanor. Eleanor blinzelte nervös. Molly konnte ihr ansehen, dass sie sich unwohl fühlte. Es lief nicht glatt, die Empfangsdame würde sich später an sie erinnern können.

»Sie muss sich von einem Arzt untersuchen lassen. Sie können in bar oder mit allen gängigen Kreditkarten bezahlen.«

Eleanor zog ihre Mastercard hervor und schob sie über den Tresen. Molly entging nicht, dass ihre Hand dabei ein wenig zitterte. »Zum Glück hatte ich die hier separat aufbewahrt.«

Die Dame nahm die Karte entgegen, richtete den Blick wieder auf den Monitor und tippte etwas ein.

»Setzten Sie sich bitte noch einen Moment.«

Die Ärztin, eine müde wirkende Frau Mitte dreißig, mit blonden Haaren und Brille, schien mit Patienten besser umgehen zu können als die Rezeptionistin. Auch sie erkannte Molly offenbar nicht und stellte auch Eleanors Geschichte nicht in Frage. Vielleicht kam so etwas tatsächlich öfter vor. Die Frau stellte sich als Doktor Mallory vor und bat Molly, sich für die Untersuchung auf die Behandlungsliege zu legen.

Eleanor sagte, sie hießen Liz und Sally Morton und kämen aus Oakland. Sie erwähnte noch einmal ihren Campingurlaub, doch

Doktor Mallory schien sich nicht dafür zu interessieren. Stattdessen stellte sie einige Standardfragen zu »Sallys« Krankengeschichte – keine Allergien, ihr Asthma war in Kindertagen schlimmer gewesen als heute, sie trieb Sport, pflegte einen gesunden Lebensstil. Nichts Kompliziertes, weshalb Molly alles problemlos beantworten konnte. Die Ärztin bat sie, in ein Plastikröhrchen zu pusten, und machte sich dann ein paar Notizen.

Schließlich füllte sie ein Rezept aus und reichte es Eleanor. »Sie können es morgen in einer Apotheke holen.«

Eleanor warf Molly einen Blick zu. »Wie fühlst du dich?«

Molly schürzte die Lippen. »Es geht schon, Mom.«

Eleanor wandte sich wieder der Ärztin zu. »Können Sie uns nicht schon jetzt etwas mitgeben? Ich bin mir nämlich nicht sicher, ob es in der Nähe unseres Zeltplatzes eine Apotheke gibt. Und ich will nicht riskieren …« Sie sprach nicht weiter.

Doktor Mallory musterte sie nachdenklich, doch nach einem Moment schien ihr Mitgefühl die Oberhand zu gewinnen.

»Einverstanden. Aber du solltest wirklich darauf achten, dass du den Inhalator immer bei dir hast, okay?«

»Ja, Ma'am«, sagte Molly.

Die Ärztin führte sie hinaus zum Empfang und sagte, sie wäre in ein paar Minuten wieder bei ihnen. Dann verschwand sie in einem der hinteren Räume.

Molly wechselte einen Blick mit Eleanor. Ihr nervöses Lächeln trug nicht gerade zu ihrer Beruhigung bei. Die Rezeptionistin hielt den Kopf gesenkt und war damit beschäftigt, hinter dem Tresen Patientenakten zu sortieren. Molly sah zu der Uhr, die hinter der Frau an der Wand hing. Sie waren nun seit einer halben Stunde hier.

Was tat Doktor Mallory? Rief sie gerade die Polizei an? Oder hatte das ihre Kollegin am Empfang bereits erledigt, während die Ärztin Molly untersucht hatte, und die beiden spielten jetzt auf Zeit?

Der Sekundenzeiger umrundete das Ziffernblatt, dann ein zweites Mal. Die Empfangsdame war mit dem Sortieren fertig und hievte den Aktenstapel auf den Tresen. Molly blickte zu der Tür, hinter der Doktor Mallory verschwunden war. Wofür brauchte sie so lange?

Hinter dem Tresen klingelte das Telefon. Aus dem Augenwinkel bemerkte Molly, wie Eleanor zusammenzuckte. Sie tauschten einen besorgten Blick.

»Das dauert zu lange«, flüsterte Eleanor und sah zum Parkplatz hinaus. Molly fragte sich, was ihr durch den Kopf ging. Vielleicht fragte sie sich gerade, wie sie nur in diesen Schlamassel hatte geraten können.

Eine weitere Minute verstrich. Die Ärztin war nun schon seit fünf Minuten weg.

»Wir müssen gehen«, sagte Eleanor.

Plötzlich leuchteten hinter ihnen helle Scheinwerfer auf. Molly und Eleanor fuhren herum und sahen durch das bodentiefe Fenster hinaus auf den Parkplatz. Eleanor packte Mollys Handgelenk und wollte sie schon mit sich ziehen, blieb dann aber stehen. Wie Molly hatte auch sie einen Moment gebraucht, um zu erkennen, dass es sich bei der Limousine dort draußen nicht um ein Polizeifahrzeug handelte. Der Wagen drehte langsam eine Runde über den Parkplatz und fuhr dann wieder zurück auf die Straße.

Molly sah, wie Jake aus Eleanors Auto stieg und mit erwartungsvollem Blick zu ihnen herübersah.

»Wir müssen los«, sagte Eleanor erneut. Ihr Griff um Mollys Handgelenk wurde fester, und diesmal zog sie Molly mit sich in Richtung Ausgang.

»Nicht so schnell.«

Molly drehte sich um. Die Ärztin stand hinter ihnen, eine weiße Papiertüte in der Hand.

»Entschuldigen Sie, ich musste noch einen Anruf entgegennehmen.« Sie streckte ihnen die Tüte entgegen und blickte dabei an ihnen vorbei aus dem Fenster, wo sie Jake neben dem einzigen Fahrzeug auf dem Parkplatz stehen sah. »Ihr Mann?«

Eleanor lächelte, als sie nach der Papiertüte griff.

»Vielen Dank, ich weiß nicht, was wir ohne Sie getan hätten.«

»Kein Problem.« Die Ärztin sah Molly an. »Du solltest es damit nicht übertreiben. Aber wenn du das Gefühl hast, dass es nötig ist, kannst du immer einen Hub nehmen.«

Molly nickte.

»Pass auf dich auf – und auf deine Mom und deinen Dad auch.«

49

»… aber so ist das eben. In der Frühphase einer Ermittlung ist es wohl normal, dass niemand etwas Genaues weiß. Schaltet nächstes Mal wieder ein …«

»… gleiche Zeit, gleicher Kanal«, vollendete Catherine den Satz, nahm die Ohrstöpsel heraus und verdrehte die Augen.

»Was sagst du?«, fragte Garcia.

»Ich habe mir nur diesen verdammten Podcast angehört.«

Garcia grinste. »Dir scheint wohl langweilig zu sein.«

»Ich bin multitaskingfähig, Adrian. Ich bringe es dir bei, sobald du irgendwann mit dem Singletasking klarkommst.«

Garcia nahm die Spitze mit Humor. »Haben die denn wenigstens irgendwelche neuen Erkenntnisse?« Er deutete mit einem Nicken auf den Bildschirm von Catherines Laptop. Auf der Webseite des Podcasts hatte sie eine Karte von Kalifornien entdeckt, auf der alle Orte markiert waren, an denen die Hörer – deren Anzahl rapide anstieg –, angeblich die gesuchten Personen gesehen hatten.

»Nicht wirklich«, antwortete sie. »Sie sind zu dem Schluss gekommen, dass niemand etwas Genaues weiß, womit sie ungefähr auf dem gleichen Stand sind wie wir.«

»Sind sie auf irgendwas gestoßen, das wir übersehen haben?«

»Nein, zumindest haben sie nicht davon gesprochen. Es war allerdings ganz interessant, sich die Interviews anzuhören. Die Leute reden anders mit ihr, als sie es mit uns tun.«

»Wie meinst du das?«

»Ich weiß nicht genau.« Sie dachte einen Moment nach. »Ich schätze, sie sind einfach unbefangener.«

Garcia nickte.

War man Gesetzeshüter – egal, bei welcher Behörde –, dann mussten die Leute mit einem sprechen. Nach Catherines Erfahrung taten es die wenigsten freiwillig. Das Mädchen, das den Podcast moderierte – Carrie? Nein, Chrissie –, schien einen guten journalistischen Instinkt zu haben. Jedenfalls öffneten sich die Leute ihr gegenüber. Außerdem besaß sie das Talent, eine Geschichte packend und interessant zu erzählen, was für ihren Job wohl noch wichtiger war. Catherine gab es nur ungern zu, doch auch ohne neue Informationen hatte sie es bisher als hilfreich empfunden, die vier Episoden des Podcasts zu hören. Sie hatten ihr einen besseren Überblick verschafft. Die Ereignisse von einer unabhängigen, aber gut informierten dritten Partei dargelegt zu bekommen schärfte den Blick. Was aber nicht bedeutete, dass Catherine nicht wütend darüber war, dass die Messenger-Nachrichten auf diesem Weg an die Öffentlichkeit gekommen waren.

Die Sache mit dem Motorrad war merkwürdig. Catherine konnte sich durchaus erklären, warum der Hinweis nicht zu ihr durchgedrungen und vermutlich untergegangen war. Wahrscheinlich hatte der Mann am Telefon recht, und der Motorradfahrer hatte sich vor der Schießerei in Sicherheit bringen wollen. Aber warum hatte er sich dann nicht als Zeuge gemeldet?

Catherine öffnete Twitter und sah sich an, was unter dem Hashtag #FindetMolly zu lesen stand. Die Diskussion verlief weiterhin sehr lebhaft.

»Ich verstehe nicht, warum die Leute von diesen Dingen heutzutage so besessen sind«, murmelte sie. »Podcasts, True-Crime-Serien auf Netflix ... ist das alles noch normal?«

»Weißt du, wer den Code im ersten Brief des Zodiac-Killers entschlüsselt hat?«, fragte Garcia.

»Natürlich. Ein Kryptologe, oder?«

»Nein. Ein nettes älteres Ehepaar aus Salinas, das gerne Kreuzworträtsel löste. Zivilisten.« Er hob die Hände, als wollte er sagen: *Da hast du es.* »Die Leute interessieren sich immer für Kriminalfälle. Sie wollen den Fall lösen. Vielleicht sollten wir uns darüber freuen.«

Catherine hob die Augenbrauen. »Wenn es ein Kreuzworträtsel gibt, das diesen Fall löst, her damit.«

Die Uhr auf dem Laptop sprang von zweiundzwanzig Uhr neunundfünfzig auf dreiundzwanzig Uhr. Anderthalb Tage waren nun vergangen. Catherine fragte sich, ob eine weitere Tasse Kaffee aus dem Automaten an der Hotelrezeption ihre Kopfschmerzen vertreiben oder nur verschlimmern würde.

»Agent Lark?«

Sie blickte auf. Es war Colette Osborne. Catherine versuchte, den Gesichtsausdruck der jungen Frau zu deuten – es war schwer zu sagen, ob sie besorgt oder aufgeregt aussah.

»Was gibt es? Hat sich das Krankenhaus gemeldet?«

Osborne schüttelte den Kopf. »Nein, das heißt, doch. Allerdings nicht *das* Krankenhaus.«

»Colette …«

»Entschuldige. Ich habe gerade mit einer Ärztin aus einer Notaufnahme in Crescent City gesprochen.«

»Und?«, fragte Catherine. Osborne hatte nun ihre ganze Aufmerksamkeit. Crescent City befand sich ungefähr hundert Meilen nördlich von hier an der Küste – und damit ziemlich genau in ihrem aktuellen Suchradius.

»Ich habe im gesamten Bundesstaat nach bestimmten medizinischen Verschreibungen Ausschau gehalten.«

»Medizinische Verschreibungen? Tut mir leid, ich verstehe nicht ganz …«

»Du weißt doch, was du uns immer predigst? Wir müssen jeden Hinweis überprüfen. Das habe ich getan. Ich habe mir die Bilder vom Haus der Donaldsons noch einmal genau angesehen. Besonders von Mollys Zimmer. Auf ihrem Nachttisch lag ein Inhalator.«

Jetzt verstand Catherine. »Und wir waren uns ziemlich sicher, dass sie zum Zeitpunkt ihrer Entführung nichts anderes bei sich hatte als die Kleidung, die sie trug. Ihre Tasche befand sich noch im Auto.«

»Genau«, bestätigte Osborne. »Also dachte ich, wenn sie den Inhalator nicht bei sich hat, könnte sie in einer Stresssituation …«

»Gute Arbeit«, sagte Catherine. Es tat ihr leid, dass sie Osborne das Wort abschnitt, doch nun wollte sie schnell zum Punkt kommen. »Wo müssen wir hin?«

Osborne hielt einen abgerissenen Notizzettel in die Höhe, auf dem Name und Adresse des Krankenhauses standen. »Vor einer halben Stunde sind dort eine Erwachsene und ein Teenagermädchen aufgetaucht. Sie haben sich ein Notfall-Asthmaspray geben lassen. Bezahlt haben sie im Voraus, keine Versicherung.«

Sie wirkte ein wenig unsicher, als sie das erzählte, also hakte Catherine nach. »Eine Erwachsene?«

»Bei der Person, die das Mädchen begleitete, handelte es sich um eine Frau. Aber da war wohl auch noch ein Mann, der draußen auf dem Parkplatz auf die beiden wartete. Ein Mann Ende dreißig oder Anfang vierzig.«

»Welche Namen haben sie verwendet?«

»Ich habe die Namen, die sie auf dem Anmeldeformular eingetragen haben, bereits überprüft. Sie sind nicht echt. Nach dieser Feststellung haben wir sofort angerufen. Die Ärztin, die die beiden behandelt hat, war noch da.«

Catherine spürte einen Adrenalinstoß. Es war noch keine Stunde her. Selbst mit dem Auto konnten sie sich in der Zeit nicht mehr als maximal fünfzig, sechzig Meilen von der Klinik entfernt haben. Wer war diese Frau? Eine Bekannte von Ellis, die ihnen bislang entgangen war?

Catherine stand auf und rief quer durch den Raum nach Garcia, der die Liste der Orte und Gemeinden abarbeitete, die zu Hartzlers Beschreibung passen konnten.

»Was ist los?«, fragte er.

Sie nahm Osborne das Notizblatt aus der Hand. »Wie viele Orte hast du auf deiner Liste?«

»Ungefähr fünfzig.«

»Grenz die Suche auf die nähere Umgebung von Crescent City ein.«

Er blickte auf den Laptop vor sich. »Jetzt?«

»Nein, lass uns doch ruhig bis zum Unabhängigkeitstag am 4. Juli warten … Natürlich jetzt, wann denn sonst, verdammt noch mal!«

Ihr fiel noch etwas anderes ein. Sie blickte zu Osborne.

»Wie haben sie bezahlt? Du sagtest, sie hatten keine Versicherung.«

Wahrscheinlich hatte die Frau den Betrag in bar beglichen, dachte Catherine. Alles andere wäre zu schön gewesen, um wahr zu sein. Außerdem hätte Osborne es sicherlich erwähnt, wenn eine Kreditkarte verwendet worden wäre. Andererseits, wenn man eine Welle erwischte, musste man so lange darauf reiten, wie einem das Glück treu blieb.

»Ich weiß es nicht«, antwortete Osborne, »aber ich könnte …«

»Dann tu es.«

Catherine zog ihr Handy aus der Tasche und rief ihren Vorgesetzten Anthony Finn an. Trotz der späten Stunde ging er sofort ran. Sie begann zu sprechen, noch bevor er auch nur hallo sagen konnte.

»Wir haben sie. Crescent City.«

50

Jake empfahl Eleanor Grace, die Tachonadel des Honda Civic auf der kurvigen Küstenstraße unter hundert Stundenkilometern zu halten. Sie waren auf dem Weg zurück nach False Klamath, und bei Nacht fuhr man auf dieser Strecke besser nicht zu schnell. Vor allem in den dichten Waldstücken konnte man in der Dunkelheit die scharfen Kurven erst im letzten Moment erkennen. Zudem waren die beiden Fahrspuren nicht durch einen Mittelstreifen getrennt.

Während der gesamten Zeit behielt er die Straße und den Rückspiegel im Blick, stets in Sorge, dass plötzlich das flackernde Blaulicht eines Streifenwagens auftauchen und ein gelangweilter Cop sie rauswinken könnte.

»Glauben Sie, die Ärztin hat etwas gemerkt?«, fragte Eleanor, nachdem sie zehn Minuten oder länger gefahren waren, ohne ein Wort zu sagen.

»Wenn sie Verdacht geschöpft hätte, hätte sie wohl versucht, euch dazubehalten«, beruhigte Jake sie. Das hoffte er jedenfalls, sicher war er sich nicht.

Hinter der nächsten Kurve tauchten helle Autoscheinwerfer auf. Jake hielt kurz die Luft an und atmete erleichtert aus, als ein silberfarbener SUV in hohem Tempo an ihnen vorbeizog. Der Fahrtwind brachte den deutlich kleineren Honda Civic leicht ins Schwanken.

Eleanor stieß einen Seufzer aus. »Ich muss verrückt sein, dass ich so etwas mitmache.«

»Wir sind Ihnen sehr dankbar«, sagte Jake. »Molly brauchte das Spray wirklich dringend.«

Er drehte sich zur Molly um, und das Mädchen erwiderte seinen Blick. Das schwache Licht der Armaturenbeleuchtung spiegelte sich in ihren braunen Augen. Sie hielt den Inhalator in der rechten Hand. Der Anweisung der Ärztin folgend, hatte sie seit dem Besuch im Krankenhaus nicht mehr als zwei Hübe genommen. Allein das Wissen, dass sie das lebensrettende Spray nun bei sich hatte, nahm Jake eine enorme Last von den Schultern, und Molly ging es vermutlich genauso. Er wünschte nur, gegen seine anderen Sorgen gäbe es auch ein Medikament.

»Und was ist, wenn sie uns erkannt und trotzdem hat gehen lassen?«, fragte Molly leise. »Vielleicht hatte sie Angst?«

Jake hob an, um ihr zu widersprechen. Glaubte sie wirklich, die Leute mussten Angst vor ihm haben? Erging es ihr nach allem, was geschehen war, vielleicht selbst so? Er sah zu Eleanor hinüber. Sie hatte ihn aus dem Augenwinkel beobachtet und richtete den Blick nun schnell wieder auf die Straße.

51

Als sie False Klamath erreichten, parkte Eleanor den Honda in der Einfahrt ihres Hauses. Molly wartete beim Wagen, während Jake Eleanor zur Haustür begleitete. Den Hausschlüssel schon in der Hand, blieb sie an der Tür stehen und blickte über Jakes Schulter hinweg zu Molly. »Ich hoffe, Sie tun das Richtige«, meinte sie.

»Dann sind wir schon zwei, die das hoffen.«

»Glauben Sie wirklich, dass das der beste Weg ist? Ich meine, ich könnte doch mit den Cops reden, ihnen klarmachen …«

Jake schüttelte den Kopf. »Das kann ich nicht riskieren. Danke für heute Nacht.«

Sie biss sich auf die Lippe, wandte sich dann um und schloss die Tür auf. »Ich muss das erst mal alles verarbeiten.«

»Das verstehe ich«, sagte Jake.

Auf der Türschwelle zögerte Eleanor und blickte sich noch einmal kurz zu ihm um, bevor sie schließlich hineinging und die Tür hinter sich schloss. Jake blieb noch einen Moment stehen. Hoffentlich würde sie den Mund halten, und wenn nur für einen Tag. Er musste ihr wohl oder übel vertrauen, schließlich war es nicht so, als hätte er irgendeine Wahl.

Er raffte sich auf und ging mit Molly um Diehls Haus herum zur Terrassentür.

»Versuch, etwas zu schlafen«, sagte er, als sie in der Küche standen.

Die spiegelnde Tür des alten Siebzigerjahre-Kühlschranks erinnerte ihn daran, dass sie beide seit dem späten Vormittag nichts mehr gegessen hatten. Oh Gott, dachte Jake, als Beschützer eines Teenagers machte er keine wirklich gute Figur. »Hast du Hunger?«, fragte er. »Du solltest etwas essen.«

Molly schüttelte den Kopf. »Ich brauche nur einen Schluck Wasser.«

Jake nahm zwei Flaschen Wasser aus dem Kühlschrank und reichte ihr eine. Molly nahm sie entgegen und ging damit ins Schlafzimmer.

»Bis morgen«, sagte sie leise.

Jake umklammerte die Flasche in seiner Hand. Molly hatte etwas Besseres verdient. Er musste so schnell wie möglich wieder eine Art Normalität für sie schaffen. Rachel würde ihre Tochter brauchen, wenn sie aufwachte – mit Betonung auf *wenn*. Ob die beiden dann überhaupt noch etwas mit dem Mann zu tun haben wollten, der sie in diese katastrophale Lage gebracht hatte, war natürlich eine ganz andere Frage.

Er ging hinüber zum Schreibtisch und schaltete den Computer ein. Während das alte Gerät ratternd und pfeifend zum Leben erwachte, trank Jake einen Schluck Wasser. Er fühlte sich genauso alt und ausgelaugt, wie sich der Computer anhörte. Eine Dosis Koffein würde an diesem Zustand vielleicht etwas ändern.

Als er mit einer dampfenden Tasse Kaffee aus der Küche zurückkehrte, war auf dem Bildschirm endlich der Desktop zu sehen. Jake nippte an dem heißen Getränk, während er darauf wartete, dass auch der Browser seinen Dienst antrat. Eine Minute später hatte er den Posteingang seines neuen Mail-Accounts aufgerufen – der nicht leer war.

Er hatte eine neue E-Mail.

Re: Frage

Jake stellte die Kaffeetasse auf dem Schreibtisch ab und klickte die Nachricht an. Er fluchte, als der Bildschirm flackerte und für einen Moment schwarz wurde. Es war, als benötige das Gerät eine kurze Bedenkzeit, bevor es seine Geheimnisse preisgab.

Endlich erschien der Text der Mail.

Sie stammte definitiv von seinem Kontaktmann. Die Absenderadresse war kein Name, sondern schlicht das Wort »Fragen«. Drei kurze Absätze, gefolgt von einem Link zu einem Nachrichtenartikel. Jake begann zu lesen und fragte sich bald, ob die Nachricht nicht sogar von Carl Dolan persönlich stammte.

Der Verfasser hatte jedenfalls eine Person identifiziert, die möglicherweise auf Rachel geschossen hatte. Ein Mann namens Wade Lang. Dem anonymen Schreiber zufolge erfüllte Lang gleich mehrere Kriterien: Er hatte im ganzen Staat Kalifornien bereits zahlreiche Aufträge für das organisierte Verbrechen ausgeführt, konzentrierte sich aber besonders auf die Bay Area. Er fuhr ein Motorrad und hatte es Gerüchten zufolge bereits bei einigen seiner Anschläge verwendet. Er hatte sich bisher nie erwischen lassen.

Der Tenor der E-Mail war vage und unverbindlich, als wüsste der Verfasser zwar, dass der Inhalt der Wahrheit entsprach, wollte aber nicht damit in Verbindung gebracht werden.

Da war allerdings noch ein letztes, wichtiges Detail, das einerseits den Verdacht gegen Wade Lang erhärtete, andererseits aber ein großes Problem darstellte: Lang war an diesem Morgen tot aufgefunden worden.

Der Link in der Mail führte Jake zu einem kurzen Artikel über den Todesfall. Lang war am Sonntagmorgen unter dem Central Freeway aufgefunden worden. Jemand hatte ihn erschossen. Die Polizei vermutete Gangrivalitäten und bat Zeugen darum, sich zu melden. Der Artikel war kurz, und Jake vermutete, dass dies das erste und gleichzeitig letzte Mal war, dass die Angelegenheit öffentlich erwähnt wurde. Zwielichtige Typen, womöglich sogar mit Ganghintergrund, machten sich auf den Titelseiten nicht so gut wie dreizehnjährige Mädchen.

Langs Tod konnte kein Zufall sein.

Wenn es sich bei dem Verfasser der E-Mail wirklich um Carl Dolan handelte, dann wusste er mit Sicherheit mehr über den Mord als das, was in der Zeitung stand. Dolan vermittelte gewisse Aufträge, und anscheinend hatten dazu auch Langs Dienste gehört.

Jake lehnte sich zurück und starrte auf den Bildschirm. Dann öffnete er eine neue E-Mail. Diesmal blieb er nicht anonym. Er wollte keine Spielchen mehr spielen, sondern Dolans Aufmerksamkeit.

Mein Name ist Jake Ellis.

Ich weiß, dass Wade Lang der Mann ist, der auf Rachel Donaldson geschossen hat.

Er lehnte sich wieder zurück, überlegt kurz und fügte dann noch einen letzten Satz hinzu.

Was wollen Sie?

Er schrieb noch die Nummer seines Wegwerfhandys in die Mail, dann klickte er auf Senden.

In diesem Moment sah er durch das Fenster das Licht von Autoscheinwerfern. Es kam von Eleanors Haus gegenüber, wo ein Streifenwagen vorfuhr. Jake stellte sich so an das Fenster, dass er nicht gesehen werden konnte. Er blickte die Straße hinunter und erkannte zwei weitere Scheinwerfer. Sie kamen mit hoher Geschwindigkeit näher.

52

»Okay, verstehe«, sagte Colette Osborne, die auf der Rückbank saß und telefonierte.

Catherine wandte sich zu ihr um. Durch die Heckscheibe konnte sie die Scheinwerfer des Streifenwagens der California Highway Patrol sehen, der sich ihnen vor ungefähr zehn Meilen angeschlossen hatte. Während sie Osborne weiter zuhörte, schaute sie auf das Display ihres Handys. Das Gerät lag auf ihrem Schoß und zeigte die verbleibende Distanz zu dem Haus in False Klamath an.

»Halten Sie die Stellung, wir sind in drei Minuten da«, sagte Osborne.

Sie hatten das Sheriff Department verständigt und die Kollegen wissen lassen, dass sie sich auf dem Weg nach False Klamath befanden und sich der Verdächtige vermutlich in einem Haus am Ortsrand versteckte.

Das Asthmaspray in der Notaufnahme des Krankenhauses in Crescent City war tatsächlich mit einer Mastercard bezahlt worden. Die Namen und die Adresse auf dem Anmeldebogen der Notaufnahme waren frei erfunden, aber die Kreditkarte gehörte einer Ms Eleanor H. Grace, wohnhaft in einer kleinen Gemeinde namens False Klamath, fünfzehn Meilen südlich von Crescent City. Direkt gegenüber ihrer Adresse befand sich ein Haus, das einem Mann namens Walter Diehl gehört hatte. Diehl war vergangenes Jahr verstorben. Auf dem Dach seines Hauses waren Solarpanels verbaut, außerdem landeten Catherine und ihr Team einen Treffer, als sie nach Diehls Namen in der Datenbank suchten: Jake Ellis hatte vor zwanzig Jahren in einer Bar gearbeitet, die Walter Diehl gehört hatte. Diese Verbindung zwischen den beiden war so vage, dass sie bei der Suche nach Ellis' Bekannten nicht aufgetaucht war. Doch Ellis schien Kontakt mit seinem ehemaligen Boss gehalten zu haben.

Osborne beendete das Telefonat. »Er sagt, es sähe nicht so aus, als befände sich jemand in Diehls Haus.«

Catherine hob eine Augenbraue. »Sag mir bitte, dass er nicht geklingelt hat.«

»Hat er nicht. Er ist nur vorbeigefahren, ohne sich dem Haus zu nähern. Kein Auto in der Einfahrt, kein Licht im Haus.«

»Was ist mit Eleanor Grace?«

»Er ist jetzt bei ihr, allerdings will sie offenbar nicht mit ihm reden.«

Catherine stieß einen Fluch aus.

»Er sollte doch auf uns warten.« Sie wandte sich Paxon zu, die am Steuer saß. »Kannst du vielleicht mal Gas geben?«

Sie fuhren bereits hundertzwanzig Stundenkilometer, und das auf einer Straße, bei der man mit hundert bereits ein Risiko einging. Dennoch tat Paxon wie geheißen und beschleunigte den Wagen weiter.

Catherine hatte Verstärkung angefordert, als sie das Motel verlassen hatten. Doch sie waren den Kollegen weit voraus, und sie wollte nicht warten und damit riskieren, dass ihnen Ellis durch die Lappen ging.

Als sie den Ortsrand erreichten, verlangsamte Paxon die Fahrt. Im Scheinwerferlicht tauchte eine verwitterte Reklametafel auf, die offenbar schon seit langer Zeit nicht mehr benutzt wurde. Sie fuhren daran vorbei, und Catherine glaubte kurz, etwas Rotes aufblitzen zu sehen. Ihr schien, als wäre das Licht ihrer Scheinwerfer vom Rücklicht eines Autos reflektiert worden, das hinter der Reklametafel geparkt stand. Sie überlegte, ob sie Paxon bitten sollte anzuhalten, entschied sich aber dagegen. Das Haus hatte Priorität. Falls sich dort hinter der Tafel wirklich ein Auto verbarg, konnten sie das auch später noch überprüfen. Außerdem gab es lediglich drei Straßen, die aus dem Ort herausführten. Catherine hatte die Highway Patrol angewiesen, alle drei abzuriegeln, außerdem würde man zwei weitere Straßensperren drei Meilen weiter südlich und nördlich auf der 101 errichten. Sie hatten den Ort eingekesselt, und falls Jake Ellis sich wirklich hier befand, konnte er nicht entkommen.

Wenige Minuten später erreichten sie die Straße, die zu Walter Diehls Haus führte.

Auf Catherines Anweisung hin stoppte Paxon den Wagen einige hundert Meter vor dem Haus, und sie stiegen aus. Die Nacht war so kalt, dass man seinen Atem sehen konnte.

Diehls Haus stand von der Straße aus etwas nach hinten versetzt, doch der Mond schien so hell, dass Catherine Details erkennen konnte. Es war ein einstöckiges Haus mit überdachtem Eingang, holzvertäfelter Fassade und schiefergedecktem Dach. Ein großer Weidenbaum stand im Vorgarten, seine herabhängenden Äste reichten bis zum Boden. Auf der Rückseite des Hauses konnte Catherine ein Stück Wiese erkennen, dahinter tat sich die schwarze Weite des Ozeans auf.

Aus der Ferne betrachtet wirkte das Haus verlassen, so wie der Streifenbeamte es Colette Osborne berichtet hatte.

In der Einfahrt stand kein Auto, und zwischen den Steinplatten wuchs dichtes Gras. Das Haus lag vollständig im Dunkeln. Jeder Haustürvertreter hätte um diese Art von Adresse einen weiten Bogen gemacht, dachte Catherine.

Auf der Vorderseite gab es zwei große Fenster. Das Mondlicht schien so hell auf das Haus, dass es wie ein Scheinwerfer jeden beleuchtet hätte, der hinter einem davon stand. Es schien also, als könnten sie sich dem Haus gefahrlos nähern, zumal Catherine auf dieser Seite des Anwesens keine weiteren Schlupfwinkel erkannte, von wo aus jemand sie hätte beobachten können. Die Eingangstür bestand aus solidem Holz, mit einem kleinen Milchglasfenster in der Mitte: Man konnte unmöglich sehen, ob jemand dahinter stand.

Catherine wandte den Blick ab und richtete ihn auf die vier Mitglieder ihres Teams. Sie hatten ihre Waffen gezogen, hielten sie mit beiden Händen auf den Boden gerichtet, jederzeit bereit, sie einzusetzen, falls es erforderlich war. Alle waren dem Einsatz entsprechend gekleidet: schusssichere Westen und die marineblauen Jacken und Baseballmützen mit FBI-Aufschrift. Zumindest war damit ausgeschlossen, dass sie aus Versehen aufeinander schossen. Der Nachteil war natürlich, dass sie gut sichtbare Zielscheiben abgaben, sollte Jake Ellis sich tatsächlich hier verbergen und nicht das Bedürfnis verspüren, freiwillig aufzugeben.

Catherine wandte sich an Garcia und Osborne. »Ihr beiden nehmt die Rückseite. Paxon und ich klopfen an die Vordertür. Seid vorsichtig.«

Garcia und Osborne bestätigten den Befehl mit einem Nicken. Dann setzten sie sich in Bewegung, jeder auf einer Seite des Hauses, die Augen immer auf die Fenster gerichtet, falls sich dort jemand verbarg. Als sie beinahe die Rückseite erreicht hatten, gingen Catherine und Paxon schnell auf die Vordertür zu. Natürlich konnten sie sich auf dem Schotterweg nicht völlig lautlos bewegen, aber Catherine versuchte, so leicht wie möglich aufzutreten. Wenn nicht gerade jemand mit gespitzten Ohren auf sie lauerte, würde man sie nicht hören.

Catherine sah Garcia und Osborne um die hintere Ecke des Hauses verschwinden. Auch wenn sie nicht die Zeit gehabt hatten, das Gelände von allen Seiten zu überprüfen, wusste Catherine von den Satellitenbildern, dass es hinter dem Haus eine überdachte Terrasse gab. Garcia und Osborne würden ihr zunächst fernbleiben. Ihre Aufgabe war es nicht, in das Haus einzudringen. Sie sollten lediglich sicherstellen, dass Ellis nicht einfach durch die Hintertür davonkam.

Als sie nur noch wenige Meter von der Eingangstür entfernt waren, blieb Paxon stehen und richtete ihre Waffe auf den oberen Teil der Tür, für den Fall, dass plötzlich jemand öffnete.

Catherine legte die letzten Meter zurück und stieg die Stufen hinauf. Sie rüttelte einmal kräftig an der Türklinke. Verschlossen, sie hatte es nicht anders erwartet. Sie ging an der Seite neben der Tür in Deckung.

»Hier ist das FBI«, rief sie. »Falls sich jemand im Haus befindet, geben Sie sich bitte umgehend zu erkennen.«

Stille. Paxon nahm eine andere Position ein und zielte wieder auf die Tür. Catherine hörte, wie der synthetische Stoff ihrer Jacke bei der Bewegung raschelte.

Catherine hob die Stimme. »Wir werden jetzt reinkommen. Sollten Sie bewaffnet sein, legen Sie Ihre Waffe auf den Boden. Ansonsten eröffnen wir ohne Vorwarnung das Feuer.«

Sie holte tief Luft. Egal, wie viele Türen man schon eingetreten hatte, egal, wie sicher man sich war, dass sich niemand in einem Haus oder einer Wohnung befand, es wurde nie einfacher. Sie tippte auf den Knopf an ihrem Headset, um mit den beiden auf der Rückseite zu kommunizieren.

»Wie sieht es bei euch aus?«

Es war so still, dass sie den Ohrhörer beinahe nicht gebraucht hätte. Sie hörte Garcias Stimme doppelt, als er sprach. »Keine Lebenszeichen hier hinten. Sieht aus, als wäre die Terrassentür aufgebrochen worden.«

Catherine blickte zu Paxon. Da sich offenbar schon jemand Zutritt zu dem Haus verschafft hatte, bestand eigentlich kein Grund mehr, die Vordertür einzutreten.

»Ich komme zu euch nach hinten«, sagte Catherine. Mit einem Nicken deutete sie auf die Tür, und Paxon signalisierte ihr, dass sie verstanden hatte. Die Waffe in Kopfhöhe auf die Eingangstür gerichtet, hielt sie die Stellung.

Catherine ging denselben Weg wie Garcia und umrundete das Haus mit schnellen Schritten auf der Südseite. Der Schotterweg führte auf eine Grasfläche. Das Erdgeschoss hatte auf dieser Seite lediglich ein Fenster, ungefähr anderthalb Meter über dem Boden. Catherine ging geduckt daran vorbei, ohne es aus den Augen zu lassen, um zu sehen, ob sich im Haus jemand bewegte. Das Mondlicht ließ die Spinnweben in den Ecken des Fensters glitzern. Catherine erkannte einen Tisch und einen Computerbildschirm im Inneren. Ein orangefarbenes Licht leuchtete schwach am unteren Rand des Monitors, was bedeutete, dass er sich im Standby-Modus befand – ein weiteres Zeichen, dass das Haus doch nicht so verlassen war, wie es den Anschein hatte.

Garcia stand auf der Terrasse, einige Schritte von der Tür entfernt, und hielt wie Paxon die Waffe mit beiden Händen schussbereit vor sich.

Vom Strand her hörte Catherine das regelmäßige Rauschen der Brandung. Im hellen Mondschein konnte sie einen Trampelpfad ausmachen, der ein Stück an der Klippe entlangführte und dann im dichten Wald verschwand.

Auf der Veranda standen ein Schaukelstuhl und ein runder Tisch, auf dem Catherine eine leere Wasserflasche ausmachte. Ihr Blick wanderte zu der Terrassentür, einer Flügeltür mit Glasscheiben. Wie Garcia gemeldet hatte, war kaum zu übersehen, dass sich jemand gewaltsam Zutritt verschafft hatte. Die Tür war zwar geschlossen, doch das Schloss des rechten Türflügels war herausgebrochen worden.

Catherine versicherte sich, dass Garcia und Osborne ihr Deckung gaben, dann stieg sie die Stufen zur Terrasse hoch.

Sie hatte ein besseres Gefühl dabei, das Haus auf diesem Weg zu betreten anstatt durch die Vordertür. Hinter den Glastüren konnte sich zumindest niemand mit einer Schrotflinte verstecken. Dennoch zielte sie einhändig mit der Waffe auf die Tür, während sie die andere Hand ausstreckte, um die Klinke runterzudrücken. Die Tür öffnete sich mit einem Quietschen.

»FBI«, rief sie. »Wir sind bewaffnet und kommen jetzt rein!«

Ohne den Blick von der Türöffnung zu nehmen, gab sie Colette Osborne hinter sich das Zeichen, ihr zu folgen. Garcia würde zurückbleiben und ihnen Rückendeckung geben.

Sie brauchten nicht lange, um das Haus zu sichern. Schnell bewegten sie sich durch die vier Haupträume und das Badezimmer.

Es war niemand hier.

Aus den Unterlagen, die sie auf dem Weg von Willow Creek hierher durchgesehen hatte, wusste Catherine, dass Walter Diehl im November vergangenen Jahres gestorben war. In seinem Testament hatte er das Haus seinem einzigen Verwandten vermacht, der in Kanada lebte. Dieser beabsichtigte, es zu verkaufen, sobald die rechtlichen Angelegenheiten geklärt waren.

Allerdings hatte Catherine nicht den Eindruck, dass das Haus in jüngster Zeit leer gestanden hatte. Zwar hing noch ein leicht muffiger Geruch in den Räumen, doch hier hatte erst kürzlich jemand gelüftet. Und auch das Bett im Schlafzimmer war benutzt worden.

Sie ging in das Zimmer, in dem sie von draußen den Computer gesehen hatte. Das kleine orangefarbene Licht am Monitor leuchtete, und den Abdrücken im Teppichboden nach zu urteilen war der Bürostuhl unter dem Schreibtisch hervorgezogen worden.

»Wer hat auf meinem Stühlchen gesessen?«, murmelte Catherine. Jemand hatte den Computer erst vor Kurzem benutzt, so viel stand fest. Die Frage war nur: Wo steckte Schneewittchen jetzt?

Während sie den Einschaltknopf des Bildschirms betätigte, fiel ihr Blick auf die Kaffeetasse neben der Tastatur. Catherine berührte sie und stellte fest, dass sie noch warm war.

»Verdammter Mistkerl.«

Der Monitor erwachte zum Leben. Zwei Browserfenster waren nebeneinander geöffnet: der Google-Eintrag der Notaufnahme des Krankenhauses in Crescent City und eine Nachrichtenseite mit einem Artikel über einen Mord in San Francisco.

53

Am Ende der Doppelschicht war Louisa Martinez so erschöpft, dass sie zwei Becher von dem scheußlichen Automatenkaffee trank, bevor sie sich zu ihrer letzten Runde aufraffte.

Sie beeilte sich und bewegte sich schnell, wobei die Sohlen ihrer Turnschuhe nur ein leises Geräusch machten.

Die meisten Patienten schliefen bereits, nur einige wenige lasen im Schein der Nachttischlampe oder schauten sich auf einem Tablet einen Film an. Mit dem E-Flügel war Louisa schnell fertig, nachdem sie sich noch vergewissert hatte, dass alle Patientendaten für die Arztvisite am kommenden Morgen auf dem neuesten Stand waren.

Als sie gerade in den F-Flügel hinübergeben wollte, bemerkte sie einen Mann, der am anderen Ende des Flurs zur Tür hinausging. Er gehörte nicht zum Personal, trug gewöhnliche Straßenkleidung. Seltsam, dachte Louisa, denn die Besuchszeit war bereits seit einigen Stunden zu Ende. Sie beschleunigte ihre Schritte und öffnete die Tür, durch die der Mann gerade gegangen war. Sie blickte den Flur links und rechts hinunter. Keine Spur von ihm.

Sie zuckte die Schultern und setzte ihren Weg in den F-Flügel fort, wo sie ihre Routinekontrollen machte. Hier war nur noch ein einziger Patient wach. Ein Mann Mitte fünfzig mit bereits schütterem Haar las in einem Thriller von Lee Child. Louise sah sich das Patientenblatt auf dem Klemmbrett am Fußende des Betts an. Der Name des Mannes war Garrett, Michael A. Er erholte sich von einer OP, bei der man ihm Nierensteine entfernt hatte.

Er blickte von seinem Buch auf, als er Louisa bemerkte.

»Wie fühlen Sie sich, Mr Garrett?«, erkundigte sie sich im Flüsterton.

»Danke, es geht«, erwiderte er leise.

Der Patient im Nachbarbett murmelte eine Beschwerde, wälzte sich dann aber auf die Seite und schlief weiter.

»Sagen Sie«, meinte Louisa, »haben Sie vielleicht gerade einen Mann hier vorbeigehen sehen?«

Mr Garrett sah sie verständnislos an. »Was für einen Mann?«

Diesmal grunzte der Patient im Nachbarbett lauter. Louisa lächelte und setzte ihre Runde fort.

Vielleicht hatte es sich bei dem Mann, den sie gesehen hatte, nur um einen Angehörigen gehandelt, der jemanden auf der Intensivstation besucht hatte. Dort waren Besuche aus dem engsten Familienkreis jederzeit erlaubt, solange sich die Leute anmeldeten. Besucher, die sich im Krankenhaus ein wenig besser auskannten, benutzten den F-Flügel auch oft als Abkürzung, da der Aufzug von hier aus direkt in das Hauptparkhaus hinabfuhr.

Tatsächlich waren die Intensivpatienten die nächste Station auf Louisas Rundgang. Sie gähnte, als sie die Tür des Verbindungsgangs öffnete und hindurchging. Auf der Intensivstation lagen derzeit lediglich drei Patienten, einschließlich ihres prominenten Gasts.

»Wie geht es unserem Dornröschen?«, fragte Louisa, als sie das Schwesternzimmer betrat.

Sie hakte den letzten Punkt auf ihrer Liste ab, dann blickte sie auf, als ihr bewusst wurde, dass sie keine Antwort auf ihre Frage erhalten hatte.

Das Schwesternzimmer war nicht besetzt – das war nicht gut. Ihres Wissens hatte Shelby Dienst, und es war ganz und gar nicht ihre Art, ihren Posten zu verlassen, zumal die Intensivpatienten ständig überwacht werden mussten.

Sie wird wohl ihre Gründe haben, dachte Louisa, beschloss aber, vorsichtshalber nach den Patienten zu sehen.

Auf den ersten Blick schien es ihnen allen gut zu gehen. Alle Anzeigen auf den Überwachsungsmonitoren lagen im normalen Bereich, nirgendwo leuchtete eine Warnlampe. Rachel Donaldson lag in dem Bett, das dem Schwesternzimmer am nächsten war, also ging Louisa als Erstes zu ihr.

Donaldsons Kopfs war noch immer bandagiert. Man hatte ihr für die Operation zum Teil die Haare geschoren, lediglich am Hinterkopf quoll noch ihre rote Haarpracht unter den Verbänden hervor und fiel auf das Kopfkissen.

Louisa verglich die aktuellen Werte mit jenen auf ihrem Klemmbrett. Sie stimmten überein. Sie schüttelte den Kopf, als sie auf die Koma-Patientin hinabblickte. Rachel Donaldsons Gesichtszüge waren perfekt, wirkten aber fragil wie die einer Porzellanpuppe. Unter dem Verband war der Schatten eines großen Hämatoms zu erkennen.

Wer tat einem anderen Menschen so etwas an, geschweige denn einer jungen Mutter? Louisa hatte die Nachrichten mit einem beklommenen Gefühl verfolgt. Die ganze Geschichte ging ihr sehr nahe, befand sich doch eines der Opfer in ihrer Obhut. Sie hoffte, nur, dass die Polizei und das FBI die Tochter der Frau bald finden würden.

Sie ging weiter zu den nächsten beiden Patienten, Johnson und Del Muerto. Keiner von den beiden lag wie Donaldson im Koma, doch sie schliefen. Mit ihren Werten war alles in Ordnung.

Louisa hörte eilige Schritte draußen auf dem Flur, und eine Sekunde später öffnete jemand die Tür. Es war Shelby. Ihre Kinnlade klappte herunter, als sie Louisa sah.

»Es tut mir ja so leid. Ich wollte Bescheid geben, aber ich konnte nicht länger warten. Ich war wirklich nur eine Minute weg, ich schwöre es.«

Louisa hob eine Augenbraue. Sie hatte nicht gesehen, wie Shelby das Schwesternzimmer verlassen hatte, also musste sie länger als eine Minute weg gewesen sein – wohl eher fünf oder sechs, mindestens.

»Was ist passiert?«

»Ich musste mich übergeben. Mir war plötzlich ganz übel.«

Die Kollegin sah tatsächlich ein wenig blass aus, stellte Louisa fest. Außerdem schwitzte sie, als wäre sie gerade den San Francisco Marathon gelaufen. Louisa bemerkte, dass Shelby ein wenig schwankte, und half ihr, sich hinzusetzen. Eigentlich wollte sie Shelby einen ordentlichen Rüffel erteilen, doch sie konnte sehen, dass es ihrer Kollegin überhaupt nicht gut ging.

»Mach dir keine Sorgen, die Patienten sind alle wohlauf.« Louisa legte ihre Hand an Shelbys Stirn. Sie war glühend heiß. »Du musst hier raus. Mein Gott.«

Louisa betätigte die Gegensprechanlage über dem Tisch. »Ich brauche sofort jemanden auf Intensiv Nummer vier. Shelby geht es ziemlich mies, sie muss dringend abgelöst werden.«

Shelby beugte sich so weit nach vorne, dass ihr Kopf beinahe die Knie berührte.

»Tut mir leid, ich fühle mich so …«

»Ist schon gut. Komm, ich bring dich raus. Jemand anders übernimmt hier für dich.«

Sie gingen hinaus auf den Flur, und Louisa drückte Shelby auf einen Stuhl. »Warte hier, ich bin gleich zurück.«

Sie ging noch einmal zu den Intensivbetten und wusch sich am Waschbecken die Hände. Irgendetwas ließ sie noch einmal zu Rachel Donaldson hinüberblicken. Etwas stimmte nicht mit ihrem Tropf. Er schien nicht dort zu stehen, wo er hingehörte.

Louisa trat einen Schritt näher. Der Tropf war so eingestellt, dass er der Patientin Antibiotika in einem Zwölf-Stunden-Intervall zuführte. Die nächste Dosis war beinahe fällig. Louisa sah genauer hin und schnappte erschrocken nach Luft.

Auf der Oberseite des Infusionsbeutels, knapp oberhalb der Flüssigkeitslinie, befand sich ein winziges Loch. Es sah aus, als hätte jemand an der Stelle etwas mit einer Nadel injiziert.

54

Molly folgte Jake durch den Wald. Die Nacht war kühl, und die Luft brannte ihr beim Atmen in Hals und Lunge. Sie wusste, dass Jake sich ihretwegen zurücknahm und langsamer ging, als er eigentlich gekonnt hätte. Er blickte über die Schulter zu ihr zurück, und sein Gesichtsausdruck verriet, dass er fürchtete, sie könnte jeden Moment vor Erschöpfung zusammenbrechen.

»Alles okay«, beruhigte sie ihn.

Sie folgten dem Pfad, der sich hinter dem Haus durch den Wald schlängelte. Das Atmen fiel Molly noch immer schwer, doch es war längst nicht mehr so schlimm wie noch vor ein paar Stunden. Sie wollte das Ventolin nicht zu schnell aufbrauchen, deshalb versuchte sie, den Inhalator nur zu verwenden, wenn es unbedingt sein musste. Im Moment konnte sie einigermaßen mit Jake mithalten.

Insgeheim fragte Molly sich allerdings, ob Jake nicht doch falschlag. Vielleicht sollten sie besser auf die Cops warten und ihnen alles erklären. Wenn sie ihnen alles erzählte, würden sie ihr bestimmt glauben, dass Jake nicht auf ihre Mutter geschossen hatte.

Doch dann erinnerte sich Molly wieder an den Moment, als der Täter mit der Waffe auf sie gezielt hatte. Sie war sich sicher gewesen, dass sie gleich sterben würde.

Jake hatte gesagt, sie könnten zur Polizei gehen, wenn er erst einmal herausgefunden hatte, wer hinter der ganzen Sache steckte. Solange die Polizei und das FBI Jake für den Schuldigen hielten, befand sich der wahre Täter allerdings auf freiem Fuß. Molly wollte sich lieber nicht darauf verlassen, dass die Behörden sie vor ihm beschützen konnten – erst recht nicht, wenn sie glaubten, mit Jake den Übeltäter bereits dingfest gemacht zu haben.

Sie konnte hören, wie hinter ihnen weitere Fahrzeuge bei dem Haus eintrafen. Stimmengewirr lag in der Luft.

»Glaubst du, sie haben Hunde?«, flüsterte sie. Molly hatte nichts gegen Hunde, sie hatte sich immer einen Welpen gewünscht, doch die Vorstellung, von Spürhunden durch den dichten Wald gejagt zu werden, ließ sie erschaudern.

»Ich hoffe nicht«, sagte Jake. »Vermutlich ist das auch nur die Vorhut. Wir müssen sehen, dass wir von hier verschwinden.«

»Und wie kommen wir hier weg?«

Sie erreichten eine Lichtung. Zwischen den Bäumen konnte Molly einen Abhang erkennen, der etwa zehn Meter tief zur Straße hinabführte. In etwas größerer Entfernung leuchtete das Schild der Tankstelle in der Dunkelheit. Molly begriff, dass sie einen weiten Bogen geschlagen hatten und sich nun im Rücken ihrer Verfolger befanden, direkt an der Straße, die zu dem Haus von Jakes Freund führte.

»Gar nicht«, antwortete Jake nach einer kurzen Pause auf ihre Frage.

Molly folgte seinem Blick und erkannte, dass sie nicht weit von der Stelle entfernt waren, wo der weiße Ford hinter der Reklametafel versteckt stand. Sie duckten sich hinter den Bäumen, als ein weiterer Streifenwagen mit Blaulicht herangerast kam und in Richtung des Hauses fuhr.

»In fünf Minuten wird es hier vor Polizisten und FBI-Leuten nur so wimmeln«, erklärte Jake. »Warte hier. Sobald ich im Wagen bin und der Motor läuft, kommst du nach und steigst auf der Beifahrerseite ein, okay?«

Molly murmelte zustimmend und beobachtete dann, wie Jake sich vorsichtig einen Weg den Abhang hinunter suchte. Unten angekommen, blieb er noch kurz in Deckung und wartete ab, ob sich weitere Einsatzfahrzeuge näherten. Für den Moment schien es aber ruhig zu bleiben.

Molly stieß einen Seufzer der Erleichterung aus, als Jake die Straße überquert hatte und schließlich beim Wagen ankam.

Doch dann begriff sie, dass sie sich zu früh gefreut hatte. Hinter den hohen Bäumen auf der anderen Straßenseite trat jemand hervor und richtete eine Waffe auf Jake.

55

Ihre Vermutung hatte sich bestätigt.

Sobald Catherine klar geworden war, wie knapp sie die Zielperson verpasst hatten, hatte sie sich mit der Karten-App ihres Handys einen Überblick über das Gebiet rund um das Haus verschafft. Es gab nur wenige Wege in der Nähe. Die augenscheinlichste Fluchtmöglichkeit war die Hauptstraße, die vom Haus aus in den Ort führte. Von dort waren Catherine und ihr Team allerdings gekommen, und sie hatten während der letzten zehn Minuten ihrer Fahrt, bevor sie Walter Diehls Haus erreicht hatten, keinen Menschen auf der Straße gesehen.

Natürlich konnte Jake Ellis das Haus auch schon früher verlassen haben – der Kaffee in der Tasse auf dem Schreibtisch wäre vermutlich auch dann noch warm gewesen. Dennoch sagte ihr Bauchgefühl, dass Ellis sehr übereilt aufgebrochen und ihre Ankunft der Grund dafür gewesen war. Und das bedeutete, dass er – und hoffentlich auch Molly – sich noch in der Gegend befand. Vielleicht waren die beiden sogar zu Fuß unterwegs.

Schloss man die Straße und die beinahe zwanzig Meter hohen Klippen aus, über die man theoretisch hinunter zum Strand gelangen konnte, dann blieb nur noch der Wald auf der nördlichen Seite des Hauses. Auf dem Satellitenbild konnte Catherine sehen, wie die Straße von hier aus in einem weiten Bogen um ein riesiges Gebiet mit Mammutbäumen verlief. Sie konnte nur eine grobe Schätzung vornehmen, doch die Lage der Tankstelle und die scharfe Kurve, die die Straße an dieser Stelle beschrieb, genügten ihr als Anhaltspunkte. Wenn man eine gerade Linie von diesem Haus aus zu der Reklametafel zeichnete, hinter der sie vorhin im Vorbeifahren das reflektierende Rücklicht eines Wagens gesehen hatte, dann führte der Trampelpfad von hier aus genau dorthin.

Catherine ließ sich diese Berechnung noch einige Sekunden durch den Kopf gehen. Dann wies sie Colette Osborne an, ins Nachbarhaus zu gehen und sich um Eleanor Grace zu kümmern, die derzeit von einem Kollegen des Sheriff Department in Gewahrsam gehalten wurde. Garcia und Paxon trug Catherine auf, den Wald von dieser Seite aus zu durchkämmen.

Sie selbst setzte sich in den Wagen und machte sich auf den Weg zur Tankstelle und der Reklametafel. Der direkte Weg durch den Wald war kürzer, doch auf der Straße war sie mit dem Auto wesentlich schneller unterwegs. Sie legte die Distanz in weniger als einer Minute zurück.

Als sie sich der scharfen Kurve vor der Tankstelle näherte, schaltete Catherine die Scheinwerfer aus. Sie ging davon aus, dass sich der Wagen noch immer hinter der Reklametafel befand, und stellte ihr eigenes Auto deshalb so ab, dass es von dort aus nicht gesehen werden konnte.

Sie stieg aus und rannte am Straßenrand entlang zu dem Werbeschild. Dabei hielt sie sich in den Schatten der hohen Bäume. Die verwitterte Reklametafel ragte dunkel in den Nachthimmel empor. Einige Fetzen des letzten Werbeplakats hingen noch immer daran. Der Wagen stand einsam und verlassen dort, wo Catherine ihn vermutet hatte. Er hatte ein anderes Kennzeichen als das, nach dem sie suchten, doch es handelte sich zweifelsfrei um einen weißen Ford Fusion, Baujahr 2012.

Während sie den Wagen näher in Augenschein nahm, tauchte auf der Straße hinter der Tankstelle ein Streifenwagen auf und näherte sich mit hoher Geschwindigkeit. Die Verstärkung traf langsam ein. Catherines erster Impuls war, den Wagen anzuhalten, doch dann entschied sie sich dagegen. Sollte dies hier tatsächlich der Wagen sein, nach dem sie suchten, dann durfte unter keinen Umständen der Eindruck entstehen, dass sie ihn entdeckt hatte – zumindest in den nächsten Minuten nicht.

Sie wich weiter in die Schatten der Bäume zurück und positionierte sich so, dass man die reflektierende FBI-Aufschrift auf dem Rücken ihrer Jacke von der Straße aus nicht sehen konnte. Die Marke auf der Brusttasche verdeckte sie mit einer Hand, und sie senkte den Kopf so weit wie möglich, damit der Schirm der Baseballkappe ihr Gesicht verdeckte. Kurz hielt sie die Luft an, als der Streifenwagen mit Blaulicht auf der Straße vorbeischoss, atmete dann erleichtert aus und genoss die Ironie der Situation, dass sie selbst sich soeben vor der Polizei versteckt hatte.

Sie schlich wieder etwas näher an die Reklametafel heran, achtete aber darauf, in den Schatten zu bleiben.

Catherine musste nicht lange warten.

Nach einigen Minuten tauchte zwischen den Bäumen auf der anderen Straßenseite ein Mann auf. Er hatte die Größe und Statur von Jake Ellis und trug ein kleines Bündel oder eine Tasche bei sich. Catherine kniff die Augen zusammen und beobachtete, wie er sich einen Weg den Abhang hinunter zur Straße bahnte. Dabei verlor er einmal beinahe das Gleichgewicht, und sie bekam sein Gesicht zu sehen.

Es war definitiv Ellis.

Er blickte nach links und rechts die Straße hinunter, und Catherine wusste, dass er nach Polizeiwagen Ausschau hielt. Allerdings rechnete er offenbar nicht damit, dass ihm jemand im Unterholz auflauerte. Doch selbst, wenn Ellis direkt in Catherines Richtung geblickt hätte, hätte er sie vermutlich nicht gesehen. Der Kontrast zwischen der Straße, die im hellen Mondlicht lag, und den dunklen Schatten der Bäume war einfach zu groß.

Ellis ging auf die Reklametafel zu, griff in seine Jackentasche und zog einen Autoschlüssel heraus.

Catherine trat zwischen den Bäumen hervor ins Mondlicht und schaltete ihre Taschenlampe ein. Die Waffe richtete sie auf Ellis' Brust.

»Die Hände auf den Kopf!«

Ellis erstarrte. Er ließ die Tasche fallen. Dann leistete er Catherines Anweisung langsam Folge.

War er bewaffnet? Schwer zu sagen. Er hielt keine Waffe in den Händen, doch unter seiner langen Jacke konnte sich problemlos eine verbergen.

Im Schein der Taschenlampe erkannte Catherine, dass Ellis sein Äußeres verändert hatte. Seine Haare waren jetzt kurz geschoren, und auch der Schnurrbart war verschwunden. Kleine Korrekturen, die einen großen Unterschied machten.

»Umdrehen. Runter auf die Knie. Waffe auf den Boden.« Catherine trat einige Schritte auf ihn zu und zielte dabei weiter auf seinen Oberkörper.

Die Hände auf dem Kopf, drehte er sich langsam um. Er machte keine Anstalten, sich hinzuknien, was Catherine nervös machte. Auch schickte er sich nicht an, sich einer Waffe zu entledigen. Hatte er keine, oder wartete er nur auf eine Gelegenheit, sie zu benutzen?

»Ich habe es nicht getan«, sagte er, als Catherine sich ihm näherte.

»Runter auf den Boden«, wiederholte sie. »Was haben Sie Molly angetan?«

»Sie ist in Sicherheit. Aber derjenige, der auf ihre Mutter geschossen hat, ist noch auf freiem Fuß ...«

»Jetzt nicht mehr, Ellis. Ich werde Sie nicht noch einmal auffordern ...«

»Vorsicht!«

Catherine wandte den Blick einen Moment ab. Sie konnte nicht anders, es war eine reflexartige Bewegung, weil der Schrei aus einer unerwarteten Richtung kam. Vielleicht lag es auch daran, dass die Stimme dem dreizehnjährigen Mädchen gehörte, das in den vergangenen zwei Tagen ihre Gedanken beherrscht hatte. Catherine blickte nur eine Sekunde in die Richtung, aus der die Stimme kam – vermutlich war es sogar weniger als eine Sekunde. Doch als sie sich wieder zu Ellis umdrehte, hielt er eine Waffe in der Hand und zielte auf sie.

»Fallen lassen«, sagte er.

»Scheiße«, zischte Catherine, wütend auf sich selbst.

»Wir werden jetzt von hier verschwinden, Agent«, sagte Ellis. »Niemand muss verletzt werden. Ich werde aber auch nicht zögern, wenn es sein muss.«

Wir.

Catherine ging langsam in die Knie und legte ihre Waffe auf den Boden. Als sie wieder hochkam, sah sie aus dem Augenwinkel, wie auf der anderen Straßenseite eine weitere Person zwischen den Bäumen hervorkam. Sie war kleiner, schlanker und bewegte sich mit leichten Schritten.

Molly.

Als sie die Straße erreichte, blickte sie nachdenklich zwischen Ellis und Catherine hin und her. Auch das Mädchen hatte sich verändert. Mollys ehemals rotes Haar war nun dunkelbraun oder schwarz.

»Molly, bleib von dem Wagen weg«, rief Catherine. »Du musst nicht mit ihm fahren.«

»Jake hat es nicht getan«, erwiderte Molly. »Er hat nicht auf meine Mom geschossen.«

»Steig ein«, sagte Ellis ruhig.

»Tu das nicht, Molly. Ich lasse ihn gehen. Du kannst hier bei mir bleiben, und dann besprechen wir in Ruhe, was passiert ist.«

Molly warf Catherine einen nervösen Blick zu und schien die beiden Optionen abzuwägen. Schließlich öffnete sie die Beifahrertür und stieg in den Wagen. Was zum Teufel …

Mit der freien Hand hob Ellis die Tasche auf, die er fallen gelassen hatte, und bewegte sich dann rückwärts auf die Fahrertür zu. Plötzlich hielt er kurz inne und schien über etwas nachzudenken.

»Der Kerl, der auf Rachel und Molly geschossen hat, fuhr ein Motorrad«, sagte er. »Ihr Zeuge belügt Sie. Erkundigen Sie sich nach einem Mann namens Wade Lang.«

Hinter ihm öffnete Molly von innen die Fahrertür. Ellis stieg ein, zielte dabei aber weiterhin auf Catherine.

Sie hatte ihre Chance vertan. Nun, da Molly mit im Spiel war, konnte sie das Risiko eines Schusswechsels nicht mehr eingehen.

Sie sah, wie sich Ellis' Lippen bewegten, als er Molly eine Anweisung gab. Daraufhin griff sie nach dem Anlasser und startete den Motor. Ellis legte die linke Hand aufs Lenkrad, mit der rechten hielt er die Waffe weiter auf Catherine gerichtet. Mit durchdrehenden Rädern jagte er den Wagen rückwärts hinter der Reklametafel hervor auf die Straße, machte eine halbe Drehung und schoss dann mit Vollgas davon.

Catherine bückte sich schnell und hob ihre Waffe auf. Sie zielte mit beiden Händen und visierte eines der Hinterräder an. Sie wollte den Abzug drücken, hielt aber inne. Das konnte sie nicht riskieren.

Als die Rücklichter des Ford hinter der Tankstelle verschwanden, zog sie ihr Handy aus der Tasche, um den Wagen und das neue Kennzeichen zu melden.

Mit etwas Glück konnten sie Ellis den Weg abschneiden, bevor er die 101 erreichte. Und falls nicht, würden sie ihn spätestens an einer der drei Straßensperren stoppen – wenn sie Glück hatten. Nur, warum sollten sie?

56

Jake war sich ziemlich sicher, dass die FBI-Agentin sich in dem Moment, als er zurückgesetzt und auf der Straße gewendet hatte, das Kennzeichen seines Wagens gemerkt hatte. Mit hoher Wahrscheinlichkeit gab sie es gerade ihren Kollegen und der Polizei durch. Und das bedeutete, dass alle Cops, die sich in der Gegend oder auf dem Weg hierher befanden, jedes Fahrzeug anhalten würden, das versuchte, den Ort zu verlassen, ganz egal, wie der Fahrer aussah.

Doch sie hatten Glück. Ohne einem anderen Auto zu begegnen, schafften sie es bis zu der Abzweigung, wo der Weg zum Strand hinunterführte. Jake unterdrückte den kurzen Hoffnungsschimmer, dass sie doch irgendwie davonkommen würden, und konzentrierte sich auf den Weg.

Er bog von der Straße ab und folgte dem Schotterweg. Nach und nach würden mehr Polizisten in der Gegend eintreffen, und damit war es nur eine Frage der Zeit, bis sie den Weg entdeckten. Aber mit jeder Minute, die verstrich, erhöhte sich auch die Anzahl der Straßen und Wege, die überprüft werden mussten, weil sie als potenzielle Fluchtwege in Frage kamen. Jake konnte nur hoffen, dass sie nicht entdeckt wurden, bevor sie ihr Ziel erreicht hatten. Aber ihre Chancen standen nicht schlecht, immerhin würde man vermuten, dass er eine der Hauptstraßen benutzte, und nicht, dass er in halsbrecherischem Tempo über eine Schotterpiste jagte, die noch dazu in einer Sackgasse endete.

Er fuhr wesentlich schneller als bei seinem ersten Erkundungsausflug. Deshalb schaltete er das Fernlicht ein und versuchte, sich an die Stellen mit den großen Schlaglöchern zu erinnern. Es gelang ihm, die ersten beiden erfolgreich zu umfahren, dem dritten kam er allerdings näher, als es ihm lieb war. Der Wagen rumpelte heftig, und Jake betete, dass die Achse standhielt. Das Heck brach aus, und er musste energisch gegensteuern. Danach fuhr er etwas langsamer weiter, bis er sich davon überzeugt hatte, dass höchstens die Karosserie etwas abbekommen hatte, das Auto ansonsten aber in Ordnung war.

Molly drehte sich auf dem Beifahrersitz um und beobachtete die Straße durch die Heckscheibe. Jake glaubte kaum, dass die FBI-Agentin oder die Polizei sich so schnell an ihre Fersen geheftet hatten.

»Siehst du was?«, fragte er trotzdem. Sein Blick blieb auf die Straße gerichtet. Er suchte nach der Stelle, wo er den Abhang hinuntergeklettert war.

Molly blinzelte in die Dunkelheit. »Nein. Wohin fahren wir?«

Jake antwortete nicht und konzentrierte sich auf die nächste Kurve. Er bremste ab und fuhr dann um die enge Biegung. Molly sog scharf die Luft ein, als die Straße vor ihnen plötzlich steil abfiel. Jake fuhr weiter, bis auf der linken Seite unter ihnen der Strand in Sicht kam.

Bevor die Straße endete, hielt er an und richtete den Wagen so aus, dass die Kühlerhaube auf den Abhang zeigte. Im Scheinwerferlicht konnte Jake die Stelle zwischen den Bäumen erkennen, die er sich zuvor angesehen hatte. Er stellte den Motor ab und schob den Wahlhebel der Automatik auf neutral.

»Wir dürfen nichts im Auto zurücklassen«, sagte er.

Molly klopfte ihre Jackentaschen ab, um sich zu vergewissern, dass sie den Inhalator bei sich hatte. Dann stieg sie aus. Jake bedeutete ihr mit einem Fingerzeig, sich ein paar Meter von dem Auto entfernt hinzustellen. Dann legte er beide Hände an den Kofferraum, stemmte die Füße in den losen Boden und begann zu schieben.

Der Wagen rollte langsam an und nahm dann Fahrt auf. Als er dem Abhang nahe genug war, ließ Jake los.

Der Ford schoss den Hügel hinunter und verschwand im Unterholz. Jake blieb keine Zeit, das Auto mit Ästen und Blattwerk zu tarnen, doch auch so konnte man das Fahrzeug nur ausmachen, wenn man gezielt danach suchte. Bei Tageslicht würde man es sicherlich schneller entdecken, doch er hoffte, dass sie bis dahin schon weit weg waren.

»Ähm …« Molly hob die Augenbrauen. »Brauchen wir das Auto nicht mehr?«

»Glaub mir, die einzigen Fahrzeuge, die heute Nacht diesen Ort verlassen können, sind Polizeiwagen. Sie haben mit Sicherheit alle Straßen abgeriegelt.«

»Und was machen wir jetzt? Uns verstecken, bis sie die Suche aufgeben?«

»Nein, das ist nicht mein Plan.«

Er bedeutete Molly, ihm zu folgen, und sie gingen zum Strand hinunter. Die alte Holzhütte war als rechteckiger Umriss auf der weiten Sandfläche zu erkennen.

Jake zog vorsichtshalber seine Waffe, auch wenn er nur schießen wollte, wenn es sich absolut nicht vermeiden ließ. Er griff in das Loch in der Tür unterhalb des Vorhängeschlosses und zog kräftig daran. Das Holz blieb ächzend am Bügel des Schlosses hängen. Jake versuchte es erneut, und diesmal zersplitterten die morschen Planken. Er öffnete die Tür, zog sein Handy aus der Tasche und leuchtete mit der Taschenlampe ins Innere der Hütte. Molly trat neben ihn und blickte hinein. Mit einem Nicken signalisierte sie ihm, dass sie jetzt verstand, was er vorhatte.

57

Sie konnten die flackernden Blaulichter der Einsatzfahrzeuge sehen, die oben auf der 101 vorbeirasten und den Horizont erhellten wie ein Elmsfeuer. Immer mehr Polizisten beteiligten sich an der Jagd. Die drei Straßen, die aus False Klamath hinausführten, waren mit Sicherheit längst abgeriegelt. Bundesbeamte des FBI und Helfer des Sheriff Department fingen an, die Wälder zu durchkämmen.

Sie befanden sich außer Hörweite, dennoch wartete Jake, bis die Strömung sie ein Stück weiter hinaus aufs Meer getragen hatte, bevor er die Zündung des Motors einschaltete. Stotternd erwachte die Maschine zum Leben.

Molly suchte mit besorgtem Blick den Strand ab, als das Dröhnen des Außenborders die Stille der Nacht durchschnitt und das Rauschen der Wellen übertönte.

Jake machte sich keine Sorgen. Sie waren so weit draußen, dass ihre Verfolger sie nicht hören konnten, solange sie sich nicht auf dem Strand befanden. Und ohne Positionslichter waren sie auf dem dunklen Meer ohnehin so gut wie unsichtbar.

Er bewegte die Pinne und steuerte das Boot in einer geraden Linie von der Küste weg. Sie fuhren an dem riesigen Felsen vorbei, der wie ein schwarzer Turm aus dem Meer in den Sternenhimmel aufragte. Nach ungefähr einer halben Seemeile fuhr Jake eine Kurve, sodass sie das Land links von sich hatten.

Diehls Haus konnte man so leicht ausmachen wie einen Leuchtturm in der Nacht. Es war der helle Punkt oben auf der Klippe, umrundet von flackernden Lichtern. Zwischen den Bäumen leuchteten immer wieder die Lichter der Taschenlampen auf, mit denen sich ihre Verfolger einen Weg durch den Wald suchten.

Das Boot war alt, aber gut gewartet. Vielleicht gehörte es einem der Hausbesitzer aus der Umgebung oder jemandem, der die Sommer an der Küste verbrachte. Jake hatte es bei der ersten Inspektion der Hütte entdeckt. Ursprünglich hatte er nicht geplant, es zu verwenden, aber jetzt hatte es ihnen eine neue Möglichkeit eröffnet: das Meer nicht mehr als Grenze zu betrachten, sondern als Teil der Fluchtroute.

»Ich schätze mal, Eleanor hat sie gerufen«, meinte Molly.

»Möglich«, sagte Jake. »Vielleicht war es auch die Ärztin. Oder irgendjemand anders. Es macht letztlich keinen Unterschied.«

Insgeheim war er beinahe erleichtert über die Begegnung mit der FBI-Agentin. Dass Molly und er früher oder später entdeckt wurden, war unausweichlich gewesen und hatte wie eine schwere Last auf seinen Schultern gelegen, seit sie sein Apartment verlassen hatten. Nun war es geschehen, und bislang hatten sie sich gut aus der Affäre gezogen.

Er zuckte zusammen, als das Wegwerfhandy klingelte. Das Display erhellte das Innere des Bootes, als Jake das Telefon aus der Tasche zog. Die Nummer des Anrufers war unterdrückt. Dennoch nahm er den Anruf an, und richtete den Blick wieder auf die Küste.

»Ja?«

»Spreche ich mit Jake Ellis?« Der Anrufer hatte einen leichten Akzent.

Carl Dolan.

»Sie sprechen mit dem Mann, der Ihnen diese Nummer gegeben hat. Haben Sie mir etwas mitzuteilen?«

Es entstand eine lange Pause, und Jake fürchtete bereits, dass er Dolan ernsthaft verärgert hatte.

»Ich habe erfahren, dass Sie mit mir sprechen wollen.«

»Das stimmt. Ich glaube, dass Wade Lang verantwortlich ist für ein Attentat auf zwei Menschen, die mir nahestehen. Er arbeitet für Sie. Vielleicht würden Sie mir daher eine Frage beantworten, Mr Dolan: Was zum Teufel wollen Sie von mir?«

Wieder eine lange Pause.

Als Dolan endlich antwortete, konnte Jake nicht mit Sicherheit sagen, ob seine Stimme gelangweilt oder amüsiert klang. »Werden Sie morgen noch unter dieser Nummer zu erreichen sein?«

»Unwahrscheinlich.«

»Dann die E-Mail-Adresse, von der Ihre Anfrage kam. Sie haben weiter Zugriff darauf?«

»Ja.« Jakes Neugier war geweckt. Was führte Dolan im Schilde?

»Seien Sie morgen Abend in San Francisco. Sie erhalten um siebzehn Uhr eine Nachricht.«

»Ich spiele keine Spielchen. Ich will wissen …«

»Manche Dinge bespricht man besser persönlich, Jake. Aber wenn Sie nicht interessiert sind …«

Jake biss sich auf die Lippe und stieß im Stillen alle Flüche aus, die er Carl Dolan gerne an den Kopf geworfen hätte. Dann sagte er: »Ich werden um siebzehn Uhr meinen Maileingang checken.«

Die Verbindung brach ab.

»Wer war das?«

Jake blickte zu Molly, die am Bug saß. Ihr Gesicht lag im Dunkeln, er sah lediglich ihre Silhouette, die sich von den Wellen abhob.

»Der Mann, der uns vielleicht verraten kann, was zum Teufel hier vor sich geht. Zumindest hoffe ich das.«

Das Bootshaus, der Strand von False Klamath, der Felsen im Meer und das von Polizeiwagen umzingelte Haus verschwanden hinter ihnen in der Dunkelheit. Bis nach San Francisco war es ein langer Weg. Jake hoffte, dass sie dort sein würden, wenn die E-Mail eintraf.

Er behielt die Küste im Auge und die Pinne fest im Griff.

58

Zunächst dachte Chrissie, das Telefon klingele nur in ihrem langsam verblassenden Traum. Doch dann öffnete sie die Augen und sah, dass das Zimmer vom Leuchten eines Displays erhellt wurde. Sie tastete mit einer Hand nach dem Handy, fand es aber erst, als der Anrufer seine Bemühungen, sie zu erreichen, eingestellt hatte.

Es war Seans Nummer. Wenn Sean mitten in der Nacht anrief, dann musste es wirklich wichtig sein. Chrissie startete den Rückruf. »Was ist los?«, fragte sie ohne Vorrede.

»Schalt den Fernseher ein«, sagte Sean.

Sie suchte nach der Fernbedienung. »Was ist passiert? Haben sie ihn gefunden?«

»Sieht ganz so aus.«

Chrissie fluchte leise, als das alte Gerät sich wie üblich einige Sekunden Zeit nahm, um das Bild aufzubauen. Als der Fernsehschirm endlich aufleuchtete, lief wenigstens sofort eine Nachrichtensendung. Chrissie sah Luftaufnahmen eines kleinen Ortes. Im Ticker am unteren Bildrand stand zu lesen: *Die Suche nach Molly Donaldson. FBI im Dorf False Klamath, Kalifornien. Keine neuen Informationen über den Flüchtigen, Jake Ellis …*

»Heilige Scheiße«, entfuhr es Chrissie.

»Genau. Da ist aber noch mehr.«

»Was?«

»Jemand aus dem Dorf will mit uns reden.«

59

»Alles in Ordnung?«

Catherine nickte, als sie auf Paxon zuging, die vor der Haustür von Walter Diehls Nachbarin stand. Zwei weitere Fahrzeuge des FBI waren eingetroffen, dazu noch einige Streifenwagen der California Highway Patrol. Bislang war keine Meldung von einer der Straßensperren eingegangen.

Catherine schnaubte frustriert. »Ich hatte ihn. Verdammt, ich hatte ihn!«

»Wir kriegen den Kerl. Alle Straßen, die hier rausführen, sind abgeriegelt. Er kommt nicht weit.«

»Das habe ich schon mal gehört«, erwiderte Catherine. »Ist sie da drin?«

»In der Küche«, antwortete Osborne. »Mit Garcia. Sie zeigt sich nicht besonders kooperativ.«

Catherine öffnete die Eingangstür und ging hinein. Das Haus befand sich in einem tadellosen Zustand. Es musste ungefähr aus derselben Zeit stammen wie Walter Diehls Haus, lediglich die Einrichtung und das Dekor waren neuer, außerdem roch die Luft nicht so abgestanden. Catherine fand Garcia und Eleanor Grace in der Küche.

Sie warf Garcia einen kurzen Blick zu. Er stand mit verschränkten Armen an einer der Arbeitsflächen. Eleanor Grace saß am Tisch; Garcia hatte ihr keine Handschellen angelegt.

»Sie haben einem Flüchtigen Beihilfe zur Flucht geleistet. Wissen Sie, welche Strafe darauf in Kalifornien steht, Ms Grace?«

Sie wirkte nervös, setzte aber dennoch einen trotzigen Gesichtsausdruck auf, verschränkte die Arme vor der Brust und hielt Catherines Blick stand. »Nein, aber Sie werden es mir bestimmt sagen, egal, ob ich es wissen will oder nicht.«

»Staatsanwälte und Richter sind sich da manchmal uneins«, erklärte Catherine. »Das bedeutet, die Tat, die Sie begangen haben, kann entweder als Regelverstoß oder als Verbrechen gewertet werden – je nachdem, ob Ihnen der Richter wohlgesinnt ist. Sollte er Ihnen die Tat allerdings als Verbrechen auslegen, drohen Ihnen drei Jahre Haftstrafe.«

»Sie sind hinter dem falschen Mann her.«

»Hat er Ihnen das gesagt?«

»Molly hat es mir gesagt. Sie hat die Tat doch hautnah miterlebt. Sie erzählte, ein Mann auf einem Motorrad habe auf ihre Mutter geschossen und versucht, sie zu töten. Und der war definitiv nicht Jake.«

»Sie steht unter Ellis' Einfluss und würde vermutlich alles erzählen, wenn er sie dazu zwingt. Molly fürchtet um ihr Leben.«

»Nein, das tut sie nicht«, sagte Eleanor Grace mit ruhiger Stimme. »Ich habe gerade ein paar Stunden mit den beiden verbracht. Sie fürchtet sich nicht vor ihm. Wer ihr hingegen wirklich Angst einjagt, das seid ihr FBI-Leute.«

»Dann wäre es am besten, wenn wir die beiden schnell finden«, sagte Catherine. »Wenn Ellis eine gute Erklärung für alles hat, höre ich sie mir gerne an. Sie können uns dabei helfen, diese Sache ohne weiteres Blutvergießen zu beenden, indem Sie uns sagen, wohin die beiden geflohen sind.«

Eleanor Grace betrachtete ihre Hände. »Ich befinde mich da in einem gewissen Dilemma. Ich bin wirklich davon überzeugt, dass er unschuldig ist, aber ich will mich auch nicht in noch größere Schwierigkeiten bringen. Wenn ich also wüsste, wo die beiden hinwollen, wäre ich durchaus versucht, es Ihnen zu verraten.«

»Wollen Sie mir ernsthaft weismachen, Sie hätten keine Ahnung?«

»Für Ellis wäre es heute Abend ein Leichtes gewesen, mich zu töten, wenn er mich zum Schweigen hätte bringen wollen. Niemand hätte ihn davon abgehalten. Und da mich niemand vermissen würde, hätte es wohl ein paar Tage gedauert, bis irgendjemand zufällig über meine Leiche gestolpert wäre.«

Catherine versuchte, sich keine Regung anmerken zu lassen. Die Tatsache, dass Grace' Aussage sich mit der Erfahrung deckte, die sie selbst gerade gemacht hatte, behagte ihr nicht ganz. Ellis hätte auch sie ohne weiteres erschießen können. Tatsächlich wäre es aus seiner Sicht sogar sehr sinnvoll gewesen, das zu tun, sinnvoller jedenfalls, als sie laufen zu lassen, denn dann wäre jetzt zumindest niemandem das neue Kennzeichen seines Autos bekannt. Außerdem war Molly freiwillig und ohne Zögern zu ihm in den Wagen gestiegen. Sie schien tatsächlich nicht die geringste Angst vor ihm zu haben.

Eleanor Grace sprach weiter. »Das ist der eine Grund, weshalb ich ihm geglaubt habe, als er mir sagte, dass er es nicht getan hat. Und der andere Grund ist, dass er mir keinerlei Informationen gegeben hat, die mich in einen Gewissenskonflikt bringen könnten.«

»Er hat Ihnen wirklich gar nichts anvertraut oder zufällig verraten?«

»Wie gesagt, er versicherte mir seine Unschuld. Ich habe ihm dabei geholfen, das Medikament für Molly zu besorgen. Dann hat er sich freundlich bedankt und ging seines Weges. Er hat sich darauf verlassen, dass ich nicht die Polizei verständigen würde.«

Catherine stützte sich mit beiden Händen auf den Tisch und sah der Frau in die Augen. »Wo will er hin?«

Es war vergebens. Sie konnte es in Eleanor Grace' Augen sehen: Die Frau sagte die Wahrheit, und sie wusste, dass Catherine das wusste.

Schließlich antwortete Eleanor Grace doch noch. »Ich habe genauso wenig Ahnung wie Sie, Agent.«

60

Das Boot schaffte problemlos zwanzig Knoten.

Jake folgte der Küstenlinie. Sie passierten die Mündung des Flusses Klamath. Der Highway verlief ab hier weiter landeinwärts, und die Küste blieb für eine ganze Weile dunkel. Als die Straße schließlich wieder auftauchte, sahen sie ab und an Scheinwerfer, die sich zwischen den Ortschaften bewegten.

Jake, der ihre Fahrt auf der Landkarte seines Handys verfolgte, las die Namen der kleinen Gemeinden: Patrick's Point, Trinidad, Clam Beach. Verschlafene Käffer, in die er niemals einen Fuß setzen würde.

Als sie sich schätzungsweise eine Seemeile vor McKinleyville befanden, steuerte er wieder auf die Küste zu. Dort gab es eine kleine Bucht in der Nähe des Highways. Molly zog die Schuhe aus und stieg ins flache Wasser. Jake vertäute das Boot an einem Holzsteg, den man offenbar schon vor vielen Jahren dem Zerfall überlassen hatte. Zwischen Strand und Highway lag ein Abhang, der das Boot vor neugierigen Blicken schützen würde, zumindest solange sich niemand direkt hierher verirrte.

Bis nach McKinleyville war es ein kurzer Fußmarsch. Auf der Bootsfahrt hatte Jake genügend Zeit gehabt, die nächsten Schritte zu planen. Nun, da Dolan ihm einen Ort genannt hatte, an dem er zu einer bestimmten Uhrzeit sein musste, erschien ihm das weitere Vorgehen sogar leichter.

61

Sie hatten die Straßensperren erweitert und in einem Umkreis von hundert Meilen rund um False Klamath in regelmäßigen Abständen Kontrollposten errichtet. Bedingt durch die begrenzte Anzahl von Straßen und den zu dieser Uhrzeit vergleichsweise spärlichen Verkehr hier im Norden der Stadt, hatte die Task Force einen perfekten Abwehrriegel aufbauen können. Jedes Fahrzeug, das sich in nördliche, südliche oder östliche Richtung aus dem Ort hinausbewegte, wurde angehalten und durchsucht, manche sogar mehrmals, wenn die Fahrer das Pech hatten, in zwei oder gar noch mehr Kontrollen zu geraten.

Dennoch war es, als hätten sich Ellis und Molly einfach in Luft aufgelöst.

Der erste Hinweis, dass dies natürlich nicht der Fall war, war die Entdeckung des weißen Ford. Die Suchtrupps fanden den Wagen kurz vor drei Uhr morgens im Unterholz neben einem Schotterweg, der zum Strand führte und dort in einer Sackgasse endete – allerdings nur scheinbar, wie sich zeigte, als sie sich intensiver mit dem Gebiet befassten. Nicht weit vom Fundort des Autos befand sich am Strand ein altes Bootshaus, vollgestopft mit Werkzeug, Benzinkanistern und vergilbten Ausgaben einer maritimen Zeitschrift. Das Einzige, was in dem Bootshaus fehlte, war ein Boot.

Sie hatten eine Weile gebraucht, um den Eigentümer zu ermitteln. Ihn zu wecken hatte weitere dreißig Minuten in Anspruch genommen. Der Mann erklärte, dass in dem Bootshaus sein 1973er

Luhrs 320 Flybridge Cruiser untergebracht war. Das Motorboot hatte sich in einwandfreiem Zustand befunden, als er es im November für den Winter dort untergestellt hatte. Und das bedeutete, dass sich Ellis und Molly beinahe überall in einem Umkreis von gut hundert Meilen entlang der kalifornischen Küste befinden konnten.

Catherine blickte von ihrem Laptop auf und massierte sich die Schläfen mit den Zeigefingern. Sie war heute Morgen erst gegen fünf Uhr mit Osborne und Paxon in das Motel in Willow Creek zurückgekehrt. Garcia überwachte weiter die Suche rund um Walter Diehls Haus. Eigentlich hatten Catherine und Osborne sich ausruhen und ein paar Stunden schlafen wollen, bevor sie nach False Klamath zurückkehrten, doch bislang hatte sich niemand aus dem Team in sein Zimmer zurückgezogen.

Was, wenn das Boot ein Ablenkungsmanöver war? Wollte Ellis sie nur von seiner Fährte abbringen und versteckte sich in Wahrheit noch irgendwo in der Gegend?

Paxon stand von ihrem Tisch auf, gähnte und erklärte, sie würde kurz zum Kaffeeautomaten an der Rezeption gehen. »Soll ich dir was mitbringen?«

»Nein, danke. Ich bin schon kurz vor einer Koffein-Überdosis.«

»Sie haben auch entkoffeinierten.«

»Wozu soll Kaffee gut sein, wenn er entkoffeiniert ist?«

»Auch wieder wahr.« Paxon drehte sich um und ging davon.

Eine Flucht übers Meer. Clever. Wenn es eines gab, worauf man definitiv verzichten konnte, dann war es ein Flüchtiger mit Insiderwissen über die Möglichkeiten, aber auch Grenzen einer Personenfahndung, in die mehrere Strafverfolgungsbehörden involviert waren.

In dieser Hinsicht wunderte es Catherine kaum, dass ihre bisherigen Bemühungen, Ellis zu stellen, nicht sonderlich erfolgreich gewesen waren. Selbst mit den enormen personellen Ressourcen und Technologien, die ihnen zur Verfügung standen, darunter die Möglichkeit, über das Amber-System so ziemlich jeden Erwachsenen im

Staat zu erreichen, war es schwierig, einen intelligenten oder einfach nur trickreichen Flüchtigen zu finden, der nicht gefunden werden wollte. Und Ellis' professioneller Hintergrund erschwerte die Sache zusätzlich. Mehr als einmal hatte sich schon herausgestellt, dass ein guter Polizist einen noch besseren Verbrecher abgab.

Wenn es daher etwas gab, das Catherine überraschte, dann, dass sie Ellis trotz allem so nahe gekommen waren – und dass sie ihn überhaupt gefunden hatten. Hätte Ellis wirklich komplett von der Bildfläche verschwinden wollen, dann hätte er das trotz aller Widrigkeiten auch geschafft, zumindest für einen begrenzten Zeitraum.

Aber das hatte er nicht getan. Ellis schien ein Ziel zu verfolgen, auch wenn es schwierig war, dieses Ziel zu bestimmen. Seine anfängliche Flucht nach Norden hatte Sinn ergeben, denn, wie sich herausgestellt hatte, gab es dort einen Ort, an dem er sich verstecken konnte. Die geringe Bevölkerungsdichte in der Gegend mochte ein zusätzlicher Grund gewesen sein: weniger Augen, weniger Telefone.

Aber wo wollte er jetzt hin?

Catherine ging davon aus, dass er mit seiner kleinen Luxusjacht nicht bis nach Hawaii fahren wollte, also würde er früher oder später irgendwo anlegen. Wo würde er dann hinfahren? Sie hatte das Team angewiesen, Berichte über gestohlene Fahrzeuge entlang der Küste zu priorisieren. Alle Autovermietungen in der Gegend hatten eine aktualisierte Fahndungsmeldung bekommen, mit Phantombildern von Ellis und Molly nach Catherines Beschreibung. Außerdem überwachten sie alle Kreditkartenzahlungen, die mit Ellis, Eleanor Grace oder Walter Diehl in Verbindung gebracht werden konnten. Sie hatten an allen Knotenpunkten des öffentlichen Nahverkehrs Leute in Stellung gebracht, auch wenn es unwahrscheinlich war, dass Ellis und Molly Busse oder Bahnen benutzen würden.

Paxon hatte vorhin eine Möglichkeit genannt, wie Ellis ein Fahrzeug stehlen konnte, ohne dass es gemeldet wurde: Er konnte den Eigentümer ermorden und die Leiche loswerden. Ohne darüber nachzudenken, hatte Catherine diese Idee sofort ins Reich der Fantasie verbannt.

Wenn sie jetzt genauer darüber nachdachte, wusste sie auch, warum sie das getan hatte. Wäre Ellis darauf aus, sich den Weg freizuschießen, hätte er sie in False Klamath ohne Zögern getötet. Und Eleanor Grace ebenfalls. Damit hätte er sich aller Zeugen entledigt.

Catherine wurde bewusst, dass sie seit der Begegnung mit Ellis und Molly in False Klamath anders über die beiden dachte. *Die beiden.* Nicht Ellis und sein Opfer. Es bestand kein Zweifel. Molly hatte die Chance gehabt, Ellis zu entkommen, doch sie war anscheinend freiwillig zu ihrem Entführer ins Auto gestiegen. Sie hätte einfach weglaufen können, hatte es aber nicht getan.

Und dann das, was sie beide gesagt hatten: Dass Jake Ellis die Tat nicht begangen hatte. Und später die Worte von Eleanor Grace: *Sie sind hinter dem falschen Mann her.* Und das war nicht alles. Inzwischen gab es noch viele andere Dinge, die nicht zusammenpassten: die Aussage des Zeugen, der Molly nach dem Attentat alleine auf der Flucht gesehen hatte. Bislang hatten sie diesem Hinweis keine sonderliche Beachtung geschenkt, weil er nicht zu ihrer Hypothese passte. Genauso wie die Anzahl der Schüsse, die rund um Rachel Donaldsons Auto abgefeuert worden waren.

Catherine wusste, dass die Beziehung zwischen einem Entführer und seinem Opfer kompliziert sein konnte, besonders, wenn sie sich kannten. Doch in diesem Fall lagen die Dinge anders. Molly war unverletzt gewesen. Und Ellis hatte alles aufs Spiel gesetzt, um ihr im Krankenhaus ein Asthma-Spray zu besorgen.

Trotzdem war die Last der Beweise gegen ihn erdrückend. Seine Beziehung mit Rachel. Die Textnachrichten. Und der Augenzeuge.

Da Costas Aussage war wohl das wichtigste Teil des Puzzles. Sie hatte es ihnen überhaupt erst erlaubt, die Ermittlungen von Beginn an auf Ellis zu konzentrieren. Und sie entsprach auch den Gesetzen der Wahrscheinlichkeit: Die meisten Gewalttaten wurden von jemandem verübt, der dem Opfer nahestand. Die Tatsache, dass Ellis dann auch noch die Tochter seines Opfers entführt hatte, zementierte seine Position als Hauptverdächtiger, wenn nicht gar als einziger Verdächtiger in diesem Fall.

Catherine war noch in der Highschool gewesen, als O.J. Simpson seine Flucht in dem weißen Bronco angetreten hatte. Wie viele andere hatte sie die Verfolgungsjagd live im Fernsehen gesehen. Der Fall hatte sich danach natürlich noch Monate hingezogen, doch soweit sich Catherine erinnerte, war die Flucht der Moment gewesen, an dem niemand mehr ernsthaft daran gezweifelt hatte, dass Simpson schuldig war – nicht nur wegen der glasklaren Beweislage, sondern vor allem, weil ein Unschuldiger nicht vor der Polizei flüchtete.

Dass Ellis vor den eigenen Kollegen türmte, war für Catherine daher, genau wie die Aussage des Zeugen, ein Beweis gewesen. Doch jetzt kamen ihr Zweifel. Da Costas Worte waren vielleicht das Einzige, was in Bezug auf das Attentat vor Gericht wirklich Bestand haben würde. Für einen gewieften Anwalt würde es kein Problem darstellen, die Messenger-Nachrichten und das Geständnis auf dem Laptop als unzulässige Beweise von der Verhandlung auszuschließen. Und bislang hatten sie weder DNA-Spuren noch Fingerabdrücke vom Tatort mit Ellis in Verbindung bringen können.

Die Zeugenaussage von Da Costa war das Fundament, auf dem das gesamte Kartenhaus gebaut war.

Ihr Zeuge belügt Sie.

Catherine trommelte mit den Fingern auf den Tisch und sah auf, als Paxon von ihrem Ausflug zum Kaffeeautomaten mit einem Plastikbecher in der Hand zurückkam.

»Wenn wir wieder in der Stadt sind, möchte ich noch einmal mit Edward Da Costa sprechen«, sagte Catherine.

Paxon machte ein verwundertes Gesicht, und Catherine verstand, warum. Die Befragung war reibungslos verlaufen. Da Costa hatte sich überaus kooperativ gezeigt und sehr detailliert und widerspruchsfrei Auskunft gegeben. Tatsächlich war er ein perfekter Zeuge.

»In Ordnung«, sagte Paxon. »Gibt es einen bestimmten Grund?«

Catherine überlegte noch, wie sie auf diese Frage antworten sollte, als Paxons Telefon klingelte.

Sie stellte den Kaffeebecher ab, zog ihr Handy aus der Tasche und nahm den Anruf an. »Paxon.«

Catherine sah, wie sich ihre Augen weiteten.

»Verstanden, danke.« Ihre Kollegin steckte das Telefon wieder weg und blickte Catherine schockiert an.

»Haben wir sie?«

»Nein«, sagte Paxon. »Das war das Krankenhaus. Sie glauben, dass jemand vergangene Nacht versucht hat, Rachel Donaldson zu ermorden.«

62

Der erste Bus, der McKinleyville in südliche Richtung verließ, fuhr laut Fahrplan um sieben Uhr morgens. Jake bezahlte die Tickets am Verkaufsschalter mit der Prepaid-Kreditkarte. Diehls Kreditkarte war nun genauso wertlos wie seine eigene. Die Sonne stieg langsam am Horizont auf, als Molly und Jake getrennt den Bus bestiegen.

Die Sitzplätze waren nicht einmal zur Hälfte besetzt. Menschen mit müden Gesichtern schlurften an Bord, die meisten noch so schläfrig, dass sie ihre Umgebung kaum wahrnahmen, ausgenommen vielleicht ein älteres Ehepaar, das in der ersten Reihe saß und den Fahrer mit einem Schwall von Fragen traktierte. Molly suchte sich einen Platz im hinteren Drittel des Busses. Jake warf ihr einen kurzen Blick zu, als er an ihr vorbeiging und sich dann drei Reihen weiter schräg hinter sie setzte.

Er behielt die Straße im Blick und wartete darauf, dass sich die Türen schlossen. Dabei sah er immer wieder zu der Digitaluhr über dem Busfahrer.

Sechs Uhr achtundfünfzig.

Nicht mehr lange. Der Motor sprang an, und Jake entspannte sich ein wenig, als er spürte, wie der Bus unter ihm erzitterte.

Ein Mann mit einer grünen Leinenjacke und Baseballkappe stieg ein und zeigte seine Fahrkarte vor. Dann schritt er langsam durch den Gang und blickte von Seite zu Seite. Jake wandte den Kopf zum Fenster, als der Mann an ihm vorüberkam. Als er am Ende der Sitzreihen angekommen war, drehte er sich um, ging den ganzen Weg durch den Bus zurück und setzte sich auf den Platz hinter dem geschwätzigen Ehepaar.

Die Leuchtziffern der Digitalanzeige sprangen auf sieben Uhr.

Nun fahr endlich los. Komm schon …

Der Mann vom Ticketschalter trat vor die Tür und schlenderte gemächlich auf den Bus zu. Er ging zum Fahrerfenster und begann ein Gespräch mit dem Fahrer.

Jake sah zu Molly. Sie hatte sich aufgesetzt und erwiderte seinen Blick über die Sitzlehne hinweg. Jake bedeutete ihr mit einer flüchtigen Handbewegung, sich wieder zurückzulehnen.

Einen Moment später brach der Fahrer in lautes Gelächter aus, und Jake konnte sehen, dass der Kerl vom Ticketschalter ebenfalls breit grinste. Er klopfte zum Abschied zweimal gegen die Fahrertür. Das Motorengeräusch wurde lauter, und der Bus rollte langsam an. Auf der Straße beschleunigte er weiter und fuhr bald mit Reisegeschwindigkeit in Richtung Süden.

Jake lehnte sich zurück und wartete, dass sich sein Puls wieder normalisierte.

63

Drei Stunden später betrachtete Catherine die schlafende Rachel Donaldson in ihrem Krankenhausbett. Ihr rotes Haar lag auf dem Kissen, ein Teil ihres Kopfes war noch immer bandagiert. Catherine fragte sich, welche Antworten sich wohl unter dem Verband in Rachels schlummerndem Geist verbargen.

Die diversen Maschinen und elektronischen Geräte, mit denen die Patientin über Schläuche und Kabel verbunden war, brummten und piepten regelmäßig. Rachels Brust hob und senkte sich unter flachen, kaum wahrnehmbaren Atemzügen.

Catherine rieb sich die Augen und ließ die vergangenen Stunden in Gedanken noch einmal an sich vorbeiziehen. Die haarsträubende Fahrt von Willow Creek zum Flughafen, um die Sechs-Uhr-fünfzehn-Maschine zu erwischen. Eine Stunde in der Luft, während der sie für zwanzig Minuten die Augen zugemacht hatte. Eine weitere Autofahrt, diesmal erzwungenermaßen langsamer wegen des dichten Berufsverkehrs, vom Flughafen zum Krankenhaus. Catherine hatte das Gefühl, als hätte sie seit zwei Tagen keinen Moment Ruhe gehabt – vermutlich, weil es schlicht den Tatsachen entsprach.

»Der Neurologe meint, es gibt vielversprechende Anzeichen«, sagte der Arzt auf der anderen Seite des Betts.

Catherine hatte darauf bestanden, sich persönlich von Rachels Unversehrtheit zu überzeugen, selbst, nachdem das Krankenhaus ihnen versichert hatte, dass der defekte Tropf rechtzeitig bemerkt worden war. *Defekt* – das traf den Sachverhalt nicht ganz korrekt.

»Und Sie sind sicher, dass es sich um vorsätzliche Beschädigung handelt?«, fragte sie, ohne die Augen von Rachel zu nehmen. Erst, als der Arzt nicht antwortete, blickte sie auf. Er machte ein nachdenkliches Gesicht und kaute auf seinem Daumennagel herum, als müsste er eine besonders komplexe Berechnung anstellen. Catherine konnte sich denken, was ihm Sorgen bereitete. Die Tatsache, dass die Krankenschwester, der die Überwachung der Intensivpatienten oblag, ihren Posten aus unbekanntem Grund verlassen hatte, konnte für das Krankenhaus ernste Konsequenzen haben.

»Ich verstehe, dass dies eine schwierige Situation ist«, sagte sie, »und ich versichere Ihnen, dass ich weder Ihnen noch dem Krankenhaus das Leben schwermachen will. Aber ich benötige eine Antwort auf meine Frage.«

»Der Tropf wurde absichtlich manipuliert«, sagte der Arzt schließlich. »Keine Frage. Jemand hat Insulin in den Tropf injiziert. Und der einzig vorstellbare Grund dafür ist, dass dieser Jemand die Patientin töten wollte.«

Catherine nickte. »Vielen Dank.«

Letztendlich bestätigte das nur, was sie schon geahnt hatte. Dennoch war die Aussage des medizinischen Experten wichtig, da die Indizienlage für einen versuchten Mord strenggenommen sehr dünn war. Die zuständige Schwester hatte die Intensivstation nur für wenige Minuten verlassen, und kurz darauf war ein lebensbedrohlicher Fehler am Tropf von Rachel Donaldson entdeckt worden. Dieser *Fehler* (wenn man denn diesen unverbindlichen Ausdruck verwenden wollte) wurde umgehend behoben. Laut Dienstprotokoll konnte er auch jederzeit in den vorangegangenen vier Stunden aufgetreten sein, nicht unbedingt nur in dem Zeitfenster, in dem die Intensivstation unbesetzt war. Man konnte nicht exakt bestimmen, wann das Insulin injiziert worden war. Bis zu der klaren Aussage des Arztes war es unmöglich gewesen, mit Sicherheit zu sagen, ob der Fehler lediglich auf eine Unachtsamkeit zurückzuführen war oder ob es sich tatsächlich um einen Mordversuch handelte.

Allerdings waren noch zwei andere Dinge geschehen, die für letztere Variante sprachen. Erstens: Ein Zivilist war zur fraglichen Zeit von einer Krankenschwester in der Nähe der Intensivstation gesehen worden. Vermutlich handelte es sich um einen Mann. Er konnte weder identifiziert werden, noch ließ sich nachvollziehen, weshalb er sich um diese Uhrzeit im Krankenhaus aufgehalten hatte. Auch ließ sich nicht sagen, ob der Mann die Intensivstation betreten hatte, und das lag an der zweiten Sache, die sich ereignet hatte: Zwischen ein Uhr dreißig und ein Uhr fünfundvierzig war die Kamera ausgefallen, die den Korridor überwachte, auf dem der Eingang der Intensivstation lag. Natürlich ließen sich auch hierfür allerhand Erklärungen finden, die den Ausfall auf ein technisches Problem zurückführten. Allerdings überzeugte Catherine keine einzige davon.

Nach dem aktuellen Stand der Erkenntnisse erachtete sie daher den folgenden Ablauf als den plausibelsten: Eine unbekannte Person hatte sich mitten in der Nacht Zugang zur Intensivstation verschafft, mit hoher Wahrscheinlichkeit die diensthabende Krankenschwester vergiftet und dann das Lebenserhaltungssystem von Rachel Donaldson sabotiert. Und das bedeutete, dass jemand zum zweiten Mal innerhalb von zwei Tagen versucht hatte, sie zu ermorden.

Der Haken an der Sache?

Der Hauptverdächtige für den ersten Mordversuch an Rachel Donaldson befand sich zum Zeitpunkt des zweiten Anschlags mindestens dreihundert Meilen entfernt in einer völlig anderen Ecke des Bundesstaats.

Und das bedeutete, dass alle Hypothesen, die Catherine bislang in diesem Fall aufgestellt hatte, vollständig über den Haufen geworfen werden mussten. Es war ein weiteres Puzzlestück, das nicht zu den anderen passte.

Catherines Handy klingelte.

Diesmal war es keine Textnachricht oder E-Mail, sondern eine

Push-Benachrichtigung, dass soeben die neueste Folge des derzeit beliebtesten Podcasts online gegangen war.

Untraceable Folge 5 ist jetzt verfügbar. Catherine konnte sich die Überschrift vorstellen: Mal hier, mal da. Täter immer noch nicht gefunden …

Untraceable

Auszug aus Untraceable – Staffel 4, Folge 5, 22. April

Diese Folge von *Untraceable* wird präsentiert von Bay Mercedes.

Willkommen bei *Untraceable*, dem Podcast, der den spektakulärsten Vermisstenfällen aller Zeiten auf den Grund geht. Mein Name ist Chrissie Chung. In jeder Staffel berichten wir über eine vermisste Person, angefangen bei ihrem Verschwinden bis hin zur Aufklärung des Falls.

Wir können bestätigen, dass der Verdächtige in der Gegend von False Klamath, Del Norte County, gesehen wurde und sich gegenwärtig immer noch auf der Flucht befindet.

Und was ist mit Molly Donaldson? Gibt es neue Informationen zu ihrer Lage?

Soweit wir wissen, ist sie noch immer in der Gewalt ihres Entführers.

Wir haben erfahren, dass das FBI die Chance hatte, Ellis festzunehmen, ihn aber entkommen ließ. Ist diese Information korrekt?

Ich habe nicht die Befugnis, Ihnen darüber Auskunft zu geben.

Was ist …

Vielen Dank. Ich muss jetzt los.

Das war die Stimme von Lieutenant Ray Monzello vom Crescent City Police Department. Als ich mit ihm gesprochen habe, hatten die Ermittlungen im Fall Rachel Donaldson gerade eine rasante Entwicklung erfahren. Keine zwei Stunden zuvor war es Jake Ellis gelungen, der Polizei und dem FBI um Haaresbreite zu entkommen. Er hatte sich im Haus eines früheren Bekannten versteckt.

Im Verlauf der restlichen Nacht kristallisierte sich dann ein genaueres Bild der Lage heraus: Aktuellen Berichten zufolge hatte sich Jake Ellis in einem Haus in der kleinen Gemeinde False Klamath verschanzt. Das Haus gehörte einem gewissen Walter Diehl, der erst kürzlich verstorben ist und der, wie sich herausgestellt hat, etliche Jahre mit Ellis befreundet war.

Das wirft nun die Frage auf, warum das FBI nicht schon früher auf dieses Versteck aufmerksam geworden ist. Sicher, derzeit müssen buchstäblich Tausende von Informationen und Hinweisen verarbeitet werden. Außerdem jagt das FBI einen Mann, der die Spielregeln in- und auswendig kennt, was die Sache wohl erheblich komplizierter macht.

Dennoch muss man sich fragen, ob das FBI wirklich alles in seiner Macht Stehende getan hat, um Ellis zu finden und ihn dann auch festzuhalten, als man ihn endlich gefunden hatte.

So wie es aussieht, lautet die Antwort wohl leider: Nein.

Wie immer gilt es zu berücksichtigen, dass wir es mit laufenden Ermittlungen zu tun haben und sich die Lage dynamisch entwickelt. Die ersten Berichte, die uns aus der Gegend um False Klamath erreichten, legten nahe, dass das FBI Ellis bereits in Gewahrsam hatte – was allerdings nicht den Tatsachen entsprach. Wie sich schnell herausstellte, hatte man ihn lediglich umzingelt. Nach übereinstimmenden Berichten wissen wir jetzt, dass es Ellis gelang, sich aus dieser Lage zu befreien und dem FBI zu entkommen. Und leider bedeutet das auch, dass Molly nicht befreit werden konnte.

Wir haben von dem Einsatz in False Klamath zur gleichen Zeit wie alle anderen erfahren, nämlich als die Nachrichten davon berichteten. Doch *Untraceable* hat einen großen Vorteil gegenüber den herkömmlichen Medien, und dieser Vorteil seid ihr, liebe Zuhörer.

Während wir versuchten, die Puzzleteile zusammenzusetzen, stellte sich heraus, dass eine unserer regelmäßigen Hörer, Nikki O'Connor, in der Gegend von False Klamath lebt. Tatsächlich wohnt sie etwa eine halbe Meile von dem Haus entfernt, in dem sich Jake Ellis versteckt hielt. Wir haben Nikki angerufen und sie gefragt, ob sie mit uns reden möchte – und sie hat ja gesagt.

[Telefonklingeln]

Hi Nikki, hier ist Chrissie von *Untraceable*. Das ist eine ganz schön wilde Geschichte, was?

Kann man wohl sagen, ich meine, ich hab mir eure Folgen angehört, und ich hätte in einer Million Jahren nicht gedacht, dass sich der Typ, nach dem alle suchen, in meiner direkten Nachbarschaft versteckt.

Das kann ich mir vorstellen. Wann hast du denn gemerkt, dass bei dir in der Gegend etwas Ungewöhnliches vor sich geht?

Ich habe zuerst die Helikopter gehört. Ich meine, das ist hier wirklich eine kleine, ruhige Gemeinde, und wir hören hier für gewöhnlich noch nicht mal eine Sirene. Und heute … na ja, ich habe ziemlich bald nichts anderes mehr gehört als Sirenen.

Ich habe mit Nikki darüber gesprochen, was als Nächstes geschah, und sie erzählte mir, dass sie die Nachrichten einschaltete, um herauszufinden, was los war. Dann rief sie ihren Bruder an.

Erzähl mir von deinem Bruder.

Mein Bruder ist Reservist bei der Polizei und war zu dem Einsatz gerufen worden. Er sagte mir, dass ich besser im Haus bleiben solle, da man offenbar nicht genau wusste, wo sich Ellis zu dem Zeitpunkt aufhielt. Ich glaube, er fürchtete, dass das Ganze zur Massenschießerei ausarten könnte.

Du bist also zu Hause geblieben.

Genau. Und dann kamen im Fernsehen die ersten Berichte, dass Ellis ihnen durch die Lappen gegangen war und sich nicht mehr in False Klamath befand. Ich hab dann Kaffee gekocht und bin damit runter zur Straßensperre, aber mein Bruder war nicht dort. Aber ich hab mit einem von den anderen Jungs gesprochen, und der hat mir erzählt, was passiert ist.

Ich möchte die Aufzeichnung meines Gesprächs mit Nikki an dieser Stelle unterbrechen, um zu betonen, dass es sich bei der folgenden Aussage um ein unbestätigtes Gerücht handelt. Nikki hatte eine Unterhaltung mit einem Polizisten vor Ort. Sie ist keine Journalistin, und sie hat die Unterhaltung nicht aufgezeichnet. Auch hat sie mir den Namen des Polizisten nicht genannt. Dennoch hat mich das, was sie erzählte, zutiefst schockiert.

Er sagte mir, Ellis müsse die Straßensperre in einem Streifenwagen durchbrochen haben.

64

Irgendwo südlich der kleinen Stadt Fortuna schlief Jake ein. Als er wieder aufwachte, setzte er sich mit einem Ruck auf und nahm die nähere Umgebung in Augenschein.

Keine Männer in Uniform, keine Waffe, die auf ihn zielte. Nur die anderen Passagiere um ihn herum. Dazu das sonore Brummen des Motors und die leichte Vibration, während der Bus in gleichmäßigem Tempo über den Highway rollte.

Jake beschirmte die Augen mit einer Hand und blickte zum Fenster hinaus. Der Himmel war grau und wolkenverhangen. In der Ferne erkannte er sanft geschwungene Hügel, die mit Bäumen bewachsen waren. Auf der anderen Seite des Mittelstreifens ergoss sich ein steter Strom entgegenkommender Fahrzeuge. Jake stellte die Rückenlehne aufrecht, sodass er besser zu Molly hinüberblicken konnte. Sie saß zusammengekauert in ihrem Sitz, die Beanie-Mütze tief in die Stirn gezogen.

Er blickte den Gang hinunter und konnte den rechten Arm und die Schulter des Fahrers sehen. Der Mann in der Leinenjacke saß gegen das Fenster gelehnt. Das geschwätzige Rentnerehepaar musste den Bus verlassen haben, während Jake geschlafen hatte.

Er rieb sich den Schlaf aus den Augen. Das stete Geräusch der Reifen auf der Straße und das Rauschen des Fahrtwinds waren zu einem monotonen Hintergrundgeräusch verschmolzen, das Jake in den Schlaf gewiegt hatte, trotz aller Versuche wach zu bleiben. Er blickte wieder auf und sah hinüber zu den roten Ziffern über dem

Fahrer: neun Uhr dreizehn. Er hatte beinahe eine volle Stunde geschlafen.

Einerseits machte ihn das wütend auf sich selbst. Andererseits war die Welt in der Zwischenzeit nicht untergegangen. Er lehnte sich im Sitz zurück, ließ den Blick wieder zum Fenster hinauswandern und hielt Ausschau nach irgendwelchen Landmarken, die ihm verrieten, wo sie sich befanden. Das Meer war inzwischen nicht mehr zu sehen, also mussten sie ein ganzes Stück weiter landeinwärts unterwegs sein. Nach zehn Minuten fuhren sie am Ortschild von Leggett vorbei, was bedeutete, dass sie immer noch einen langen Weg vor sich hatten.

Jake richtete seine Gedanken auf das, was vor ihm lag. Dolan hatte gesagt, er solle sich um siebzehn Uhr in der Stadt aufhalten. Sehr wahrscheinlich bedeutete das, dass er sich mit Jake persönlich treffen wollte. Und es war nicht auszuschließen, dass dieses Treffen mit einer Kugel im Kopf endete – in seinem eigenen. Doch dieses Risiko musste Jake wohl eingehen. Wenn Carl Dolan ihm sagen konnte, wer es auf ihn abgesehen hatte, musste er es herausfinden.

Es gab allerdings ein Problem. Selbst, wenn sie es schafften, ungesehen in die Stadt zu kommen und dort unentdeckt zu bleiben, konnte Jake ein dreizehnjähriges Mädchen nicht mit in die Höhle des Löwen nehmen. Er brauchte einen sicheren Ort, an dem Molly warten konnte, bis er mit Dolan gesprochen hatte. Ein Hotel war zu riskant. Das Personal würde wie alle anderen in der Stadt die Vermisstenmeldung über das Amber-System erhalten haben. Außerdem gehörte es zum Standardprozedere der Polizei, Steckbriefe an Hotels zu schicken, nur für den Fall, dass neue Gäste auf die Beschreibung der gesuchten Personen passten.

Rechneten sie damit, dass er zurück in die Stadt kam? Möglich, dass sie es in Ermangelung einer anderen Spur zumindest in Erwägung zogen. Deshalb war es riskant. Und deshalb war es so dumm, das zu tun.

Ohne Molly wäre Jake wohl auf Nummer sicher gegangen und

für eine Weile von der Bildfläche verschwunden. In seinem Versteck hätte er in Ruhe ermitteln können, wer hinter dem Mordauftrag steckte, und einen Weg finden können, wie er die Verantwortlichen zur Rechenschaft zog. Doch er musste diese Sache um Mollys willen so schnell wie möglich beenden, und auch für Rachel. Wenn das bedeutete, seinen Stolz herunterzuschlucken und einen Handel mit Dolan einzugehen, dann konnte er gut damit leben. Und selbst, wenn er sich selbst opfern musste, damit Molly und Rachel in Sicherheit waren, war er dazu bereit.

Die Straße verbreiterte sich und wurde vierspurig. Jake hob die Hand vors Gesicht, als ein Streifenwagen eine Weile auf gleicher Höhe neben ihnen herfuhr. Er hielt den Atem an, bis der Wagen endlich wieder beschleunigte, am Bus vorbeizog und aus seinem Blickfeld verschwand.

Jake musterte kurz die anderen Passagiere, nur um sicherzugehen, dass keiner von ihnen ein besonderes Interesse an Molly oder ihm zeigte. Beruhigt, dass dem nicht so war, lehnte er sich schließlich wieder zurück und ließ den Blick zu den Hügeln in der Ferne schweifen.

Er fühlte sich ausgelaugt. Permanent jede Person einschätzen zu müssen, die ihm begegnete, und jedes Auto, das vorbeifuhr. Bei jedem noch so flüchtigen Blick musste er prüfen, ob das geringste Anzeichen des Erkennens darin lag.

Jake dachte daran, wie er einmal als Mitglied einer Task Force sechs Männer gejagt hatte, die 2012 aus dem Staatsgefängnis in Solano ausgebrochen waren. Sie hatten alle sechs erwischt, fünf von ihnen hatten sich schließlich freiwillig gestellt. Jake hatte sich immer über den seltsamen Gesichtsausdruck von Jerry Cornell gewundert, den sechsten Mann, den sie in einem unterirdischen Verschlag im Garten seines Schwagers gefunden hatten. Heute verstand er endlich, was er damals in den Augen des Mannes gesehen hatte: Erleichterung. Jerry hatte gewusst, dass sie ihn wieder ins Gefängnis stecken würden, doch nach den vergangenen vier Tagen, die er in dem Gartenverschlag vor sich hin vegetiert hatte, musste ihm das wie eine Erlösung vorgekommen sein.

Jake schloss die Augen wieder, diesmal darauf bedacht, nicht wieder einzunicken. Auf der Gegenseite fuhren die Autos vorbei wie an einer langen Schnur aufgereiht, scheinbar mit perfekt vermessenen Abständen. Unter ihm summten die Reifen, und draußen rauschte der Fahrtwind, während der Bus mit jeder Sekunde der Stadt ein wenig näher kam.

Das Signal einer eingehenden Textnachricht zerschnitt die Stille. Jake schlug die Augen auf. Die Frau drei Sitze vor ihm hielt ihr Handy hoch und betrachtete das Display. Jake spannte jeden Muskel an. Er hörte einen leisen Fluch, und die Frau legte das Telefon zurück auf den Sitz neben ihr. Es war wirklich nur eine gewöhnliche Textnachricht gewesen. Keine neue Amber-Meldung.

Jake saß aufrecht in seinem Sitz, hellwach, den Blick auf die Straße gerichtet, die unaufhörlich an ihnen vorbeizog.

65

Chrissie versuchte erst gar nicht wieder einzuschlafen, nachdem sie mitten in der Nacht das Interview mit der Frau aus False Klamath geführt hatte. Gegen sechs Uhr duschte sie und ging dann in aller Frühe in das Café unter ihrer Wohnung, wo sie den begehrten Platz am Fenster ergatterte, den einzigen mit einem Stromanschluss für ihren Laptop.

Die Zeit verging wie im Flug, und sie bemerkte gar nicht, wie es heller wurde und das Café sich füllte. Ehe sie sich versah, war es Mittagszeit, und die Kellnerin machte schon spitze Bemerkungen. Chrissie bestellte ein Sandwich mit gegrilltem Käse und eine weitere Tasse Kaffee, diesmal allerdings entkoffeinierten.

Sie konnte einfach nicht anders, als immer wieder die aktuellen Hörerzahlen des Podcasts abzurufen, während sie Telefongespräche führte oder Tweets mit Links zu neuen Informationen auf ihrer Homepage absetzte. Immer wenn sie dachte, *Untraceable* hätte ein Allzeithoch erreicht, schossen die Nutzerzahlen noch weiter in die Höhe. Wobei der Datenverkehr in beide Richtungen lief. Sie wurden von E-Mails und Nachrichten überflutet. Chrissie sah sich nur die seriöseren Hinweise an, die Seans Algorithmus aussortiert hatte: Da war eine Frau, die schwor, dass sie auf einer Busfahrt mit einem Greyhoundbus von Redding nach Portland neben Molly gesessen hatte. Die Frau hatte es zunächst gar nicht bemerkt – erst, als sie später die Nachrichten sah, realisierte sie, dass das Mädchen neben ihr große Ähnlichkeit mit Molly gehabt hatte.

Die Geschichte überzeugte Chrissie nicht. Die Frau erwähnte Mollys rotes Haar, doch das jüngste Fahndungsfoto, das vom FBI herausgegeben worden war, legte nahe, dass Molly sich das Haar inzwischen schwarz gefärbt hatte. Jake Ellis hatte sein Äußeres ebenfalls verändert.

Die Nutzerzahlen waren unglaublich. Und selbst die großen Nachrichtensender nutzten in ihren aktuellen Sendungen Chrissies neueste Informationen als Aufmacher: Jake Ellis war in einem Polizeiwagen geflohen. Dabei wurde *Untraceable* nicht mehr nur als Quelle angegeben, sondern war gewissermaßen selbst die Geschichte. Einige große Zeitungen philosophierten bereits darüber, *Untraceable* sei ein Beispiel dafür, dass in Zukunft alle Bürger zu Journalisten würden, und vielleicht sei dieses Echtzeit-Experiment auch noch etwas anderes: der Vorbote für die zukünftige zivile Verbrecherjagd.

Chrissie wusste nicht genau, was sie davon halten sollte. Von der technologischen Seite einmal abgesehen, hatte sich eigentlich nicht viel geändert, seit die Sheriffs noch Steckbriefe an Bäume nagelten. Mit dem Podcast sorgten sie lediglich dafür, dass die Öffentlichkeit jene Informationen erhielt, die nötig waren, damit alle dabei halfen, einen flüchtigen Kriminellen zu fassen.

Die Behörden selbst taten nichts anderes, nur dass ihre Steckbriefe heute automatisch auf den Smartphones von Millionen Menschen erschienen. Und wie in den alten Zeiten gab es eine Belohnung: Fünfzigtausend Dollar waren für Informationen ausgesetzt, die zur Verhaftung von Jake Ellis führten.

Aber die Leute überschütteten auch *Untraceable* auf allen Kanälen mit Hinweisen – obwohl sie von dieser Seite keine Belohnung zu erwarten hatten. Bedeutete das vielleicht, dass sie ahnten, dass ihre Informationen wenig hilfreich sein würden? Chrissie vermutete eher, dass fünfzigtausend Dollar als Anreiz nicht reichten. Für manche Leute war das wohl ein netter Bonus, für viele sogar ein komplettes Jahresgehalt. Dennoch, fünfzigtausend, das klang nicht nach einer großen Summe, zumindest nicht in einem Zeitalter, in dem Filme Milliarden einspielten und der Wert von Technologiefirmen in Billionen beziffert wurde. Nein, die Belohnung war nicht der Grund, warum dieser Fall die Phantasie der Menschen beflügelte – nach Chrissies Erfahrung war sie das selten. Vielmehr zog die Geschichte selbst die Leute an: das arme, verletzliche Mädchen, das noch immer eine Waise werden konnte. Es ging darum, das Monster zur Strecke zu bringen, das dafür verantwortlich war. Darum, das Mädchen zu retten und in Sicherheit zu bringen.

Chrissie hoffte wirklich, dass sie Molly finden und ihr nichts zustoßen würde. Allerdings änderte das nichts daran, dass es eine großartige Geschichte war.

Sie holte sich noch eine Tasse Kaffee und setzte sich wieder. Der *Chronicle* hatte gerade eine weitere Meldung über den misslungenen Versuch, Ellis zu fassen, online gestellt. Chrissie sah mit Vergnügen, dass ihr Podcast als Quelle und ihr Name gleich im zweiten Absatz als Referenz angegeben wurde.

Chrissie hatte den Artikel bis zur Hälfte gelesen, als ihr bewusst wurde, dass jemand neben ihr stand. Sie blickte auf und sah in Seans Gesicht. Eigentlich hatte sie frühestens in einer halben Stunde mit ihm gerechnet. Sie wollten zusammen in ihrer Wohnung die Sprecherpassagen der nächsten Folge durchgehen.

Chrissie lächelte ihm zu und sah dann wieder auf die Uhr auf ihrem Display. »Du bist früh dran. Ich dachte, wir hätten halb drei gesagt?«

»Chrissie …«

Sie blickte wieder hoch. Sean hatte einen schuldbewussten Gesichtsausdruck.

»Was ist?«, fragte sie, doch er musste nicht mehr antworten, denn als Chrissie über seine Schulter blickte, wusste sie, was los war.

Die Frau stand einige Schritte hinter Sean.

Special Agent Lark.

In natura war die Frau etwas größer, als sie im Fernsehen wirkte.

Sie trug einen grauen Hosenanzug und eine hellblaue Bluse. Sie hatte die Hände in die Hüften gestemmt, wodurch die Waffe zum Vorschein kam, die sie unter dem Jackett trug. Ihr Blick verriet, dass sie nicht zu Scherzen aufgelegt war.

Chrissie widerstand dem Impuls aufzustehen. Sie räusperte sich und versuchte ruhiger zu klingen, als sie es in Wirklichkeit war.

»Kann ich Ihnen helfen?«

»Wir müssen reden. Jetzt.«

66

»Special Agent Lark«, sagte Chrissie. »Darf ich Ihnen etwas bestellen? Vielleicht einen Mochaccino?«

Lark bewegte sich nicht. Sie sprach nicht. Sie blinzelte nicht.

»Die Donuts sind hier auch ganz gut …«

Lark kam zu ihr, zog einen Stuhl unter dem Tisch hervor und setzte sich Chrissie gegenüber. Sean blieb stehen.

»Chrissie, ich möchte jetzt ganz genau wissen, wer Ihnen die Screenshots von den Messenger-Nachrichten zugespielt hat.«

Chrissie verschränkte die Arme. »Wissen Sie, für eine Strafvollzugsbeamtin scheinen Sie nicht allzu viel über den ersten Verfassungszusatz zu wissen. Meine Quellen sind …«

»Verdammt, kommen Sie mir nicht damit, Chrissie. Sie sind nur eine Social-Media-Modeerscheinung, nicht Woodward und Bernstein.«

Chrissie warf Sean einen Blick zu. Er hatte sich in die Ecke zurückgezogen und vermied es, sie anzusehen.

»Okay, ich verstehe. Sie sind angepisst, dass unser Podcast mehr Menschen erreicht, als es das FBI jemals könnte. Ihnen geht es doch gar nicht darum, Molly zu finden, alles, was Sie interessiert …«

»Hören Sie mir zu.« Catherine Lark beugte sich vor und stieß ihren Zeigefinger in Chrissies Richtung. »Das hier ist kein Spiel. Ich weiß, dass es für euch eine große Story ist und *die* Gelegenheit, euren Podcast überall bekannt zu machen. Aber es wurde auf zwei Menschen geschossen. Ein Mann ist tot. Eine Frau könnte noch sterben. Und ein dreizehnjähriges Mädchen schwebt in Lebensgefahr, solange es mir nicht gelingt, sie zu finden. Ihr Verhalten ist nicht besonders hilfreich.«

Chrissie spürte Seans Hand auf ihrer Schulter. »Vielleicht sollten wir …«

Nein. Nichts sollten wir. Chrissie spürte, wie rechtschaffene Empörung in ihr hochkochte. »Jake Ellis konnte nur deshalb entkommen, weil Ihre Leute Mist gebaut haben, Agent Lark.«

»Wie bitte?«

»Sie haben mich richtig verstanden. Zuerst ist Ellis Ihnen in seinem Apartment durch die Finger geschlüpft, und dann bei der Straßensperre letzte Nacht. Wie zum Teufel konnte er überhaupt einen Streifenwagen stehlen? Molly schwebt wegen Ihrer Inkompetenz in Lebensgefahr!«

»Inkompetenz?«, wiederholte Lark.

Sie hielt ihr Smartphone in die Höhe, tippte auf das Display und startete ein Video. Es zeigte einen Ausschnitt aus den Fernsehnachrichten. Dort war eine Frau mit schwarzen Haaren zu sehen, die ein blaues Kleid mit weißem Bubikragen trug. Ihrem Gesichtsausdruck nach zu urteilen, war sie sehr aufgebracht. Die Bildunterzeile identifizierte sie als *Nikki O'Connor – Zeugin.*

»Er ist direkt durch meinen Garten gerannt«, erzählte sie. »Er bedrohte mich mit einer Pistole und sagte, ich wäre tot, wenn ich reden würde.«

»Haben Sie denn keine Angst?«, fragte eine Reporterstimme.

»Schon, aber ich dachte, dass das hier zu wichtig ist, um es …«

Lark regelte die Lautstärke herunter und legte das Handy auf den Tisch.

»Eins will ich Ihnen sagen – Ihre Kronzeugin fantasiert. Im nächsten Interview wird sie sicherlich erzählen, dass Außerirdische hinter der ganzen Sache stecken. Diese Geschichte, dass Ellis einen Streifenwagen gestohlen hat? Absoluter Schwachsinn. Wir wissen, wie er entkommen ist. Auf diese Weise jedenfalls nicht.«

Chrissie zuckte unwillkürlich zusammen. Plötzlich war sie froh, dass die neue Podcastfolge einen Disclaimer enthielt, der darauf verwies, dass die Zeugenaussagen nicht auf inhaltliche Richtigkeit überprüft wurden. Die Aussage hatte tatsächlich etwas zu gut geklungen, um wahr zu sein.

»Sie können meinetwegen gerne die Verfassung zitieren«, sprach Lark weiter. »Eines ist allerdings sicher: Sie haben nicht das Recht, Unwahrheiten zu verbreiten und Panik zu schüren. Sollten Sie sich also weiter in meine Ermittlungen einmischen, wird die nächste Staffel Ihres Podcasts ein Erfahrungsbericht darüber sein, wie es ist, mehrere Monate hinter Gittern zu verbringen.«

Sean trat vor und räusperte sich. »Wir möchten uns für den Inhalt der heutigen Folge entschuldigen. Sie haben recht, das war nicht fair.«

»Sean …«, wollte Chrissie einwenden, doch er gebot ihr mit erhobener Hand Einhalt.

»Wir haben wohl einen Fehler gemacht«, fuhr er fort, »aber wir werden dennoch weiter über den Fall berichten. Und ich denke, wir schaffen das, ohne Ihnen dabei noch einmal auf die Füße zu treten.«

Lark verschränkte die Arme vor der Brust und wartete ab, was er noch zu sagen hatte.

»Wir sind nicht Ihr Feind, Agent Lark, im Gegenteil. Ich glaube vielmehr, wir könnten eine weitere nützliche Waffe in Ihrem Arsenal sein.«

»Ach, tatsächlich?«

»Wenn die Möglichkeit bestanden hätte, diesen Kerl ohne großes Aufsehen zu erwischen, dann hätten Sie diese genutzt. Stattdessen haben Sie Presseerklärungen verschickt, Fernsehinterviews gegeben und über das Amber-System eine Vermisstenmeldung an nahezu jedes Handy in Kalifornien verschickt.«

»Genau genommen ging die Meldung nur innerhalb der Bay Area raus.«

»Wie auch immer, Sie wollen, dass die Leute von der Fahndung erfahren. Sie wollen, dass sich so viele Augen wie möglich auf diesen Fall richten, dass die Leute davon erfahren und es weitertragen. Wissen Sie, wie viele Hörer wir mit den jüngsten fünf Episoden erreicht haben? Fast vier Millionen. Leute auf der ganzen Welt hören uns zu – und besonders viele hier in Kalifornien.«

Lark setzte einen skeptischen Blick auf. »Ein Bonus. Im besten Fall sind Sie ein Bonus. Falls Sie uns nicht wieder in die Quere kommen. Sie sorgen für zusätzliche Aufmerksamkeit, einverstanden. Ich bin mir nicht sicher, ob wir die brauchen. Jeder, der fernsieht oder einen Blick in die Zeitung wirft, weiß von diesem Fall. Und wie Sie schon sagten: Jeder, der ein Handy hat, ist über die Suche nach Molly auf dem Laufenden.«

»Sicher«, antwortete Sean. »Aber davon wissen und sich wirklich Sorgen um Molly machen, sind zwei völlig verschiedene Dinge. Und da kommen wir ins Spiel. Ein Podcast wie unserer macht die Leute süchtig nach der Geschichte. Sie wollen wissen, was als Nächstes geschieht. Ist das gut für uns? Natürlich. Allerdings passiert das alles in Echtzeit: Die Leute beschäftigen sich mit dem Fall, während sich die Dinge entwickeln – während noch immer die Chance besteht, den Ausgang zu beeinflussen. Wollen Sie einen solchen Vorteil wirklich in den Wind schlagen?«

Lark lehnte sich zurück. »Eine durchaus gelungene Verkaufsveranstaltung.« Sie blickte zu Chrissie. »Sie sollten ihn das Marketing übernehmen lassen.«

Chrissie widerstand dem Drang, die Augen zu verdrehen. Es stimmte, Sean *war* gut in solchen Dingen. Der ungebetene Anruf eines Vertreters mochte ihn schnell aus dem Konzept bringen, doch wenn Sean über etwas sprach, das ihm am Herzen lag, dann schaffte er es, die Begeisterung auf seine Zuhörer überspringen zu lassen.

Lark wandte sich wieder Sean zu. »Sie schlagen also vor, dass ich mildernde Umstände gelten lasse, weil Sie dazu beitragen, dass … der Fall *viral* geht? Sie glauben tatsächlich, Sie wären der

Grund, warum die Ermittlungen noch immer die Schlagzeilen beherrschen?«

Sean nickte. »Das ist das eine. Aber ich glaube, dass wir Ihnen noch aus einem anderen Grund nützlich sein können.«

»Und der wäre?«

Sean zog ein Tablet hervor, wischte über das Display und rief eine Seite auf.

Chrissie ahnte, was er vorhatte. »Sean, wir können nicht …«

Er ignorierte sie und hielt das Tablet so, dass Agent Lark es sehen konnte. »Das hier sind alle Hinweise aus der Bevölkerung, die bei uns eingegangen sind. Wir sagen in jeder Folge, dass sich die Leute an Sie wenden sollen. Doch viele schicken uns ebenfalls etwas, viele sogar ausschließlich an uns. Und mit *viele* meine ich wirklich eine hohe Anzahl von Menschen.«

»Wir haben zweitausend Hinweise erhalten, seit die erste Folge am Samstagnachmittag online gegangen ist«, sagte Chrissie mit Stolz in der Stimme. Sie hatte für einen Moment vergessen, dass sie eigentlich nicht darüber hatte reden wollen.

Lark machte eine nachdenkliche Miene. »Dann wissen Sie, dass das große Problem nicht darin besteht, genügend Hinweise aus der Bevölkerung zu bekommen.«

»Richtig«, bestätigte Sean. »Es geht darum, sie zu filtern und zu sortieren.«

»Sean hat dazu eigens einen Algorithmus entwickelt«, erklärte Chrissie.

»Ach?«

»Das stimmt«, sagte er. »Ich habe ihn schon vor einiger Zeit geschrieben, als wir über den Devil-Mountain-Fall berichtet haben. Der Algorithmus verarbeitet eine Menge unterschiedlicher Indikatoren …«

»Kurz gefasst filtert er den Schwachsinn raus«, erklärte Chrissie. Sie spürte, dass sie jetzt Larks Aufmerksamkeit hatten. Sean war es tatsächlich gelungen, die Situation zu retten.

»Interessant«, sagte die Agentin. »Vermutlich überschneidet sich vieles mit dem, was wir haben. Aber meine Leute könnten das abgleichen und sehen, ob Ihre Hinweise vielleicht die eine oder andere Lücke füllen.«

»Wir würden gerne mit Ihnen kooperieren«, sagt Sean.

Chrissie stand auf. »Sean …«

»… und im Gegenzug wären Sie doch bestimmt bereit, uns ein Exklusivinterview zu geben?« Seine Stimme zitterte nur ein bisschen. Chrissie war beeindruckt. »Was meinen Sie, Agent Lark?«

Lark schaute hinab auf das Display des Tablets, das Sean auf den Tisch gelegt hatte. Die Liste aktualisierte sich automatisch mit jedem Hinweis, der neu auf der Webseite des Podcasts einging. Namen, E-Mail-Adressen, Betreffzeilen. Chrissie wusste, dass sie interessiert war.

»Eines muss ich Ihnen lassen«, sagte Catherine Lark schließlich. »Sie beide sind wirklich knallhart.«

Chrissie öffnete den Mund, um etwas zu sagen, besann sich dann aber eines Besseren. Vielleicht war es Zeit für eine Geste des guten Willens.

»Ich kann Ihnen nicht sagen, wer uns die Screenshots geschickt hat.« Lark wollte sie unterbrechen, doch Chrissie sprach weiter. »Ich kann es Ihnen nicht sagen, weil ich es nicht weiß. Ehrlich. Ich habe einen Kontakt, der Einblick in die Ermittlungen hat. Er tut nichts Verbotenes, aber er ist gut im Überprüfen von Fakten. Zunächst dachte ich, die Screenshots kämen von ihm, aber er hat mir versichert, dass er nichts damit zu tun hat. Und ich glaube ihm.«

Lark hob eine Augenbraue. »Also, von wem stammen sie dann?«

Chrissie zuckte mit den Schultern. »Jemand, der wollte, dass die Öffentlichkeit erfährt, was für ein Mensch Jake Ellis in Wahrheit ist?«

»Oder jemand, der wollte, dass die Öffentlichkeit ein ganz bestimmtes Bild von Jake Ellis bekommt«, sagte Lark leise.

67

Während Catherine eine Stunde später mit dem Aufzug in den dreizehnten Stock fuhr, dachte sie über die richtigen Prioritäten nach.

Chrissie Chung dazu zu bringen, ihr zu geben, was sie brauchte, war einfacher gewesen als gedacht. Sollte der Zeuge, der den fliehenden Motorradfahrer gesehen hatte, seine Beobachtung auch der Polizei oder dem FBI gemeldet haben, war die Information offenbar im System verlorengegangen. Dank Sean Tramels genialer Datenbank hatte Catherine nun aber die Kontaktdaten des Mannes. Sollte er über weitere Informationen verfügen, konnte Catherine seine Beobachtung vielleicht mit dem Namen in Verbindung bringen, den Jake Ellis ihr in False Klamath genannt hatte: Wade Lang.

Das Büro brummte vor Geschäftigkeit. Paxon saß bereits wieder an ihrem Schreibtisch. Catherine fragte sich, ob sie überhaupt zu Hause gewesen war. Finn blickte von seiner Arbeit auf, als Catherine an der Glasfront seines Büros vorbeiging. Er hob mit fragendem Blick eine Augenbraue, und es war klar, was er wissen wollte – das Einzige, was zählte. *Irgendetwas Neues?*

Sie schüttelte den Kopf. Er nickte und widmete sich wieder seiner Arbeit.

Valenti betrat das Büro mit einem Kaffee, den er sich gewohnheitsmäßig im Café im Erdgeschoss besorgt hatte. Er hatte sich rasiert und machte einen munteren Eindruck. »Hey«, sagte er. »Hast du ein wenig schlafen können?«

»Vielleicht eine Stunde«, log Catherine.

Nach ihrem Besuch im Krankenhaus war sie nach Hause gefahren. Doch der Versuch, ein wenig Schlaf zu finden, war fehlgeschlagen. Wenigstens fühlte sie sich etwas besser, nachdem sie geduscht und die Kleidung gewechselt hatte.

Valenti hielt ihr den Kaffee hin. »Ich glaube, du brauchst ihn dringender als ich.«

Catherine nahm den Becher dankend entgegen und trank einen Schluck. Der Kaffee schmeckte zwar, als hätte Valenti mindestens vier Tütchen Zucker hineingekippt, aber es war die Geste, die zählte.

»Habt ihr Kontakt mit Edward Da Costa aufgenommen?«, fragte Catherine.

»Er ist auf dem Weg hierher«, antwortete Valenti. »Er ist nach wie vor sehr kooperationsbereit und freut sich, dass er uns unterstützen kann.«

»Ein hilfsbereiter Mann.«

Valenti ging zu seinem Arbeitsplatz, während Catherine sich an ihren Schreibtisch setzte und ihr Passwort in den Computer eingab. Auf den internen Kanälen waren Lageberichte der Teams eingegangen, die sich noch immer in False Klamath und Willow Creek aufhielten. Es gab weder eine Spur von Ellis und Molly noch von dem Boot. Garcia meldete, er habe mit einem Mann gesprochen, der schwor, Ellis in der Nähe von Eureka an einer Tankstelle gesehen zu haben. Garcia wollte prüfen, ob es vielleicht Bilder einer Überwachungskamera gab.

Catherine fiel ein, dass sie seit gestern nicht mehr mit Hartzler gesprochen hatte. Seine Information über Ellis' alten Bekannten hatte sich als Glückstreffer erwiesen. Offenbar hatte sie ihm zu Unrecht misstraut … oder hatte sie doch recht, und er wusste mehr über Ellis und seine Flucht, als er zugab? Sie nahm das Telefon und wählte Hartzlers Nummer. Dabei fragte sie sich, ob er es ihr wohl übelnahm, dass sie ihn nicht wie versprochen auf dem Laufenden gehalten hatte. Es klingelte, doch Hartzler ging nicht ran. Sie hinterließ eine kurze Nachricht auf dem Anrufbeantworter und bat um

Rückruf. Anschließend überflog sie noch kurz die Informationen aus Sean Tramels Datenbank, die sie notiert hatte.

Dann nahm sie sich ein leeres Blatt Papier und begann, ihre Gedanken in einer Liste zu ordnen. Die meisten Überlegungen nahmen die Form von Fragen an. Die wichtigste: Wer hatte versucht, Rachel Donaldson zu ermorden? Und warum?

Es gab nur eine Sache, deren Catherine sich derzeit sicher sein konnte: dass Jake Ellis, anders als zunächst angenommen, doch nicht der Täter war. Das machte die Ermittlungen noch komplizierter. Letztlich lief es auf zwei Möglichkeiten hinaus: Entweder hatte Ellis einen Komplizen, oder jemand, der mit Ellis in Verbindung stand, wollte Rachels Tod. Catherine tendierte zu letzterer Variante, und ein Grund dafür war Wade Lang.

Sie öffnete ihr E-Mail-Postfach und fand schnell die beiden Dokumente, die sie vor ihrem Gespräch mit Chrissie Chung gelesen hatte. Das erste war ein Scan des Berichts der Mordkommission, den das SFPD dem FBI auf Anfrage zugesandt hatte.

Der Bericht enthielt wesentlich mehr Details als der Nachrichtenartikel, den Catherine auf dem Computer im Haus von Walter Diehl gelesen hatte. Der Name des Mordopfers lautete Wade Lang. Seine Leiche war an einer abgelegenen Stelle unter dem Central Freeway entdeckt worden, der Hochstraße, die die 101 bis weit in die Innenstadt führte. Wade Lang hatte eine Kugel in der Brust und zwei im Kopf. Das bedeutete: Wer auch immer der Mörder war, hatte sicherstellen wollen, dass Lang auch wirklich tot war. Das Opfer hatte eine für Motorradfahrer übliche Lederkluft getragen. Ein Motorrad oder einen Helm hatte man am Fundort der Leiche allerdings nicht entdeckt.

Es war nicht die Art von Mord, die in jedem Ermittler sofort den brennenden Wunsch entfachte, für Gerechtigkeit zu sorgen. Man konnte ahnen, was geschehen war, und es in einem Satz zusammenfassen: Schlimmer Kerl trifft auf noch schlimmeren Kerl.

Wade Lang stand in dem Verdacht, als Auftragskiller für diverse

Morde in Kalifornien und besonders in San Francisco verantwortlich zu sein. Wenn die Gerüchte zutrafen, hatte er Kunden aus sämtlichen kriminellen Gruppen, von den Norteños bis zu den Triaden. Ein übler Geselle, begabt und noch dazu clever genug, sich nie erwischen zu lassen. Diese Eigenschaften verrieten Catherine einiges über die Person, die Wade Lang ermordet hatte.

Ein Kanalarbeiter hatte Langs Leiche gegen neun Uhr am Sonntagmorgen gefunden. Nach ersten Einschätzungen war Lang wenige Stunden zuvor gestorben, was bedeutete, dass Jake Ellis mit hoher Wahrscheinlichkeit nicht als Täter in Frage kam.

Auf Lang war ein Motorrad zugelassen. Chrissie und Sean hatten einen Mann interviewt, der nur wenige Blocks von der Stelle entfernt wohnte, wo auf Rachel Donaldson geschossen worden war. Er hatte gesehen, wie sich ein Motorrad mit hoher Geschwindigkeit vom Tatort entfernte.

Es war fast unmöglich, keine Verbindung zu ziehen.

Ihr Zeuge belügt Sie.

Catherine hatte noch ein weiteres Detail in dem Bericht entdeckt, das sie alarmierte. Dabei war es ihr zunächst gar nicht aufgefallen. Erst als sie den Online-Artikel über Langs Tod ein zweites Mal gelesen hatte, war sie darauf gestoßen. Es war der Fundort der Leiche, die Stelle unter dem Freeway. Für einen Mord war der Ort perfekt, besonders in den frühen Morgenstunden eines Sonntags. Abgelegen, dunkel, keine Häuser in der Nähe, keine neugierigen Blicke. Hier war nicht zum ersten und sicher auch nicht zum letzten Mal ein Mord verübt worden.

Soweit sich Catherine erinnerte, hatte es erst im Februar einen Mord an derselben Stelle gegeben. Sie brauchte nur wenige Sekunden, um den Fall nachzuschlagen. Michael Gregg, Alter achtundzwanzig. Eine ziemlich traurige Geschichte. Gregg hatte sich als Sozialarbeiter um Obdachlose gekümmert. Aller Wahrscheinlichkeit nach handelte es sich um einen Raubmord. Der Täter hatte bislang nicht ermittelt werden können.

Catherine öffnete das zweite Dokument, das der E-Mail anhing. Es stammte von La-Vonne Taylor. Catherine hatte sie gebeten, Edward Da Costas Hintergrund zu durchleuchten, des Zeugen, der angeblich gesehen hatte, wie Ellis auf Rachel Donaldson schoss. Oberflächlich betrachtet, schien sein Werdegang das genaue Gegenteil von Langs Vita zu sein. Da Costa hatte eine saubere Weste. Er hatte einen gut bezahlten Job als College-Dozent und war seit zehn Jahren verheiratet. Natürlich wusste Catherine, dass sich hinter dieser Fassade auch weniger schöne Dinge verbergen konnten, zum Beispiel finanzielle Probleme oder Drogen. Aber ohne einen richterlichen Beschluss kam man hier nicht weiter. Und kein Richter der Welt würde ihr erlauben, aufgrund eines vagen Verdachts in das Leben eines ansonsten unbescholtenen Bürgers einzudringen. Sie brauchte mehr.

Auf der letzten Seite enthielt Taylors Bericht eine Liste der eingehenden und ausgehenden Gespräche und Nachrichten von Da Costas Mobilnummer am Tag des Anschlags auf Rachel Donaldson. Sie stammte von seinem Telefonanbieter und enthielt nur Uhrzeiten und Telefonnummern. Für detailliertere Informationen wie den Inhalt der Textnachrichten brauchte Catherine einen richterlichen Beschluss.

Auch Da Costas Notruf um sieben Uhr zweiundvierzig an jenem Tag war aufgeführt. Es war der Anruf, bei dem er Jake Ellis als Schützen identifiziert hatte.

Nur vier Minuten zuvor hatte Da Costa ein weiteres Gespräch geführt. Jemand hatte ihn angerufen.

68

Jake und Molly stiegen in Martinez aus und nahmen an der gegenüberliegenden Amtrak-Station den nächsten Bus in die Stadt.

Wieder saßen sie getrennt und vermieden Blickkontakt. Jake entspannte sich ein wenig, als er merkte, wie gut sie in der anonymen Menge der Passagiere untergingen. Der Akku des Wergwerfhandys hatte gegen Mittag den Geist aufgegeben, kurz nachdem Jake eine Unterkunft in der Stadt organisiert hatte. In der Busstation in Martinez hatte ihm ein Fernseher, auf dem die Nachrichten liefen, verraten, dass sich die Fahndung nach wie vor auf das Gebiet nördlich von San Francisco konzentrierte.

Sie stiegen an der Powell Street aus dem Bus und gingen den Rest des Wegs quer durch die Stadt, wobei sie sich an kleinere Straßen hielten und immer ein paar Meter Abstand zwischen sich ließen. Jake wollte nicht das Risiko eingehen, dass ein Fahrer sie erkannte, wenn sie ein Taxi nähmen. Die Busse waren ein notwendiges Übel und das Risiko nicht allzu hoch gewesen. Mit Taxifahrern verhielt es sich anders. Von den vielen Zeugenbefragungen, die er in seiner Laufbahn durchgeführt hatte, wusste Jake, dass diese sich meist sehr gut an ihre Fahrgäste erinnern konnten, schließlich gab es allein von Berufs wegen genügend Details, die sie sich merkten: wie hoch das Trinkgeld gewesen war, die Adresse, bei der sie den Kunden abgeholt hatten, das Ziel der Fahrt und ob der Passagier geschwätzig oder eher zurückhaltend gewesen war. Busfahrer erinnerten sich dagegen lediglich an jene Passagiere, die Ärger verursacht hatten.

Jake hatte ihnen über eine neue Apartment-Sharing-Webseite eine kleine Wohnung besorgt. Er hoffte, dass der Anbieter im Gegensatz zum Branchenprimus Airbnb noch zu unbekannt war, um auf dem Radar der Polizei oder des FBI aufzutauchen. Diehls Kreditkarte konnte er nicht mehr verwenden, doch er hatte von den fünfhundert Dollar, die Marty ihm auf die Prepaid-Karte überwiesen hatte, noch genug übrig. Hoffentlich hatte Hartzler wirklich dafür gesorgt, dass man das Geld nicht zu ihm zurückverfolgen konnte.

Die Ein-Zimmer-Wohnung lag in einem alten viktorianischen Haus, das saniert und in einzelne Wohnungen aufgeteilt worden war. Der Safe mit dem Schlüssel befand sich neben der Eingangstür. Jake tippte den Code ein, den man ihm gegeben hatte. Wie in der Bestätigungsmail beschrieben, waren zwei Schlüssel an dem Bund – der messingfarbene für die Haupteingangstür, der vernickelte für das Apartment.

Er blickte zur Sicherheit noch einmal nach rechts und links die Straße hinunter. Niemand zu sehen. Ein Pick-up fuhr vorüber, ohne die Geschwindigkeit zu drosseln, und der Fahrer blickte stur geradeaus. Jake drehte den Schlüssel, öffnete die Tür und ließ Molly zuerst eintreten. Als er die Tür hinter sich schloss, hatte er das Gefühl, als würde ihm eine Last von den Schultern fallen.

Man konnte kaum übersehen, dass die Renovierungsarbeiten schnell und kostensparend durchgeführt worden waren und dazu gedient hatten, das alte Haus in möglichst viele Einheiten zu unterteilen. Sie stiegen die Treppe bis ganz hinauf. Die Wohnung befand sich unterm Dach. Die Schrägen fielen zu beiden Seiten steil ab, und selbst am höchsten Punkt war die Decke kaum höher als zwei Meter.

Das Zimmer war nur spärlich möbliert. Es gab ein Sofa, einen Couchtisch und in einer Ecke ein Bett. Auf der gegenüberliegenden Seite lag eine Nasszelle mit Dusche. Wegen der Dachschrägen war das Fußteil des Betts der einzige Ort, an dem man aufrecht sitzen konnte. Ein kleiner Fernseher war an einer Wandhalterung angebracht, die Fernbedienung lag auf dem Couchtisch.

»Ziemlich winzig«, meinte Molly und hob die Augenbrauen.

»Aber sicher«, entgegnete Jake. »Zumindest hoffe ich das.«

Fast automatisch griff er nach der Fernbedienung und schaltete den Fernseher ein. Als Erstes wählte er CNN. Der Pressesprecher des Weißen Hauses hatte das Morgenbriefing fast beendet und erzählte etwas von irgendeiner Ölpipeline in der Ukraine. Im Ticker am unteren Rand des Bildes liefen die Sportergebnisse vom Vorabend durch. Keine Breaking News. Jake wechselte zu einem Lokalsender. Dort lief der Wetterbericht. Blauer Himmel und überdurchschnittlich hohe Temperaturen in der Bay Area für den Rest des Tages. Jake las den Ticker, bis ein bekannter Name auftauchte.

Ermittler im Fall Molly Donaldson folgen Hinweisen in Del Norte County, Kalifornien.

Jake stieß einen Seufzer der Erleichterung aus. Er ließ den Fernseher laufen, stellte ihn aber auf stumm. Polizei und FBI suchten also noch immer nördlich der Stadt, gut so. Mit der Rückkehr nach San Francisco waren sie ein großes Risiko eingegangen, andererseits war dieser Schritt unerwartet.

»Warum nennen sie es den Fall Molly Donaldson?«

Jake blickte zu Molly, die sich auf das Fußende des Betts gesetzt hatte und ihre knöchelhohen Turnschuhe auszog. Sie starrte auf den Fernseher.

»Was meinst du?«

»Sie glauben noch immer, dass du der Täter bist, oder? Sollte es dann nicht eher der Fall Jake Ellis heißen?«

Jake machte ein amüsiertes Gesicht. »Tut mir leid, Molly. Ich fürchte, du stehst gerade im Rampenlicht.«

Sie sagte eine Weile nichts und verfolgte stumm das Geschehen auf dem Bildschirm. Der Wetterbericht endete. Auf dem Ticker liefen weitere Meldungen durch, danach die Ergebnisse des Basketballspiels vom Vorabend, bis schließlich wieder die Suche nach Molly Donaldson in den Fokus rückte.

Molly stand auf, nahm Jake die Fernbedienung aus der Hand

und wechselte den Kanal. Er wollte etwas sagen, besann sich aber eines Besseren. Molly schaltete durch die Kanäle, viel zu schnell, als dass Jake hätte sehen können, was darauf lief.

»Du glaubst also, dieser Dolan kann uns helfen?«, fragte sie, ohne den Blick vom Fernseher zu nehmen.

Eine schwierige Frage, dachte Jake. Vor allem eine, die er nicht allzu aufrichtig beantworten sollte.

»Ich hoffe es«, sagte er.

»Wer ist der Kerl?«

»Er ist … so eine Art Makler. Wie der, über den ich diese Wohnung hier gefunden habe. Er bringt Kunden mit gewissen Dienstleistern zusammen.«

»Ja, nur dass er Auftragskiller anstatt Apartments vermittelt, richtig?« Molly sah ihn noch immer nicht an und schaltete weiter durch die Kanäle, während sie sprach.

»Könnte man so sagen, ja.«

»Dann weiß er, wer den Kerl auf dem Motorrad angeheuert hat.«

»Das hoffe ich.«

»Ist er gefährlich?«

»Leute wie er suchen gewöhnlich keinen Ärger. Das wäre schlecht fürs Geschäft. Mir wird nichts passieren.«

Auf einem Kanal lief ein Schwarzweißfilm. Molly hielt inne, ihr Finger schwebte einen Moment lang über der Fernbedienung. Der Film kam Jake bekannt vor, obwohl keiner der Schauspieler im Bild eine Berühmtheit war.

»Das ist *Die Dämonischen*«, sagte er nach einer Sekunde. »Den habe ich immer gemocht.«

»Mom hat das geliebt«, sagte Molly.

»Diesen Horrorfilm?«

Sie schüttelte den Kopf. »Nein, nur diese alten Filme, die immer am Sonntagnachmittag im Fernsehen laufen. Der ganze Schwarzweißkram. Wir haben oft auf der Couch gesessen und sie gemeinsam angeschaut. Manchmal haben wir auch Popcorn gemacht.«

Jake lächelte. Rachel hatte diese alten Filme schon damals in der Collegezeit gemocht. Seit sie wieder zusammen waren, hatten sie noch keine Zeit gehabt, einen ganzen Sonntag miteinander zu verbringen. Sie hatten Mühe, alles unter einen Hut zu bringen, ihre verschiedenen Terminpläne und ihre beiden Haushalte. Irgendwann hätten sie es sicher geschafft, an einem Sonntagnachmittag zusammen einen Schwarzweißfilm anzusehen. Irgendwann.

Jake erinnerte sich daran, dass Trübsal blasen zwar einfach, aber auch vollkommen sinnlos war. Stattdessen setzte er sich auf das Sofa und fing an, sich den Film anzusehen.

»Das ist ein Klassiker«, sagte er. »Den mit Donald Sutherland mag ich aber auch – die Neuauflage haben sie hier in San Francisco gedreht.«

»Der Film muss rausgekommen sein, als du in meinem Alter warst.«

Er warf ihr einen gekränkten Blick zu. »Der ist aus den *Fünfziger*jahren. Da war ich noch nicht geboren, Molly.« Er hielt inne, als er sah, wie sie ein Lachen unterdrückte.

»Dich kann man leicht auf den Arm nehmen.«

Er hob die Hände. »Ist gut, hack ruhig auf dem alten Mann rum.«

Sie saßen schweigend nebeneinander und verfolgten den Film. Jake hätte lieber die Nachrichten gesehen, drängte seine Neugier aber zurück. Sie hatten eine lange Reise hinter sich und mussten außerdem noch eine ganze Stunde Zeit totschlagen. Es war gut, einfach für eine Weile abzuschalten.

69

»Vielen Dank, dass Sie bereit sind, noch einmal mit uns zu sprechen.«

»Ich helfe gerne«, erwiderte Edward Da Costa. Er war ein kräftiger Mann Mitte vierzig mit kurzgeschnittenem schwarzen Haar. Er trug Jeans und ein frisch gebügeltes Tennisshirt. Insgesamt wirkte er wie der Inbegriff des ehrbaren Bürgers, der mit beiden Beinen fest auf dem Boden stand. Sollte Jake Ellis jemals der Prozess gemacht werden, dachte Catherine, würde Da Costa als Belastungszeuge eine gute Figur abgeben. Dennoch kam sie nicht um die Feststellung herum, dass der Mann etwas nervös wirkte.

Das war natürlich nicht ungewöhnlich. Die meisten Leute waren aufgeregt, wenn sie mit Gesetzeshütern sprachen, daher konnte Catherine seine Angespanntheit nachvollziehen. Dennoch gab es etwas an seinem Verhalten, das sie stutzig machte. Er erweckte den Eindruck von jemandem, der etwas sehr Unangenehmes durchstehen musste – fast so, als wäre er derjenige, der unter Verdacht stand und verhört wurde. Was der Wahrheit recht nahe kam.

»Wir sind wirklich sehr dankbar für Ihre Hilfe«, sagte sie. »Wie es scheint, reden die Leute heutzutage lieber mit irgendwelchen Podcast-Betreibern als mit uns.« Sie verdrehte die Augen, bemüht, ihm das Gefühl zu geben, Teil ihres Teams zu sein, das gemeinsam gegen widrige Umstände kämpfte.

Da Costa schien sich ein wenig zu entspannen. »Davon habe ich gehört.«

»Tatsächlich? Haben Sie sich den Podcast angehört?«

»Nein«, sagte er, dann überlegte er kurz und fügte hinzu: »Na ja, ein paarmal habe ich reingeschaltet.«

Catherine musterte ihn. »Sie haben mit diesen Leuten aber bislang nicht gesprochen?«

Er hob die Schultern. »Warum sollte ich? Sie haben sich nicht bei mir gemeldet.«

Eine Lüge. Es war keine zwei Stunden her, dass Chrissie Catherine von ihrem Versuch berichtet hatte, sowohl mit Da Costa als auch mit seiner Frau Shelly zu sprechen, die sich aber beide geweigert hatten. Interessant. Vielleicht wollte Da Costa lediglich nicht den Eindruck vermitteln, er hätte inoffiziell mit *Untraceable* gesprochen. Oder es gab einen anderen Grund, warum er sie anlog.

»Und, was halten Sie davon?«

»Was halte ich wovon?«

»Dem Podcast, *Untraceable.*«

»Ganz okay, schätze ich. Vielleicht ein bisschen reißerisch.«

»Welche Folgen haben Sie sich angehört?«

Der nervöse Gesichtsausdruck kehrte zurück. Er verstand nicht, warum Catherine sich auf diesen Punkt konzentrierte.

»Äh, ich weiß es nicht mehr genau. Wollten Sie mit mir über etwas Bestimmtes reden?«

»Darauf kommen wir gleich«, sagte Catherine. »Folge vier, haben Sie sich die angehört?«

»Wie ich schon sagte, ich erinnere mich nicht mehr.«

»In Folge vier gibt es ein Interview mit einem weiteren Augenzeugen. Er hat ungefähr eine Minute, nachdem die Schüsse abgefeuert wurden, auf der Sullivan Street einen Mann gesehen, der mit einem Motorrad vom Tatort flüchtete. Ist Ihnen ebenfalls ein Mann auf einem Motorrad aufgefallen?«

Da Costa schüttelte den Kopf. »Nein.«

»Sind Sie sicher?«

Er blickte hilfesuchend zu Paxon hinüber, doch die schaute ihn nur ausdruckslos an.

Als Sean Tramel ihr seinen Algorithmus präsentiert hatte, hatte Catherine an diesem Punkt nachgehakt: der Zeuge, der den Motorradfahrer gesehen hatte. Sie hatte sich die Kontaktdaten des Mannes aus der Datenbank notiert und Valenti losgeschickt, um herauszufinden, ob er ihnen noch mehr erzählen konnte.

»Ich bin sicher«, sagte Da Costa. »Kein Motorrad.«

Stille machte sich breit. Catherine behielt ihren neutralen Gesichtsausdruck, während sie nachdachte. *Untraceable* hatte den Motorradfahrer in Folge vier erwähnt, und vergangene Nacht hatte Ellis ihr ebenfalls erzählt, dass der Schütze ein Motorrad fuhr. Möglicherweise hatte er ebenfalls die Podcastfolge gehört, Wade Lang hatte er aber definitiv nicht erfunden.

Catherine schlug die Akte auf, die vor ihr auf dem Tisch lag, und überflog die Zeitleiste, die sie ab dem Moment aufgestellt hatte, als die Schüsse auf Rachel und Molly abgefeuert worden waren. Es gab einen Punkt, den sie eingefügt hatte, nachdem sie sich den Verbindungsnachweis von Da Costas Handy angesehen hatte.

»Könnten wir den Ablauf noch einmal durchgehen?«

»Gerne.«

Catherine bemerkte, wie Da Costa fast unmerklich versuchte, einen Blick in ihre Unterlagen zu erhaschen. Sie hob das Papier ein wenig an, damit er nicht mehr sehen konnte, was darauf geschrieben stand.

»Sie gingen also gegen sieben Uhr dreißig am Samstagmorgen über die Sullivan Street. Sie hörten laute Stimmen, die aus Richtung des Elite Center kamen. Sie gingen weiter und sahen einen uniformierten Polizeibeamten, der vor der Fahrertür eines roten Ford Escape stand und die Fahrerin anschrie. Sie haben den Mann als einen Weißen beschrieben, ungefähr einen Meter achtzig groß, mit Schnurrbart. Und er trug eine Polizeiuniform.«

»Das ist korrekt«, bestätigte Da Costa.

»Als die Polizei Sie befragte, haben Sie den Mann anhand von Fotos als Jake Ellis identifiziert.«

»Auch das stimmt.«

»Und Sie waren sich absolut sicher.«

Sein Blick wanderte zwischen Catherine und Paxon hin und her. Dann nickte er.

Catherine starrte ihn an, bis er realisierte, dass ihr seine stumme Antwort nicht genügte.

»Absolut sicher«, sagte Da Costa, allerdings klang seine Stimme jetzt ein wenig brüchig. Er log. Nur gab es bislang keine Möglichkeit, das zu beweisen. Zum Glück wusste er das nicht.

»Als Nächstes sahen Sie, wie der Mann direkt in den Wagen feuerte. Dann hielt ein blauer Pick-up auf der Straße, und der Fahrer schrie etwas. Der Mann in Uniform schoss ihm in den Kopf und zwang anschließend das Mädchen aus dem Auto, in einen blauen Subaru einzusteigen. Was taten Sie als Nächstes?«

»Was hätten Sie getan? Ich bin weggerannt. Dann habe ich den Notruf gewählt.«

»Ihr Notruf ging um sieben Uhr zweiundvierzig bei uns ein.«

»Das wird wohl stimmen.«

»Zuvor, um sieben Uhr sechsunddreißig, hat es noch weitere Anrufe gegeben, allerdings nicht von Augenzeugen, sondern von Leuten, die die Schüsse gehört hatten. Die ersten Einsatzkräfte waren bereits vor Ort, als Sie Ihren Notruf absetzten.«

»Okay.«

»Warum haben Sie gewartet?«

»Ich weiß nicht, ob ich bewusst gewartet habe. Ich … vielleicht war ich … ich meine, ich stand unter Schock, verstehen Sie?«

Catherine senkte den Blick auf die Akte und biss sich auf die Unterlippe, als gäbe es eine Unstimmigkeit, die sie zu verstehen versuchte.

»Wer hat Sie um sieben Uhr achtunddreißig angerufen?«

Alle Farbe wich aus Da Costas Gesicht. »Was?«

»Um sieben Uhr achtunddreißig ist ein Anruf auf Ihrem Handy eingegangen. Er kam von einem Telefon, das sich in demselben Empfangsbereich befand wie Sie. Der Zeitpunkt des Anrufs ist interessant, meinen Sie nicht auch?«

»Ich … ich erinnere mich nicht daran.«

»Nein? An die anderen Ereignisse jenes Morgens scheinen Sie sich aber sehr deutlich zu erinnern. Da ist es doch etwas seltsam, dass Sie sich nicht mehr daran erinnern, dass Sie den Anruf entgegengenommen haben …« Catherine machte eine Pause. »Oder dass Sie ganze zwei Minuten und siebzehn Sekunden mit dem Anrufer gesprochen haben.«

Da Costa lehnte sich in seinem Stuhl zurück und holte schwer Luft. »Ich möchte mit meinem Anwalt sprechen.«

»Brauchen Sie denn einen? Ich habe Sie nicht verhaftet, Mr Da Costa. Ich habe Ihnen nur eine Frage gestellt.«

»Dann würde ich jetzt gerne gehen.«

Catherine starrte ihn unbewegt an. »Wenn es etwas gibt, das Sie uns erzählen sollten, dann wäre jetzt der richtige Moment dazu.«

Er presste die Lippen aufeinander und sah wieder zu Paxon hinüber. Sie erwiderte seinen Blick.

»Sie haben am Samstag nicht gesehen, wie Jake Ellis auf jemanden schoss, richtig?«, vermutete Catherine. »Ellis war gar nicht am Tatort, oder? Waren Sie selbst überhaupt dort?«

Da Costa stand auf und öffnete den Mund. Dann besann er sich eines Besseren und ging wortlos zur Tür. Catherine blickte ihm nach.

»Wir melden uns bei Ihnen, Mr Da Costa«, rief sie ihm hinterher. »Lassen Sie Ihr Handy immer eingeschaltet.«

70

»Jake.«

Er fuhr erschrocken hoch. Er hatte von Rachel geträumt. Die Schatten in dem kleinen Zimmer mit der niedrigen Decke waren länger geworden. Im Fernsehen lief jetzt wieder ein Nachrichtenkanal, der Ton war noch immer abgedreht. Molly rüttelte sanft an Jakes Schulter.

»Tut mir leid, ich …«, begann er.

»Ich wollte dich nicht aufwecken, du konntest ein wenig Schlaf wohl gut vertragen.«

Panik stieg in ihm auf. »Wie spät ist es?«

»Kurz nach fünf.« Sie reichte ihm das Wegwerfhandy. Ein Hinweis war auf dem Display erschienen: Eine neue E-Mail war eingetroffen. Jake öffnete sie. Die Mail enthielt eine Adresse in Chinatown und eine Uhrzeit: achtzehn Uhr. Er konnte es noch zu Fuß dorthin schaffen. Kein Grund zur Sorge – abgesehen von den Hunderten Passanten, die ihn auf dem Weg dorthin erkennen konnten.

Jake überprüfte das Magazin seiner Pistole und schob sie in eine Tasche seiner Lederjacke. »Kommst du hier ein paar Stunden alleine klar?«

Molly zögerte. »Kann ich wirklich nicht mit dir kommen?«

»Tut mir leid, diesmal nicht.«

»Du kommst wieder, oder?«

Er zwang sich zu einem Lächeln. »Das ist der Plan.«

»Okay. Dann sehen wir uns bald.«

»Wenn ich zurückkomme, klopfe ich fünfmal. Wenn es nicht fünfmal klopft, bin das definitiv nicht ich.« Er öffnete die Tür und hielt kurz inne, weil er das Gefühl hatte, dass er noch etwas sagen sollte.

»Stimmt etwas nicht?«, fragte Molly.

»Nein. Ich dachte nur gerade, dass deine Mutter sicherlich sehr stolz auf dich sein wird, wenn sie wieder aufwacht.«

71

Chrissies Handy vibrierte, als sie in dem Aufnahmestudio war, das sie in einem Hinterzimmer von Seans Wohnung eingerichtet hatten. Die Anrufernummer war unterdrückt. Chrissie hatte in letzter Zeit eine Menge Anrufe von Unbekannten erhalten. Obwohl ihre Telefonnummer nirgendwo öffentlich angeben war, nicht einmal auf der Webseite des Podcasts, hatten es eine ganze Menge Leute geschafft, sie irgendwie in die Finger zu bekommen. Genauso, wie es jemandem gelungen war, ihre private Mailadresse herauszufinden und ihr die Screenshots der Messenger-Nachrichten zu schicken. Chrissie hatte diverse Anrufe von Verrückten bekommen, die ihre Verschwörungstheorien verbreiten wollten, einige andere waren von konkurrierenden Podcasts gekommen, die sich in die Geschichte einklinken wollten, und sie hatte sogar ein paar Heiratsanträge erhalten. Sie nahm den Anruf daher mit einem vorsichtigen »Hallo« entgegen.

Zunächst herrschte Stille am anderen Ende der Leitung. Als Chrissie schon auflegen wollte, hörte sie eine Frauenstimme.

»Spreche ich mit Chrissie Chung?«

»Wer will das wissen?«

»Ich rufe an, weil … Es ist ziemlich kompliziert. Es geht um diese Molly-Donaldson-Sache, über die ihr berichtet.«

»Ich hoffe, das ist kein Scherz«, erwiderte Chrissie. Die Stimme der Frau kam ihr bekannt vor, sie konnte nur nicht genau sagen, woher. In den vergangenen Tagen hatte sie einfach mit zu vielen Leuten gesprochen.

»Ich … ich glaube aus gutem Grund, dass der Zeuge, der angeblich gesehen hat, wie Ellis auf diese Frau schoss, die Polizei belügt.«

»Wie kommen Sie darauf?«, fragte Chrissie. Der Name lag ihr auf der Zunge. Bei der Anruferin handelte es sich um …

»Nun ja … Wir haben vor ein paar Tagen miteinander gesprochen. Sie haben mir Ihre Nummer dagelassen. Edward Da Costa ist mein Ehemann.«

72

Jake ging durch den Stadtteil Tenderloin Richtung Osten. Auf den Bürgersteigen waren inzwischen deutlich mehr Menschen unterwegs als noch vor wenigen Stunden, doch in gewisser Weise beruhigten Jake die Massen, zumindest fühlte er sich dadurch weniger exponiert. In den Nachrichten wurden jetzt aktualisierte Phantombilder von Molly und ihm gezeigt. Mit ziemlicher Sicherheit waren sie nach den Beschreibungen der FBI-Agentin entstanden, die Jake vergangene Nacht beinahe festgenommen hatte. Die Porträts waren technisch einwandfrei, wirkten aber wie die meisten Computerrekonstruktionen wenig lebensecht. Jake trug jetzt eine Sonnenbrille von Walter Diehl und eine Kappe, die er an der Bushaltstelle in Martinez gekauft hatte. Bislang hatte niemand einen zweiten Blick an ihn verschwendet. Alle, die den Fall in den Medien verfolgten, gingen wohl noch immer davon aus, dass er sich mehrere hundert Meilen weiter nördlich aufhielt.

Alle paar Meter kam Jake an einer obdachlosen Person vorbei, die in einem Hauseingang lag oder an einer Hauswand lehnte, vor sich ein handgeschriebenes Schild mit der Bitte um Essen oder etwas Kleingeld. Auf der Turk Street war der Bürgersteig an einer Stelle derart überfüllt, dass er über die Obdachlosen hinwegsteigen musste, um durchzukommen. Er ging an Zelten vorüber, in denen Menschen regungslos in ihren Schlafsäcken lagen. Er passierte eine mobile Suppenküche. Und er sah einen Mann mit zotteligem Bart, der vor dem Fenster eines Spirituosenladens saß und sich öffentlich betrank.

Jake wusste nur allzu gut, dass die Behörden unter enormem finanziellen Druck standen und manche Viertel der Stadt inzwischen einfach dem Verfall überließen. Er war nicht der erste Polizist, der Menschen begegnete, die in aller Öffentlichkeit Drogen konsumierten, und er würde sicherlich auch nicht der letzte sein. Die Leute wussten, dass man sie nicht behelligen würde, solange sie sich vom Union Square und der Wharf fernhielten. Und jeden Morgen würden weiterhin die Dealer mit den öffentlichen Verkehrsmitteln hierherkommen und ihre Kunden versorgen, ohne dass jemand etwas dagegen unternahm.

Die Zahl der Wohnungslosen war in San Francisco rapide angestiegen. Jake konnte sich nicht daran erinnern, dass vor zehn Jahren derart viele Menschen auf der Straße gelebt hätten. Das Problem hatte sich schleichend verschärft. Er beobachtete, wie die Passanten an einem Mann, der mitten auf dem Gehweg kniete, vorbeiliefen, als wäre er unsichtbar. Der Mann hatte sich gerade aufgerichtet und streckte die Hände aus. Ohne lange zu überlegen, drückte Jake ihm im Vorübergehen einen seiner letzten Dollarscheine in die Hand. Natürlich wusste er, dass er damit keine Wunder bewirkte, weder im Leben dieses Mannes noch in dem eines seiner vielen Schicksalsgenossen. Vielleicht war seine Geste eine Art persönlichen Aberglaubens, ein mageres Opfer an die Götter des Schicksals.

Die Obdachlosen auf den Bürgersteigen wurden weniger, je näher Jake den Kaufhäusern und Modegeschäften rund um den Union Square kam. Als er die Grant Avenue erreichte, ging er in nördliche Richtung weiter. Er passierte das mit Ornamenten verzierte Dragon Gate, das die südliche Grenze von Chinatown markierte. Die Straße führte von hier steil bergauf, und Jake achtete darauf, sich dicht an den Fassaden unter den Markisen und Vordächern zu bewegen und im Schatten zu bleiben. Er schob sich an Verkaufsständern vorbei, hielt immer den Kopf gesenkt und wich den Blicken der anderen Passanten aus.

Das Blue-Dragon-Hotel, ein schlichtes Gebäude mit drei Stockwerken, lag wenige Blocks nördlich des Dragon Gate. Ketten aus bunten chinesischen Laternen waren hier über die Straßen gespannt. Der Eingang des Hotels befand sich neben einem Restaurant, eine Glastür mit der Aufschrift *Hotel* in verblichenen Buchstaben, dahinter ein Schutzgitter. Aus dem Restaurant wehte der Geruch nach Erdnussöl und Fisch herüber, was Jake daran erinnerte, dass er seit drei Tagen nichts Warmes mehr gegessen hatte. An der Wand neben der Eingangstür war eine Gegensprechanlage. Jake klingelte, und wenige Sekunden später antwortete ihm vorsichtig eine Frauenstimme: »Ja?«

»Ich habe eine Verabredung.«

Jake bekam keine Antwort. Er hörte nur, wie der Hörer aufgelegt wurde, gefolgt vom Summen des Türöffners. Er drückte die Tür auf, ging hinein und fand sich in einem schwach beleuchteten Treppenhaus wieder. Jake nahm die Sonnenbrille ab und stieg die Treppe hoch zur ersten Etage, wo sich die Rezeption befand. Auf dem Flur reparierte ein Handwerker den Fensterrahmen, und er musste seinen Werkzeugkoffer beiseiteschieben, damit Jake vorbeikam. Er bedankte sich halblaut und hoffte, dass der Blick des Mannes nur in seiner Einbildung eine Sekunde zu lang auf seinem Gesicht verharrte.

Als er die Tür zur Rezeption öffnen wollte, stellte er fest, dass diese ebenfalls verschlossen war. Er klopfte zweimal, und nach einem kurzen Moment wurde das Schloss entriegelt. Der Empfang bestand lediglich aus einem kleinen Holztresen. Eine Frau saß dahinter. Sie sah nicht auf, als Jake den Raum betrat, sondern starrte auf den Computerbildschirm. Jake kam es fast so vor, als vermied die Frau absichtlich jeden Blickkontakt. Vielleicht gehörte das zu ihrem Job.

»Zimmer vierzehn«, sagte sie und zeigte auf den angrenzenden Flur.

Jake ging den Korridor entlang. Er brauchte keine Türen zu zählen, um die Vierzehn zu finden. Es war der Raum, vor dem ein Mann postiert stand, beinahe genauso breit wie groß. Er hatte schulterlanges, ungewaschen aussehendes Haar, und sein massiger Körper versperrte beinahe die Hälfte des Flurs. Er stand breitbeinig und mit hängenden Armen da, bereit, sofort auf jede verdächtige Bewegung zu reagieren. Jake beabsichtigte nicht, ihm einen Grund dazu zu geben.

Der Mann deutete mit einem Nicken auf Jakes Brust. Langsam öffnete Jake seine Jacke und zeigte ihm die SIG Sauer. Der Mann versteifte sich und streckte die Hand aus. Jake griff nach seiner Waffe, und der große Kerl kam auf ihn zu. Vorsichtig zog Jake die Pistole aus dem Holster und reichte sie ihm. Der Mann kontrollierte, ob die Waffe gesichert war, und steckte sie in seine Jackentasche. Dann tastete er Jake ab. Er hielt inne, als er etwas in seiner Innentasche spürte. Jake erinnerte sich daran, dass er noch immer Rachels Handy bei sich trug. Der Kerl zog das Handy hervor, betrachtete es argwöhnisch und schob es dann wieder zurück.

Als er sich versichert hatte, dass Jake keine weiteren Waffen bei sich trug, machte er ein zufriedenes Gesicht und klopfte zweimal an die Tür von Zimmer Nummer vierzehn.

Eine dumpfe Stimme antwortete ihm.

»Kommen Sie herein.«

73

Als Chrissie ihren Bericht beendet hatte, starrte Sean sie wortlos an.

»Also?«, fragte sie schließlich.

»Also was?«

»Was zum Teufel tun wir jetzt?«

Sean überlegte einen Moment. »Ich weiß nicht. Meinst du denn, es wäre tatsächlich möglich? Dass Ellis unschuldig ist? Ich meine, wirklich unschuldig?«

»Denk doch mal nach. Letztendlich beruht alles darauf, dass dieser Da Costa gesehen haben will, wie Ellis auf Rachel und Steve Holdcroft geschossen hat. Wenn er lügt, was bleibt dann noch von dem Verdacht gegen Ellis?«

»Aber warum ist er dann abgehauen? Und was ist mit den Messenger-Nachrichten, seinem Streit mit Rachel Donaldson?«

»Was beweist das schon? Dass Ellis ein schlechter Liebhaber ist?« Chrissie hielt inne. »Lark wollte wissen, wer uns die Messenger-Nachrichten zugeschoben hat … Was ist, wenn derjenige sicherstellen wollte, dass Ellis in der Öffentlichkeit und vor den Behörden so schlecht dasteht wie nur möglich?«

»Die Nachrichten sind keine Fälschung. Das FBI hatte sie auch, und deshalb sind sie auch so sauer.« Er ließ sich seine Worte noch einmal durch den Kopf gehen. »Es sei denn, das FBI weiß nicht, dass sie eine Fälschung sind …«

Chrissie konnte sich allmählich für die Theorie erwärmen. »Jeder hat geglaubt, dass Ellis der Täter ist, weil es die offensichtlichste

Erklärung war. Es ist immer der Ehemann oder der Liebhaber. Aber ich habe den Eindruck, dass Agent Lark es ebenfalls für möglich hält, dass Da Costa lügt. Weißt du noch, wie sehr sie sich für die Sache mit dem Motorradfahrer interessiert hat?«

»Aber warum sollte ein Zeuge eine solche Geschichte erfinden?«

»Komm schon, Sean, willst du mich auf den Arm nehmen? Die Leute erfinden die ganze Zeit solche Märchen. Unsere Datenbank ist voll von Spinnern, die uns weismachen wollen, sie wüssten, wer der Täter ist. Zum Teufel, wir haben sogar Leute, die sagen, sie wären es selbst gewesen. Warum sollte Da Costa lügen? Mir fallen Hunderte Gründe ein, angefangen bei: Vielleicht will er einfach Aufmerksamkeit.« Chrissie hielt inne, als ihr plötzlich etwas klar wurde. »Lark glaubt, dass Ellis unschuldig ist.«

Sean blies die Backen auf und stieß die Luft aus. »Puh … Ich glaube, dann wäre es besser, wenn wir Lark verständigen und ihr sagen, dass Da Costas Frau sich mit uns in Verbindung gesetzt hat.«

»Wir haben noch zu wenig in der Hand«, meinte Chrissie. »Wir sollten zuerst mit der Frau reden. Wir brauchen Details. Wir haben ihre Adresse.«

»Chrissie …«

»Sie ist bereit, jetzt sofort mit uns zu sprechen. Mit uns. Nicht mit den Cops oder dem FBI. Wenn wir Lark verständigen, macht sie dicht. Das ist unsere Chance, ihre Aussage auf Band zu bekommen. Wenn Da Costa von Anfang an gelogen hat, dann ist alles möglich.«

Sean gab nach. »Okay, wir nehmen ihre Aussage auf, und dann reden wir mit Lark. Und zwar bevor wir die Aufnahme online stellen.«

»Natürlich«, sagte Chrissie. »Indianerehrenwort.«

74

»Jake Ellis. Willkommen.«

Carl Dolan sah ganz und gar nicht so aus, wie man sich einen typischen Gangster vorstellt. Er war mit Ende dreißig noch recht jung und trug einen schwarzen Anzug über einem weißen Rundhals-Shirt. Sein pechschwarzes Haar hatte er mit Gel nach hinten gekämmt. Tatsächlich hätte er auch der Manager einer hippen Cocktailbar sein oder zu der neuen Generation von Tech-Milliardären gehören können, die dem Jeans-und T-Shirt-Look ihrer Vorgänger einen formelleren Kleidungsstil entgegensetzten. Dolan war ein gutaussehender Mann, allerdings eher in der Art eines Filmstars der Siebzigerjahre, mit ausgeprägten Wangenknochen und dunklen Augen.

»Vielen Dank, Paul«, sagte Dolan.

Der große Kerl nickte ergeben, ging wieder hinaus und schloss die Tür hinter sich. Sein Akzent entsprach einer Mischung aus britischem und amerikanischem Englisch, und Jake fragte sich, wie lange der Mann bereits in Kalifornien lebte.

Er sah sich im Raum um. Offiziell war das Blue Dragon ein Hotel, aber Jake vermutete, dass dieses Zimmer schon lange keine zahlende Kundschaft mehr gesehen hatte. Es gab weder ein Bett noch anderes Mobiliar, abgesehen von dem Schreibtisch, hinter dem Dolan saß. Ein MacBook stand aufgeklappt vor ihm. Dolan hatte es sich in einem Chefsessel bequem gemacht, für Besucher waren zwei kleinere Stühle vorgesehen, die auf der anderen Seite des Schreibtischs standen.

Das Zimmer war klein, wirkte mit der spärlichen Möblierung jedoch nicht eng. Durch die Lamellen der fast ganz heruntergelassenen Jalousien drangen ein paar Sonnenstrahlen und warfen ein Streifenmuster auf den dunklen Teppich.

»Wie fühlt sich die Berühmtheit an?«, fragte Dolan, als Jake keine Anstalten machte, das Wort zu ergreifen.

»Ich schätze, jedem gefällt es, so begehrt zu sein«, antwortete er.

Dolan kicherte. »Das sind Sie allerdings. Alle sind hinter Ihnen her, Jake.« Er deutete auf die beiden Stühle vor dem Schreibtisch. »Setzen Sie sich.«

Jake nahm Platz, ohne Dolan aus den Augen zu lassen. »Ihnen ist klar, dass Sie fünfzig Riesen damit verdienen könnten, nur kurz zum Telefonhörer zu greifen?«

Dolan hob die Schultern, als wäre ein solcher Betrag für ihn nicht der Rede wert. »Meines Wissens hat man die Belohnung inzwischen auf fünfundsiebzigtausend erhöht. Wo ist das Mädchen?«

»In Sicherheit.«

»Haben Sie es getan?«

»Sie wissen bereits, dass ich es nicht war«, sagte Jake. »Jemand versucht mir die Sache anzuhängen, und er macht einen verdammt guten Job.«

»Was, wie ich vermute, der Grund ist, weshalb Sie mich heute aufsuchen.«

»Wer hat ihn angeheuert? Ihren Mann mit dem Motorrad?«

»Nun, Sie liegen ganz richtig. Bei dem Mann mit dem Motorrad handelte es sich tatsächlich um Wade Lang. Er gehörte zum Kreis der freien Mitarbeiter, die regelmäßig für mich arbeiten.«

»Wer hat ihn angeheuert?«

»Mein Geschäft basiert auf absoluter Vertraulichkeit, Jake. Sollte also jemand diesbezüglich einen Deal mit mir abgeschlossen haben, würde ich Ihnen das nicht verraten. Unter keinen Umständen.«

Jake brauchte einen Moment, um zu verstehen, was Dolans Worte bedeuteten. »Der Auftrag lief nicht über Sie.«

Dolan schwieg.

»Warum zum Teufel bin ich dann hier?«

»Wie viele andere habe ich die Entwicklungen in diesem Fall mit großem Interesse verfolgt. Gestern Nachmittag erreichte mich die Nachricht, dass Wade Lang ermordet wurde. Ein Jammer, aber so etwas passiert. Und dann melden Sie sich wie aus dem Nichts und erkundigen sich nach ihm. Zuerst fragte ich mich, warum Sie sich das Leben so schwer machen. Dann habe ich über Nacht ein paar Erkundigungen eingeholt und erfahren, dass mein Mitarbeiter einen Auftrag von einer anderen Partei entgegengenommen hatte. Es ist uns nicht gelungen herauszufinden, wer Wade Lang beauftragt hat. Aber wir sind auf etwas gestoßen, das nützlich für Sie sein könnte.«

Ohne den Blick von Jake zu wenden, zog Dolan ein Stofftaschentuch hervor. Er griff damit in die Innentasche seines Jacketts und zog ein Handy hervor, wobei er darauf achtete, keine Fingerabdrücke darauf zu hinterlassen. Er legte das Telefon auf den Tisch und steckte das Taschentuch wieder in seine Jackentasche.

Jake nahm das Handy und betrachtete es. Es war ein Wegwerfhandy, ähnlich jenem, das er an der Tankstelle in False Klamath gekauft hatte.

»Befindet sich der Mordauftrag auf dem Handy?«

Dolan nickte.

»Warum geben Sie es mir?«

Dolan lächelte. »Jeden Tag eine gute Tat.« Dann verschwand sein Lächeln wieder. »Wade war einer meiner besten Mitarbeiter. Ich schätze es nicht, wenn Leute meinem Geschäft Schaden zufügen.«

Jake schaltete das Handy ein, und das Display leuchtete auf.

»Es wurde nur ein einziges Mal verwendet – für diesen Auftrag«, erklärte Dolan. »Die Textnachrichten und die Anrufliste sind alles. Mehr ist nicht auf dem Gerät.«

Jake scrollte durch die Anrufliste. Vier Anrufe waren an den beiden Tagen vor der Tat eingegangen, alle von derselben Nummer, der letzte war um sieben Uhr achtundreißig am Samstagmorgen erfolgt. In diesem Gespräch hatte der Schütze vermutlich die schlechte Nachricht übermittelt, dass ihm eine der beiden Zielpersonen entkommen war.

Die Liste der Textnachrichten war kurz. Eine Unterhaltung zwischen zwei nicht gekennzeichneten Nummern, beginnend am Samstagmorgen.

07.22 – Es geht los. Ecke Brown und Sullivan.
07.23 – Roter Ford Escape 2 Frauen Fahrer & Beifahrer
07.23 – 6WDG927
07.24 – alle Telefone u. Ä. sicherstellen
07.25 – OK
07.29 – sie biegen jetzt auf die Sullivan ab
07.31 – ?
07.31 – beide bestätigt?
07.31 – bestätigt

Jake spürte, wie sich ihm die Kehle zusammenschnürte. Als er las, wie jemand den Auftrag erteilte, Rachel und Molly zu ermorden, wurde ihm schlecht. In dieser knappen Form wirkte es noch kaltblütiger. Die Abkürzungen, der Euphemismus, der in dem Wort »bestätigt« lag. Doch die Übelkeit wurde so plötzlich von einer rasenden Wut verdrängt, dass Jake sich zügeln musste, um das Handy nicht gegen die Wand zu schmettern.

»Ich weiß, es ist nichts Konkretes«, sagte Dolan in nüchternem Tonfall. »Keine Namen oder so. Aber ich dachte, Sie sollten es haben.«

»Vielen Dank«, sagte Jake leise. Er stand auf und wandte sich zum Gehen, hielt aber inne, als er die Tür erreichte. Er drehte sich um. »Es war nicht Ihr Auftrag.«

»Nein.«

»Hätten Sie ihn angenommen, wenn jemand damit zu Ihnen gekommen wäre? Eine Frau und ein Kind?«

Dolan hielt Jakes Blick stand, ohne zu blinzeln. Dann sagte er mit erhobener Stimme: »Paul.«

Augenblicklich flog die Tür auf. Der große Kerl – offenbar hieß er Paul – kam mit gezogener Waffe herein. Mit raschem Blick schätzte er die Situation binnen Sekunden ein. Als er erkannte, dass sein Boss nicht in Gefahr war, entspannte er sich ein wenig, zielte mit der Pistole aber weiterhin auf Jake.

»Mein Gast möchte uns verlassen. Begleite ihn nach draußen. Gina soll einen Wagen rufen.«

Paul geleitete Jake die Treppe hinunter. Der Handwerker auf dem Flur war verschwunden. Den Werkzeugkoffer hatte er dagelassen, und der Fensterrahmen war noch nicht repariert. Jake nahm kaum Notiz davon. Seine Gedanken kreisten um das Handy. Wenn die Ortungsdienste eingeschaltet gewesen waren, konnte man vielleicht beweisen, dass sich das Handy am Tatort befunden hatte. Aber würde ihm das irgendwie helfen? Wenn man das Mobiltelefon, von dem die Nachrichten verschickt worden waren, nur irgendwie finden konnte … Und es gab noch etwas, das an den Textnachrichten seltsam war, er konnte nur noch nicht genau sagen, was.

Sie erreichten das Erdgeschoss, und der große Kerl gab Jake seine Waffe zurück. Beinahe vergaß Jake, die Sonnenbrille wieder aufzusetzen, als er hinaus auf die geschäftige Straße mit den bunten Laternen trat.

Nachdem die Tür hinter ihm mit einem metallischen Geräusch ins Schloss gefallen war, wusste er es. Es war die einzige Möglichkeit, die einen Sinn ergab.

Die Worte, die Rachel ihm bei ihrem Streit in der vergangenen Woche an den Kopf geworfen hatte, kamen ihm in den Sinn.

Die Welt dreht sich nicht um dich, Jake.

75

Sean steuerte den Wagen auf den Besucherparkplatz in der Tiefgarage unter dem Apartmentkomplex, in dem Edward Da Costa wohnte, und stellte den Motor ab. Auf dem Weg hierher hatten sie das weitere Vorgehen abgesprochen. Chrissie würde allein mit Shelley Da Costa reden. Die Frau hatte am Telefon völlig erschüttert geklungen. Sie musste irgendetwas wissen. Chrissie wollte nicht das Risiko eingehen, sie noch weiter zu verängstigen oder gar von dem Gespräch abzubringen. Sean konnte ein wirklicher Schatz sein, doch mit seiner Körpergröße und dem finsteren Blick konnte er manchmal ganz schön bedrohlich wirken, wenn man ihn nicht kannte.

»Bist du dir sicher?«

»Ja. Geh und hol uns Kaffee. Sobald ich mit dem Interview durch bin, fahren wir rüber zum FBI und sprechen mit Lark.«

Chrissie stieg aus und lief durch das fast leere Parkhaus zu der Tür zum Treppenhaus. Tatsächlich war sie sich nicht sicher, ob sie wirklich Agent Lark aufsuchen sollten, bevor sie das Interview mit der nächsten Folge des Podcasts online stellten. Was, wenn Lark sie bat, mit der Veröffentlichung zu warten, bis sie selbst mit Shelley gesprochen hatte? Wäre es nicht besser, sich hinterher zu entschuldigen, als vorher um Erlaubnis zu betteln?

Sie öffnete die Tür und stieg die Betontreppe hinauf. Als sie ihr Handy aus der Tasche holte, um die Nummer von Shelleys Apartment nachzuschlagen, musste sie kurz zur Seite treten, um einen

Mann in schwarzem Mantel vorbeizulassen, der auf dem Weg nach unten war.

Vom Erdgeschoss, das auf Straßenniveau lag, stieg sie hoch in den dritten Stock. Chrissie betätigte die Klingel unter dem Schild mit dem Namen Da Costa und wartete. Nach einer Minute klopfte sie dreimal. Keine Reaktion. Sie blickte noch einmal auf ihr Handy, aber es war die richtige Nummer. Am Ende ihres Telefongesprächs hatte sie zu Shelley gesagt, dass sie sofort zu ihr kommen würde. Hatte sie es sich etwa anders überlegt?

Chrissie drückte die Türklinke hinunter. Die Tür war nicht verschlossen.

Sie trat in den kleinen Eingangsbereich der Wohnung. »Hallo?«

Vier Türen führten von hier weg. Zwei auf der linken Seite, eine auf der rechten und eine geradeaus. Chrissie ging auf die Tür zu, die direkt vor ihr lag. »Shelley? Ich bin's, Chrissie von *Untraceable*.«

Was, wenn Edward Da Costa nach Hause gekommen war und nichts von der Idee hielt, dass seine Frau mit den Medien sprach? Chrissie spürte, wie sich die Härchen in ihrem Nacken aufstellten, und sie wünschte sich nun doch Sean an ihrer Seite. Sie dachte kurz daran, ihn anzurufen, doch dann gewann ihre natürliche Neugier die Oberhand. Sie drückte die Klinke und stieß die Tür auf. Bei dem Anblick, der sich ihr bot, schlug sie instinktiv die Hand vor den Mund.

Dann rannte sie los.

Sie lief aus der Wohnung ins Treppenhaus. Während sie die drei Stockwerke wieder hinuntereilte, zog sie mit zittrigen Händen das Handy aus ihrer Jackentasche. Sobald sie den Wagen erreicht hatte, würde sie den Notruf wählen. Sie öffnete die Tür zur Tiefgarage und erstarrte vor Schreck.

Ein Mann stand auf der Fahrerseite vor Seans Auto. Er hatte Chrissie den Rücken zugekehrt. Als die Tür hinter ihr laut ins Schloss fiel, wandte er sich um, und sie erkannte ihn. Der Mann war ihr eben im Treppenhaus entgegengekommen.

Ein Grinsen breitete sich auf seinem Gesicht aus. »Chrissie?«

Sein Gesichtsausdruck und die Art, wie er sich zu ihr herumgedreht hatte, waren verräterisch. Er wirkte wie jemand, der bei etwas Verbotenem ertappt worden war.

Oh Gott, dachte Chrissie, Sean …

Der Mann hatte dunkle Haare, kurz geschnitten wie bei Angehörigen des Militärs oder der Polizei. Unter seinem schwarzen Mantel trug er ein gleichfarbiges T-Shirt. Er setzte sich in Bewegung und kam auf Chrissie zu. Dabei versperrte er ihr den Blick auf den Wagen, sodass sie nicht sehen konnte, ob Sean unversehrt war.

»Ich bin Special Agent Valenti«, sagte der Mann. »Ich arbeite für Agent Lark.«

Chrissie wich einen Schritt zurück, ohne zu antworten. Sie musste eine Entscheidung treffen.

»Sean?«, rief sie.

Keine Antwort. Der Mann blieb stehen, und das Lächeln auf seinem Gesicht verschwand. »Es ist alles in Ordnung, Chrissie. Ich bin hier, um Sie zu Catherine zu bringen. Ich hole jetzt meinen Ausweis aus der Jackentasche, okay?«

Seine rechte Hand wanderte zu seiner Innentasche.

In dem Moment sah Chrissie es. Vielleicht hatte sie es schon wahrgenommen, als sie die Tür zum Parkhaus geöffnet hatte, jedoch ohne zu begreifen, was es bedeutete. Sie merkte kaum, wie das Handy ihr entglitt und zu Boden fiel, als sie erneut die Hand vor den Mund schlug.

Auf der anderen Seite des Wagens lag zerbrochenes Glas auf dem Boden, sie konnte einige Splitter hinter der Motorhaube erkennen. Es sah aus, als hätte jemand die Beifahrerscheibe von innen heraus zerschlagen. Oder als hätte jemand durch das geöffnete Fahrerfenster eine Kugel abgefeuert, die durch das Beifahrerfenster wieder ausgetreten war.

Chrissie war nur wenige Schritte zurückgewichen, doch von da, wo sie jetzt stand, konnte sie das Auto besser sehen. Etwas Dunkles war von innen über die Windschutzscheibe verteilt.

Der Mann, der sich Valenti nannte, zögerte eine Sekunde. In seine Augen trat ein Blick, der Chrissie zutiefst verängstigte. Er zog eine Waffe unter seiner Jacke hervor und zielte damit auf sie.

Chrissie drehte sich um, warf sich gegen die Tür und stürmte ins Treppenhaus. Im nächsten Moment hörte sie einen Schuss von den Betonwänden widerhallen. Sie rannte die Treppe hinauf, so schnell sie konnte, nahm drei Stufen auf einmal.

Sie hörte, wie hinter ihr die Tür aufflog und gegen die Wand knallte. Chrissie duckte sich, als der nächste Schuss krachte. Die Kugel schlug knapp über ihrem Kopf in die Wand ein.

Sie erreichte das Erdgeschoss, verließ das Treppenhaus und rannte zum Ausgang. Während sie auf den Bürgersteig hinausstolperte, hoffte sie, dass sich in der Nähe ein Polizist befand. Doch es war keiner in Sicht.

Sie rannte an der Stelle vorbei, wo sie am Samstag mit dem Obdachlosen gesprochen hatte. Hoffentlich konnte sie die nächste Seitenstraße erreichen, bevor der Killer im Erdgeschoss ankam und ihr folgte. Es waren etwa hundert Meter – zu weit.

Der Kellereingang fiel ihr ein, wo sich der Obdachlose an den Lüftungsschächten die Hände gewärmt hatte. Er lag etwas versteckt und war leicht zu übersehen, wenn man es eilig hatte.

Ohne lange nachzudenken, bog Chrissie in den Hauseingang ab und rannte die Stufen hinab. Sie hörte noch, wie hinter ihr die Tür der Tiefgarage mit einem lauten Knall aufflog. Doch da hatte sie bereits den Kellereingang erreicht und war außer Sichtweite.

In gebückter Haltung suchte sie sich einen Weg durch den Müll, der sich am Fuß der Treppe angesammelt hatte. Sie achtete bei jedem Schritt darauf, dass sie nicht auf Glasscherben oder leere Dosen trat. Das kleinste Geräusch konnte ihr Versteck verraten. Sie kauerte sich nieder und drückte den Rücken an die Wand. Dann hörte sie Schritte, die rasch näher kamen.

Der Mann rannte an dem Kellerabgang vorbei, blieb dann aber offenbar stehen. Chrissie wartete. Wenige Sekunden später traf der Killer eine Entscheidung und rannte weiter. Anscheinend glaubte er, dass Chrissie in die nächste Seitenstraße abgebogen war.

Sie wartete sehr lange, bis sie es wagte, ein paar Stufen hochzusteigen und einen vorsichtigen Blick zu riskieren. Auf dem Bürgersteig war niemand mehr zu sehen.

76

Je länger sie sich mit Edward Da Costa beschäftigten, desto seltsamer kam ihnen die ganze Sache vor. Catherine war am Telefon und versuchte, einen Durchsuchungsbeschluss für Da Costas Wohnung zu erwirken, als Garcia an ihren Schreibtisch trat. Seinem Gesichtsausdruck nach zu urteilen, stand er kurz davor, in die Luft zu gehen. Noch ehe sie ihn fragen konnte, wo der Schuh drückte, hielt er ihr sein Smartphone hin.

Auf dem Display war das Bild eines Mannes zu sehen, der auf einer Treppe stand. Das Foto war offensichtlich von unten aufgenommen worden. Der Mann trug eine Kappe und hatte den Kopf zur Seite gewandt, doch es bestand kein Zweifel, um wen es sich handelte. Jake Ellis.

Garcia erklärte ihr, dass der Hinweis vor einer halben Stunde über die Hotline eingegangen sei. Der Mann, von dem das Foto stammte, hieß Walter Yick. Die Kollegen hatten etwas länger gebraucht, um seine Meldung aufzunehmen, da Mr Yick lediglich Kantonesisch sprach. Auch hatte man seinem Hinweis keine Priorität eingeräumt, da der Ort, von dem er anrief, nicht zu dem Gebiet gehörte, in dem sie Ellis aktuell vermuteten. Als man schließlich jemanden gefunden hatte, der des Kantonesischen mächtig war und die Angaben von Mr Yick übersetzen konnte, war der Hinweis ins System gewandert.

Von da an war alles schnell gegangen, es tauchten gleich zwei Warnflaggen neben dem Eintrag zu Mr Yick auf. Erstens, weil sein

Standort mit dem organisierten Verbrechen assoziiert wurde. Zweitens, weil Catherine nach den Ereignissen in False Klamath darauf bestanden hatte, eine neue Standardabfrage in das System aufzunehmen. Diese suchte nach Zeugenbeschreibungen, die jenem Ellis entsprachen, dem Catherine gestern Abend gegenübergestanden hatte, und nicht dem von den alten Fotos, die in den Medien kursierten. Mr Yicks Beschreibung hatte zu der aktuellen Variante gepasst. An diesem Punkt hatte sich dann offenbar endlich jemand bequemt, das Foto in Augenschein zu nehmen, das Mr Yick auf Anfrage geschickt hatte.

Das Bild war in einer billigen Absteige in Chinatown aufgenommen worden. Das Blue Dragon stand in dem Ruf, regelmäßig für Drogengeschäfte, Waffenhandel und die Vergabe von Auftragsmorden genutzt zu werden. Was zum Teufel aber hatte Ellis dort verloren? Und wo steckte Molly?

Catherine stand auf und klopfte mit einem Stahlfüller gegen ihre Kaffeetasse, bis es im Büro still wurde.

»Ellis ist gesehen worden. Hier in der Stadt. Ein Handwerker hat ein Foto von jemandem gemacht, bei dem es sich entweder um Ellis oder um seinen Zwillingsbruder handelt. Im Blue Dragon Hotel vor dreißig Minuten.«

Sie beantwortete ein paar Fragen, was nicht lange dauerte, da sie den Kollegen bereits alles erzählt hatte, was sie wusste. Das Team machte sich sofort an die Arbeit, gab die Information an die Agenten vor Ort weiter, verständigte das SFPD und sorgte dafür, dass alle Kräfte sich auf Chinatown konzentrierten.

Wenn sie Glück hatten, befand Ellis sich noch immer in dem Hotel. Falls nicht, konnten sie im nächsten Amber-Alarm zumindest einen wesentlich präziseren Standort des Gesuchten angeben.

77

Alle Telefone sicherstellen.

Jake wusste, dass es für diese Anweisung einen bestimmten Grund gegeben haben musste. Dafür, dass die Person, die den Mord an Rachel und Molly Donaldson in Auftrag gegeben hatte, den Killer in letzter Minute an diesen besonderen Punkt erinnert hatte.

Molly hatte ihm erzählt, dass sie ihr Handy zusammen mit ihrem Rucksack im Auto zurückgelassen hatte. Wenn dem Schützen noch Zeit geblieben war, hatte er es wahrscheinlich an sich genommen. Dennoch hatte er seinen Auftrag nicht vollständig ausgeführt, denn Rachels Handy hatte er nicht in die Finger bekommen. Molly hatte es bei sich gehabt, als sie vom Tatort geflohen war. Sie hatte Jake davon abgehalten, es wegzuwerfen, als sie die Stadt verließen. In den vergangenen beiden Tagen hatte er es nicht eingeschaltet und unbenutzt in der Innentasche seiner Jacke mit sich getragen. Er hatte es beinahe vergessen. Bis jetzt.

Eine gezielte Anweisung. Damit es nach einem Raubmord aussah? Nein, denn in diesem Fall hätte der Befehl gelautet, auch Rachels Handtasche sicherzustellen. Doch das hatte nicht in der Textnachricht gestanden, sondern: *Alle Telefone sicherstellen.* In diesem einen Punkt hatten sie kein Risiko eingehen wollen.

Die Person, die alles geplant hatte, wollte nicht, dass irgendjemand Rachels Handy in die Finger bekam. Jetzt gab es nur ein Problem: Jake konnte das Telefon nicht einschalten, aus demselben Grund, aus dem er es schon seit Samstagmorgen nicht hatte einschalten können.

Als er die O'Farrell Street überquerte, hörte er ein tiefes Grollen, bevor er die Vibration unter den Schuhsolen spürte. Er blieb stehen. Ein Mann, der aus der Gegenrichtung auf ihn zukam, schaute ihn an, und Jake wandte sich schnell ab, damit der Mann ihm nicht zu lange ins Gesicht sehen konnte. Dann setzte er sich wieder in Bewegung, beschleunigte seinen Schritt und bog rechts in die Market Street ab. Die Haltestelle in der Powell Street war nur wenige hundert Meter entfernt. Die U-Bahn befand sich dort drei Stockwerke unter Straßenniveau, in einer Tiefe von gut zehn Metern.

Es gab vielleicht eine Möglichkeit, wie Jake herausfinden konnte, was sich auf Rachels Handy befand.

78

Der Feierabendverkehr war dichter als üblich. Catherine telefonierte mit dem SFPD, während Kelly Paxon den Wagen zwischen den anderen Autos hindurchfädelte und mit Blaulicht über einige rote Ampeln fuhr. Zwei Streifenwagen des Police Department hatten bereits das Hotel erreicht. Jeder Polizist in der Gegend war angewiesen worden, nach Ellis Ausschau zu halten. Und weitere Verstärkung war auf dem Weg.

Sie erreichten die Abzweigung zur Clay Street in weniger als fünf Minuten. Die Grant Avenue war nur zwei Blocks entfernt, und direkt dahinter lagen das Dragon Gate und Chinatown.

Als sie das Hotel erreichten, waren das Gebäude und die nähere Umgebung bereits vollständig abgeriegelt. Wie vereinbart hatten Beamte des SFPD die Zimmer durchsucht, dabei aber keine Spur von Ellis gefunden. Es handelte sich um ein kleines Hotel, daher war es schnell gegangen. Lediglich zwei Menschen hatten sich in dem Gebäude befunden: eine zierliche Rezeptionistin, die unterschwellig aggressiv wirkte, und ein großer Kerl, der finster dreinblickte und den mit Anabolika und Steroiden aufgeblähten Körperbau eines Profi-Wrestlers besaß. Beide gaben sich sehr wortkarg. Kein einziger Gast war in dem Hotel registriert, weshalb Catherine die allgemeine Vermutung bestätigt sah, dass es sich hier um einen sehr verdächtigen Ort handelte. Sowohl die Rezeptionistin als auch der Muskelmann schworen, nie jemanden gesehen zu haben, der Ellis auch nur entfernt ähnlich sah.

Catherine und Paxon gingen schließlich wieder nach draußen und sahen sich auf der Straße um.

»Er war es. Definitiv«, sagte Catherine. »Er war hier.«

»Ich kann noch immer nicht glauben, dass er wieder in der Stadt ist«, meinte Paxon. »Warum zum Teufel hat er das getan? Er hatte doch eine gute Chance, uns zu entkommen.«

Catherine hielt ihr Smartphone in der Hand und scrollte abwesend mit dem Daumen durch die eingegangenen E-Mails. Das meiste stammte aus den teaminternen Kanälen. Etwas wirklich Neues war allerdings nicht dabei.

Wo steckte Molly? Der Handwerker hatte sie nicht bei Ellis gesehen. Im Zusammenhang mit Jakes plötzlicher und waghalsiger Rückkehr in die Stadt schien diese Frage auch viele Kollegen zu beunruhigen, wie Catherine den Nachrichten in den Team-Kanälen entnahm.

Paxon nahm einen Anruf entgegen, hörte zu, ohne etwas zu erwidern, und wandte sich dann an Catherine. »Alles bereit. Sie warten auf dein Kommando.«

Catherine zögerte.

Auf der Grand Avenue sah sie sich nach beiden Seiten um und schätzte ab, welche Distanz ein Mann innerhalb von fünfzehn bis dreißig Minuten zu Fuß zurücklegen konnte. Das jüngste Foto von Ellis war an jeden Polizisten in der Stadt geschickt worden, und jeder verfügbare Bundesagent in der Stadt war entweder bereits hier oder befand sich auf dem Weg hierher. Eigentlich hatte sie gehofft, dass einer der vielen Kollegen Ellis schon längst gesehen hätte.

Das FBI hatte Zweier-Teams über die Stadt verteilt, wobei die meisten sich auf Chinatown und Umgebung konzentrierten. Das SFPD koordinierte sich laufend mit ihnen und verteilte außerdem Streifenpolizisten und Zivilfahnder in Chinatown und den angrenzenden Vierteln. Diesmal war der Vorteil auf ihrer Seite. Sie brauchten ihre Kräfte nicht wahllos auf der ganzen Landkarte zu verteilen, mussten keine langen Reisen zurücklegen, um unbestätigten Zeugenmeldungen nachzugehen. Was allerdings wiederum die Frage aufwarf: Warum war Ellis überhaupt in die Stadt zurückgekehrt?

»Also?«, fragte Paxon.

Catherine ließ die Frage noch für einen Moment in der Luft hängen, während sie die Passanten beobachtete, die an der Absperrung vorbeigingen. Einige schauten neugierig zu dem Hotel hinüber, das von der Polizei umstellt war. Schaulustige. Normalerweise ärgerte sich Catherine über solche Leute. Doch jetzt galt es, deren morbides Interesse für ihre eigenen Zwecke zu nutzen.

»In Ordnung«, sagte sie schließlich zu Paxon, »versuchen wir es noch mal. Diesmal mit Gefühl.«

Paxon nahm das Handy wieder ans Ohr und gab das Kommando.

Dreißig Sekunden später piepten Paxons und Catherines Telefone gleichzeitig, als eine Nachricht einging. Catherine beobachtete, wie auf der Straße zahlreiche Leute auf die Displays ihrer Geräte starrten. Ein Pärchen, das einen Kinderwagen vor sich herschob, blieb stehen und drehte sich in Catherines Richtung um. Die Frau hielt ein Handy in der Hand, der Mann deutete auf die Streifenwagen, die vor dem Hotel geparkt standen. Da wusste Catherine, dass nur wenige Sekunden vergehen würden, bis die ersten Hinweise über die Hotline eingingen.

Der Startschuss war gefallen, das Rennen eröffnet.

AMBER-ALARM: San Francisco, CA
KIND: 13 J., 1,52 m, 49 kg, weiß. Donaldson, Molly
1VERD: 41 J., 1,78 m, 83 kg, weiß. Ellis, Jake
Zu Fuß, Nähe Grant Avenue
Verdächtiger bewaffnet, Abstand halten
415-553-0123

79

Jake war umgekehrt und bewegte sich nun Richtung Norden. Er hielt den Kopf gesenkt, blieb dicht an den Häuserfronten und vermied jeden Blickkontakt. Sein Plan, in die U-Bahn-Station in der Powell Street hinabzusteigen, hatte sich zerschlagen, als er die beiden Streifenpolizisten gesehen hatte, die vor dem Eingang der Haltestelle postiert waren. Sie hatten ihre Umgebung mit Argusaugen beobachtet, und Jake hatte nicht die geringste Chance gesehen, an den beiden vorbeizukommen.

Etwas weiter weg sah er wieder einen Wagen des SFPD am Straßenrand parken. Er drehte sich um und ging auf der Grant Avenue zurück, bevor er den Polizisten zu nahe kam. Er würde später einen Weg finden, wie er Rachels Handy einschalten konnte, ohne dass es sofort geortet wurde. Er glaubte nicht, dass seine Fantasie ihm einen Streich spielte, es waren nun tatsächlich deutlich mehr Polizisten auf den Straßen. Bislang hatte er es geschafft, ihnen aus dem Weg zu gehen, doch das Apartment, in dem Molly auf ihn wartete, erschien ihm mit einem Mal viel weiter weg als noch vor zwanzig Minuten.

Vor ihm wurde der Bürgersteig von einer Gruppe Männer blockiert, die vor einem Billardsalon standen. Alle dampften E-Zigaretten, bis auf einen, der mit den Händen in den Hosentaschen im Eingang lehnte. Jake wich auf die Straße aus und warf dabei einen kurzen Blick über die Schulter, ob hinter ihm ein Auto kam. Er machte einen Bogen um einen parkenden Pick-up, damit genügend Abstand zwischen ihm und den Männern blieb. Dabei stieß er beinahe mit einer kleinen blonden Frau zusammen, die ihm entgegenkam. Sie starrte im Gehen lächelnd auf ihr Handy, weshalb sie unweigerlich kollidiert wären, hätte Jake nicht aufgepasst und wäre zur Seite getreten.

Als sie das Beinahe-Missgeschick bemerkte, blickte sie erschrocken hoch und setzte einen entschuldigenden Blick auf.

»Oh, es tut mir leid, ich war ganz …«

Jake wandte den Kopf schnell ab, als die Frau plötzlich innehielt.

»Kein Problem«, antwortete er, ohne stehen zu bleiben, über die Schulter und beschleunigte umgehend seinen Schritt.

Hatte die Frau ihn erkannt? Er war sich nicht sicher, glaubte aber, dass sie zumindest keine direkte Verbindung gezogen hatte. Vielmehr hatte sie ausgesehen wie jemand, der versuchte, sich daran zu erinnern, wo er einen anderen Menschen schon einmal gesehen hatte.

Er spürte ihren Blick in seinem Rücken. Vielleicht bildete er es sich auch nur ein, doch er würde sich nur noch verdächtiger machen, wenn er sich jetzt umdrehte.

Jake näherte sich einer weiteren Menschenansammlung – Touristen, die draußen an den Tischen eines Imbisses saßen und mit Stäbchen asiatische Nudeln aus Pappschachteln aßen.

An dem Tisch, der dem Straßenrand am nächsten war, saß ein junges Paar. Der Mann trug eine blaue Warriors-Jacke und hatte Jake den Rücken zugekehrt. Die Frau hatte eine schwarze Lederjacke an, ihre lockigen Haare waren in hellem Magenta gefärbt. Ihr Blick fiel kurz auf Jake, doch sie schien ihn nicht wirklich wahrzunehmen und schaute schnell wieder auf ihr Handy. Mit dem Daumen der linken Hand wischte sie über das Display, während sie mit der rechten aß.

Jake ging zügig an ihnen vorbei. Er konnte nicht riskieren, dass noch jemand einen Blick aus nächster Nähe auf ihn erhaschte.

Hinter der nächsten Straßenecke war ein Streifenpolizist hervorgetreten. Er beobachtete aufmerksam die Kreuzung.

Jake wagte einen Blick über die Schulter.

Die blonde Frau war ein Stück weitergangen, hatte sich aber wieder umgedreht und starrte in seine Richtung.

Sie reagierte nicht, als sich ihre Blicke trafen. Vielleicht versuchte sie noch immer, ihn einzuordnen. Vermutlich würde ihr bald einfallen, wo sie sein Gesicht schon einmal gesehen hatte, und Jake konnte nur hoffen, dass er bis dahin nicht mehr in der Gegend war.

Vor ihm zweigte eine Gasse ab. Sie führte in die falsche Richtung, doch Jake schätzte, dass er durch sie auf die Parallelstraße gelangte, wo er seinen Weg fortsetzen konnte. Der Umweg würde ihn ein paar Minuten kosten, doch er wollte der blonden Frau nicht noch mehr Zeit geben, ihn zu erkennen.

Und in diesem Moment geschah es.

Ein langgezogener Nachrichtenton, der Jake nur allzu vertraut war, erklang aus dem Handy, das die Frau vor dem Imbiss in der Hand hielt. Jake verlangsamte unwillkürlich den Schritt. Ein pawlowscher Reflex. Er hatte dieses Geräusch seit Samstagmorgen acht Uhr siebenundzwanzig nicht mehr aus dem Kopf bekommen. Auf seinem Wegwerfhandy ging die Nachricht eine Sekunde später ein.

Er hörte, wie das Pärchen am Tisch vor dem Imbiss begann, sich zu unterhalten.

»Was ist los?«

»Ein Amber-Alarm«, antwortete die Frau zunächst nüchtern, doch als sie die Nachricht las, schnappte sie nach Luft. »Oh Gott …«

»Was denn?«

»Er ist hier.«

»Hier in der Stadt?«

»Nein, ich meine, er ist *hier*.«

Jake ging schnell weiter. Die Gasse war nur wenige Meter entfernt.

»Hey!«

Er drehte sich halb um und sah, dass die blonde Frau auf ihn zeigte, das Handy in der anderen Hand. Die Männer aus dem Billardsalon gingen bereits zu ihr, weil sie wissen wollten, warum sie geschrien hatte.

»Das ist er!«, rief sie.

Für einige Sekunden schien die Zeit stillzustehen.

Die Blicke der Männer folgten dem ausgestreckten Finger der Frau, um zu sehen, worauf sie zeigte. Das Pärchen vor dem Restaurant wandte sich ebenfalls in seine Richtung, und die Frau schlug die Hand vor dem Mund, als sie Jake erkannte.

Dann liefen die Männer vom Billardsalon los, während der Partner der Frau mit den pinkfarbenen Haaren so schnell aufsprang, dass sein Stuhl nach hinten umkippte, und der Polizist am Ende der Straße sich umdrehte, um zu sehen, was der Grund für den Aufruhr war.

Jake rannte los.

80

Dies schien der richtige Moment zu sein, um ein wenig auf und ab zu gehen.

So machten es zumindest die Figuren in den Büchern, die Molly las. Wenn sie voller Anspannung auf jemanden warteten, vertrieben sie sich die Zeit oft damit, dass sie im Zimmer auf und ab spazierten. Gut für den Stand des persönlichen Schrittzählers, doch wenn einem schnell die Luft wegblieb, vielleicht keine besonders gute Idee.

Molly hatte den schlimmen Anfall, den sie in dem Haus in False Klamath erlitten hatte, noch immer nicht ganz verwunden. Sie hatte sich gut gefühlt, nachdem die Ärztin im Krankenhaus ihr das Asthma-Spray gegeben hatte. Doch das rasselnde Geräusch in ihrer Brust war bald zurückgekehrt, sie konnte es nicht nur hören, sondern auch spüren, und es schien jetzt wieder schlimmer zu werden. Molly fühlte sich etwas benommen, weil sie mehr von dem Medikament genommen hatte, als sie es gewohnt war. Jake hatte sie nichts davon erzählt, um ihm nicht noch eine weitere Sorge aufzulasten. Sie schüttelte den Inhalator, um den Füllstand zu prüfen, gefühlt zum hundertsten Mal an diesem Tag. Das Spray schien bereits halb leer zu sein. Sie musste es besser rationieren, schließlich war völlig ungewiss, wann sie ein neues bekommen konnte.

Dass das Zimmer sehr staubig war, verbesserte die Situation nicht. Molly hatte das Dachfenster geöffnet, doch das, was hereinströmte, konnte man mitten in der Stadt kaum frische Luft nennen. Ihre Mom hatte ihr erzählt, dass San Francisco sich in den Top Ten der Städte mit der höchsten Feinstaubbelastung befand. Rachel hatte geglaubt, dass dies zumindest zu einem Teil die Ursache für Mollys Atemwegserkrankung war. Auf jeden Fall war es einer der Gründe, weshalb sie nach Santa Rosa ziehen wollte.

Molly kämpfte gegen die Übelkeit an, die bei diesem Gedanken in ihr aufkam.

Nicht an Mom denken.

Das gelang ihr immer besser, aber gleichzeitig fühlte sie sich schuldig deswegen. Doch es erlaubte ihr zu funktionieren – und sich auf das Atmen zu konzentrieren.

Auf Cartoon Network liefen Wiederholungen von *Adventure Time – Abenteuerzeit mit Finn und Jake* in Endlosschleife, aber Molly hatte immer wieder auf ABC umgeschaltet, um zu sehen, ob es Neuigkeiten über Moms Zustand gab. Das letzte Mal hatte sie vor zehn Minuten umgeschaltet, was vermutlich einem neuen Rekord gleichkam.

Jetzt wechselte sie wieder den Kanal und erkannte, dass es neue Entwicklungen gab, wenn auch nicht sofort ersichtlich war, was passiert war. Die Schlagzeile lautete lediglich: *Die Suche nach Molly Donaldson*. Die Bilder stammten aus San Francisco, woraus Molly schloss, dass man herausgefunden hatte, dass Jake und sie wieder in der Stadt waren.

Der Nachrichtenticker am unteren Bildschirmrand enthielt jedoch Meldungen zu einem anderen Thema. Molly konnte nur hoffen, dass sie Jake nicht erwischt hatten.

Sie verfolgte den Ticker voller Ungeduld, während Bilder von Streifenpolizisten gezeigt wurden, die mit ausdruckslosen Gesichtern Straßensperren errichteten und Autos anhielten, unterbrochen von dem inzwischen bekannten Splitscreen mit Jakes Fahndungsfoto auf der einen und dem Bild, das sie beide in Disneyland zeigte, auf der anderen Seite. Molly hatte sich längst an das seltsame Gefühl gewöhnt, sich selbst im Fernsehen zu sehen.

»Komm schon«, murmelte sie, während nur Informationen über

unwichtige Sportereignisse oder Reden im Kongress über den Ticker liefen. Sie sagte sich, dass die Fernsehbilder etwas Positives bedeuteten. Wenn sich der Zustand ihrer Mutter verschlechtert hätte, dann wäre sie wohl auf dem Bildschirm zu sehen. Und wäre Jake geschnappt worden, würden jetzt mit Sicherheit Aufnahmen laufen, wie man ihn in Handschellen in einen Streifenwagen bugsierte.

Als Molly draußen vor der Tür die Treppenstufen knarren hörte, spürte sie zunächst eine Welle der Erleichterung. Sie stand auf und wollte Jake hereinlassen, erinnerte sich aber im letzten Moment daran, was er ihr aufgetragen hatte. Sie wartete, bis die Schritte vor der Wohnung angekommen waren. Dann klopfte es zweimal an der Tür.

Ich klopfe fünfmal, hatte Jake gesagt.

81

Als Jake in vollem Lauf in die Gasse einbog, konnte er hinter sich Rufe hören und Schritte auf dem Bürgersteig.

Er legte die Distanz zur nächsten Querstraße schnell zurück. Als er das entfernte Ende der Gasse erreichte, sah er eine Menschenmenge, die sich langsam über die Straße bewegte. An der Einmündung angelangt, verlangsamte er deshalb sein Tempo, um nicht mit den Leuten zu kollidieren.

Erst in diesem Moment realisierte er, dass es sich bei den vielen Menschen nicht um gewöhnliche Passanten handelte, sondern um eine Prozession. Eine Trauerprozession.

Die Leute standen zu beiden Seiten der Straße auf den Bürgersteigen und beobachteten, wie der Marsch sich langsam in südliche Richtung bewegte. Einige von ihnen trugen Trauerkleidung, andere waren eher leger gekleidet. Die Sonne stand bereits tief, ihre nur noch schwachen Strahlen warfen lange Schatten auf den Asphalt.

Jake blieb nicht stehen, sondern ordnete sich in den langsamen Fluss der Prozession ein. Ein Stück weiter vorne konnte er über die Köpfe der Menschen hinweg den Sarg erkennen, eine dünne Holzkiste in glänzendem Schwarz, die auf den Schultern mehrerer Träger schwankte. Die zweite Beerdigung, in die er diese Woche hineinplatzte, dachte Jake. Hinter sich hörte er die Stimmen seiner Verfolger, die nun aus der Gasse kamen und sich mit derselben Szenerie konfrontiert sahen wie er vor wenigen Augenblicken. Er konnte nicht verstehen, was sie sagten, doch es war deutlich, dass sie nach ihm suchten.

In der Menschenmenge unterzutauchen war allerdings wesentlich leichter, als ein einzelnes Gesicht in ihr auszumachen. Jake streifte seine Jacke ab, froh, dass er darunter ein langärmliges weißes Shirt trug. Auch ein Geschenk von Diehl. Viele der Trauernden trugen formelle weiße Hemden, und der Unterschied würde aus der Ferne nicht zu erkennen sein. Die Menschen um ihn herum beachteten Jake nicht. Offenbar war er zufällig in die einzige Straße der Stadt gestolpert, in der niemand unentwegt auf sein Handy starrte.

Diesmal wagte er es nicht, sich umzudrehen und einen Blick zurückzuwerfen. Ohne aus der Prozession auszuscheren, beschleunigte er seinen Schritt und überholte einige der langsameren Leute.

Eine Blaskapelle führte den Trauerzug an. Er brauchte einen Moment, erkannte dann aber das Lied, das sie spielten: *Just a Closer Walk With Thee*.

Mist. Jake erkannte, dass es ihm zwar gelang, den Abstand zwischen ihm und seinen Verfolgern zu vergrößern. Doch die Prozession bewegte sich in nördliche Richtung und führte ihn damit von seinem eigentlichen Ziel fort – dem Apartment, in dem Molly auf ihn wartete. Er überlegte, ob er den Trauerzug an der nächsten Querstraße verlassen sollte, verwarf den Gedanken aber sofort, als er an der Kreuzung die Traube von Polizisten sah. Ihm entging auch nicht, dass sich immer mehr Cops unter die Zuschauer auf den Bürgersteigen mischten und den Trauerzug beobachteten.

Er fluchte innerlich, bemühte sich aber um einen unbewegten Gesichtsausdruck. Er richtete den Blick geradeaus und passte sein Tempo wieder den Trauernden um sich herum an.

Irgendjemand musste ihn bei seinem Besuch im Blue Dragon oder auf dem Weg dorthin erkannt und gemeldet haben. Was zum Teufel hatte er sich gedacht? Es war nur eine Frage der Zeit gewesen, nachdem er in die Stadt zurückgekehrt war. Er hatte den Vorteil des weitläufigen Landes aufgegeben.

Seine Blicke flogen hin und her auf der Suche nach einem Ausweg. Doch überall schienen mit jeder Sekunde mehr Polizisten aufzutauchen. Einige der Trauergäste hatten es ebenfalls bemerkt und fragten einander flüsternd, was wohl vor sich ging. Manche warfen einen verstohlenen Blick auf ihre Handys, in der Hoffnung, dort eine Antwort zu finden.

Es würde nicht lange dauern, bis einer von ihnen Jake erkannte. Oder einer der Polizisten würde Glück haben, wenn er die Menge nach seinem Gesicht absuchte. Er musste den Trauerzug schleunigst verlassen. Aber wie? Sobald er aus der Prozession ausscherte, würde er nicht mehr Teil der Masse und deutlich zu erkennen sein.

Doch dann erkannte er seine Chance.

Aus einer schmalen Seitenstraße kam ein Lieferwagen und versuchte, auf die Straße einzubiegen. Der Fahrer hatte angehalten, weil die Prozession ihm den Weg versperrte, sodass nun der vordere Teil des Wagens aus der Gasse herausragte. Der Mann umklammerte das Lenkrad mit beiden Händen und machte einen genervten Eindruck. Der Lieferwagen versperrte allen, die auf der anderen Seite auf dem Bürgersteig standen, den Blick.

Jake begann, sich langsam in die Richtung des Lieferwagens zu bewegen. Dabei streifte er einen alten Mann, der wütend schnaubte. Jake hob entschuldigend die Hand, ohne den Mann anzusehen.

Der Lieferwagen war nur noch zehn Meter entfernt, dann fünf. Als Jake nahe genug herangekommen war, scherte er aus der Menge aus, bereit, sich an dem Wagen vorbei in die Gasse zu zwängen.

Aber in diesem Moment hob der Fahrer kapitulierend die Hände, griff wieder nach dem Lenkrad und legte den Rückwärtsgang ein.

Der Lieferwagen rollte in die Gasse zurück, langsam wie ein Theatervorhang, der dem Publikum den Blick auf die Bühne freigibt. Ein Streifenpolizist stand direkt dahinter und drehte sich halb um, als der Wagen sich bewegte. Er sah Jake direkt an. Ihre Blicke trafen sich für wenige Sekunden, und die Zeit schien stillzustehen. Jake kannte den Polizisten nicht, doch dieser wusste verdammt sicher, wen er vor sich hatte.

Er blinzelte, sein Mund öffnete sich ein Stück, dann setzte er sich in Bewegung. Seine Hand wanderte zu seiner Dienstwaffe, und er schrie.

»Stehen bleiben!«

82

Molly schlich hinüber zum Fenster, wobei sie darauf achtete, nicht auf die lose Diele zu treten, und zog sich die Turnschuhe an. Den Inhalator steckte sie in die Tasche ihrer Jeans, dann öffnete sie das Fenster.

Sie hoffte, dass derjenige, der vor der Tür stand, ein weiteres Mal klopfen und warten oder gar unverrichteter Dinge wieder gehen würde. Doch als sie hörte, wie an der Klinke gerüttelt wurde, hielt sie vor Schreck die Luft an.

»Aufmachen! Hier ist die Polizei.«

Molly kletterte auf den Tisch, der vor dem Fenster stand, und streckte die Arme zu den Dachziegeln aus. Das Dach war steiler, als sie es erwartet hatte. Sie zuckte zusammen, als ein weiteres Mal gegen die Tür gehämmert wurde. Dann schlüpfte sie durch das schmale Fenster. Als sie sich umdrehte, um weiter voranzukommen, stieß sie mit dem linken Fuß das Wasserglas um, das auf dem Tisch stand. Es rollte über den Tisch und fiel dann auf den Boden, wo es zersprang.

Molly beeilte sich. Das nächste Geräusch, das sie hörte, war ein lautes Krachen, als sich ein schwerer Körper gegen die Tür warf. Sie hatte es gerade ganz auf das Dach hinausgeschafft, als die Tür mit einem weiteren Krachen nachgab.

Seitlich kroch sie über das Dach, die Füße über der Regenrinne, und versuchte, sich nur auf die rauen Dachziegel unter ihren Händen zu konzentrieren. Sie blickte immer nur auf den nächsten Abschnitt, wagte es nicht, einen Blick auf den Abgrund zu werfen, der sich unter ihren Füßen auftat, ein vier Stockwerke tiefer Sturz, wenn sie den Halt verlor. Aus der Ferne drangen Sirenengeheul und das Geräusch des Straßenverkehrs zu ihr herauf.

Auf der anderen Seite des Gebäudes gab es eine Feuerleiter. Sie musste es nur in einem Stück bis dorthin schaffen. Kein Problem! Immerhin war es schon das zweite Mal in wenigen Tagen, dass sie über ein Dach flüchtete. Mit dem Unterschied, dass das erste Dach flach gewesen war.

Molly hörte das Fenstersims knarren, als sich jemand aus dem Fenster lehnte, doch sie blickte sich nicht um.

Ihr Verfolger rief ihr nichts hinterher, und als sie auch nach einigen weiteren Minuten nichts gehört hatte, wusste sie, dass er ihr nicht über das Dach folgte.

Sie hatte es beinahe geschafft. Nur noch wenige Meter.

Plötzlich flatterte eine Taube über ihr auf dem Dachfirst auf, aber Molly zuckte nicht einmal zusammen, sondern kroch unbeirrt weiter. »Fast geschafft, mach einfach weiter«, murmelte sie außer Atem. Das andere Ende des Dachs war nun in Reichweite.

Die Feuerleiter befand sich doch auf dieser Seite, oder? »Mach weiter, du bist fast …«

Molly schrie auf, als ihr rechter Fuß abrutschte, als wäre das Dach mit Schmiere überzogen. Sofort spürte sie, wie die Schwerkraft an ihr zog und sie in Richtung Dachkante zu rutschen begann. In dem verzweifelten Versuch, den Sturz zu verlangsamen, breitete sie Arme und Beine aus und presste sich flach auf das Dach. Tatsächlich schaffte sie es, in Schräglage zum Stillstand zu kommen, einen Fuß bereits über der Dachkante wie bei einem gewagten Hochseilakt.

Das Blut rauschte in ihren Ohren. Ob es überhaupt wehtat, wenn man auf dem Boden aufschlug? Oder war man gleich tot, sodass man gar nichts spürte? Aus Angst, dass ein weiterer Dachziegel nachgab oder die geringste Bewegung sie aus der Balance bringen würde, wagte Molly es nicht, sich zu bewegen.

Doch sie musste hier weg. Sie konnte nicht abwarten, bis sie doch noch fiel oder ihr Verfolger sie erwischte. Also winkelte sie vorsichtig das Knie so weit an, dass sie den rechten Fuß heben konnte. Nach einer gefühlten Ewigkeit hatte sie wieder sicheren Halt gefunden.

Sie nahm allen Mut zusammen und kroch weiter. Ein Stückchen, dann noch eins. Sie schob die rechte Hand vor und fand etwas, woran sie sich hochziehen konnte. Ihre linke Hand folgte. Dann ihr rechter Fuß, dann der linke. Alles war in Ordnung. Sie würde ein wenig länger brauchen, doch sie würde es schaffen.

Und dann gab der Dachziegel unter ihrem linken Fuß nach.

Molly schrie, als sie erneut abrutschte und in letzter Sekunde den Absturz verhindern konnte.

»Molly.«

Vorsichtig hob sie den Kopf. Ein Mann zog sich auf der anderen Seite mit beiden Händen am Dachfirst hoch. Er hatte kurz geschorenes dunkles Haar und ein hageres, kantiges Gesicht. Unter seinem Kinn konnte sie den Kragen einer Polizeiuniform erkennen, wie Jake sie auf einem der ersten Fahndungsfotos trug.

»Beweg dich nicht. Ich helfe dir.«

Selbst, wenn sie gewollt hätte, sie konnte sich nicht bewegen. Die Angst vor einem Absturz lähmte sie.

»Molly, gib mir deine rechte Hand.« Der Mann sprach mit ruhiger Stimme. Er erinnerte sie ein wenig an einen Mathelehrer, der den Schülern eine komplizierte Gleichung erklärt.

Als Molly sich nicht rührte, blickte er kurz hinab zu ihren Füßen. »Okay. Bleib einfach da, wo du bist.«

Sein Gesicht verschwand wieder, und es dauerte eine gefühlte Ewigkeit, bis der Mann mit einem Ächzen an einer anderen Stelle wieder auftauchte. Er presste die Arme fest auf das Dach, hievte zuerst den Oberkörper hoch und schwang dann die Beine herüber. Der Ziegel wenige Meter oberhalb von Molly zersprang mit einem Krachen, das wie ein berstender Ast klang, als der Mann sich mit seinem ganzen Gewicht darauf stützte. Molly biss die Zähne zusammen und rief dann unwillkürlich: »Nein!«

Der Mann in Uniform reagierte nicht, sondern hielt nach anderen Ziegeln Ausschau, auf die er einen Fuß setzen konnte. Als er eine Stelle gefunden hatte, stieg er vorsichtig ein Stück in Mollys Richtung hinunter. Mit der linken Hand hielt er sich weiter am Dachfirst fest, die andere streckte er ihr entgegen.

Sie schüttelte verzweifelt den Kopf. »Ich kann nicht.«

»Du musst, Molly. Streck deine Hand aus. Ganz langsam.«

Er hatte recht. Sie wusste, dass er recht hatte. Weshalb konnte sie dann ihre Arme nicht bewegen?

»Ich bin ein Freund von Jake. Ich werde dich runterbringen.«

Das erinnerte Molly an ihren Verfolger. Was war aus ihm geworden? Sie warf einen Blick zurück und sah, dass das Fenster noch immer offen stand. Keine Spur von demjenigen, der in das Apartment eingebrochen war.

»Da war jemand«, presste sie zwischen zusammengebissenen Zähnen hervor, darauf bedacht, nicht zu viel zu sagen. Als besäßen die Worte ein Gewicht, das sie aus der Balance bringen könnte.

Der Mann ließ sie nicht aus den Augen. »Darum kümmern wir uns, wenn du in Sicherheit bist. Molly, mein Name ist Marty. Ich weiß, dass Jake unschuldig ist.«

Molly sah zu dem Mann auf. Sie wagte es nicht, den Kopf zu bewegen, doch sie konnte ihm mit dem Blick so weit folgen, dass sie ihm in die grauen Augen sehen konnte. Und in diesem Moment wusste sie, dass er sie nicht anlog.

Sie verlagerte ihr Gewicht ein wenig und spürte, wie ihre Hand zu rutschen begann. Als sie ein hohes Wimmern hörte, brauchte sie einen Moment, bis sie begriff, dass das Geräusch von ihr selbst kam.

»Molly, streck einfach die Hand aus.«

Sie holte tief Luft und biss sich auf die Unterlippe. Dann strecke sie die rechte Hand nach oben. Sie merkte, wie sie augenblicklich wieder ins Rutschen kam, und wusste, dass dies das Ende war. Sie würde abstürzen.

Doch dann spürte sie starke Finger um ihr Handgelenk, die sich in ihre Haut krallten, und sie hörte auf zu rutschen. Ihre Beine baumelten in der Luft, und eine Sekunde später hörte sie, wie ein Ziegel unten auf dem Asphalt aufschlug.

»Ich hab dich«, keuchte Marty. Erst jetzt wich die Ruhe aus seiner Stimme. Er klammerte sich mit der linken Hand fest und zog Molly langsam zu sich hoch, bis sie aus eigener Kraft den First erreichen konnte. Sie griff mit der freien Hand nach der Dachkante und zog sich hoch. Ein Seufzer der Erleichterung entfuhr ihr. Marty wartete, bis sie ein Bein über den Dachfirst geschwungen und einen sicheren Sitz gefunden hatte, erst dann ließ er sie los. Er blies die Backen auf und stieß ein erleichtertes Lachen aus. »Du hast mir ganz schön Angst eingejagt«, sagte er.

»Haben Sie es wirklich so gemeint? Sie wissen, dass Jake es nicht getan hat?«

Marty nickte. »Hundertprozentig.«

83

Der Lieferwagen rollte langsam rückwärts. Er war bereits gut zwanzig Meter in die Gasse zurückgewichen und füllte sie fast zur Gänze aus – was ein Problem für Jake darstellte. Zwischen den Seitenspiegeln und den Hausmauern zu beiden Seiten waren jeweils vielleicht fünfzehn Zentimeter Platz, zu wenig, um sich hindurchzuzwängen.

Ohne nachzudenken, rannte Jake auf den Lieferwagen zu. Der Fahrer konzentrierte sich ganz auf seine Aufgabe, und sein Blick wechselte ständig zwischen den beiden Außenspiegeln, um den Platz abzuschätzen, der ihm blieb. Er bemerkte Jake erst, als er schon sehr nahe war und im vollen Lauf auf ihn zugeschossen kam. Jake sah, wie der Mann die Augenbrauen hob und seine Lippen einen Satz formten, der vermutlich lautete: »Was zum Teufel …?«

»Stehen bleiben! Polizei! Stehen bleiben, oder ich schieße!«

Jake wandte sich weder um, noch wurde er langsamer.

Der Polizist würde unter keinen Umständen seine Waffe abfeuern, solange sich der Fahrer in der Schusslinie befand.

Der Lieferwagen kam zum Halt, als der Fahrer offenbar vor Schreck den Fuß vom Gas nahm. Jake sprang auf die Motorhaube und katapultierte sich in die Höhe. Den nächsten Schritt setzte er auf die schräge Windschutzscheibe, den dritten auf das Dach des Wagens. Entfernt kam ihm der Gedanke, dass er sich soeben zur Zielscheibe gemacht hatte. Er warf sich hin und rutschte wie ein Fußballspieler bei einer Grätsche mit den Füßen voraus über das Dach des Wagens. Hinter sich hörte er einen Schuss, und die Kugel flog in dem Moment über seinen Kopf, als er auf dem Boden hinter dem Transporter aufschlug.

Er hörte weitere Rufe und riskierte einen Blick zurück. Der Lieferwagen versperrte die Gasse vollends. Der Polizist hatte kein freies Schussfeld, und es würde einen Moment dauern, bis er oder seine Kollegen das Hindernis überwanden.

Jake raffte sich auf und rannte aus der Gasse hinaus zur nächsten Querstraße. Er wollte sich in nördliche Richtung wenden, als er die beiden Polizisten an der Ecke zur California Street sah. Sie hatten ihm den Rücken zugewandt und sprachen in ihre Funkgeräte. Jake drehte sich um und lief in die entgegengesetzte Richtung. Nach wenigen Metern kam er an einem Laden vorbei, dessen Verkaufsständer von Souvenirs überquollen. Der Verkäufer, ein untersetzter Lateinamerikaner, verhandelte mit zwei jungen Männern, die Rucksäcke trugen. Jake schnappte sich eine weiße Baseballmütze mit dem Aufdruck *I ♥ SF*. Seine eigene Kappe ließ er fallen, setzte die neue auf und zog sich den Schirm ins Gesicht.

»Hey, Mann, hast du einen Dollar?«

Jake blickte auf den Obdachlosen, der im Eingang des benachbarten Gebäudes kauerte. Er trug einen alten Armeemantel und hatte die Knie an die Brust gezogen. Ein Pappbecher von McDonald's mit einigen wenigen Münzen stand zwischen seinen Füßen. Jake schoss ein Gedanke durch den Kopf, den er bereits früher am Tag gehabt hatte: Manche Menschen waren unsichtbar.

Er blickte die Straße hinunter. Die beiden Polizisten sprachen mit dem Fahrer einer hellbraunen Limousine. Jake wandte sich wieder dem Obdachlosen zu und hob dabei eine Hand vors Gesicht, tat so, als müsste er sich die Bartstoppeln kratzen. Das war vielleicht etwas übervorsichtig, denn die Augen des armen Kerls waren glasig, außerdem hatte er vermutlich schon lange kein Smartphone mehr aus der Nähe gesehen.

»Ich gebe Ihnen zwanzig Dollar für den Mantel«, sagte Jake.

Die Augen des Mannes weiteten sich. »Im Ernst?«

»Ja, bestimmt.«

Jake blickte noch einmal zu den Polizisten hinüber und hoffte, dass er den Deal abschließen konnte, bevor sie in seine Richtung kamen. Er zog seine letzten Geldscheine aus der Tasche. Der Obdachlose überraschte ihn, als er in Sekundenschnelle aus seiner kauernden Haltung aufsprang, den Mantel abstreifte und ihn Jake hinhielt. Dann riss er ihm die zwanzig Dollar aus der Hand und schob das Geld in seine Hosentasche. Während er sich wieder hinsetzte, tippte er sich wie ein Soldat mit zwei Fingern an die Stirn.

»War nett, mit Ihnen Geschäfte zu machen.«

Jake murmelte einen kurzen Dank und zog den Mantel an, der eine Vielzahl von Gerüchen ausströmte, am dominantesten den nach Schweiß und billigem Wein. Doch der Mantel erfüllte seinen Zweck, denn er veränderte Jakes Aussehen. Den Schirm der Baseballkappe tief ins Gesicht gezogen, setzte er sich wieder in Bewegung. Auf Armeslänge ging er an den Polizisten vorbei, nahe genug, um aus einem der Funkgeräte seine Personenbeschreibung und die Angaben zu seinem letzten Aufenthaltsort zu hören.

Je weiter er ging, desto voller wurde es auf dem Gehweg. Die meisten Leute, an denen er vorüberging, starrten auf ihre Handys, auf denen der neueste Amber-Alarm aufgetaucht war.

Dieses Mal würdigte ihn niemand eines Blickes.

84

Jakes Freund Marty stützte Molly mit einer Hand, während sie gemeinsam die Feuerleiter hinunterstiegen. Erst als sie mit beiden Füßen fest auf der Straße stand, fühlte Molly sich wieder sicher. Sie nahm einen Stoß aus dem Inhalator und setzte sich auf die unterste Stufe. Marty kam ihr nach und stellte sich vor sie. Als Molly die Waffe im Holster an seinem Gürtel sah, lief ihr ein Schauer über den Rücken. Sollte sie für den Rest ihres Lebens keine einzige Waffe mehr zu Gesicht bekommen, wäre sie nicht unglücklich.

»Wo ist Jake?«, fragte Marty. Sie spürte, dass er versuchte, geduldig zu sein. »Es ist alles gut, Schätzchen. Du bist jetzt in Sicherheit. Du kannst es mir ruhig sagen.«

»Er ist losgegangen, um jemanden zu treffen. Er kommt bald zurück«, antwortete Molly. »Da oben war jemand«, fügte sie hinzu.

Martys Blick wanderte die rostige Feuertreppe hinauf, die an der Hauswand zum Dach hinaufführte.

»Du meinst, dort oben auf dem Dach?«

Molly schüttelte ungeduldig den Kopf. Es kostete sie einige Kraft, ruhig und regelmäßig zu atmen, und dieser Mann zwang sie zu langen Erklärungen.

»Nein, oben in der Wohnung. Jemand hat an die Tür geklopft. Ich wusste, dass es nicht …« Sie hielt inne und brauchte einen Moment, um wieder zu Atem zu kommen.

»Es war nicht Jake?«, sagte Marty. »In Ordnung.«

»Ich wusste, dass er es nicht sein konnte. Also bin ich raus aufs

Dach. Dann wurde die Tür eingetreten. Wer auch immer das war, er ist mir zumindest nicht aufs Dach gefolgt.«

Marty überlegte einen Moment und blickte dann wieder zu dem Apartment hinauf. »Kommst du mit mir zurück in die Wohnung? Ich würde gerne sichergehen, dass wirklich niemand mehr dort ist.«

Molly schaute wieder zu der Waffe an Martys Gürtel. Er ließ den Sicherungsbügel des Holsters aufspringen, legte die Hand auf den Griff der Pistole und lächelte. »Mach dir keine Sorgen, niemand wird uns Ärger machen.«

Molly versuchte, ihn von seinem Vorhaben abzubringen, doch Marty ließ nicht locker. Also stiegen sie durch das Treppenhaus zu der Dachgeschosswohnung hoch. Die Tür stand offen, der eine Türpfosten war zersplittert. Marty betrat die Wohnung mit gezogener Waffe und sah sich um.

Molly blieb an der Tür stehen. Bei dem Gedanken, wieder in der Wohnung festzusitzen, stieg leichte Panik in ihr auf. Marty inspizierte die Lage, betrachtete das offene Fenster und das zersplitterte Glas, das in einer Wasserlache auf dem Boden lag.

Dann kniete er sich auf das Fenstersims und blickte hinaus. »Du hast Mut.« Er stieß einen Pfiff aus. »Mich hätte da niemand rausgekriegt.«

»Wie haben Sie uns gefunden?«, fragte Molly. Der Gedanke war ihr erst jetzt gekommen.

»Jake. Er hat mir gesagt, wo ihr seid.«

Er kam wieder herein und klopfte sich die Hände ab.

»Gehen wir zu ihm?«

Er nickte. »Bald.« Dann sah er sich noch einmal im Raum um. Molly ging davon aus, dass er nach Hinweisen suchte. Marty öffnete die Schublade des Tischs und schloss sie wieder, als er nichts darin fand. Dann musterte er Molly von Kopf bis Fuß und umrundete sie. Molly fühlte sich plötzlich unwohl und drehte sich instinktiv zur Tür. Im selben Moment ging Marty an ihr vorbei und stellte sich in den Türrahmen.

Tat er das, weil er gesehen hatte, wie sie sich zur Tür wandte? Molly kam es beinahe so vor, als wollte er ihr absichtlich den Weg in den Flur blockieren.

»Sag mal, hast du an dem Tag, als ihr angegriffen wurdet, das Handy deiner Mutter an dich genommen? Wir konnten es am Tatort nicht finden.«

85

Catherine und Paxon waren zu Fuß unterwegs. Sie hatten die Hinweise aus der Bevölkerung in Echtzeit verfolgt, und die erste Sichtung von Jake Ellis war nur drei Minuten nach dem letzten Amber-Alarm gemeldet worden. Gleich mehrere Leute hatten ihn auf der Montgomery Street gesehen.

Paxon hielt sich das Handy ans Ohr, als sie auf die Montgomery einbogen. Sie sprach mit Taylor, die im Büro in der Golden Gate Avenue geblieben war. Während sie mit einer Hand das Mikrofon zuhielt, sagte sie zu Catherine: »Ellis ist jetzt offenbar auf der Columbus Avenue. Moment … Taylor sagt, es gibt noch eine weitere Sichtung drüben auf der Vallejo.«

»Das ist unmöglich«, zischte Catherine zwischen zusammengebissenen Zähnen. »Nur einer der beiden Hinweise stimmt. Die Orte sind viel zu weit entfernt voneinander.«

Damit standen sie vor einem Problem. Später würde es sicherlich möglich sein, die eingegangenen Hinweise in Ruhe zu analysieren und herauszufinden, welche zutrafen und bei welchen es sich um blanke Hysterie handelte. Doch in diesem Moment konnten sie mit der Columbus Avenue genauso richtig- oder falschliegen wie mit der Vallejo Street.

Catherines Handy klingelte, und sie nahm den Anruf an, ohne nachzusehen, von wem er stammte. Sie ließ den Blick zu beiden Seiten über die Montgomery Street schweifen, auf der Suche nach einem bekannten Gesicht. Allein auf dieser Straße waren mindestens fünf uniformierte Polizisten unterwegs. Zumindest waren sie Ellis dieses Mal zahlenmäßig überlegen.

»Agent Lark, es geht um Edward Da Costa …«

»Haben wir den Durchsuchungsbeschluss?«, fragte Catherine. »Dann sparen wir uns …«

»Nein, es geht nicht um den Beschluss. Edward Da Costa wurde ermordet.«

Catherine blieb abrupt stehen. Paxon ging mit schnellem Schritt noch einige Meter weiter, bis sie bemerkte, dass Catherine zurückgeblieben war.

»Was zum Teufel soll das bedeuten? *Ermordet?*«

»Jemand hat ihn und seine Frau erschossen. Und bei unserer Ankunft haben wir einen weiteren Toten in der Tiefgarage des Gebäudes entdeckt. Wir …«

»Scheiße«, entfuhr es Catherine.

Paxon hob die Augenbrauen. »Was ist los?«

Catherine nahm das Handy herunter und bedeutete Paxon mit einer Handbewegung, dass sie nicht auf sie warten sollte. »Geh weiter zur Columbus Avenue. Ich ruf dich in fünf Minuten an.« Dann hielt sie sich das Telefon wieder ans Ohr. »Die Adresse von Da Costa? Ich komme sofort dorthin.«

Sie wandte sich um und rannte zurück zum Wagen, der noch immer in der Nähe des Blue Dragon geparkt stand. Noch vor zwanzig Minuten hatte es dort von Polizisten gewimmelt, doch jetzt konnte sie keine einzige blaue Uniform entdecken. Als die ersten Hinweise eingetroffen waren, hatte sich das Geschehen in östliche Richtung verlagert. Catherine bog um die Ecke und kam dabei an einem Penner vorbei, der einen abgetragenen Armeemantel und eine weiße Baseballmütze trug.

Sie griff in die Jackentasche, um den Autoschlüssel herauszuholen, hielt dann aber inne, als ihr ein Gedanke durch den Kopf schoss. Langsam wandte sie sich um und sah dem Obdachlosen nach. Die Kappe war zu weiß, zu neu. Sie passte nicht zu dem Mantel. Nun, da sie den Mann näher betrachtete, kamen ihr sein Gang und der Körperbau bekannt vor. Und wenn ihr die Fantasie keinen Streich spielte, hatte er seinen Schritt beschleunigt, nachdem sie an ihm vorbeigegangen war.

86

Jake ging langsamer, als er um die Straßenecke bog und die Frau sah, die auf einen grauen Chevy Impala zuging. Sie trug ein Jackett und bewegte sich zielstrebig. Jake hatte das ungute Gefühl, sie zu kennen.

Dann drehte sie den Kopf, um sich auf der Straße umzublicken, und Jake bekam einen Teil ihres Gesichts zu sehen. In dem Moment war er sich sicher. Die hohen Wangenknochen, die dunklen Augen. Er war der Frau erst vergangene Nacht begegnet, und er kannte ihren Namen aus der Pressekonferenz im Fernsehen. Special Agent Catherine Lark.

Er wollte sich umdrehen und in die Richtung zurückgehen, aus der er gekommen war, doch er wusste nur zu gut, dass er damit mehr Aufmerksamkeit auf sich ziehen würde, als wenn er einfach ruhig weiterging. Auf der Straße war nicht viel Verkehr, nur wenige Autos, die in südliche Richtung an Jake vorbeifuhren. Er trat auf die Straße und wartete, bis ein roter Chevy anhielt, um ihn vorbeizulassen. Dann überquerte er vor dem Auto diagonal die Straße. In der Nähe gab es ein China-Restaurant, in dem Jake einmal im Monat aß. Üblicherweise war dort nicht viel los, und im hinteren Teil des Restaurants, weit weg von den Fenstern, fand man meistens einen Platz. Das Gebäude hatte einen Hintereingang. Er konnte …

»Sir?«, sagte eine weibliche Stimme hinter ihm, doch er blieb nicht stehen. Er wusste, dass es Lark war. Er unterdrückte den Fluchtimpuls und zwang sich, nicht schneller zu werden – ein ganz gewöhnlicher Mann, der seines Weges ging und nicht merkte, dass das »Sir« an ihn gerichtet war. Warum sollte er auch? Schließlich war er nicht die einzige Person auf der Straße.

»Entschuldigung«, tönte es jetzt von hinten, diesmal lauter und im Kommandoton. »*I love San Francisco*. Der Mann mit der Baseballkappe. Sie sind gemeint.«

Jake hob eine Hand, was so ziemlich alles bedeuten konnte, Bestätigung oder dass er keine Zeit hatte und nicht in ein Gespräch verwickelt werden wollte. An das Restaurant verschwendete er keinen Gedanken mehr – sobald er die nächste Straßenecke erreicht hätte, würde er losrennen.

Ausgerechnet in dem Moment schlurfte vor ihm ein bärtiger Mann aus dem Eingang eines mit Brettern vernagelten Gebäudes, stellte sich Jake in den Weg und streckte die Hand aus. Er trug eine schmutzige graue Kapuzenjacke und eine blaue Baseballmütze.

»Hey, Mann, hast du einen Dollar?«

Jake mied seinen Blick und machte einen Schritt zur Seite, doch der Mann tat es ihm gleich und hinderte ihn am Weiterkommen.

»Sir, warten Sie einen Moment. FBI.« Die Stimme kam näher, Lark überquerte offenbar hinter ihm die Straße.

Jake legte dem Mann eine Hand auf die Schulter und schob ihn entschlossen zur Seite. Doch der Kerl gab nicht nach.

»Was zum Teufel soll das, Mann?«, protestierte er und packte mit überraschend festem Griff Jakes linkes Handgelenk.

Jake riss sich los und versuchte, sich an ihm vorbeizuschieben, doch dabei fiel ihm die Baseballkappe vom Kopf.

Lark stand vielleicht noch zehn Schritte von ihm entfernt mitten auf der Straße. Sie sah ihn direkt an, und jetzt bestand kein Zweifel mehr, dass sie Jake erkannt hatte.

»Stehen bleiben!« Catherine Lark zog ihre Waffe.

Jake stieß den Bärtigen mit dem Ellbogen zur Seite und rannte los. Er ignorierte die Flüche des Mannes und auch Larks warnende Rufe und sprintete um die nächste Straßenecke – nur, um mit Schrecken zu sehen, wie ein Streifenwagen in die Straße einbog und auf ihn zuhielt.

Jake rannte durch den dichten Verkehr, ignorierte das Hupen der Autofahrer und suchte auf der anderen Straßenseite Zuflucht in einer Gasse. Der schwere Mantel war jetzt nutzlos und hielt ihn nur auf. Jake zog ihn aus, ließ ihn achtlos fallen und lief weiter.

Eine Gruppe von Teenagern, zwei Jungen, ein Mädchen, kam ihm entgegen. Einer der Jungen sah in Jakes Richtung, als er an ihnen vorbeirannte. Es dauerte ein paar Sekunden, doch beim zweiten Blick schien der Junge ihn zu erkennen.

»Hey ... das ist doch dieser Kerl ...«

Die Stimme verhallte hinter ihm, als Jake die nächste Straße überquerte, hinein in eine weitere Gasse rannte. Jetzt hörte er wieder Schritte hinter sich, zwischen den Hauswänden, und warf einen Blick über die Schulter. Lark verfolgte ihn, die Waffe in der rechten Hand.

Am Ende der Straße bog Jake links ab, rannte zwischen den fahrenden Autos hindurch in den nächsten schmalen Durchgang zwischen zwei Häuserzeilen. Wildes Hupen erklang, gefolgt von noch mehr wildem Hupen, als Lark ihm nachlief.

Auf der Straße am Ende der Gasse war es ruhiger. Jake sah sich noch einmal um und stellte fest, dass Lark zügig aufholte. Plötzlich stieß er mit jemandem zusammen. Es war ein Junge mit Rucksack, der just in dem Moment die Einmündung der Gasse passierte und im Gehen auf sein Handy starrte.

Jake stolperte, hielt sich aber auf den Beinen. Der Junge taumelte über den Bürgersteig und stürzte dann der Länge nach auf die Straße. Er bremste seinen Fall mit beiden Händen, und sein Handy schlitterte über den Asphalt.

Mit Schrecken sah Jake, dass hinter dem Jungen ein Müllaster heranrauschte und direkt auf ihn zuhielt. Vor seinem inneren Auge sah er wie in grausamen Standbildern, was gleich passieren würde: den Jungen, noch immer benommen am Boden, den Blick in die falsche Richtung gewendet, das dreißig Tonnen schwere Ungetüm, das gleich seine Eingeweide auf dem Asphalt verteilen würde. Der Kühlergrill und die Lichter rasten mit einer Geschwindigkeit auf ihn zu, die es unmöglich machte, den Laster rechtzeitig zum Stehen zu bringen, selbst, wenn der Fahrer schnell reagierte. Doch nun, da der Müllwagen so nahe herangekommen war, konnte Jake den Fahrer erkennen – und sein Blick war auf die Ampel an der nächsten Kreuzung gerichtet. Er hatte das kleine Bündel, das auf der Straße vor ihm lag, noch gar nicht bemerkt!

Jake rannte los. Er hechtete auf den Jungen zu, packte ihn mit beiden Armen um die Hüfte und warf sich zur Seite, in der Hoffnung, dass der Schwung ausreichte, um sie beide noch rechtzeitig aus der Bahn des Lasters zu katapultieren. Der Fahrer musste ihn in letzter Sekunde bemerkt haben, denn jetzt hörte Jake die quietschenden Reifen und das Zischen der Druckluftbremsen. Er schlug hart mit der rechten Schulter auf, rollte sich auf den Rücken und zog dabei den Jungen mit sich, der überrascht aufschrie.

Alles schien wie in Zeitlupe abzulaufen. Jake fragte sich noch, wie es so lange dauern konnte, sich abzurollen, und er beobachtete, wie die Stoßstange des Lasters nur wenige Zentimeter an seinem rechten Fuß vorbeirauschte, als er ihn in letzter Sekunde zurückzog.

Sie rollten weiter, bis sie auf der gegenüberliegenden Seite am Bordstein zum Liegen kamen, beide buchstäblich um Haaresbreite mit dem Leben davongekommen.

»Was zum Teufel …«, begann der Junge, hielt aber sofort inne, als er zurückblickte und den Müllwagen sah, der gerade zwanzig Meter hinter der Stelle zum Stehen kam, an der er eben noch gelegen hatte. Schwarze Bremsspuren waren auf dem Asphalt zu sehen, und einer der riesigen Reifen hatte sein Handy zermalmt.

Dem Jungen schien es gut zu gehen, er hatte ein paar Kratzer und stand sichtlich unter Schock, aber ansonsten hatte er keine Blessuren davongetragen. Jake verschwendete keine Zeit mit unnötigen Worten und sah zu, dass er wieder auf die Füße kam. Er wollte gerade loslaufen, als hinter dem Müllaster eine Gestalt hervortrat, die Waffe direkt auf Jakes Brust gerichtet.

»Keine Bewegung«, sagte Special Agent Lark. »Sonst schieße ich, Jake. Hände auf den Kopf, und zwar ganz langsam.«

Er glaubte ihr und tat, was sie von ihm verlangte, hob langsam die Arme und verschränkte die Hände über dem Kopf. Als er merkte, dass der Hechtsprung vor dem Laster eine tiefe Schürfwunde an seiner rechten Hand hinterlassen hatte, zuckte er zusammen.

Aus der Ferne hörte Jake rasch näher kommendes Sirenengeheul. »Ich bin unschuldig«, sagte er. »Ich habe nicht auf Rachel geschossen.«

Lark kam auf ihn zu und machte diesmal alles richtig. Sie blieb auf Distanz und zielte mit der Waffe weiter auf seine Brust, die sie aus dieser geringen Entfernung kaum verfehlen würde. Ohne den Blick von ihm zu wenden, griff sie mit der linken Hand nach hinten an ihren Gürtel. Als die Hand wiederauftauchte, hielt sie ein Paar Handschellen.

»Hände auf den Rücken.«

Der Junge war wieder auf die Beine gekommen und schaute zwischen Jake und Lark hin und her.

»Officer, das war ein Unfall, er hat mir das ...«

»Sei still, Junge«, sagte Lark.

Jake hatte die Hände hinter den Rücken gelegt. Vielleicht bekam er eine Chance, wenn sie nahe genug an ihn herankam, um ihm die Handschellen anzulegen. Doch dazu würde er aufs Ganze gehen müssen. Er musste Lark hart genug treffen, um sie mit einem Hieb außer Gefecht zu setzen. Doch das wollte er nicht, abgesehen davon, dass er sich nicht sicher war, ob ihm ein solcher Schlag überhaupt gelingen würde, bevor sie seinen Körper mit Blei vollpumpte.

»Ich habe es nicht getan«, wiederholte er.

Lark ging um ihn herum und hielt eine Armlänge Abstand, bis sie hinter ihm stand. Jake spannte die Muskeln, noch immer unsicher, ob er es riskieren sollte oder nicht.

»Ich weiß«, erwiderte sie leise.

Jake brauchte einen Moment, bis er begriff, was sie gesagt hatte.

»Was?«, fragte er, als er spürte, wie sich die Handschellen um seine Handgelenke schlossen.

87

Die letzten Strahlen der Abendsonne färbten den Himmel über San Francisco blutrot, als Catherine sich wachsam nach allen Seiten umsah und dann die hintere Tür des Chevy Impala öffnete. Sie legte die Hand auf Ellis' Kopf, damit er beim Einsteigen nicht anstieß. Es war schon eine Weile her, dass sie einen Verdächtigen persönlich auf die Rückbank eines Streifenwagens befördert hatte, doch ihr Muskelgedächtnis funktionierte. Sie blickte sich noch einmal auf der Straße um. Niemand schien sich für sie zu interessieren. Es hatte kein Gerangel gegeben, keine Schreie. Nur eine Person, die einer anderen in den Wagen half – nur bei sehr genauem Hinsehen hätte man feststellen können, dass der Person, die in den Wagen stieg, die Hände hinter dem Rücken gefesselt waren. Catherine schlug die Hintertür zu und stieg auf der Fahrerseite ein. Ellis saß nun direkt hinter ihr.

»Rüberrücken«, befahl sie und deutete mit einem Nicken auf die andere Seite der Rückbank.

Ellis folgte ihrer Anweisung.

Ihr Handy vibrierte. Der Anruf kam von Paxon. Catherine nahm ihn an.

»Hey, alles klar bei dir?«, wollte Paxon wissen.

Catherine ließ Ellis im Rückspiegel nicht aus den Augen. »Alles bestens. Wo steckst du?«

»Äh ...« Es entstand eine Pause, als sich Paxon offenbar nach einem Straßenschild umsah. »Ecke Montgomery und Clay.«

»Hier keine Spur von ihm«, sagte Catherine. »Ich muss noch was überprüfen. Wir sehen uns später im Büro.«

»In Ordnung, bis dann.«

Sie drehte sich wieder zu Ellis um, der sie mit fragendem Blick ansah.

»In zwei Minuten werde ich meine Leute anrufen und ihnen sagen, dass ich Sie festnehme. Wenn Sie also etwas zu sagen haben, wäre jetzt der richtige Zeitpunkt.«

»Haben Sie es ernst gemeint? Glauben Sie mir, dass ich es nicht getan habe?«

Sie zögerte, antwortete dann aber: »Ja.«

»Woher wissen Sie es?«

Sie seufzte. »Zuerst hatte ich nicht den geringsten Zweifel, dass Sie der Täter sind. Doch dann waren da einige Dinge, die nicht zusammenpassten. Die Tatsache, dass Molly in False Klamath nicht die Chance genutzt hat, Ihnen zu entkommen. Dann der Mordanschlag auf Rachel im Krankenhaus – das können Sie nicht gewesen sein. Das bedeutet, es war jemand anderes, und wenn dem so ist, dann besteht wohl eine ziemlich große Chance, dass der schon beim ersten Mal versucht hat, Rachel zu töten. Und dann der Vorfall vor ein paar Minuten. Sie hätten verschwinden können. Stattdessen haben Sie den Jungen gerettet.«

Seit Catherine ihn bei dem Müllaster festgenommen hatte, hatte in Ellis' Augen der Blick eines gejagten Tiers gelegen. Nun blitzte zum ersten Mal Hoffnung in ihnen auf.

»Es ist die Wahrheit. Ich habe es nicht getan«, wiederholte er.

»Ich habe heute Nachmittag mit dem Zeugen gesprochen, der Sie identifiziert hat.«

»Er lügt, ich weiß nur noch nicht, warum.«

»Das werden wir vielleicht nie herausfinden. Jemand hat ihn und seine Frau in ihrer Wohnung erschossen. Ich wollte gerade dorthin, als Sie mir über den Weg gelaufen sind.«

»Sie versuchen, alle Spuren zu beseitigen«, sagte Ellis. »Derjenige, der mich reingelegt hat, muss auch hinter dem Zeugenmord stecken.«

»Nicht so schnell«, warf Catherine ein. »Vielleicht glaube ich Ihnen, aber das bedeutet noch lange nicht, dass auch alle anderen davon überzeugt sind. Dass Sie geflohen sind, spricht nicht unbedingt für Sie.«

»Ich musste Molly beschützen. Die wollten sie ebenfalls umbringen.«

So viele Fragen – wie zum Beispiel, wer *sie* überhaupt waren. Doch eine Frage war wichtiger als alle anderen, und sie war auch der Grund, weshalb Catherine sich entschlossen hatte, mit der Meldung der Festnahme zu warten.

»Wo ist sie?«

»Ich habe ein Apartment in Pacific Heights gemietet. Molly wartet dort auf mich. Ich wollte zurück zu …«

In dem Moment klingelte Catherines Telefon. Sie nahm den Anruf entgegen und drehte sich wieder nach vorne, behielt Ellis aber im Rückspiegel im Blick. Deshalb entging ihm vermutlich nicht, wie sich ihre Augen weiteten.

»*Was?* Wo sind Sie?«, rief sie. Dann beugte sie sich vor, um das Straßenschild durch die Windschutzscheibe erkennen zu können. »Verstanden. Bleiben Sie dort, Chrissie. Ich bin in fünf Minuten bei Ihnen.«

Sie legte auf, warf das Handy auf den Beifahrersitz und startete den Wagen. Die Scheinwerfer leuchteten auf. »Legen Sie sich auf den Rücksitz und behalten Sie den Kopf unten. Ich sage Bescheid, wenn die Luft rein ist.«

»Wir machen einen Ausflug?«, fragte Jake.

Catherine wartete mit der Antwort, bis sie den Wagen aus der Parklücke manövriert und sich in den fließenden Verkehr eingefädelt hatte.

»Dieser Tag wird immer interessanter.«

88

Chrissie tat genau das, was Lark ihr aufgetragen hatte, und wartete unter dem Vordach von Larry's Bar. Es war der erstbeste Zufluchtsort, der ihr in den Sinn gekommen war, als sie endlich den Mut gefunden hatte, ihr Versteck zu verlassen. Sie hasste das Larry's und hatte gegenüber ihren Freundinnen mehr als einmal bekräftigt, dass keine zehn Pferde sie in diesen Schuppen bringen könnten. Vielleicht erschien ihr die Bar als Versteck gerade deshalb so attraktiv. Wenn wirklich jemand vom FBI sie ermorden wollte, dann war es vermutlich klug, wenn sie ihre üblichen Plätze mied.

Als der graue Wagen um die Ecke schoss, bewegte Chrissie sich nicht. Sie wich tiefer in den Schatten zurück und richtete den Blick auf die Windschutzscheibe. Erst als das Auto nahe genug war, erkannte sie Agent Lark. Chrissie hoffte, dass sie die richtige Entscheidung getroffen hatte. Doch sie brauchte jemanden, dem sie vertrauen konnte, und sie glaubte nicht, dass Lark etwas mit dem zu tun hatte, was Sean zugestoßen war.

Der Wagen raste mit hoher Geschwindigkeit heran und kam mit quietschenden Bremsen vor dem Larry's zum Stehen. Agent Lark stieg aus und warf dabei einen Blick auf die Rückbank. Dann kam sie auf die Eingangstür zu.

Chrissie machte einen Schritt in den Lichtkegel des grünen Neonschilds, auf dem der Name der Bar stand, und rief nach der FBI-Agentin.

Lark blickte sich auf der Straße um, bevor sie eine Hand auf Chrissies Schulter legte und sie zur Beifahrerseite des Wagens geleitete. Sie öffnete die Tür, während sie ihre Umgebung weiterhin wachsam beobachtete.

»Steig ein. Da ist niemand auf der Rückbank. Das ist nur Einbildung.«

Chrissie stutzte, stieg aber ein.

Sie schnappte nach Luft, als Jake Ellis sie von der Rückbank her anstarrte.

Zehn Minuten später hatte Chrissie ihre Geschichte zum zweiten Mal erzählt. Der Anruf am frühen Nachmittag, Da Costas Frau, die mit ihr sprechen wollte: Sie glaubte, dass ihr Ehemann gelogen hatte, als er aussagte, er hätte gesehen, wie Jake auf Rachel Donaldson und Steve Holdcroft schoss. Sie war sogar bereit, eine Aussage auf Band zu machen. Chrissie berichtete, wie sie die Wohnungstür unverschlossen vorgefunden hatte. Die Leichen von Edward und Shelley Da Costa auf dem Küchenboden, die Einschusslöcher in ihren Köpfen. Sie war in die Tiefgarage gelaufen, gerade noch rechtzeitig, um zu sehen …

»Wenn ich nicht darauf bestanden hätte, allein zu gehen … oder wenn Sean statt mir gegangen wäre …« Sie stockte. »Warum sind wir nicht beide …«

Lark nahm ihre Hand. »Wenn Sie bei ihm im Auto geblieben wären, dann wären Sie jetzt auch tot.«

Chrissie wusste, dass Lark sie trösten wollte. Doch ihre Worte konnten die Erinnerung nicht löschen, die Erinnerung an die Glassplitter auf dem Boden der Tiefgarage, das Blut an der Windschutzscheibe. Und Sean, der zusammengesunken über dem Lenkrad hing.

»Chrissie, können Sie mir den Mann beschreiben, der das getan hat?«

Larks skeptischer Blick entging ihr nicht. Chrissie hatte ihr bereits erzählt, dass der Täter behauptet hatte, ein FBI-Agent zu sein. Und dass er Larks Vornamen gekannt hatte.

»Ich habe ihn nicht aus der Nähe gesehen. Er stand mehrere Meter von mir entfernt bei dem Wagen. Und als er auf mich zukam, bin ich weggelaufen.«

»Groß, klein? Schwarz, weiß?«

»Ein Weißer, mittelgroß.«

Lark tauschte einen frustrierten Blick mit Jake Ellis, und plötzlich fiel Chrissie der Name ein, an den sie sich die ganze Zeit zu erinnern versucht hatte.

»Valenti. Er sagte, sein Name sei Valenti und dass er für Sie arbeitet.«

Lark fuhr zu ihr herum. »Mitch Valenti?«

»Er sagte nur, er sei Agent Valenti und werde mich zu Ihnen bringen. Er kannte Ihren Vornamen.«

Jake Ellis beugte sich auf dem Rücksitz nach vorne. Seine Hände waren noch immer mit Handschellen auf dem Rücken gefesselt. »Einer von Ihnen?«

Lark drehte sich zu ihm um und sah ihn irritiert an. Sie öffnete den Mund, um etwas zu erwidern, überlegte es sich dann aber doch anders.

»Chrissie, welche Haarfarbe hatte der Mann?«

Chrissie schloss einen Moment die Augen und versuchte, sich zu erinnern. Alles war so schnell gegangen.

»Ich weiß nicht genau. Ich glaube, er hatte dunkle Haare. Ja, dunkle, kurzgeschorene Haare.«

Lark nickte. »Und Sean saß auf dem Fahrersitz?«

»Korrekt.«

»Ich möchte, dass du dir die Szene noch einmal genau in Erinnerung rufst. Was hast du gesehen, als du die Tür zur Tiefgarage geöffnet hast?«

Chrissie schloss erneut die Augen. »Der Mann stand bei Seans Auto. Erst dachte ich, er unterhält sich mit ihm.«

»Und zu dem Zeitpunkt hat er dich noch nicht bemerkt?«

Sie schüttelte den Kopf. Das Geschehene noch einmal durchleben zu müssen war furchtbar, doch es musste sein.

»Ich stand einfach da, hielt das Handy in der Hand. Ich wollte den Notruf wählen. Da hatte der Kerl sich schon umgedreht und mich gesehen. Er tat ganz freundlich, aber ich habe gespürt, dass etwas nicht stimmte … zusätzlich zu den beiden Toten oben in der Wohnung, meine ich. In dem Moment habe ich die Splitter auf dem Boden gesehen.«

»Weiter.«

»Ich … konnte mich zuerst nicht rühren. Ich wollte etwas tun, doch das alles ging viel zu schnell. Ich ging einen Schritt zurück ins Treppenhaus. Und da hat er seine Waffe gezogen.«

Chrissie spürte wieder Larks Hand auf der ihren, und als sie zu ihr aufsah, merkte sie plötzlich, dass sie am ganzen Leib zitterte. Sie räusperte sich und versuchte, mit deutlicher Stimme zu sprechen. Das hier war wichtig. Sean konnte sie nicht mehr helfen, aber sie konnte dazu beitragen, dass der Kerl gefasst wurde, der ihn ermordet hatte.

Lark fragte weiter. »Er kommt also auf Sie zu. Er zielt auf Sie, korrekt? Oder hält er die Waffe nur an seiner Seite?«

»Nein, er hat auf mich gezielt.«

»Mit einer oder mit beiden Händen?«

»Mit einer.«

Lark machte eine Pause. »Rechte oder linke Hand?«

Chrissie wunderte sich, an wie viele Details man sich erinnern konnte, wenn jemand einen mit den richtigen Fragen führte. Sie wusste die Antwort sofort, hatte ein klares Bild vor Augen.

»Er hielt die Waffe in der rechten Hand.«

»Ganz sicher?«

»Ja.«

Lark lehnte sich in ihrem Sitz zurück. »Valenti ist Linkshänder. Er war es also nicht.«

Jake Ellis beugte sich wieder nach vorne. »Wer zum Teufel war es dann?«

Lark schien nachzudenken. Dann sagte sie leise, als rede sie mit sich selbst: »Keiner von meinen Lakaien.« Sie griff nach ihrem Handy, das auf dem Armaturenbrett lag.

89

Scheiße.

Catherine hatte sich das Hirn zermartert, wer der mysteriöse Schütze sein mochte. Es hatte sich wie Stromschlag angefühlt, als Chrissie ihr offenbarte, dass der Angreifer sich als Valenti ausgegeben hatte. Sie wusste, dass Valenti zum Zeitpunkt des Angriffs nicht im Büro gewesen war, denn sie hatte ihn zu dem Zeugen geschickt, der am Samstagmorgen das Motorrad gesehen hatte. Von allen Leuten in ihrem Team wusste sie über Valenti am wenigsten. Konnte er das Attentat verübt haben?

Wenn Chrissie sich richtig erinnerte und der Mann mit der rechten Hand geschossen hatte, sprach dies gegen Valenti als Täter. Doch selbst in diesem Fall war klar, dass es im Ermittlungsteam einen Maulwurf geben musste. Der Schütze hatte gewusst, dass Valenti zur Task Force gehörte und dass Catherine die Ermittlungen leitete. Er hatte sogar ihren Vornamen gekannt.

Als Jake sich gerade erkundigt hatte, ob Valenti zu ihren Leuten gehörte, war Catherine ein Gedanke gekommen. Sie hatte an Hartzler denken müssen. Die herablassende Art, wie er sie gefragt hatte, ob Valenti einer ihrer »Lakaien« sei, als bei ihrem Treffen in der Bar ihr Handy geklingelt hatte und Valentis Name auf dem Display erschienen war. Das musste nicht zwangsläufig etwas zu bedeuten haben, aber …

»Chrissie, der Kerl, der Sean erschossen hat …«, begann sie von Neuem, hielt dann aber inne und blickte auf ihr Handy. Sie hatte sich an das Foto erinnert, das Hartzler ihr geschickt hatte. Das, auf dem er und Jake gemeinsam mit der Kollegin zu sehen waren, die im Dienst verletzt worden war.

Catherine scrollte durch ihre Nachrichten, bis sie es gefunden hatte. Hartzler schaute direkt in die Kamera. Ein gutes, scharfes Foto.

Sie zoomte es heran, vergrößerte das Gesicht und hielt Chrissie das Handy hin.

Jake lehnte sich vor, um ebenfalls etwas sehen zu können. Seine Augen weiteten sich.

»War das der Kerl?«

Chrissie schlug sich eine Hand vor den Mund. »Das ist er.«

»Verdammter Hurensohn …«

Catherine sah sich zu Jake um, der noch immer das Foto anstarrte. Der Schock stand ihm ins Gesicht geschrieben, doch zugleich schien er zu realisieren, dass nun alles einen Sinn ergab. Und dann wich alle Farbe aus seinem Gesicht.

»Was? Was ist?«

»Wir müssen zu Molly. Sofort.«

90

Catherine wies Jake an, in den Kofferraum zu steigen. Dann folgte sie seiner Wegbeschreibung zu der Wohnung in der Jackson Street. Mit Vollgas raste sie den Nob Hill hinauf und überfuhr zwei rote Ampeln. Zum Glück mussten sie nicht durch Chinatown. Ihre Route führte sie weit genug vom Zentrum der Fahndung fort. Catherine lächelte grimmig, als sie über die irrsinnige Situation nachdachte, in der sie steckte. Sie konnte nur hoffen, dass keiner der unzähligen Polizisten in der Stadt sie anhalten und feststellen würde, dass sie den Hauptverdächtigen, nach dem alle suchten, im Kofferraum spazieren fuhr. Hätte sie am Samstagmorgen jemand gefragt, wo sie sich in drei Tagen um diese Zeit befinden würde, wäre ihr dieses Szenario nicht einmal im Traum eingefallen. Wenigstens bewegten sie sich nun im Schutz der Dunkelheit.

An der Kreuzung zur Mason Street musste sie anhalten und ein Cable Car vorbeilassen, das laut über die Schienen ratterte. Während sie wartete, trommelte Catherine ungeduldig mit den Fingern auf das Lenkrad und dachte über die Erkenntnisse der vergangenen halben Stunde nach. Sie hatte Hartzler von Beginn an nicht vertraut, allerdings aus den völlig falschen Gründen, wie sich nun herausgestellt hatte. Ursprünglich hatte sie vermutet, dass er auf Ellis' Seite stand und versuchen würde, seinem Freund zu helfen und die Ermittlungen zu sabotieren. In Wahrheit hatte er Catherine dazu benutzt, Ellis aufzuspüren. Darum hatte er sie auf die Fährte des Mannes angesetzt, der sich schließlich als Walter Diehl entpuppte, ein Freund von Jake

Ellis. Hartzler, dieser Drecksack, hatte das FBI die Fleißarbeit machen lassen und abgewartet, bis sie Ellis gefunden hatten. Dann hatte er ihn zum Schweigen bringen wollen, ehe Catherine mit ihm reden konnte. Obwohl sie dem Mann nie ganz vertraut hatte, fühlte sie sich von Hartzler verraten. Und wenn es ihr schon so erging, konnte sie sich vorstellen, wie schwer es Ellis treffen musste.

Einige Minuten später erreichten sie die Jackson Street. Catherine parkte den Wagen an der Seite des Gebäudes in der Nähe der Feuertreppe. Sie vergewisserte sich, dass die Luft rein war, bevor sie den Kofferraum öffnete. Während sie mit Ellis nach oben in die Wohnung ging, blieb Chrissie im Wagen.

Sie betraten das Haus und stiegen die Treppe hinauf, Jake voraus, die Arme noch immer auf dem Rücken gefesselt. Dennoch nahm er zwei Stufen auf einmal. Die Tür am Ende der Treppe stand offen und war augenscheinlich aufgebrochen worden.

In der Wohnung war es dunkel, und sie schien verlassen. Das Dachfester war weit geöffnet. Catherine schaltete das Licht ein, dann trat sie ans Fenster und schaute hinaus. Das Dach fiel etwa anderthalb Meter steil ab, dann ging es senkrecht hinunter.

Hinter sich hörte sie plötzlich einen erstickten Laut und drehte sich instinktiv um, die Hand an ihrer Waffe. Jake trat wütend gegen den zersplitterten Türpfosten. Mit seinen gefesselten Händen hatte er wohl keine andere Möglichkeit, seine Wut zu entladen.

»Ich bin ein verdammter Idiot ...«

»Wie konnte Hartzler das wissen?«

»Ich habe gestern mit ihm telefoniert. Er hat mir seine Hilfe angeboten, mir Geld auf eine Prepaid-Kreditkarte überwiesen ...«

Catherine verstand schnell. »... die Sie verwendet haben, um diese Wohnung anzumieten.«

»Ich hatte kein Bargeld. Und meine eigenen Kreditkarten konnte ich nicht benutzen. Wir brauchten aber einen Unterschlupf.«

»Darauf hat Hartzler spekuliert. Er muss die Online-Buchungen der Karte überwacht haben. Wenn er als Besitzer der Prepaid-Karte eingetragen war, könnte er die Adresse vom Vermieter erhalten haben. Er hat das Geld benutzt, um Sie aufzuspüren, Jake. Was zum Teufel will er von Ihnen? Worum geht es hier?«

Jake schien plötzlich etwas einzufallen. »Nehmen Sie mir die Handschellen ab.«

Catherine sah ihn misstrauisch an.

»Okay, dann eben nicht«, sagte er. »In meiner Jackentasche ist ein Handy. Holen Sie es raus.«

Er lehnte sich ein Stück zurück, sodass sie seine Jacke öffnen konnte.

Catherine griff in die Innentasche und zog ein Handy und einen Akku heraus. Sie betrachtete das Telefon einen Moment lang. »Ist das Rachels Handy?«

»Ja«, bestätigte Jake. »Ich glaube, das ist es, wonach Hartzler sucht. Auf dem Handy muss irgendetwas sein, das nicht an die Öffentlichkeit kommen darf. Der Mann, der auf Rachel geschossen hat, wurde explizit angewiesen, das Handy an sich zu nehmen.«

»Wir haben uns gefragt, warum Sie … warum der Schütze das Gerät an sich genommen hat«, sagte Catherine. Dann wurde ihr bewusst, dass sie ein Problem hatten. »Wenn wir das Handy einschalten, werden meine Leute davon erfahren.«

»Ich weiß. Ich wollte in die U-Bahn, um es zu aktivieren. Leider kam mir Ihr neuester Amber-Alarm dazwischen.«

Catherine sah sich in dem Zimmer um. Im Mülleimer unter dem Tisch befand sich eine leere Doritos-Tüte. Sie zog sie hervor und schüttelte die letzten Krümel heraus. »Ich hoffe, das funktioniert.«

Sie setzte den Akku ein, schob das Handy in die Tüte und schaltete es ein. »Den Trick habe ich mal im Fernsehen gesehen. Es ist das Prinzip des Faradaykäfigs. Wenn es klappt, bekommt das Gerät kein Signal.«

»Und wenn es nicht klappt?«

»Dann können wir uns in einer Zelle darüber unterhalten, was wir falsch gemacht haben.«

Das Display leuchtete auf. Das Hintergrundbild zeigte Jake und Rachel, in Schale geworfen, die in die Kamera lächelten.

»Das war auf einer Hochzeit in Santa Rosa, die wir vergangenen Monat besucht haben«, erklärte Jake. Ein trauriger Unterton schwang in seiner Stimme mit, als wünschte er, die Zeit um ein paar Wochen zurückdrehen zu können.

Catherine tippte auf das Display, und das Eingabefeld für den Sicherheitscode erschien. »Irgendeine Idee?«

»Vielleicht ihr Geburtsdatum. Nein, das von Molly. Es ist … irgendwann im Juni.«

»22. Juni 2005«, sagte Catherine und tippte die Ziffern ein.

»Woher wissen Sie das?«

»Ich habe in den vergangenen drei Tagen sehr viel Zeit damit verbracht, alles über Sie, Rachel und Molly in Erfahrung zu bringen. Vermutlich hätte ich gute Chancen, Sie in einem Quiz über Ihr eigenes Leben zu schlagen.«

Der Code 22605 wurde nicht erkannt.

220605 funktionierte.

»Also, wonach suchen wir?«, fragte sie.

»Hartzler wollte eine Information oder dass etwas nicht an die Öffentlichkeit kommt. Ein Foto?«

Catherine schüttelte frustriert den Kopf. »Es würde Stunden dauern, das alles sorgfältig durchzusehen.« Sie scrollte durch die ersten Bilder in der Fotogalerie. Nichts, das irgendwie hervorstach. Viele Fotos von Molly, einige Food-Pics von Instagram, eine Aufnahme der Golden Gate Bridge mit der Skyline der Stadt im Vordergrund, anscheinend vom Fenster in Rachels Büro in der Van Ness Avenue fotografiert.

»Versuchen Sie es mit den Textnachrichten.«

Es gab fünf Chatverläufe im Messengerdienst. Eine Konversation zwischen Rachel und Molly, eine mit Jake. Die anderen drei waren Namen, die Catherine von der Liste mit Rachels Freunden und Kollegen kannte: Karen Lewis, Jane Kelly und William McMurtry.

»McMurtry. Das ist ihr Boss«, meinte Jake.

»Ich weiß. Ich habe mit ihm gesprochen«, sagte sie und öffnete den betreffenden Chat. »Er war sehr hilfsbereit.«

Als sie die letzten Nachrichten im Chatverlauf las, wusste sie, dass sie auf etwas Wichtiges gestoßen waren.

91

Der Chat zwischen Rachel und ihrem Chef erstreckte sich über mehrere Tage. In den Textnachrichten ging es um Rachels Bedenken bezüglich eines ihrer Kunden. Catherine erinnerte sich nicht, den Namen dieses Kunden auf der Liste gesehen zu haben, die McMurtry ihr ausgehändigt hatte.

In einer ihrer ersten Nachrichten erwähnte Rachel die Akte Driscoll. McMurtry versuchte sie abzuwimmeln, sprach von einem Fehler im Ablagesystem und bot an, sich der Sache persönlich anzunehmen. Doch Rachel ließ nicht locker. Ein paar Tage später stellte sie Fragen zu einer ziemlich großen, unerklärlichen Lücke in der Buchhaltung. Einer Lücke, die jemand zu verbergen versucht hatte.

Ihre letzten drei Nachrichten jagten Catherine einen Schauer über den Rücken:

Rachel Donaldson: *Ich denke, wir sollten uns damit besser an die Polizei wenden.*

William McMurtry: *Rachel, lass uns morgen unter vier Augen darüber reden. Wenn du es dann noch immer willst, gehen wir gemeinsam zur Polizei.*

Rachel Donaldson: *Okay. Wir sehen uns um 8.*

»Der verdammte Hurensohn hat sie reingelegt«, sagte Jake. »Oder er wusste zumindest, was passieren würde. In was für einen Schlamassel ist Rachel da reingeraten?«

Catherine dachte nach. Der Name Driscoll war im Laufe der Ermittlungen schon einmal aufgetaucht, allerdings hatte er nicht auf McMurtrys Kundenliste gestanden. Catherine legte Rachels Handy zur Seite und rief auf ihrem eigenen die Kundenliste auf. Nein, Driscoll tauchte definitiv nicht darauf auf.

»Vielleicht war er einer der ganz großen Kunden«, sagte Jake. »Muss ziemlich wichtig gewesen sein, wenn die Sache solche Wellen geschlagen hat.«

Plötzlich fiel es Catherine wieder ein: Der Name gehörte nicht zu jemandem, der mit den Ermittlungen in Verbindung stand, sondern zu jemandem, der diese öffentlich kommentiert hatte. »Driscoll, damit ist George G. Driscoll gemeint.«

Jake brauchte einen Augenblick, um den Namen einzuordnen. »Sie meinen den Politiker?«

»Ja. Er ist ein aufsteigender Stern im Stadtrat und will eines Tages Bürgermeister werden. Oder diese Station überspringen und gleich für das Gouverneursamt kandidieren. An dem Tag, als Sie mit Molly verschwunden sind, hat er im Fernsehen öffentlich zur Jagd auf Sie aufgerufen. Tot oder lebendig.«

»Hab ich gesehen«, bestätigte Jake. »Aber warum interessiert er sich für jemanden wie mich?«

»Tut er nicht. Er will nur die Spuren verwischen. Außerdem schadet es seiner Karriere nicht, wenn er wie ein harter Kerl rüberkommt. Das Obdachlosenproblem in den Griff bekommen, Kindesentführer tot oder lebendig zur Strecke bringen, das alles kommt bei seiner Basis gut an.« Catherine überflog die Textnachrichten ein zweites Mal. »Das ergibt allerdings nicht wirklich Sinn. Warum sollte er Leute wegen ein paar … finanzieller Unregelmäßigkeiten ermorden lassen? Wen kümmert das schon? Skandale bringen Leute wie ihn heutzutage nicht mehr zu Fall. Wenn schon unser Präsident sagt, er könne jemanden auf offener Straße erschießen und damit davonkommen … Was ist?« Sie verstummte, als sie den Ausdruck auf Jakes Gesicht sah.

»Ich glaube, ich weiß jetzt, worum es geht.«

»Nämlich?«

»Dieser Aktivist, der sich für Obdachlose eingesetzt hat.« Jake schnippte mit den Fingern. »Ziemlich nerviger Kläffer, der keine Ruhe gab. Er war die ganze Zeit in den Nachrichten wegen des Obdachlosenheims in South Beach – zumindest, bis das Projekt abgeblasen wurde. Vor ein paar Monaten wurde er bei einem Überfall ermordet.«

»Michael Gregg«, sagte Catherine. Der Name war ihr bekannt, wenn auch nur aus den Nachrichten. Natürlich kannte sie keine genauen Details, das FBI ermittelte nicht in gewöhnlichen Mordfällen, das war Sache der zuständigen Polizeibehörde. Im *Chronicle* hatte allerdings ein Nachruf auf Gregg gestanden. »Tod eines Träumers«, hatte die Überschrift gelautet, oder zumindest so ähnlich. Catherine verstand, worauf Jake hinauswollte. »Was hat das mit Hartzler zu tun?«

»Michael Gregg, genau«, sagte er. »Er wurde eines Nachts erschossen, nachdem er einen Club im Mission District besucht hatte. Es sah nach einem verunglückten Raubüberfall aus. Der Täter konnte nie ermittelt werden. Greggs Leiche fand man …«

»Unter dem Central Freeway«, beendete Catherine den Satz. »Da, wo man gestern Wade Lang entdeckt hat. Und kurz nach Greggs Tod hat man beschlossen, das Obdachlosenheim an einer anderen Stelle zu bauen. Natürlich stand das nicht in direkter Verbindung zu dem Mord, aber die Entscheidung war sicherlich leichter zu fällen, nachdem der lauteste Fürsprecher des Projekts verstummt war. Wollen Sie also nahelegen, dass Driscoll …«

»Ganz genau, das denke ich«, bestätigte Jake. »Und nun dürfen Sie raten, welcher Polizist in der Nacht, als Gregg starb, als Erster am Tatort war.«

92

Jake blickte zu Catherine, während er den Anruf startete. Das Freizeichen erklang. Mit dem anderen Ohr hörte er durch das offene Fenster aus der Ferne Sirenengeheul. Sie hatten nur einen Versuch. Wenn er es vermasselte …

»Wer ist da?« Hartzlers Stimme klang misstrauisch. Es gab keine Hintergrundgeräusche, was darauf schließen ließ, dass er sich in einem Innenraum befand. Vielleicht in einer Wohnung? Oder einem Hotelzimmer?

»Ich bin's, Jake.«

Eine lange Pause entstand. »Wo steckst du, Kumpel? Man hat dich angeblich in der Stadt gesehen.«

»Ja, ich bin hier«, sagte Jake. »Und ich habe, was du willst.«

»Wovon sprichst du, Partner?« Seine Verwirrung wirkte gespielt, der kalte Unterton seiner Stimme verriet, dass er ganz genau wusste, was Jake meinte.

»Du hast mich reingelegt, Marty. Ich weiß, dass du es warst.«

Er bekam keine Antwort. Hartzler war offensichtlich überrascht und bestritt den Vorwurf nicht. Allerdings war er auch zu clever, um am Telefon ein Geständnis zu machen.

»Wo ist sie?«, fragte Jake zwischen zusammengebissenen Zähnen.

Hartzlers Stimme klang ganz sachlich, als er antwortete. »Du bist also zurück in der Wohnung, und niemand ist zu Hause. Und nun wüsstest du gerne, wohin deine Reisegefährtin verschwunden ist.«

Jake blickte zu Catherine, die mithörte, und in ihren Augen sah er, dass sie ihm zum ersten Mal wirklich glaubte.

Hartzler bemühte sich, nichts Belastendes zu sagen, während er ihnen dennoch deutlich machte, dass er genau wusste, worum es in diesem Gespräch ging. Das konnte man nicht missverstehen.

»Ich bin in der Wohnung in der Jackson Street«, sagte Jake. »Ich habe das Handy, Rachels Handy. Du kannst es haben, wenn du Molly gehen lässt.«

»Tut mir leid, mein Freund, ich habe wirklich keine Ahnung, wovon du sprichst. Und ich muss dir den guten Rat geben, dass du dich stellen solltest.«

Jake wartete.

»Trotzdem können wir uns natürlich unterhalten. Es ist jetzt einundzwanzig Uhr fünfzehn. Sei um zweiundzwanzig Uhr an der Ecke Sixteenth und Guerrero Street. Ich rufe dich dann an.«

»In Ordnung.«

»Und, Jake? Komm allein und unbewaffnet. Ich werde dich beobachten.«

»Ich bin seit langer Zeit allein, Marty. Bis jetzt wusste ich nur nicht, wie allein.«

»Das Leben ist kein Ponyhof, mein Freund«, sagte Hartzler ohne die geringste Emotion in der Stimme. Dann war die Leitung tot.

Catherine sah Jake an. »Und was jetzt?«

»Es gibt nur eine Möglichkeit. Wir tun exakt, was er gesagt hat. Er denkt, er hätte dafür gesorgt, dass ich keinen einzigen Freund mehr auf der Welt habe. Hat er damit recht?«

93

»Fahren Sie bitte rechts ran, Ma'am.«

Der Blick des jungen Polizeibeamten, der die Straßensperre an der Ecke South Van Ness und Mission Street bewachte, wanderte zur Rückbank des Impala. Angespannt hatte Catherine beobachtet, wie die Autos vor ihr einzeln durch die Kontrolle gerollt waren. So, wie es aussah, hielten sie hier jeden dritten Wagen an und winkten die anderen nach einem flüchtigen Blick ins Innere durch. Die Verkehrskontrolle war eine zusätzliche Sicherheitsmaßnahme. Sie wussten, dass Jake zu Fuß unterwegs war, und für den Fall, dass er sich ein Auto besorgt hatte, würde ein schneller Blick in den Innenraum genügen, um zu erkennen, ob er darin saß oder ob der Fahrer besonders nervös wirkte. Catherine hatte gehofft, dass man sie ohne Komplikationen durchlassen würde.

»Alles in Ordnung, Officer«, sagte Catherine und hielt ihren Dienstausweis hoch.

Der junge Polizist betrachtete den Ausweis mit überraschtem Blick. Er brauchte einen Moment, um sich auf diese unerwartete Unterbrechung seiner Routine einzustellen. Er betrachtete das Foto, dann Catherines Gesicht, unschlüssig. Möglicherweise hatte er bislang nur Alkoholkontrollen durchgeführt, überlegte Catherine, und man hatte ihm eingetrichtert, keine Ausnahmen zu machen.

»Ähm, okay. Ich wollte mir gerade Ihren Kofferraum ansehen.«

Catherine setzte einen frustrierten Gesichtsausdruck auf. »Ich weiß Ihre Gründlichkeit zu schätzen, Officer, aber ich muss in fünf Minuten auf einer Pressekonferenz sein …«

Er schien innerlich zu schwanken, wirkte aber noch nicht überzeugt.

Catherine fixierte ihn mit festem Blick und fragte in freundlichem Tonfall: »Dürfte ich vielleicht mit Ihrem Vorgesetzten sprechen?«

Die Situation wurde dem jungen Polizisten nun sichtlich unangenehm. Er blickte sich um, dann hob er die Schultern und bedeutete Catherine, dass sie weiterfahren sollte. »Alles klar. Dann viel Glück bei Ihrer Pressekonferenz.«

Catherine dankte ihm mit einem Lächeln und ließ dann die Absperrung hinter sich. Erst, nachdem sie einige Blocks zwischen sich und den Kontrollposten gebracht hatte, entspannte sie sich ein wenig. In dieser Gegend waren keine Polizisten mehr auf den Straßen, die Suche konzentrierte sich auf die Gebiete nördlich und östlich davon. Wieder hatte Jake Ellis es geschafft, durchs Netz zu schlüpfen, diesmal allerdings mit Hilfe der Agentin, die ihre Zielpersonen für gewöhnlich zur Strecke brachte.

Catherine war froh, dass sie Chrissie dazu hatten überreden können, sich bei einer Freundin auf der Fillmore Street absetzen zu lassen. Zuerst hatte sie protestiert, doch als Jake ihr erklärte, wohin sie fuhren, hatte sie nachgegeben. Catherine hatte ihr aufgetragen, sich ruhig zu verhalten, bis sie sich wieder bei ihr meldete. Es stand außer Frage, dass Hartzler sich Chrissie als Nächste vornehmen würde, sollte das Treffen für Catherine und Jake kein gutes Ende nehmen. Catherine fragte sich, ob noch weitere Beamte des Police Department in die Sache verwickelt waren. Derzeit gab es allerdings keine Möglichkeit, das herauszufinden. Das hatte sie auch Chrissie klargemacht, deshalb zweifelte sie nicht daran, dass die junge Frau in ihrem Versteck bleiben würde, bis sie Molly gerettet hatten.

Sie fuhren unter dem Central Freeway hindurch, wo Wade Lang und Michael Gregg den Tod gefunden hatten. Zwei völlig verschiedene Menschen, die womöglich von demselben Killer ermordet worden waren.

Ein paar Minuten später stellte Catherine den Wagen in einer schmalen Seitenstraße der Sixteenth Street ab. Sie stieg aus, ging um das Auto herum und öffnete den Kofferraum.

Jake Ellis blickte zerknittert zu ihr hoch, sichtlich mitgekommen von der drei Meilen langen Fahrt, die er in dem unbequemen Versteck zugebracht hatte.

»Gab es Probleme?«

»Es war knapp«, sagte Catherine. »Ich muss verrückt sein, dass ich dieses Spiel mitmache.«

»Sollte etwas schiefgehen, können Sie immer noch sagen, Sie hätten einen Tipp bekommen und wären erst eingetroffen, als schon alles gelaufen war.«

»Sollte wirklich etwas schiefgehen, werde ich mir solche schwachsinnigen Geschichten nicht mehr ausdenken können, weil ich dann sehr wahrscheinlich nicht mehr am Leben bin.«

94

Das Elizabeth Theater war ein vernachlässigtes Schmuckstück aus der Zeit nach dem verheerenden Erdbeben von 1906. Erbaut zu Beginn des vergangenen Jahrhunderts, hatte es von der Ära der großen Filmstudios an bis weit in die Siebziger als Kino die Zuschauer angelockt. 1981 war das Gebäude an Projektentwickler verkauft worden, dann allerdings den restriktiven baurechtlichen Bestimmungen zum Opfer gefallen. Seitdem befand sich das Theater im Dornröschenschlaf. Es lag versteckt auf einem ruhigen Abschnitt der Sixteenth Street im Süden des Mission District. Ein Jahrhundert der Luftverschmutzung und des feuchten nordkalifornischen Klimas hatten die ehemals weiße Barockfassade, die an den spanischen Kolonialstil angelehnt war, verwittern lassen. Dies war ein sehr ruhiger Teil der Stadt und weit entfernt vom Zentrum der polizeilichen Fahndung. Für Jake war das einerseits gut, doch andererseits wusste Catherine nur zu gut, dass Hartzler das Gebäude aus ebendiesem Grund ausgewählt hatte.

»Meine Eltern waren oft hier«, erzählte Catherine, während sie sich mit Jake auf ihrem Smartphone die Karte der Gegend ansah. »In diesem Kino haben sie zum ersten Mal *Star Wars* gesehen. Als ich ein Kind war, sind sie einige Male mit mir hier vorbeigefahren.«

Sie hatten nicht lange gebraucht, um herauszufinden, dass Hartzler vermutlich das Elizabeth Theater als Versteck gewählt hatte. Er brauchte einen abgelegenen und geschützten Ort, von dem aus er den Treffpunkt mit Jake überwachen konnte, ohne selbst entdeckt zu werden. Der verlassene Filmpalast war das einzige Gebäude, das dafür in dieser Gegend in Frage kam. Catherine hoffte, dass sie mit ihrer Vermutung richtiglagen, denn wenn sie sich einmal in Bewegung gesetzt hatten, würde es schwierig sein, ihren Plan anzupassen.

Ein flaues Gefühl machte sich in ihrem Magen breit, als sie ihre Optionen ein letztes Mal gegeneinander abwog. Jede Entscheidung, die sie nun traf, konnte desaströse Folgen haben.

»Ihnen ist schon klar, dass ich in zehn Minuten ein taktisches Einsatzteam mit Unterhändlern hier vor Ort haben könnte. Wir müssen dieses Risiko nicht eingehen.«

»Doch, das müssen wir«, erwiderte Jake. »Wir haben nur dann eine Chance, wenn Hartzler glaubt, dass es eine Sache zwischen ihm und mir ist. Solange er die Chance sieht, das Handy zu bekommen und seinen Hintern zu retten, wird Molly nichts passieren. Aber wenn er merkt, dass das Spiel vorbei ist, ändert sich alles. Möglich, dass er dann einfach aufgibt und Molly gehen lässt. Aber er könnte genauso gut beschließen, sie zu töten. Dann liegt es nicht mehr in unserer Hand. Das hier ist also die einzige Möglichkeit, an Molly ranzukommen. Und Sie werden dafür sorgen, dass wir alle drei lebend wieder hier rausmarschieren. Ich verlasse mich darauf.«

Er hielt ihrem Blick stand, und Catherine wusste, dass es jetzt kein Zurück mehr gab. Außerdem hatte er recht, was Molly betraf. Sie beide gingen ein hohes Risiko ein, doch für Molly war es die beste Chance, das Ganze zu überleben. Hätte Catherine die Regeln einhalten wollen, dann war es jetzt dafür zu spät. Sie hätte sich schon in dem Zimmer in der Jackson Street dazu entscheiden müssen, in dem Moment, als sie Jake Ellis die Handschellen abgenommen hatte. Der Ausdruck in seinen Augen verriet ihr, dass es nun nichts mehr gab, was ihn davon abhalten würde, dieses Gebäude zu betreten. Lieber würde er sich von ihr erschießen lassen.

Catherine seufzte resigniert. Dann vergrößerte sie auf dem Display des Handys den Kartenausschnitt, der die Gasse zeigte, die hinter dem Theater verlief.

»Es gibt vermutlich einen Hintereingang. Den nehme ich.«

»Danke«, sagte Jake.

Catherine öffnete das Handschuhfach.

Jakes SIG Sauer befand sich darin. Sie hatte die Waffe hineingelegt, nachdem sie ihm die Handschellen abgenommen hatte. Jake betrachtete die Waffe mit unentschlossenem Blick.

»Er hat gesagt, ich soll unbewaffnet kommen.«

»Ihnen ist doch wohl klar, warum er das so will.«

Er schüttelte den Kopf. »Das ist zu riskant. Er wird mich umnieten, bevor ich Molly überhaupt zu Gesicht bekommen habe. Aber er kann mich nicht erschießen, bevor er sicher weiß, dass das hier Rachels Handy ist. Wenn ich also eine geheime Waffe habe, dann sind Sie das, Agent Lark.«

Sie gingen ihren Plan ein letztes Mal durch und stiegen dann aus dem Auto. Catherine öffnete den Kofferraum und nahm das Brecheisen heraus, in der Hoffnung, dass es ausreichen würde, sollte der Hintereingang verschlossen sein.

Es war einundzwanzig Uhr dreiundvierzig. Jake würde noch ein paar Minuten warten, bis er hinaus auf die Sixteenth Street ging, pünktlich zur vollen Stunde, um dort auf den Anruf zu warten. Catherine würde sich in Position begeben und um Punkt zweiundzwanzig Uhr losschlagen.

Sie rannte zum entfernten Ende der Seitenstraße, überquerte den Zebrastreifen auf der Dolores Street und lief an fünf oder sechs Schaufenstern vorbei, bis sie die Gasse hinter dem Elizabeth Theater erreicht hatte. Die benachbarten Gebäude stammten aus derselben Epoche und sahen von hinten alle gleich aus. Glücklicherweise gab es nach hinten hinaus weniger Fenster. Ihr Plan beruhte darauf, dass Hartzler allein arbeitete und mit niemand anderem als Jake rechnete. Er konnte unmöglich beide Eingänge überwachen, und um Punkt zweiundzwanzig Uhr würde er die Straße vor dem Gebäude beobachten.

95

»Rüber in die Ecke, und beweg dich nicht!«

Marty stand am Fenster, hatte den staubigen Vorhang zur Seite gezogen und blickte hinaus auf die Straße.

Sie befanden sich einem Zimmer hinter der Empore im oberen Stock des alten Kinos. Das einzige Licht kam von den Straßenlaternen, deren Schein durch den Vorhangspalt fiel. Der Raum war klein und vollgestellt mit heruntergekommenen Möbeln und Holzkisten. Marty hielt seine Waffe in der rechten Hand. Molly sah, wie er einen Knopf am Schaft drückte und das Magazin herausrutschen ließ. Er betrachtete es mit konsterniertem Gesichtsausdruck und ließ es dann mit einem Klicken wieder einschnappen. Er blickte wieder hoch und stellte fest, dass Molly sich nicht von der Stelle bewegt hatte.

»Ich sagte, du sollst in die Ecke gehen, Molly.«

Die Stelle, die Marty meinte, befand sich am weitesten von der Tür entfernt. Molly befolgte schließlich seine Anweisung. Dabei fiel ihr auf, dass sich in der Nähe der Ecke ein kleiner Alkoven mit Regalen befand. Als sie daran vorbeiging, bewegte sich ihr Fuß durch einen schmalen Lichtstrahl auf dem Boden.

Molly schaute sich kurz um, ob Marty es bemerkt hatte, doch er konzentrierte sich auf die Straße. Sie holte den Inhalator aus der Tasche und schüttelte ihn kurz. Nun hatte sie Martys Aufmerksamkeit.

»Brauchst du das Ding?« Er betrachtete den Inhalator.

Molly nahm einen Hub und spürte, wie sich ihre Atemwege

sofort weiteten. Sie nickte. Marty richtete den Blick wieder auf die Straße. Molly setzte sich mit dem Rücken an die Wand. Aus diesem Winkel konnte sie sehen, woher der Lichtstrahl kam. Hinter einem feuchten Pappkarton, der auf dem untersten Regalboden stand, war ein Schlitz in der Wand, vielleicht einen halben Meter hoch und aus dem Stand kaum zu sehen, da ihn das Regal verdeckte. Die Ränder des Risses waren unregelmäßig und bröckelten ab. Welcher Raum sich auch immer dahinter befand, er war heller als dieser – vielleicht ein weiteres Zimmer, nur ohne Vorhänge.

Martys Blick wechselte zwischen der Straße und Molly hin und her. Der Ausdruck auf seinem Gesicht zeugte nicht von Sorge, vielmehr schien er zu sagen: Das hat mir gerade noch gefehlt.

»Müssen ein paar harte Tage für dich gewesen sein«, meinte er schließlich. »Schätze, es bringt nicht viel, wenn ich mich jetzt bei dir dafür entschuldige.«

Molly antwortete nicht. Es war staubig hier drin. Sehr viel staubiger als in dem Haus von Jakes Freund. Sie musste fünfzig Prozent ihrer Aufmerksamkeit darauf richten, ihre Atmung zu kontrollieren. Mit den anderen fünfzig Prozent suchte sie nach einer Möglichkeit, hier rauszukommen. Der Karton vor dem Riss schien voller Zeitungen zu sein und sah schwer aus. Doch wenn es ihr gelang, ihn aus dem Weg zu schieben, ohne dass Marty es bemerkte, konnte sie sich vielleicht durch den Spalt zwängen. Aber was, wenn es eine Sackgasse war? Doch darüber konnte sie sich dann noch den Kopf zerbrechen.

Sie legte langsam ihren rechten Fuß auf den Karton, als wollte sie es sich ein wenig bequemer machen.

»Nicht, dass irgendetwas hiervon meine Schuld wäre«, redete Marty weiter. »Ich bin genauso wie du einfach von dieser ganzen Scheiße überrollt worden. Wir würden alle nicht dermaßen in der Tinte sitzen, wenn deine Mom sich einfach um ihren eigenen Kram gekümmert hätte …«

Er hielt inne, blickte durch den Spalt im Vorhang, als wäre ihm etwas aufgefallen. Dann wandte er sich wieder Molly zu, als sie hustete. Sie ließ sich mit dem Rücken gegen die Wand sinken. Okay, das war vielleicht ein wenig dick aufgetragen, aber auch nicht zu dick. Sie fühlte sich fast so schlecht, wie sie tat.

»Alles in Ordnung?«, fragte Marty.

»Es ist staubig hier.«

Er schüttelte den Kopf. »Hätte deine Mutter ihre Nase nicht in Dinge gesteckt, die sie nichts angehen, wärst du jetzt nicht hier. Ich wäre nicht hier. Wir wären alle froh und glücklich und würden die Annehmlichkeiten eines normalen Montagabends genießen. Aber nein. Das wollte deine Mom nicht, und jetzt sind wir hier.«

Marty blickte wieder auf die Straße und zuckte zusammen. Diesmal hatte er definitiv etwas gesehen, das seine Aufmerksamkeit erregte. Er holte sein Handy hervor. Nachdem er noch ein paar Sekunden gewartet hatte, murmelte er etwas Unverständliches, tippte auf das Display und hielt sich das Telefon ans Ohr.

Molly nutzte die Gelegenheit, um dem Karton einen kräftigen Fußtritt zu verpassen. Die feuchte Pappe zerriss, doch der Karton bewegte sich. Eine Seite gab vollständig nach, und der Inhalt verteilte sich mit einem leisen Rascheln auf dem Boden. Molly sah erschrocken auf, doch Marty hatte nichts gehört. Seine ganze Aufmerksamkeit galt der Straße und dem Handy.

Am anderen Ende der Leitung hörte sie jetzt eine Stimme, allerdings zu leise, um etwas verstehen zu können.

»Ich weiß«, erwiderte Marty. »Ich sehe dich. Hast du das Handy? Halt es in die Höhe.«

Er sprach weiter, erteilte Instruktionen. Das musste Jake sein, dachte Molly. Sie hatten ihn also nicht geschnappt. Er war gekommen, um sie zu retten. Doch wenn ihr Plan funktionierte, brauchte sie vielleicht keinen Retter mehr.

Marty befahl Jake, sein Hemd hochzuheben und sich langsam umzudrehen. Molly vermutete, dass er auf diese Weise sicherstellen wollte, dass Jake keine Waffe trug. Sie veränderte ihre Position ein wenig und spannte sich an. Jetzt oder nie. Sie sah zu Marty hinüber. Er blickte durch den Vorhang auf die Straße.

»Siehst du das alte Kino auf der anderen Seite der Straße? Die Tür ist nicht verschlossen.«

Er war aufgeregt, das hörte Molly an seiner Stimme.

Sie holte tief Luft, kroch auf Händen und Knien zu dem Regal, schob den Karton vollständig zur Seite und kroch durch den Spalt.

96

Catherine erreichte den Hintereingang des alten Kinos um neun Uhr sechsundfünfzig. Genau nach Plan. Auf der rostigen Feuertür stand in halb verblassten Lettern: ELIZABETH. Sie streckte die Hand aus, um am Türknauf zu rütteln und zu testen, ob die Tür verschlossen war. Da hörte sie hinter sich ein schlurfendes Geräusch.

Sie ließ das Brecheisen scheppernd zu Boden fallen, wirbelte herum und zog die Glock aus dem Holster.

Eine Gestalt trat aus dem Schatten des Hauseingangs auf der anderen Seite der Gasse. Catherines Finger krümmte sich bereits um den Abzug, als der Mann stehen blieb und die Hände hob. Sie nahm den Finger vom Abzug, hielt die Waffe aber weiter oben.

Der Mann trug schmutzige Jeans und einen löchrigen Pullover. Auf seinem Kopf saß eine graue Beanie über den fettigen Haaren. Mit erhobenen Händen trat er einen Schritt vor.

»Whoa, langsam.«

»FBI«, zischte Catherine mit unterdrückter Stimme und deutete mit einem Nicken in die Richtung, aus der sie gekommen war. »Verschwinden Sie von hier.«

Der Mann nahm vorsichtig die Hände runter und griff nach seiner Plastiktüte voller leerer Dosen. Dann schlurfte er die Gasse hinunter. Catherine blickte sich um und stellte sicher, dass sie keine weiteren Überraschungen erwarteten.

Sie ärgerte sich über sich selbst. Den Obdachlosen hätte sie früher bemerken müssen. Offenbar war man an solche Menschen schon so gewöhnt, dass man sie gar nicht mehr wahrnahm. Vermutlich galt das auch für Hartzler, Driscoll und die anderen, die es geschafft hatten, unentdeckt zu bleiben und mit dem davonzukommen, was sie angestellt hatten. Bis jetzt.

Catherine widmete ihre Aufmerksamkeit wieder der Tür. Sie drehte den Türknauf und zog daran, zuerst vorsichtig, dann energischer. Doch die Tür ließ sich nicht öffnen. Catherine trat einen Schritt zurück und betrachtete die Türangeln, um sicherzugehen, dass die Tür nach außen aufging. Es gab kein Schlüsselloch auf dieser Seite des Schlosses. Die Tür war lediglich ein flaches Stück Stahl.

So viel zu einem unauffälligen Zugang.

Obwohl Catherine das alte Kino kannte, war sie noch nie in dem Gebäude gewesen. Sie hatten online auch keinen Grundriss gefunden, sodass sie unmöglich wissen konnte, was sich hinter der Tür verbarg.

Vorsichtig klopfte sie die Tür ab, bis sie die Stelle gefunden hatte, wo sich der Schließmechanismus befinden musste. Dann schob sie das flache Ende des Brecheisens zwischen die Tür und den Türpfosten.

In dem Moment, als sie noch einmal auf ihr Handy blickte, sprang die Uhr auf dem Display von einundzwanzig Uhr neunundfünfzig auf zweiundzwanzig Uhr. Jake würde jetzt den Anruf entgegennehmen.

Catherine begann das Brecheisen hin und her zu bewegen, bis es zum Schloss vorgedrungen war. Es war harte Arbeit, und sie zuckte jedes Mal innerlich zusammen, wenn es laut quietschte. Nach einer Minute hatte sich das Eisen vollständig hinter das Schloss gegraben. Es ragte jetzt diagonal aus der Tür hervor und blieb in Position, selbst, wenn sie es losließ.

Sie legte ihre Waffe auf den Boden und achtete darauf, dass sie sich außerhalb des Radius der Tür befand, wenn diese gleich aufschwang. Dann packte sie das Brecheisen mit beiden Händen und drückte mit ganzer Kraft.

Die Tür wölbte sich für einen kurzen Moment nach außen, und Catherine war schon sicher, dass sie nicht aufbrechen würde. Doch dann zerbarst das Schloss mit einem lauten Knall, und die rostigen Scharniere schwangen auf.

Der Lärm hallte im dunklen Inneren des Gebäudes wider, aus dem ein moderiger Geruch zu Catherine herausdrang. Der Knall der aufbrechenden Tür und das Quietschen der Angeln fügten sich zusammen wie die Wörter eines kurzen prägnanten Satzes, der jedem in Hörweite verriet, was soeben geschehen war.

97

Jake überquerte die Straße und bewegte sich zügig auf den Eingang des alten Kinos zu. Dabei behielt er die mit Brettern vernagelten Fenster im zweiten Stockwerk im Auge. Hartzler befand sich irgendwo dort oben und beobachtete ihn.

Auf der großen Anzeigetafel über dem Eingang befanden sich noch genügend Reste von Buchstaben, um zu entziffern, dass es sich beim letzten Film, der hier gezeigt worden war, um die Originalversion von *Amityville Horror* gehandelt hatte. Der Rollladen vor dem Eingang war nur halb heruntergezogen, und im Näherkommen konnte Jake erkennen, dass das Vorhängeschloss nicht geschlossen war, genau wie Hartzler gesagt hatte.

Jake blickte sich noch einmal auf der Straße um. Der einzige Mensch weit und breit war ein Mann, der vor einem Asia-Markt den Bürgersteig fegte. Das Geschäft war nur fünfzig Meter entfernt, doch der Mann hatte sich in die andere Richtung gewandt. Jake schob den Rollladen in die Höhe und betrat das Gebäude.

Es war dunkel, und der Geruch von Schimmel stieg ihm in die Nase. Jake aktivierte die Taschenlampe seines Handys und erkannte, dass er sich in einem Vestibül befand. Hinter einem kleinen Ticketschalter befand sich die Eingangstür. Staubkörner tanzten in der Luft. Jake räusperte sich und nahm die Hand vor den Mund, um nicht husten zu müssen.

Die Eingangstür war ebenfalls nicht verschlossen. Jake ging hindurch und kam in ein Foyer. Vor ihm führten mehrere Türen in den

Kinosaal und eine Wendeltreppe hinauf in das obere Stockwerk. Jake blieb stehen, den Blick und den Strahl der Taschenlampe auf die Tür am oberen Ende der Treppe gerichtet.

Wo zum Teufel steckte Hartzler?

Er biss die Zähne zusammen. Entweder war etwas schiefgelaufen, oder Marty hatte eine Überraschung für ihn geplant.

Jake räusperte sich und rief: »Marty? Ich bin hier. Bringen wir es hinter uns.«

98

Von unten drangen ein lautes Krachen und das Quietschen einer Tür zu Molly herauf. War das Jake, der versuchte, ins Gebäude zu gelangen? Allerdings klang es so, als wäre das Geräusch aus größerer Entfernung gekommen.

Molly versuchte, ihre Atmung zu kontrollieren.

Hartzler blieb stehen. Er war jetzt so nahe, dass Molly das leise Knarren der Bodendielen hören konnte, als er sich umdrehte und das Gewicht verlagerte, um in die Richtung zu schauen, aus der das laute Geräusch gekommen war. Noch ein Knarren, zwei weitere Schritte. Sie konnte seine Stiefel sehen. Er musste nur noch einen Schritt nach vorne tun und einen Blick über die Brüstung werfen, um Molly zu entdecken. Konnte er das leise Rasseln ihres Atems hören?

Der Raum, in den sie gekrochen war, hatte nur eine Tür und die hatte zu den Sitzreihen auf der Empore geführt. Dort hatte sie eine weitere Tür gesehen, von der sie annahm, dass sie ins Erdgeschoss führte, und war darauf zugegangen, als sie einen überraschten Schrei von Marty Hartzler hörte. Anscheinend hatte er festgestellt, dass seine Gefangene entwischt war. Molly hatte sich im Bruchteil einer Sekunde entscheiden müssen: zu der Tür rennen oder sich hinter der einen Meter hohen Brüstung verstecken? Zuerst hatte sie geglaubt, die richtige Entscheidung getroffen zu haben. Sie duckte sich genau in dem Moment weg, als Hartzler auf die Empore gerannt kam. Wäre sie zur Tür gelaufen, hätte er ihr wohl den Weg abgeschnitten. Doch nun ließ er den Strahl seiner Taschenlampe über die Sitzreihen wandern, und Molly fragte sich, ob sie es nicht doch besser mit der Tür versucht hätte. Sie saß in der Falle, der Strahl der Taschenlampe würde jeden Moment ihr Versteck treffen.

»Komm raus, Molly.« Seine Stimme klang immer noch gebieterisch und selbstsicher, aber er sprach jetzt in etwas milderem Ton.

Sie bewegte sich nicht, hielt den Atem an und ignorierte das Gefühl der Enge in ihrer Brust. Er bluffte, hundertprozentig. Aber was, wenn nicht? Dann war ohnehin alles egal, oder? *Also bleib ruhig, versuche, nicht zu atmen.*

Weitere Geräusche drangen zu ihr herab, und sie wartete eine gefühlte Ewigkeit. War Hartzler weggegangen, ohne dass sie es gehört hatte? Sie wagte es nicht, einen Blick zu riskieren, und saß vollkommen still da. Ihre Lungen brannten.

Und dann hörte sie wieder das Knarren einer Bodendiele und machte sich bereit, im nächsten Moment entdeckt zu werden. Ein Schritt, dann noch einer. Und dann noch einer und noch einer. Das Licht ging aus. Er bewegte sich weg von ihr und ging immer schneller.

99

Sobald die Tür aufgesprungen war, bückte sich Catherine und hob ihre Waffe auf. Dann ging sie vorwärts in die Dunkelheit.

Es gab keine Fenster, doch durch die offene Tür fiel gerade genügend Licht, dass Catherine etwas erkennen konnte. Hinter der Feuertür lag ein schmaler Flur, der nach knapp zehn Metern bei einer Treppe endete. Catherine wartete einen Moment und lauschte. Nichts. Sie setzte sich wieder in Bewegung und ging mit dem Rücken zur Wand den Korridor entlang.

Sie erreichte die Treppe. Der eine Teil führte hinab in den Keller, der andere nach oben. Catherine stieg die Treppe hinauf und kam zu einer Tür, die in den Kinosaal im Erdgeschoss führte.

Dort war es ein wenig heller. Ein gelblicher Lichtschein fiel durch das offene Foyer herein. Catherine behielt die Waffe im Anschlag, als sie die Tür leise hinter sich schloss und langsam durch den Zuschauerraum in Richtung Foyer ging. Die plüschigen Kinosessel waren in einem großen Halbkreis angeordnet, mit einem Gang in der Mitte. Über den hinteren Reihen gab es eine Empore mit weiteren Sitzen. Wo steckte Hartzler? War Jake schon im Gebäude?

Als würde er auf ihre Gedanken antworten, hörte Catherine plötzlich seine Stimme von oben.

»Lark – hinter Ihnen!«

Sie wirbelte herum und sah eine Gestalt zwischen der ersten Sitzreihe und der Leinwand. Sie duckte sich gerade in dem Moment, als das Mündungsfeuer aufflammte. Catherine zählte drei Schüsse und hörte, wie die ersten beiden Kugeln irgendwo in einer Wand einschlugen. Die dritte durchlöcherte die Rückenlehne des Sitzes, neben dem sie in Deckung gegangen war.

Sie richtete sich auf, feuerte eine Salve von Schüssen ab und sah gerade noch, wie Hartzler hinter dem Vorhang an der Seite der Leinwand verschwand.

100

Catherine zielte weiter auf die Stelle, an der Hartzler hinter dem Vorhang in Deckung gegangen war, jederzeit bereit, bei der kleinsten Bewegung ein neues Ziel zu erfassen. Sie blickte kurz hoch zu der Empore. Dort war Jake. Er wies mit dem Zeigefinger nach unten, was bedeutete, dass er zu ihr herunterkommen würde. Catherine nickte, und er machte sich auf den Weg.

Sie ging auf der rechten Seite des Raums in Richtung der Leinwand, die Waffe weiterhin schussbereit mit beiden Händen umfasst. Direkt unterhalb der Leinwand befand sich eine kleine Bühne, zu der eine Treppe führte. Catherine versuchte, kein Geräusch zu machen, als sie langsam die Stufen hinaufstieg. Nach all dem Lärm und der Hektik der vergangenen Tage kam es ihr beinahe vor, als würde sie eine menschenleere Kirche betreten. Die Stille war vollkommen. Das Auge des Sturms.

Catherine hielt den Atem an, schlüpfte durch den Vorhang und nahm den Raum dahinter in Augenschein.

Er war leer. Nur ein weiterer Flur, der einige Meter weiter an der hinteren Wand des Gebäudes endete. Auf der rechten Seite stand eine Tür offen. Sie schlich langsam darauf zu, darauf gefasst, dass Hartzler jeden Moment auftauchen könnte – was er aber nicht tat. Catherine erreichte die Tür, ging hindurch und fand sich in einem Korridor wieder, der zu einer Treppe führte, die auf die Empore hinaufging.

Sie stieg die Stufen hoch, und ihre Schritte hallten durch den leeren Raum, egal, wie vorsichtig sie auftrat. Am Ende der Treppe stieß sie die Tür auf, bereit, die Waffe abzufeuern.

Hinter der Tür lag die Empore, auf der Jake sich noch vor ein paar Minuten befunden hatte. Hier oben gab es weitere Sitzreihen und eine Balkonbrüstung zum Auditorium hin. Catherine bewegte sich darauf zu.

Dann hörte sie hinter sich eine Bewegung und fuhr herum, den Finger am Abzug.

»Nicht schießen!«

Sie war kurz davor gewesen, zwei Kugeln auf die Gestalt vor sich abzufeuern, doch dann hatte sie registriert, dass es keine Männerstimme war.

Catherine holte ihr Handy aus der Tasche, und der Schein des Displays war hell genug, dass sie Molly Donaldsons tränenüberströmtes Gesicht sehen konnte.

Sie trat einen Schritt vor und kniete sich hin. »Bist du in Ordnung, Molly?«

»Er sagt, er heißt Marty, und er hat versucht …« Die Stimme des Mädchens klang, als stünde es kurz vor dem Zusammenbruch.

»Ich weiß, Molly. Jetzt bist du in Sicherheit. Er kann dir nichts mehr tun.«

In dem Moment spürte sie das harte Metall eines Pistolenlaufs an ihrem Hinterkopf.

»Da wäre ich mir nicht so sicher, Agent Lark.«

Catherine hob langsam die Hände.

Und dann sprang sie auf.

101

Jake war über die Treppe ins Foyer zurückgegangen. Er betrat gerade den Kinosaal, als er den Schuss hörte, gefolgt von einem Schrei und Kampfgeräuschen. Das alles schien sich direkt über ihm abzuspielen.

Er blickte zur Empore hinauf und wäre beinahe von etwas am Kopf getroffen worden, das von dort oben herunterfiel. Er schaffte es gerade noch rechtzeitig, den Arm hochzureißen und den Gegenstand abzuwehren. Auf der Empore sah er noch kurz eine Hand, die sich an der Balustrade festhielt, dann aber von einer anderen gepackt und weggezogen wurde.

Jake richtete den Blick auf den Boden, um zu sehen, was da herabgefallen war. Vor ihm lag Larks Glock. Als er sich hinkniete, um die Waffe aufzuheben, hörte er, wie oben sein Name gerufen wurde.

Nun hielt Jake zwar eine Waffe in der Hand, doch es war zu spät, um sie einzusetzen. Darauf gefasst, dass Hartzler an der Balustrade stand und auf ihn zielte, richtet Jake sich auf und blickte nach oben. Doch von Hartzler war nichts zu sehen. Er hatte einfach in den leeren Raum hineingerufen und wusste nicht, wo Jake sich genau befand.

Jake trat einen Schritt zurück in den Schatten unter der Balustrade, bevor Hartzler es sich anders überlegte und doch noch einen Blick herab in den Zuschauersaal warf.

»Jake, beweg deinen Arsch hier hoch oder ich leg diese FBI-Schlampe um! Du weißt, was jetzt passieren muss.«

Jake ging mit raschen Schritten den Weg zurück, den er gekommen war – die Wendeltreppe hoch und geradeaus auf die Tür zu, die zur Empore führte. Er lehnte sich gegen den Türrahmen und wagte einen Blick um die Ecke.

Hartzler stand am Rand des Balkons. Er hatte Lark mit der linken Hand an der Gurgel gepackt und hielt ihr mit der anderen die Waffe an den Kopf. Auf der Suche nach einer verräterischen Bewegung schaute er in den Zuschauerraum hinunter.

Jake schlich vorwärts, während Hartzler Lark näher an die Brüstung heranzog. An der Seite konnte er Molly entdecken. Sie suchte seinen Blick, gab aber keinen Ton von sich.

Er richtete die Glock auf Hartzler, doch so vehement, wie Lark sich in dessen Griff wand, hatte er kein freies Schussfeld.

»Sie sind umstellt, Hartzler«, rief Lark. »Machen Sie es nicht noch schlimmer.«

Jake war beeindruckt von ihrem Tonfall – ihre Worte klangen wie ein unumstößlicher Fakt und nicht wie das, was sie in Wahrheit waren: ein verzweifelter Bluff.

»Netter Versuch«, brummte Hartzler. »Aber wenn Jake hier ist, dann sind Sie die Einzige, die davon weiß. Halten Sie mich für dumm?« Er lachte ein humorloses Lachen. »Ja, vermutlich tun Sie das. Sie fühlen sich so überlegen, stimmt's? Und trotzdem …«

Er erhob die Stimme, als er sich wieder an Jake wandte: »Ich zähle jetzt bis drei. Dann schieße ich. Du weißt, dass ich Ernst mache. Ich habe nichts zu verlieren. Außerdem habe ich noch eine weitere Geisel, falls dir diese hier egal ist.«

Jake spannte sich an.

»Eins.«

Für den Bruchteil einer Sekunde hatte er freies Schussfeld und Hartzlers Kopf im Visier, doch er zögerte. Dann veränderte Hartzler seine Position, und Lark war wieder im Weg, die Gelegenheit verstrichen.

»Zwei.«

Hartzlers Stimme klang seltsam brüchig. Er würde es tun. Er würde es wirklich tun. Jake wagte noch einen Schritt nach vorn, in der Hoffnung, wieder freies Schussfeld zu bekommen. Doch er wurde enttäuscht.

»Dr…«

»Okay!«, unterbrach Jake ihn.

Hartzler wirbelte zu Jake herum. Keine drei Meter trennten sie noch voneinander.

»Nicht schlecht, Jake. Waffe fallen lassen!«

»Tun Sie es nicht. Er wird uns beide töten«, warnte Lark.

Jake zögerte. Hartzler zog Lark näher an sich heran und bohrte ihr den Lauf der Pistole in die Wange.

»Jake …«, begann Lark.

»Spar dir deine Worte. Er glaubt mir. Ist es nicht so, Jake?«

»Alles klar.« Jake ging in die Knie und legte die Waffe auf dem Boden ab. Er hatte nicht lange über diese Aktion nachgedacht, doch aus dem Augenwinkel sah er, wie sich Hartzlers Gesichtsausdruck veränderte.

»Schieb sie mit dem Fuß zu mir rüber.«

Jake schnitt eine Grimasse und tat wie geheißen. Die Pistole rutschte über den Teppichboden und kam nach zwei Dritteln des Weges zwischen ihnen zum Liegen.

»Warum hast du es getan?«, fragte Jake.

Hartzler schüttelte den Kopf. »Das alles ist nicht meine Schuld. Und auch nicht deine, Bruder. Wenn deine verdammte Freundin sich um ihre eigenen Angelegenheiten gekümmert hätte, wäre nichts von alldem passiert.«

»Man tut, was nötig ist?«

Hartzler öffnete den Mund, um etwas zu erwidern, zuckte dann aber nur mit den Schultern. »Genau, was auch immer nötig ist.«

»Du hast deine Wahl getroffen«, sagte Jake, der die Wut in seiner Stimme jetzt nicht mehr unterdrücken konnte. »Niemand hat dich dazu gezwungen.«

»Da könntest du recht haben. Ändert jetzt aber auch nicht mehr viel, oder?« Sein Blick wanderte von Jake zu Molly. »Okay, Molly, komm hier rüber.«

»Lass sie aus dem Spiel.«

Er seufzte. »Müssen wir das alles noch mal von vorne durchgehen?«

Für einen kurzen Moment wanderte Hartzlers Blick zu der Glock auf dem Boden, dann wieder zurück zu Molly. Und da wusste Jake, warum Hartzler Molly angewiesen hatte, zu ihm herüberzukommen. Sein Magazin war leer. Er brauchte die andere Waffe, wollte aber nicht riskieren, Lark loszulassen.

Doch konnte Jake sicher sein, dass es wirklich so war?

Er blickte von Hartzler zu der Waffe, dann zu Molly. Und dann sah er Catherine Lark an. In ihren Augen sah er, dass er sich auf sie verlassen konnte. Egal, ob die Waffe geladen war oder nicht, sie war bereit zu tun, was nötig war.

»Es ist in Ordnung«, sagte Jake zu Molly. Er bemühte sich, einen resignierten Ton anzuschlagen. »Mach schon endlich, was er sagt, Karottenkopf.«

Molly blinzelte kurz, und Jake glaubte, dass sie seine Botschaft verstanden hatte. Sie stand auf und bewegte sich auf Hartzler zu.

Als sie nahe genug heran war, befahl Hartzler ihr stehen zu bleiben. Dann bestätigte er Jakes Vermutung.

»Heb die Waffe auf«, sagte er zu Molly. »Fass sie am Lauf an und gib sie mir.«

Molly sah Jake fragend an, doch er vermied jeden Blickkontakt, weil er Hartzler nicht den kleinsten Hinweis auf das geben wollte, was nun folgen würde. Molly schaute noch einmal auf die Waffe, dann trat sie abrupt einen Schritt vor und versetzte Hartzler mit aller Kraft einen Schlag in die Nierengegend.

Damit hatte er nicht gerechnet. Er schrie vor Überraschung und Schmerz auf, lockerte seinen Griff um Catherine und ließ ihr damit gerade genug Bewegungsfreiheit. Sie reagierte so schnell wie in einem Lehrvideo über Nahkampftraining und schien einer eingeübten Choreographie zu folgen. Als Hartzler stolperte, duckte sie sich unter der Waffe hindurch, packte seine Hand und drehte sie herum.

Hartzler ließ die Waffe ohne Gegenwehr los, so wie Jake erwartet hatte. In dem Moment, als Hartzler sich wieder gefangen hatte und auf Lark zustolperte, riss diese die Waffe hoch und drückte den Abzug.

Der Hammer traf eine leere Kammer.

Hartzler bewegte sich schneller, als Jake erwartet hatte, und warf sich auf den Boden. Mit einer Hand griff er nach der Glock. Jake hatte gedacht, er könnte die Waffe vor ihm erreichen, doch Hartzler kam ihm zuvor.

Sobald er die Waffe in der Hand hielt, sprang er auf und ließ sie hochschnellen.

In dem Moment stürzte sich Jake mit seinem ganzen Körpergewicht auf ihn. Er packte Hartzler mit beiden Armen und katapultierte sie beide mit Schwung über die Balustrade. Ein Schuss löste sich. Die Welt drehte sich vor Jakes Augen, oben war unten und unten oben, und irgendwo schrie jemand.

Untraceable

Auszug aus Untraceable – Staffel 4, Folge 6, 29. April

Willkommen zur letzten Episode von *Untraceable.* Mein Name ist Chrissie Chung, und diese Folge ist der Erinnerung an meinen Produzenten Sean Tramel gewidmet.

Als wir diese neue Staffel unseres Podcasts vor einer Woche gestartet haben, wussten wir, dass wir uns auf ein Experiment einließen, das es in dieser Form zuvor noch nie gegeben hatte. Wir wollten live über einen aktuellen Fall berichten, immer am Puls der Ereignisse, während diese sich entfalteten. Wir wollten die Fähigkeiten und Ressourcen, die wir über die Jahre angesammelt hatten, dazu nutzen, vielleicht sogar einen Beitrag zum positiven Ende der Ermittlungen leisten. Allerdings konnten wir nicht wissen, dass wir selbst Teil des Falls werden würden.

Wie viele von euch inzwischen wissen, wurde Sean Tramel am Montag, dem 22. April, ermordet. Erschossen von einem Polizeibeamten des San Francisco Police Department namens Marty Hartzler. Seans tragischer Tod ist Teil einer ganzen Reihe von Kapitalverbrechen, die vertuscht werden sollten, eine Verschwörung, deren Spur bis in die höchsten Kreise des Stadtrats von San Francisco reicht.

Alles begann mit einem Obdachlosenheim, symptomatisch für die wachsenden sozialen Probleme in San Francisco. Es endete mit mehreren Morden, dem Versuch, die Tat einem Unschuldigen anzulasten, und der größten Fahndungsaktion in der jüngeren Geschichte Kaliforniens.

Doch es gibt ein helles Licht in der Dunkelheit. Das verschwundene Mädchen wurde gefunden. Das hier ist die Geschichte jener Menschen, die den ultimativen Preis gezahlt haben, um sie zu retten.

102

Eine Woche nach den Ereignissen im Elizabeth Theater stieg Special Agent Catherine Lark die Treppe in den dreizehnten Stock von Hausnummer 450 der Golden Gate Avenue hinauf. Es war ein wundervoller Morgen, kaum eine Wolke am Himmel. Sie konnte sehen, wie sich die Sonne in den Fenstern der Gebäude auf Alcatraz Island spiegelte. Sie trank einen Schluck Kaffee und dachte an den Tag, der vor ihr lag. Der positive Ausgang einer Kindesentführung bedeutete für gewöhnlich, dass man Zeit hatte, sich ein wenig zu entspannen und sich dem abstrusen Berg von Papierkram zu widmen, der sich angehäuft hatte. Doch das war diesmal keine Option.

Die Textnachrichten auf Rachel Donaldsons Handy hatten genau das bewirkt, wovor sich die Menschen, die versucht hatten, Rachel zu ermorden, wohl gefürchtet hatten – sie hatten die Büchse der Pandora geöffnet.

Alles hatte vor drei Wochen damit begonnen, dass Rachel Donaldson bei ihrem Chef, William McMurtry, Rat gesucht hatte, weil sie Lücken in der Buchhaltung eines Klienten entdeckt hatte. Die betreffende Firma gehörte einem ihrer wichtigsten Kunden: George G. Driscoll. Was zunächst wie ein simpler Fehler erschien, wurde zunehmend suspekt, je mehr Rachel sich in die Akten vertiefte.

Driscoll hatte sich zu einem der führenden Gegner eines Obdachlosenheims aufgeschwungen, das in einem jener Stadtteile von San Francisco errichtet werden sollte, in dem die Immobilienpreise in den vergangenen Jahren exorbitant gestiegen waren. Die Anwohner hatten wenig Interesse daran, diesen Trend umzukehren. Catherine erinnerte sich daran, dass sie vor einiger Zeit etwas über diesen Streit gelesen hatte. Nach einer ganzen Reihe von Fehlschlägen hatte man den Plan schließlich ad acta gelegt. Schlussendlich war das Kartenhaus mit dem Tod des Aktivisten Michael Gregg eingestürzt. Gregg, der große Fürsprecher des Projekts, war bei einem Raubüberfall ermordet worden.

Wie sich nun herausgestellt hatte, steckte aber wesentlich mehr hinter dieser Geschichte.

Nach dem Vorfall im Elizabeth Theater waren sofort Durchsuchungsbeschlüsse ergangen – für das Haus von Marty Hartzler und das Haus und das Büro von William McMurtry. Diese Durchsuchungen wiederum führten umgehend zu einem Durchsuchungsbeschluss für das Haus und das Büro von George Driscoll höchstpersönlich.

Anhand der Beweise, die gefunden wurden, ließ sich ein detailliertes Bild der Geschehnisse zeichnen. Und es wurde auch klar, wie sie am vergangenen Samstagmorgen völlig außer Kontrolle geraten waren.

Driscoll hatte den Mord an Michael Gregg in Auftrag gegeben, zusammen mit weiteren Morden an drei Obdachlosen, deren gewaltsames Ableben es allerdings nicht in die Nachrichten geschafft hatte. Driscoll hatte eine Vereinbarung mit Officer Marty Hartzler getroffen, der Handlangerjobs für ihn ausführte und sich schon in der Vergangenheit ein paarmal die Finger für ihn schmutzig gemacht hatte. Für eine angemessene Gehaltserhöhung war Hartzler nur allzu bereit gewesen, in das Fachgebiet des Auftragsmordes aufzusteigen. Er setzte einen Killer auf Michael Gregg an und stellte sicher, dass er persönlich als Erster am Tatort war, um die Dinge vor Ort in die richtige Richtung lenken zu können.

Doch Driscoll beging einen Fehler.

Die Barzahlungen an Hartzler und seine Subunternehmer erfolgten verdeckt – allerdings nicht verdeckt genug.

Als Rachel Donaldson begann, Fragen zu stellen, und McMurtry schließlich Driscoll seine Bedenken mitteilte, kamen sie zu dem Schluss, dass ihnen nur eine Möglichkeit blieb. Ein weiterer Mord, und ihre Probleme würden sich in Luft auflösen. Sie hatten sogar den idealen Sündenbock: Rachel Donaldsons neuen Freund. Hartzler kannte den Mann und wusste, dass dieser sich erst kürzlich im Dienst in Misskredit gebracht hatte. Ein Augenzeuge wäre natürlich nützlich. Hartzler kannte einen College-Lehrer namens Edward Da Costa, der in der Nähe des Tatorts lebte und sich ein wenig Geld dazuverdiente, indem er Kokain an seine Schüler verkaufte. Dem Druck ausgesetzt, alles verlieren zu können, erklärte sich Da Costa dazu bereit, eine Zeugenaussage nach Hartzlers Vorgaben abzuliefern.

Mithilfe modernster Digitaltechnik ließen sich leicht Beziehungsprobleme konstruieren, sodass niemand die Geschichte in Frage stellen würde. Ein in Ungnade gefallener Polizist ermordet seine Freundin und ihr Kind, danach richtet er die Waffe gegen sich selbst und hinterlässt ein Geständnis. Eine hübsche, stimmige Geschichte.

Doch dann war alles nicht so glatt gelaufen wie geplant, und sie hatten improvisieren müssen.

Eine tote Frau und ein totes Kind hätten natürlich für Schlagzeilen gesorgt, doch mit einem Schuldigen und der passenden Geschichte wäre alles schnell vorbei gewesen. Ein entführtes Kind und ein Amber-Alarm machten daraus aber eine Riesensache.

Driscoll geriet in Panik, doch Hartzler befahl ihm, Ruhe zu bewahren. Er würde alles in Ordnung bringen. Und das hätte er auch beinahe geschafft. Es war ihm gelungen, Catherine Larks Vertrauen zu gewinnen und Teil der Ermittlungseinheit zu werden. Dann hatte ihm auch noch das Glück in die Karten gespielt, als Jake Ellis sich hilfesuchend an ihn gewandt hatte.

Die ballistische Analyse von Hartzlers Waffe ergab, dass er am Sonntag Wade Lang erschossen hatte und danach in der Nacht versucht hatte, seinen Job zu Ende zu bringen und Rachel Donaldson im Krankenhaus zu töten. Als Edward Da Costa kurz vor dem Zusammenbruch stand und drohte auszupacken, mussten auch er und seine Frau sterben. Sean und Chrissie hatten sich einfach zur falschen Zeit am falschen Ort aufgehalten. Zu dem Zeitpunkt musste Hartzler allerdings schon klar gewesen sein, dass er zu weit gegangen war, um die Sache noch still und heimlich aus der Welt schaffen zu können. Catherine vermutete, dass er irgendwann beschlossen hatte, jeden zu töten, der die Wahrheit kannte und vielleicht auspacken würde. Sie hatte den starken Verdacht, dass William McMurtry der Nächste auf der Liste gewesen wäre. Mit Driscoll hätte er sicherlich ein finanzielles Arrangement getroffen, da sie sich beide zu gleichen Teilen schuldig gemacht hatten.

Doch nun war Hartzler tot, genauso wie Wade Lang, der Mann, den er angeheuert hatte, um Rachel und Molly zu töten.

McMurtry und Driscoll waren unter dem Vorwurf der Verschwörung zum Mord festgenommen worden. Und nun begann die Kärrnerarbeit. Alle Beweise mussten zu einem wasserdichten Fall zusammengeschnürt werden, der vor Gericht Bestand haben würde.

Catherine konnte sich vermutlich glücklich schätzen, dass sie sich überhaupt noch in der Position befand, an diesem Fall weiterzuarbeiten. Die offizielle Geschichte, die von Jakes und Mollys Aussagen gestützt wurde, besagte, dass Catherine Lark sich mit Hartzler in dem alten Kino in der Sixteenth Street getroffen hatte, weil er angeblich Informationen über Ellis hatte. Sie war gerade noch rechtzeitig eingetroffen, um ihn von dem Mord an Molly abzuhalten.

Die Geschichte hatte mehr Löcher als ein Fischernetz, und Catherine hatte damit gerechnet, dass Special Agent Finn sie auf der Stelle vom Dienst suspendieren würde. Doch das hatte er nicht getan. Er hatte keine Miene verzogen, nur ein paar wachsweiche Fragen gestellt und dann wissen wollen, wann sie für die Pressekonferenz bereit wäre. Catherine schätzte, dass seine Milde mit dem glücklichen Ausgang der Ermittlung zusammenhing und der Tatsache, dass die heldenhafte Rettung von Molly Donaldson in den Medien eine gute Geschichte abgab.

Als sie irgendwann gegen drei Uhr morgens wieder zu Hause gewesen war, hatte sie Joe alles erzählt. Er hatte geduldig zugehört, ihr ein heißes Bad eingelassen, einen kräftigen Mojito gemixt und sie ermahnt, sich nie wieder auf etwas Derartiges einzulassen.

»Ein guter Vorschlag«, hatte sie ihm nach kurzem Nachdenken zugestimmt.

Eine Woche war seitdem vergangen, doch der Druck hatte nicht nachgelassen. Catherine schickte die letzte von einem Dutzend E-Mails ab, lehnte sich in ihrem Bürostuhl zurück und rieb sich die Augen.

»Du brauchst dringend eine Pause«, sagte Kelly Paxon, die ihr am Schreibtisch gegenübersaß.

»Ich habe schon Urlaub eingereicht«, erwiderte Catherine und lächelte. »Für Oktober kommenden Jahres.«

In dem Moment klingelte ihr Telefon.

»Guten Morgen, hier ist Doktor Callister vom Zuckerberg-Krankenhaus.«

Catherine spürte ein flaues Gefühl im Magen. »Ja?«

»Sie haben darum gebeten, dass wir Sie über den Zustand von Rachel Donaldson auf dem Laufenden halten.«

Catherine holte tief Luft. »Reden Sie.«

103

Im Krankenhaus war es beinahe surreal hell und sauber. Nach den vielen Tagen auf der Flucht kam es Molly vor, als betrete sie eine völlig andere Welt.

Agent Lark führte sie den Flur entlang und zeigte dem Polizisten, der die Intensivstation bewachte, ihren Dienstausweis.

»Bist du bereit?«, fragte sie.

»Ja«, antwortete Molly, wobei sie sich nicht sicher war, ob dies der Wahrheit entsprach. Natürlich wollte sie ihre Mutter wiedersehen, nichts lieber als das, dennoch … Es kam ihr vor, als verlange es ihr mehr Mut ab, durch diese Tür zu treten, als sie vor ein paar Tagen gebraucht hatte, um auf das Dach eines vierstöckigen Hauses zu klettern.

»Sie wird ein wenig anders aussehen, als du sie in Erinnerung hast. Sie hat eine Schwellung, und ihr Kopf ist natürlich noch bandagiert.« Agent Lark griff sich mit der linken Hand seitlich an den Kopf.

Molly wandte den Blick ab, als sie sich plötzlich wieder an das zerberstende Glas im Auto und das Donnern des Schusses erinnerte. Als sie wieder aufblickte, sah Catherine Lark sie ermunternd an. »Sie freut sich wirklich darauf, dich wiederzusehen, Molly.«

Molly griff nach der Klinke und drückte die Tür auf. Die Intensivstation war noch heller und sauberer als der Rest des Krankenhauses.

In dem Raum standen vier Betten, zwei davon waren unbenutzt.

In dem, das am nächsten stand, lag ein großer, bewusstloser Mann. Ihre Mutter lag in dem Bett am anderen Ende des Raums. Es roch nach Bleichmittel und warmem Plastik. Catherine Lark blieb bei der Tür stehen, während Molly auf das Bett zuging.

Ihre Mom lag auf dem Rücken, den Kopf mittig auf das Kissen gebettet. Außer Agent Lark hatten sie auch diverse andere Leute vor dem veränderten Aussehen ihrer Mutter gewarnt, doch Molly fand, dass sie überraschend gut aussah. Die linke Seite ihres Kopfes war bandagiert. Der weiße Verband, unter dem an manchen Stellen gelbe und violette Blutergüsse hervorstachen, bedeckte auch eines ihrer geschlossenen Augen. Die Hände lagen gefaltet auf der Brust. Der Anblick erinnerte Molly an Zeichnungen von ägyptischen Mumien, die für das Begräbnis vorbereitet wurden.

Sie blieb ein paar Schritte vor dem Bett stehen und zögerte. Was, wenn sie die Hände ihrer Mutter berührte und feststellte, dass sie kalt und tot waren?

Nein. Die Maschinen, an die Rachel angeschlossen war, piepten in beruhigend regelmäßigem Rhythmus. Die Wellen auf dem Monitor hoben und senkten sich wie der gleichmäßige Höhenzug einer Gebirgskette. Und nun, da sie genauer hinsah, konnte Molly erkennen, wie sich die Brust beim Atmen unmerklich hob und senkte.

Während sie ihre Mutter betrachtete, öffnete diese plötzlich die Augen.

»Molly?«

Instinktiv wollte sie vorpreschen und ihre Mutter umarmen, doch dann erinnerte sie sich daran, wie verletzlich sie war, und hielt inne. Stattdessen streckte sie die Hand aus. Ihre Mutter hob mit sichtbarer Mühe den rechten Arm und berührte Mollys Hand.

»Du bist dünn geworden«, sagte sie leise. Dann hob sie die Augenbrauen. »Was hast du mit deinen Haaren gemacht?«

Molly lächelte.

»Wenigstens geht es dir gut«, fuhr Rachel fort. »Man hat mir gesagt, dass jemand auf uns geschossen hat.«

»Das stimmt«, erwiderte Molly. »Aber du wirst wieder gesund.«

»Dir ist nichts passiert?«

Molly schüttelte den Kopf und spürte, wie ihr die Tränen in die Augen traten. »Ich dachte, du wärst tot, Mom.« Sie fühlte, wie sich die schwachen Finger ihrer Mutter fester um ihre Hand schlossen.

»Mach dir keine Sorgen, mir geht's gut«, sagte Rachel.

Molly schluckte die Tränen herunter und nickte zustimmend.

»Ich meine … ich hab mich noch nie besser gefühlt …«

Molly musste lachen, und das kam für sie selbst genauso überraschend wie für alle anderen.

Der Blick ihrer Mutter verschwamm, und plötzlich wirkte sie, als wäre sie meilenweit weg. »Wo ist Jake?«

Molly drehte sich um und sah zu Catherine Lark. Die Agentin trat neben sie ans Bett.

»Ich fürchte, er hat ein paar Schrammen abbekommen. Deshalb kann er gerade nicht hier sein.«

Doch dann wurde die Tür geöffnet, und der wachhabende Polizist führte eine bekannte Person herein.

»Ich durfte dir leider keine Blumen mitbringen.«

Catherine nickte dem Polizisten zu, und er trat beiseite, um Jake ans Bett zu lassen. Er trug den rechten Arm, den er sich bei dem Sturz von der Empore gebrochen hatte, in einem Gipsverband. Marty Hartzler hatte nicht so viel Glück gehabt. Er hatte sich unterhalb von Jake befunden, als sie beide herabgestürzt waren. So hatte er Jakes Aufprall mit seinem Körper abgefedert. Er hatte sich bei dem Sturz das Genick gebrochen.

Jake kam langsam an das Bett, jede Bewegung schien ihm noch Schmerzen zu bereiten. Er bemerkte Mollys sorgenvollen Blick, zwinkerte ihr kurz zu und klopfte ihr mit der unverletzten Hand auf die Schulter, während er sich neben sie stellte.

»Was ist passiert?«, fragte Rachel langsam.

Molly schaute sich noch einmal nach Catherine Lark um, gerade rechtzeitig, um zu sehen, wie sie mit einem Lächeln zur Tür hinausging.

»Das ist eine lange Geschichte«, sagte Jake und warf Molly einen vielsagenden Blick zu. »Aber ich glaube, wir haben genug Zeit, sie dir in aller Ausführlichkeit zu erzählen.«

Danksagung

Vorne auf dem Cover steht nur ein Name, doch wenn Sie etwas vom Schreiben verstehen, dann wissen Sie, dass es mehr als nur eine Person braucht, um ein Buch zu machen.

Mein besonderer Dank gilt Luigi Bonomi für seinen Rat und seine Unterstützung und für die Dinge, die er als Agent für mich tut – und Alison Bonomi dafür, dass sie einen besonders kniffligen Knoten im Plot gelöst hat.

Ich danke meiner wundervollen Lektorin Francesca Pathak und dem ganzen Verlagsteam von Orion, besonders Lucy Frederick, Alex Layt und Emad Akhtar. Danke, dass ihr dafür gesorgt habt, dass dieses Buch so gut geworden ist, wie es nur sein kann.

Dank gilt wie immer auch meinen Testleser:innen und allen, die mir bei der Recherche geholfen haben.

Dieses Werk ist Fiktion. Einige Orte der Handlung existieren wirklich, andere sind frei erfunden. Sie können False Klamath tatsächlich auf einer Landkarte finden, doch das Dorf, das ich dort verortet habe, gibt es in Wahrheit nicht. Ich konnte dem Namen aber einfach nicht widerstehen.

Ein Gruß an all die Buchhändler:innen, Blogger:innen, Bibliothekar:innen und – logischerweise – meine Leser:innen. Ihr seid der Grund, warum wir Bücher machen.

Last, but not least ein großes Dankeschön an Laura, Ava, Scarlett und Max für Inspiration, Unterstützung und dafür, dass ich die Zeit, die ich allein verbringen darf, schätzen gelernt habe.

Ein verschwundenes Mädchen und eine Insel mit dunklen Geheimnissen ...

Jenny Blackhurst
DEIN DUNKELSTES GEHEIMNIS
Psychothriller
Aus dem Englischen
352 Seiten
ISBN 978-3-404-18455-2

„Wo ist sie?“ Immer wieder stellt Kathryn ihrem Vater diese Frage, die sie bis in ihre dunkelsten Träume verfolgt. Seit mehr als zwanzig Jahren sitzt er nun im Gefängnis und schweigt über seine grauenvolle Tat: den Mord an ihrer besten Freundin Elsie, deren Leiche bis heute nicht gefunden wurde. Am 25. Jahrestag von Elsies Verschwinden erreicht Kathryn eine zutiefst verstörende Nachricht: Auf ihrer Heimatinsel Anglesey wird ein weiteres Mädchen vermisst. Die Ähnlichkeit zu Elsie ist frappierend. Auf der Suche nach Antworten kehrt Kathryn nach Angelesey zurück. Doch sie ist nicht willkommen – denn mit ihrer Ankunft drängen tödliche Geheimnisse an die Oberfläche ...

Lübbe

Michael Thode
SCHULD! SEID! IHR!
Thriller

416 Seiten
ISBN 978-3-404-18416-3

Ihr habt mein Leben mit Füßen getreten.
Ihr habt mir das Liebste genommen.
Jetzt ist die Zeit meiner Rache gekommen.
Und ich nehme euch alles.

In der Lüneburger Heide nehmen sich ein obdachloser Mann und ein pensionierter Polizist unter größten Qualen das Leben. Was verbindet diese beiden Männer? Und welche Bedeutung haben die Tarotkarten, die neben den Toten gefunden werden? Ein neuer Fall für Kommissar Rolf Degenhardt.

Lübbe

Spannung pur von Schwedens neuer Top-Krimi-Autorin

Tina Frennstedt
COLD CASE - DAS VERSCHWUNDENE MÄDCHEN
Thriller
Aus dem Schwedischen von Hanna Granz
448 Seiten
ISBN 978-3-404-18403-3

Er lauert Frauen in den frühen Morgenstunden auf. Er überfällt sie in ihren Wohnungen. Er tötet sie – und verschwindet. Als an einem Tatort Spuren auftauchen, die auf einen alten Vermisstenfall hinweisen, übernimmt Tess Hjalmarsson, Expertin für COLD CASES, die Ermittlungen. Hängt das spurlose Verschwinden der damals 19-jährigen Annika, deren Fall nie gelöst wurde, tatsächlich mit den aktuellen Serienmorden zusammen? Tess ermittelt unter Hochdruck. Ein Rennen gegen die Zeit beginnt. Denn eines ist sicher: Der Serienmörder wird wieder zuschlagen …

Lübbe

Die Community für alle, die Bücher lieben

In der Lesejury kannst du

- ★ Bücher lesen und rezensieren, die noch nicht erschienen sind
- ★ Gemeinsam mit anderen buchbegeisterten Menschen in Leserunden diskutieren
- ★ Autoren persönlich kennenlernen
- ★ An exklusiven Gewinnspielen und Aktionen teilnehmen
- ★ Bonuspunkte sammeln und diese gegen tolle Prämien eintauschen

Jetzt kostenlos registrieren: www.lesejury.de

Folge uns auf Instagram & Facebook:
www.instagram.com/lesejury
www.facebook.com/lesejury